DIE SCHMIEDE GOTTES

Hard Science Fiction

BRANDON Q. MORRIS

BRANDON Q.
MORRIS
HARD SCIENCE FICTION

Brandon Q. Morris

Sieglgut 51, 94034 Passau

hardsf.de, brandon@hardsf.de

Lektorat: Dr. Ulrike Bunge

Korrektorat: Alexandra Gentara

Covergestaltung: Sharon Rainsword

Beratung: Robert Öllinger

Bestellung und Vertrieb: Nova MD GmbH, Vachendorf

Druck: Custom Printing, Warszawa

Erdorbit, 7. Mai 2144

DIE ERDE IST ein tiefes Dröhnen.

Jaron tastet mit der rechten, zur Faust geballten Hand in die Richtung, aus der ihn das Geräusch erreicht, und das Raumschiff passt folgsam seinen Kurs an.

Klick. Das waren zehn Meter.

Klick. Zwanzig.

Er öffnet die Faust. Radarimpulse rasen mit Lichtgeschwindigkeit durch die obersten Schichten der Atmosphäre.

Pling – pling, pling – pling – pling, pling, pling. PLING.

Auf das PLING hat Jaron gewartet. Je lauter der Impuls ist, desto näher ist ein Objekt. PLING heißt in Wirklichkeit »Kosmos 4222«. Der russische Satellit hat bei einer Kollision seinen Antrieb eingebüßt.

Pling-pling. PLONG.

»Hast du das gehört?«, fragt Norbert, sein Copilot.

»Wie lange machen wir das jetzt schon zusammen?«, fragt Jaron zurück.

»Ich weiß nicht – zwei, drei Jahre?«

Jaron bewegt alle vier Finger gleichzeitig nach unten. Für Norbert muss es aussehen, als würde er winken. Eine Kraft drückt ihn gegen die Lehne seines Pilotensessels. Der Schlepper beschleunigt.

Klick. Das waren dreißig Meter. Wenn er richtig gerechnet hat, haben sie die Bahnebene des Zielobjekts erreicht. Kosmos

4222 droht, mit einem alten amerikanischen Wettersatelliten zusammenzustoßen. Wenn das passiert, kreisen in diesem Orbit noch einmal tausend Trümmerteile mehr.

PLING. PLING. PLING.

Kosmos 4222 ist schon verdammt nahe.

PLONG. PLONG.

Aber das ist gut, denn auch der Wettersatellit rast auf den Ort der beinahe unvermeidbaren Kollision zu.

Beinahe. Es ist ihre Aufgabe, den Zusammenstoß mit all seinen unangenehmen Folgen zu verhindern.

»Musst du es immer so spannend machen?«, fragt Norbert.

Jaron antwortet nicht. Als ob er eine Wahl hätte! Die Orbitalmechanik und die Fähigkeiten des Schleppers setzen ihm nun einmal technische Grenzen. Er hätte den Auftrag auch ablehnen können, aber dann hätte er Norbert zum ersten Juni rauswerfen müssen, genau wie seinen Freund Jürgen.

»Jurgen, mach den Arm fertig«, befiehlt er.

»Jürgen«, korrigiert ihn der Deutsche, wie jedes Mal, wenn er seinen Namen falsch ausspricht.

PLING. PLING. PLING. PLIIIING.

PLONG. PLOOONG.

Das ist verdammt nahe. Vor seinem geistigen Auge schwebt Kosmos 4222 antriebslos als schwarzer Schemen vor ihnen her. Sie haben ihn fast eingeholt, während von rechts ein rotes Geschoss heranfliegt. Jaron stellt sich vor, wie der Wettersatellit seine Solarkollektoren als Schwingen ausbreitet und damit schlägt, um sein Ziel die eine entscheidende Sekunde früher zu erreichen.

Jaron dreht die Hand, sodass die Handfläche nach oben zeigt, und winkt wieder. Die Gurte straffen sich.

»Jurgen, der Arm in drei – zwei – eins – jetzt!«

»Hab ihn!«, ruft Jürgen.

Jaron zählt in Gedanken mit. Der Arm hat den defekten Satelliten ergriffen. Vier Klammern umfassen ihn. Kosmos 4222 ist langsamer unterwegs als sie.

Jetzt! Ein unangenehmes Knirschen zieht sich durch das Schiff. Kosmos 4222 versucht, sie mit seiner Trägheit aufzuhalten, aber seine drei Tonnen haben gegen die 15 Tonnen des Schleppers keine Chance. Sie zerren den Schrott mit sich, ob er will oder nicht.

PLOOONG. PLOOONG.

Der Wettersatellit. Jaron stellt sich den wahrscheinlichsten Kollisionspunkt vor. Er ist nun ein Stück nach vorn gerückt, aber nicht weit genug nach vorn. Die Achilles, der Schlepper, ist im Weg.

»Das Ding kommt direkt auf uns zu«, warnt Norbert.

Natürlich kommt es auf sie zu. Aber es ist berechenbar, weil es seine Richtung nicht ändern kann, und stellt damit keine wirkliche Gefahr dar. Im Moment durchstößt zwar der Pfeil, der von dem Geräusch in seiner Vorstellung ausgeht, den Schlepper. Aber Jaron braucht bloß zu winken und damit zu bremsen, und der Kollisionspunkt existiert nicht mehr. Der Wettersatellit wird mindestens 30 Meter vor ihnen die Bahn kreuzen. Die Gefahr ist gebannt. Wird gebannt sein, wenn er es genau nimmt, aber was sollte schon schiefgehen?

Das Bremstriebwerk drückt ihn in die Gurte.

PLOOONG.

Sein Sitz vibriert. Es ist schiefgegangen. Die neuen Werte, die das Radar liefert, sind unmöglich und doch real.

»Scheiße«, sagt Norbert.

Der Wettersatellit muss selbst sein Triebwerk aktiviert haben, um dem Schlepper auszuweichen, den er als Hindernis erkannt haben muss. Mist. Das hätte gar nicht passieren dürfen, weil der Wettersatellit laut Auftrag tot war. Es ist jedenfalls zu spät, um sich mit dem Haupttriebwerk zu retten. Jaron ballt die linke Hand zur Faust und zieht sie ruckartig an den Körper. Die Korrekturtriebwerke feuern. Normalerweise würde sich die Achilles dadurch bloß um ihre eigene Achse drehen. Aber gerade bilden sie mit Kosmos 4222 eine Einheit. Hier das Schiff mit dem zehn Meter langen Ausleger des Arms und auf der anderen Seite der russische Satellit. Der Schlepper rotiert nicht um die eigene Achse, sondern um die gemeinsame Achse der Hantel, und die befindet sich außerhalb des Schiffes.

Hoffentlich lässt Jürgen nicht los. Wenn er in einer Kurzschlussreaktion den Griff des Arms lockert … Die Rotationsbewegung drückt Jaron seitlich gegen den Sitz, der immer noch vibriert.

Dann kracht es. Es ist ein Geräusch, das ihm das Herz zerreißt. Nicht aus Angst um sein Leben, sondern weil er die Schmerzen fühlt, die die Achilles gerade ertragen muss. Hat er sich verrechnet? Aber überraschenderweise folgt kein Alarm. Der Schlepper scheint also unbeschädigt zu sein.

»Wir haben den Arm eingebüßt«, meldet Jürgen.

Oh nein! Der Fangarm war noch fast neu. Jaron erschlafft. Scheiße. Scheiße. Scheiße. Kosmos 4222 haben sie damit ja auch verloren. Das ist ein Desaster! Ohne den Satelliten im Schlepptau keine UNO-Prämie und keine Bezahlung für den Schrott. Und wer ist schuld?

»Norbert, ich brauche sofort eine Verbindung zum OOS. Dafür müssen sie büßen!«, ruft Jaron.

»Chef, nimm es mir nicht übel, aber lass lieber Jürgen sprechen, einverstanden?«

Norbert hat recht. Er ist zu emotional.

»Jurgen, würdest du das bitte übernehmen?«

»Klar, Chef.«

»Office for Outer Space hier, was kann ich für euch tun, Jungs?«

Das ging schnell. So flott bekommt man die Behörde sonst nicht in die Leitung.

»Jürgen Härtl vom Raumschlepper Achilles hier. Es geht um Auftrag 2Z minus 5 groß A groß C klein z klein b minus 2 4 3.«

»Danke, Jürgen. Moment. Ah, Sicherstellung von Kosmos 4222, sehe ich hier. Nach den aktuellen NORAD-Daten ist das Objekt noch immer auf seinem Orbit, wenn auch mit leicht veränderten Parametern.«

»Es geht nicht um Kosmos 4222, sondern um den Wettersatelliten, der mit ihm kollidiert wäre«, erklärt Jürgen.

»GOES-41.«

»Genau der.«

»Auch GOES-41 befindet sich noch im Orbit.«

»Damit haben wir unseren Auftrag ja wohl erfüllt«, sagt Jürgen. »Wir haben die Kollision verhindert.«

Das ist schlau. Aber es ist nicht das, was Jaron diesem Typen vom OOS an den Kopf geworfen hätte. Die hätten seine Crew und ihn beinahe ins Jenseits befördert!

»Der Auftrag sah eine Sicherstellung von Kosmos 4222 vor. Er ist nicht ausgeführt. Tut mir leid.«

»GOES-41 hat einen Teil unseres Schiffes beschädigt, weil er in letzter Sekunde sein Ausweichprogramm ausgeführt hat, obwohl der Satellit in der Auftragsbeschreibung als tot beschrieben wurde.«

»Moment, Jürgen. Ah, hier habe ich es. ›GOES-41 gilt wegen Treibstoffmangels als inoperativ.‹ Hier steht also nicht, dass er tot ist. Ihr hättet das einkalkulieren müssen.«

Das ist ja nicht mit anzuhören! Jaron schlägt auf die Konsole vor sich.

»Pssst, Chef«, sagt Norbert auf dem privaten Kanal. »Lass Jürgen machen.«

»Die Allgemeinen Geschäftsbedingungen des OOS legen allerdings fest, dass ihr die Haftung für unvollständige Auftragsbeschreibungen übernehmt«, sagt Jürgen.

»Ich sehe da keinerlei fehlende Angaben. Inoperativ ist nicht tot, da gibt es nichts zu deuteln. Es heißt, dass der Satellit nicht mehr auf Befehle hört, aber nicht, dass er nicht mehr von sich aus Kollisionen verhindert. Aber Moment, ich frage meinen Vorgesetzten.«

In der Leitung ist klassische Musik zu hören. Es ist Mozart, aber schrecklich verstümmelt. Jaron beißt die Zähne zusammen. Das OOS wird garantiert nicht zahlen. Dann ist er pleite, und Norbert und Jürgen sind arbeitslos. Die Bank, der er noch die Raten für den Arm schuldet, wird seinen Schlepper beschlagnahmen lassen. Und er sitzt mittellos auf der Erde fest. Ein Alptraum!

»So, da bin ich wieder, Jungs. Ich habe gute Nachrichten, denn ich darf euch ein Viertel der Auftragssumme als Entschädigung anbieten. Immerhin scheint durch euren Einsatz die Kollisionsgefahr für Kosmos 4222 gebannt, und GOES-41 konnte wieder auf not-operativ hochgestuft werden.«

Ein Viertel! Das deckt gerade einmal die restlichen Raten für den Arm ab. Aber dafür bekommt er keinen neuen. Scheiße! Er schaltet sich in die Verbindung ein.

»Hör mal, OOS.«

Der Mann hat nicht einmal seinen Namen genannt.

»Ja?«

»Wegen euer miesen Daten wären wir beinahe draufgegangen! Ich verlange die volle Summe!«

»Es tut mir leid, Herr … Wie ich es gerade Ihrem Kollegen erklärt habe …«

»Das kümmert mich nicht. Ich brauche diesen Arm, und ihr werdet ihn mir bezahlen!«

»Aber in der Ausschreibung …«

»Scheiß auf die Ausschreibung! Ich will …«

Auf einmal kracht es so laut in der Leitung, dass Jaron die Kopfhörer von den Ohren reißt. Was war das? Er klopft auf das Mikrofon, aber die Verbindung ist beendet.

»Was war das denn, Jurgen?«, fragt er.

»Ich habe die Verbindung beendet, bevor wir überhaupt nichts mehr für diesen Auftrag bekommen«, antwortet Jürgen.

»Spinnst du denn? Das ist Meuterei!«

»Lass es gut sein, Chef«, sagt Norbert. »Jürgen hat das Maximum herausgeholt.«

»Aber sollen wir denn die nächsten Brocken mit den Händen einfangen? Das war's dann mit euren Jobs hier.«

»Ich habe eine bessere Idee«, sagt Norbert. »Wir flechten uns ein Netz.«

Lowell Observatory, 8. Mai 2144

»Hallo, Angel! Wie war es?«, fragt Celia.

»Oh, überraschend gut«, antwortet ihre Kollegin. »Ich habe ja das Schlimmste erwartet, als ich die vier gesehen habe, aber sie waren wirklich sehr interessiert.«

Celia sieht den Männern nach, die gerade im Hauptgebäude verschwinden. Hinter ihnen schaltet sich das Licht auf den Gehwegen ab.

»Ich danke dir noch mal, dass du mich vertrittst«, sagt Angel. »Mein Ex ist ein Blödmann. Er hat mir echt erst heute Nachmittag …«

»Das geht schon in Ordnung«, sagt Celia. »Ich habe sowieso nichts Besseres zu tun. Hat dir Heather gesagt, wer im zweiten Durchgang kommt?«

»Nein, sie hat mir nur erzählt, dass jemand online reserviert hat. Heather wusste nicht einmal, wie groß die Gruppe ist.«

Heather ist die Assistentin im Besucherbüro. Angel huscht an ihr vorbei. Celia riecht ihr Parfum. Sie scheint es frisch aufgelegt zu haben. Vielleicht ist der Ex ja nur vorgeschoben. Aber ihr ist es egal. Sie liebt die langen Nächte auf dem einsamen Berg. Um halb neun und um viertel nach zehn kann man für sieben Hunderter exklusiven Zugriff auf das beste Teleskop des Lowell Observatory reservieren – 75 Minuten lang, und eine Wissenschaftlerin als Reiseführerin ist auch schon dabei.

Celia mag diese Nachtschichten. Wer so viel Geld für eine

gute Stunde ausgibt, ist entweder wirklich interessiert oder ein Arschloch mit zu dickem Portemonnaie. Die interessierten Laien sind nett. Die Arschlöcher sind ihr lieber, weil sie die Herausforderung sucht. Manchmal schafft sie es, dass sie angesichts der schieren Größe des Universums, das sie ihnen zeigt, zumindest für einen kurzen Moment ganz klein werden. Es ist nicht ungewöhnlich, dass erwachsene Menschen bei so einer Gelegenheit weinen.

Aber das Beste an diesen Gelegenheiten ist, dass Celia anschließend das Universum für sich allein hat. Sie kann dann das durchaus nicht billige 32-Zoll-Teleskop mit allerneuester Zusatz-Hardware für sich allein nutzen – und für ihre Forschung.

Nicht, dass sie da eine Wahl hätte. Es ist das einzige Fernrohr, auf das sie Zugriff hat. Seit dem Zwischenfall braucht sie gar nicht mehr zu versuchen, Zeit auf einem der großen Teleskope im All oder auf der Erde zu bekommen. Sie ist die Möchtegern-Astronomin, die mit gefälschten Daten versucht hat, eine sensationelle Entdeckung vorzutäuschen. Das verzeiht ihr die Forschergemeinde nie. Dass sie hier eine Anstellung bekommen hat, hat sie ihrer Fähigkeit zu verdanken, komplexe Sachverhalte verständlich zu erklären.

Es war nicht einfach gewesen, diesen Job zu bekommen. Zuerst hatte sie es mit normalen Bewerbungen versucht, aber die kamen postwendend zurück. Dann hatte sie die Taktik geändert. Celia war einfach hergefahren, hatte sich unter die Besucher einer Führung gemischt und an jeder Station noch vor dem begleitenden Wissenschaftler mit ihren eigenen Erklärungen begonnen. An diesem Abend hatte zufällig der Chefastronom des Teleskops die Gruppe geführt. Bis heute rechnet sie es Cody hoch an, dass er sich damals nicht angegriffen gefühlt, sondern ihren Erklärungen gespannt gelauscht hatte.

»Sie machen das richtig gut«, hatte er am Schluss gesagt. »Endlich habe ich die Sache mit der Galaxienrotation so verstanden, dass ich es meinem Sohn erklären könnte. Wollen Sie nicht hier anfangen?«

Als sie dann ihren Namen nannte, hatte er kurz gezuckt, aber er hatte den Arbeitsvertrag trotzdem per Handschlag besiegelt. Angestellt ist sie zwar nicht als Astronomin, sondern als Museumsführerin, aber Cody weiß, dass sie die Instrumente auch für sich persönlich nutzt, wann immer sie Zeit dafür findet.

»Guten Abend«, sagt eine männliche Stimme. »Sie sind aber nicht Angel?«

Celia erschrickt. Sie hat den Gast nicht kommen sehen.

»Ich vertrete Angel heute«, erklärt sie und streckt die Hand aus.

Der Mann hat einen schlaffen Händedruck. Er sieht sie kurz an, senkt dann aber den Blick.

»Haben Sie den VIP-Besuch für 22:15 Uhr gebucht?«, fragt Celia.

Sie sieht auf die Uhr. Zehn Minuten nach zehn. Das muss die Reservierung sein.

»Ja, im Plan stand allerdings, dass Angel heute Dienst hätte.«

»Ich vertrete sie, wie gesagt. Ich bin Celia Baron. Wohin darf ich Sie denn heute entführen?«

Sie bemüht sich um einen möglichst fröhlichen Ton, aber es gelingt ihr nicht so ganz. Dieser Besucher scheint zur unangenehmen Sorte zu gehören. Angel kann froh sein, dass sie nicht da ist.

»Ich … Ich hatte eigentlich … Kann ich die Buchung stornieren?«

»Sie müssen sich die Wunder des Alls nicht zeigen lassen, aber eine Rückerstattung ist nur bis 24 Stunden vor dem Termin möglich. Es tut mir leid.«

»Aber Angel hätte doch …«

Angel ist wirklich hübsch, und das ist auch auf dem Foto auf der Buchungs-Website zu erkennen. Sie sollte Heather darum bitten, in Zukunft die Namen dort nicht mehr zu nennen.

»Das Observatorium übernimmt keine Garantie dafür, wer Sie durch das Weltall führt. Das haben Sie bei der Buchung ausdrücklich bestätigt.«

Celia tastet nach dem Reizgas in ihrer Hosentasche. Der Typ wird ihr langsam unheimlich. Es gibt auch einen versteckten Alarmknopf unter der Teleskopsteuerung. Er wurde installiert, nachdem eine Kollegin vor einer Weile von vier bekifften Jugendlichen belästigt worden war.

»Ja, ich verstehe«, sagt der Mann. »Es ist nur … Ach, egal. Das muss Ihnen sehr seltsam vorkommen. Bitte entschuldigen Sie. Ich wollte Sie nicht verwirren. Lassen Sie uns einfach anfangen.«

Was bedeutet das nun? Celia lässt die linke Hand in der

Tasche mit dem kleinen Reizgas-Container. Sicher ist sicher. Dann öffnet sie die Tür zur Kuppel des Teleskops. Warme Luft dringt heraus. Sie schaltet das rötliche Licht ein, öffnet das Schiebedach und startet den Computer, der das Teleskop steuert.

»SEHEN SIE DEN HELLEN, weißen Punkt hier?«, fragt Celia und zeigt auf den Bildschirm. »Das ist Enceladus, ein Mond des Saturn. Er durchmisst bloß 500 Kilometer. Dass er trotzdem so hell erscheint, liegt an seinem reflektierenden Eispanzer.«

»Ist das der Mond, in dessen Ozean so ein Ding leben soll?«, fragt der Mann, der sich inzwischen als Rudy vorgestellt hat.

»Ja, genau. Es ist ein Lebewesen, das aus Abermilliarden einzelnen, über den Ozean verteilten Zellen besteht. Aber es ist so fremdartig, dass wir keinen regelmäßigen Kontakt zu ihm haben.«

»Fremdartig, ja, das kann ich mir vorstellen. Manchmal kommt es mir schon bei meinem pubertierenden Sohn so vor, als würde er eine außerirdische Sprache sprechen. Und er ist immerhin auch ein Mensch, wenn er frisch geduscht ist.«

»Haha. Wir haben übrigens Glück«, sagt Celia. »Heute ist nicht nur Saturn zu sehen, sondern auch Jupiter. Dort gibt es noch mehr Eiswelten, aber auch die größten Vulkane des Sonnensystems.«

Rudy hält sich die Hand vor den Mund und deutet ein Gähnen an. Es wirkt zwar nicht echt, aber es genügt, um bei Celia ein echtes Gähnen auszulösen.

»Ich danke Ihnen sehr für Ihre Mühe, Frau Baron. Aber ich stelle fest, dass ich doch noch deutlich müder bin, als ich dachte. Ich hoffe, Sie nehmen es mir nicht übel, wenn wir die Reise jetzt schon abbrechen.«

Celia sieht auf die Zeitanzeige über dem Eingang: 22:52 Uhr, sagen die roten LED-Ziffern. Statt der bezahlten 75 Minuten waren sie nur eine gute halbe Stunde im Weltall unterwegs. Aber ihr soll es recht sein. Umso länger kann sie sich mit ihrem eigenen Lieblingsmotiv beschäftigen.

»Ganz wie Sie möchten«, sagt sie.

Normalerweise lädt sie die Besucher ein, in den Club der Förderer des Observatoriums einzutreten, aber bei diesem Mann hat sie immer noch kein gutes Gefühl, auch wenn er sich doch noch anständig benommen hat.

»Gut, dann verabschiede ich mich an dieser Stelle.«

Rudy deutet eine Verbeugung an. Sie öffnet ihm die Tür, und er verlässt die Kuppel. Celia sieht ihm einen Moment nach. Er dreht sich ganz kurz um, wohl weil er irritiert ist, dass sie ihm nicht folgt. Sie winkt ihm zu, und er erwidert die Geste. Dann verschwindet er hinter dem Besucherzentrum, das um diese Zeit geschlossen hat. Kurz darauf hört sie den Kies der Auffahrt knacken. Das muss der Wagen des Besuchers sein. Erst jetzt ist Celia beruhigt. Sie ist allein.

Ausgerechnet jetzt meldet sich ihre Blase. Sie tastet nach der Schlüsselkarte für das Besucherzentrum. Da ist sie. Celia läuft über den sich windenden Kiesweg auf das große, aber flache Gebäude zu, das sich an den seitlichen Hang des Berges zu klammern scheint. Sie hält die Karte an das Lesegerät, und die Tür schwingt auf.

»Was kann ich für dich tun, Celia?«, begrüßt sie das Gebäude.

Das Besucherzentrum hat erst seit kurzem eine Seele, wie es der Anbieter der Technologie bezeichnet. Celia mag das nicht. Ein Haus ist ein Haus. Es sollte nicht den Anschein erwecken, lebendig zu sein.

»Ich muss auf die Toilette«, antwortet sie.

»Ich zeige dir den Weg.«

Von der Decke schwenken zwei Spot-Strahler nach unten und zeichnen Pfeile auf den Boden. Celia weiß, wo es zur Toilette geht, aber immerhin beleuchtet das System ihren Weg automatisch.

Auf der Toilette riecht es streng nach Putzmittel. Celia stolpert beinahe über einen pfannkuchenförmigen Roboter, der die Fliesen reinigt. Sie öffnet die Kabine und setzt sich auf die Toilette. Die Brille ist schon vorgeheizt, aber Celia kann nicht. Sie hat das Gefühl, dass das Haus jeden ihrer Schritte analysiert. Bestimmt wird es auch ihren Urin untersuchen.

»Kamera deaktivieren«, befiehlt sie.

»Möchtest du, dass ich meine Kameras hier ausschalte?«, fragt das Haus. »Dann kann ich nicht mehr optisch für deine Sicherheit garantieren.«

»Ja, das möchte ich.«

»Wie du willst. Ich bin stets für dich da. Du musst mich nur rufen.«

Celia antwortet nicht. Sie kann zwar nicht prüfen, ob wirklich alle Kameras ausgeschaltet sind, aber die Zusicherung des Systems genügt ihr. Sie entspannt sich und lässt es laufen. Anschließend hilft ihr die Toilette bei der Reinigung. Das ist schon angenehm. So einen Luxus besitzt sie in ihrer winzigen Wohnung am Rand von Flagstaff nicht.

Ohne weitere Aufforderung zeigt ihr das Haus auch den Weg zurück.

»Danke, dass ich dir helfen durfte«, sagt die Stimme, als Celia die Seitentür öffnet.

Dahinter scheint es schon wieder deutlich kühler geworden zu sein. Die Mainächte haben es in sich. Aber das weiß Celia und hat deswegen mit einem dicken Pullover vorgesorgt, der in der Kuppel auf sie wartet. Sie geht den Kiesweg entlang. Plötzlich knackt rechts von ihr etwas. Sie nimmt das Reizgasspray in die Hand. Ist der seltsame Mann etwa zurückgekommen? Noch ein Knacken, dann betritt ein Reh den Weg. Es nickt ihr zu, als würden sie sich schon lange kennen, und verschwindet auf der anderen Seite in der Dunkelheit. Celia hört noch ein paar brechende Zweige, dann ist es wieder völlig still. Bis auf das schnelle Wummern.

Sie bleibt stehen und schließt die Augen. Es ist ihr Herz. Das Reh hat sie mehr erschreckt, als sie es sich eingestehen will. Aber warum bloß? Vielleicht waren es die Augen. Darin lag ein tiefes Bedauern, als würde das Tier sie als armes Wesen betrachten, das in seiner Welt gefangen ist und keinen Ausweg mehr findet, so sehr es sich auch bemüht. Nur, weil es einmal an einer Kreuzung falsch abgebogen ist.

Es ist wohl nicht das Reh, das sie auf diese Weise bedauert. Sie ist es selbst.

»Weiter.«

Das Teleskop folgt dem Befehl und manövriert auf Jupiter zu.

»Weiter.«

Den Gasriesen hat Celia schon viel zu oft gesehen. Er ist trotzdem auf ihrer Liste für die VIP-Termine, weil fast jeder Gast schon vom Großen Roten Fleck gehört hat. Das nächste Objekt hingegen findet Celia spannend, obwohl dort fast nichts zu erkennen ist. Es ist der Kohlensack, ein gut 60 Lichtjahre durchmessender dunkler Fleck. Er ist einer der bekanntesten Dunkelnebel. Natürlich besteht er nicht aus Nichts, sondern aus Materie. Er bildet eine Wolke aus Staub, die so dicht ist, dass sie einen großen Teil des Lichts der dahinterliegenden Sterne abschirmt. Dass der Kohlensack nicht wie andere Nebel leuchtet, liegt daran, dass ein Teil seiner Staubteilchen mit einer Schicht aus gefrorenem Wasser, Stickstoff, Kohlenstoffmonoxid oder anderen einfachen organischen Molekülen überzogen ist, die eintreffendes Licht schluckt, statt es zu reflektieren. Trotzdem ist auch der Kohlensack nicht völlig dunkel. Er lässt etwa ein Zehntel des Hintergrundlichtes durch.

Wieso hat sie ausgerechnet für diese Objekte eine so große Faszination entwickelt, dass sie die gängigen Dunkelnebel-Kataloge durcharbeitet? Vielleicht liegt es an Beverly Turner Lynds. Die 1929 geborene Astronomin ist mit den von ihr in jahrelanger Arbeit ausgearbeiteten Katalogen »Lynds Dark Nebula« und »Lynds Bright Nebula« in die Astronomiegeschichte eingegangen.

Heute ist LDN 37 an der Reihe. Celia stoppt das Teleskop, liest die galaktischen Koordinaten aus Lynds 1962 erschienener Original-Veröffentlichung und tippt sie ein. 1,01 Grad Länge, 7,73 Grad Breite, Rektaszension von … Sie korrigiert den Wert. Wahnsinn. Lynds muss all diese Daten damals per Hand gemessen und erfasst, per Schreibmaschine getippt und auf Lochkarten gespeichert haben.

»Go.«

Das Teleskop schwenkt. Über ihr rumpelt es, weil das Dach sich verschiebt. Sterne huschen über den Bildschirm. Das Teleskop zentriert sich schließlich auf einen Bereich, der deutlich dunkler wirkt als seine Umgebung. Er ist nicht perfekt schwarz. Celia kontrolliert die Werte in der Liste. Lynds hat eine Deckkraft von 4 angegeben. Der Maximalwert für alle 1802 von ihr erfassten Dunkelwolken liegt bei 6. Nummer LDN 37 ist also gar nicht so dunkel.

Celia wartet ein bisschen ab, bis alle Bewegungen des Teleskops abgeklungen sind. Sie will ein Spektrogramm des Bereichs anfertigen, das ihr verrät, woraus die Dunkelwolke besteht. Das funktioniert umso besser, je heller die Wolke ist, weil sie dann mehr Licht auswerten kann. Außerdem interessiert sie sich für eventuelle Strukturen in dem dunklen Chaos. Lynds hatte für ihre Arbeit damals nur belichtete Fotoplatten des Palmar-Teleskops zur Verfügung. Celia kann immerhin eigene Aufnahmen anfertigen, und die Technik ist deutlich weiter entwickelt. Sie weiß selbst nicht so genau, was sie sich erhofft.

Aber so funktioniert Wissenschaft nun einmal. Celia wird nie wieder eine These aufstellen und dann versuchen, sie zu beweisen. Das hat sie nur ein einziges Mal getan. Sie hatte damals nur die Daten akzeptiert, die zu ihrer These passten. Es war, als hätte sie Scheuklappen aufgesetzt. Für ein paar Wochen war sie in der Szene zum Star geworden, aber dann war sie tiefer als tief abgestürzt, weil jemand einfach nur nachgemessen hatte. Es war der Fehler ihres Lebens, der ihre gerade erst begonnene wissenschaftliche Karriere jäh beendet hatte.

Sie startet die Aufnahme des Spektrogramms. Das Zusatzinstrument braucht ein paar Minuten, um genügend Licht zu sammeln. Sie hat ausgerechnet, dass sie etwa zwei Jahre benötigen wird, um auf diese Weise den kompletten LDN durchzuarbeiten. Aber das ist ihr sehr recht. Falls sie wirklich etwas herausfindet, wird die Forschergemeinde nach so langer Zeit vielleicht eher wieder bereit sein, ihre Ergebnisse zu akzeptieren. Und wenn nichts dabei herauskommt, was sehr wahrscheinlich ist, hat sie sich bis dahin bestimmt an ihre Arbeit als Museumspädagogin gewöhnt.

»Wir brauchen Leute mit der Begabung, andere für Wissenschaft zu begeistern«, hatte es ihr Chef bei ihrer Einstellung ausgedrückt.

Erdorbit, 9. Mai 2144

»Die Klobürste ruft uns«, sagt Norbert.

»Gib sie mir«, sagt Jaron.

Klobürste, so nennen Norbert und Jürgen das Weltraum-Riff Beta, einen der großen Außenposten der Menschheit. Die Bürste, das sind die Quartiere, die in einem aufgeblasenen Zylinder untergebracht sind. Der Stiel besteht aus den Labor- und Technik-Modulen. Sie sind linear montiert.

»Ich weiß nicht, Chef. Soll ich das nicht lieber erledigen?«, fragt Norbert.

Jaron lacht. Er hat wohl Angst, dass er den Rezeptionisten beleidigt – wie beim letzten Mal.

»Nein, ich mache das«, sagt er.

Natürlich kann er sich auch zusammenreißen. Manchmal muss man einfach lautwerden, um etwas zu erreichen. Jaron hat keine Vorstellung von seiner eigenen Erscheinung. Vielleicht grinsen die Menschen, wenn er sich groß macht und die Brust herausstreckt? Aber wie seine Stimme wirkt, das weiß er genau.

»Wie du willst«, sagt Norbert.

»Rezeption Riff Beta hier«, meldet sich eine dünne, hohe Stimme. »Schlepper C24, Sie benutzen einen geschützten Orbit!«

Was ist das denn für eine Begrüßung? Natürlich hat er den Schlepper in den Orbit von Riff Beta gelenkt. Er will schließlich dort anlegen.

»Schlepper Achilles hier. Danke für den Hinweis, Riff Beta«, sagt er. »Ich wollte gerade um Zuweisung eines Ports bitten.«

»Es tut mir leid, Schlepper C24, aber Sie stehen auf der No-Dock-Liste. Bitte verändern Sie Ihren Orbit. Vielleicht versuchen Sie es bei Riff Alpha oder Gamma.«

Der Rezeptionist benutzt nicht den Namen, sondern die Nummer seines Schiffs. Das gilt als unhöflich, und Jaron ärgert sich.

»Das kann nicht sein, Kollege«, sagt er. »Ich habe mir nie etwas zuschulden kommen lassen. Achilles over.«

»Moment, C24. Ich sehe nach. Ah. Sie sind mit der Zahlung der Docking-Gebühren im Rückstand.«

Mist. Er war sicher, dass er beim letzten Mal die Summe … Oder war das der ausstehende Betrag für das vergangene Jahr gewesen?

»Können Sie nicht eine Ausnahme machen? Ich zahle dann direkt bei Ihnen im Büro.«

»Das ist unmöglich. Ich kann Sie nur von der No-Dock-Liste nehmen, wenn Sie die Rückstände beglichen haben.«

Verdammt! Jaron schlägt mit der Faust auf das Pult vor sich, trifft aber nur sein Knie. Norbert lacht. Er muss seinen Ausbruch erwartet und das Pult weggedreht haben. In der Schwerelosigkeit lässt es sich vollkommen lautlos bewegen. Jaron lokalisiert das Lachen, zielt etwa 70 Zentimeter weiter nach unten und streckt den Arm zur Seite. Der ausgestreckte Finger trifft Norbert zwischen zwei Speckfalten. Sein Copilot quiekt und Jaron lacht. Norbert ist furchtbar kitzelig.

»Alles gut bei Ihnen da oben?«, fragt der Rezeptionist, der seinen Namen nicht genannt hat.

Genau genommen bewegen sie sich ja unter ihm, aber wer auf einer Raumstation arbeitet, muss so etwas nicht mehr wissen. Vermutlich ist es irgendein Praktikant. Aber die Frage bringt Jaron auf eine Idee.

»Eigentlich nicht«, sagt er. »Mein Copilot hat starke Bauchschmerzen. Ich glaube, es handelt sich um einen Notfall.«

Bei Notfällen darf ihnen niemand seine Hilfe verweigern.

»Mach das nicht«, flüstert Norbert. »Sonst holen die mich noch ab!«

Jaron hält die Hand vor das Mikrofon, damit der Rezeptionist nichts mitbekommt.

»Ein Notfall? Warum haben Sie das nicht gleich gesagt?«, fragt die Stimme von Riff Beta.

»Es hat sich gerade erst entwickelt«, sagt Jaron. »Diese Krampfanfälle sind tückisch. Ich bin ja froh, dass wir gerade in der Nähe sind.«

Der Rezeptionist seufzt. »Docken Sie bei K2 an. Ich schicke Ihnen ein Erste-Hilfe-Team.«

»Auf keinen Fall«, flüstert Norbert.

»Danke, Sie sind ein Schatz«, flötet Jaron ins Mikrofon. »Ich mache mir wirklich Sorgen um meinen Kollegen.«

»Aber das heißt nicht, dass Sie nicht mehr zahlen müssen«, sagt der Rezeptionist. »Sie werden nur temporär aus der No-Dock-Liste gelöscht.«

ZUERST ERSTRECKT sich das Riff neben ihm wie eine scharfe Linie, von der ein hoher Ton ausgeht. Der Ton wird tiefer und breiter, als sich der Schlepper der Station nähert. Er bekommt kleine Zacken, Ausschläge höherer Frequenz, die für jeweils einen Port stehen. Wenn sie lauter zu hören sind, müssen daran Schiffe angedockt sein.

Im Hintergrund lauert ein dunkles Brummen. Es ist das riesige Zylindermodul, das Jaron hört. Der Port K2, den ihnen der Rezeptionist zugewiesen hat, befindet sich kurz davor. So haben die Ersthelfer nur einen kurzen Weg, um Norbert in die Krankenstation zu bringen. Er hätte das nicht als Ausrede benutzen dürfen. Was, wenn im gleichen Moment jemand ernsthaft krank ist, dem nun nicht schnell genug geholfen werden kann?

»Tut mir leid wegen der dämlichen Idee mit deinen Schmerzen«, sagt Jaron.

»Ist schon okay, Chef«, sagt Norbert. »Ich komme da schon wieder raus. Es wäre auch schlecht, wenn wir gar nicht andocken könnten.«

»Ein paar Wochen hätten wir es schon noch im Orbit ausgehalten«, sagt Jaron.

»Aber dann wärst du erst recht pleite, Chef.«

Das stimmt auch wieder. Sie brauchen das Material für das Netz, das Norbert bauen will. Ohne ein solches Werkzeug können sie keine Aufträge der OOS mehr annehmen. So ein Satellit lässt sich ja nicht mit den Händen aus dem Orbit schubsen.

Das tiefe Brummen verstärkt sich so, dass Jaron Gänsehaut bekommt. Der scharfe Ton ist derart nah, dass er fast nach der Quelle greifen kann. Jaron stellt sich die Klobürste im All vor. Der Name passt gut zu dem Eindruck, den ihm das Soundsystem aus den Radardaten vermittelt. In seiner Vorstellung besteht der Stiel aus weißem Plastik, die Bürste hingegen aus gelblichen Borsten. Ein unangenehmer Duft dringt in seine Nase.

»Jürgen, warst du das?«, fragt Norbert.

»Ich weiß nicht, wovon du sprichst«, sagt Jürgen.

»Na warte, ich mache gleich das Fenster auf«, sagt Norbert.

In diesem Moment verwandelt sich die Welt. Aus einer dreidimensionalen Klangskulptur wird eine enge Schale, in der es aus allen Richtungen piepst. Jetzt verrät nur noch die Frequenz der Töne, wie viel Platz das Raumschiff – genauer gesagt: seine Außenhülle – in einer bestimmten Richtung noch hat. Jaron greift nach den beiden Lehnen seines Sessels. Nicht, weil er Angst hätte, sondern um seinen Körper auf jeden Fall korrekt einzunorden. Exakt vor ihm befindet sich der Dock-Adapter. Damit muss er den Port treffen, und zwar nicht schräg, sondern genau von vorn.

Es hat eine Weile gedauert, bis er diese Technik erlernt hat. Sein damaliger Copilot Martin Wicha hatte sie für ihn erfunden. Nein, nicht ganz. Der ehemalige Techniker einer deutschen Automarke, der in seiner Freizeit elektronische Musik komponierte, hatte sie aus der Fahrzeugtechnik übertragen. Im Grunde komponiert nun der Schiffsrechner für ihn eine Welt aus unterschiedlich schnellen Piepsimpulsen. Es ist immer wieder beeindruckend, wie real diese Welt in seinem Bewusstsein wird. Er stellt sich die Signale als unterschiedlich lange Stangen vor, die sich ihm aus allen Himmelsrichtungen entgegenrecken. Er darf ihre zarten Spitzen auf keinen Fall berühren.

»Das machst du sehr gut«, sagt Norbert.

Jaron hat ihm schon oft gesagt, dass er sich das sparen kann, aber der Deutsche scheint seinen Fähigkeiten auch nach zwei Jahren noch nicht ganz zu trauen. Vielleicht sollte er … Jaron drückt ein paar Knöpfe.

»He, was machst du da?«, fragt Norbert. »Mein Bildschirm!«

»Den brauchst du nicht.«

Den Bildschirm braucht Norbert wirklich nicht. Wie soll eine flache Projektion dabei helfen, ein räumliches Schiff in einer dreidimensionalen Station einzuparken? Nur das Bild, das Jaron im Kopf hat, ist wirklich vollständig. Und es zeigt auch, dass … Mist. Was kommt da von hinten angerast? Jaron korrigiert mit halbem Impuls nach links.

»Autsch!«, ruft Norbert. »Was tust du?«

»Was ist passiert?«, fragt Jaron.

»Habe mich nur mit heißem Tee begossen«, sagt Norbert.

»Bin bloß einem Arschloch ausgewichen«, sagt Jaron. »He, Riff-Beta-Rezeption, was war das, bitte?«

»Ähm, Entschuldigung, C24. Da hat sich wohl jemand vorgedrängelt. Er bekommt natürlich eine Vertragsstrafe. Port K2 ist immer besonders beliebt.«

»Und was passiert jetzt mit uns?«, fragt Jaron.

Der Schlepper hat durch das Korrekturmanöver einen etwas höheren Orbit erreicht. Die Station entfernt sich langsam, wie Jaron dem scharfen Ton und dem tiefen Brummen entnimmt.

»F1 ist gerade frei«, sagt der Rezeptionist. »Schafft ihr das, oder braucht ihr noch einen Orbit zur Anpassung?«

Norbert tippt ihn an, aber er ignoriert die Berührung.

»Wir schaffen das«, sagt Jaron.

»Gut, dann leite ich die Ersthelfer dorthin um. Riff Beta Ende.«

»Aber Chef, F1 ist auf der anderen Seite!«, ruft Norbert.

»Ja, und?«

»Dann müssen wir …«

»Das ist mir schon klar.«

Während das Zylindermodul rotiert, um künstliche Schwerkraft herzustellen, drehen sich die Linearmodule nicht. Das hilft beim Andocken, aber es macht den Vorgang komplizierter, wenn der zugewiesene Port plötzlich auf der anderen Seite liegt. K2 war steuerbord, F1 liegt backbord. Jaron taucht erst einmal unter den Orbit des Riffs, um es einzuholen. Dann dreht er den Schlepper so, dass er sich von backbord aus nähert.

Die unmittelbare Annäherung beginnt. Das All verwandelt sich wieder in eine Kulisse aus unterschiedlich schnellen Piepsgeräuschen. Das war wirklich eine geniale Idee. Bevor Martin ihm das programmiert hatte, war er im Endanflug immer auf den

Copiloten angewiesen gewesen. Geschickt sortiert sein Bewusstsein die Frequenzen und setzt sie gewohnheitsmäßig in Pfeile um. Noch drei Meter, zwei, eins. Ein Stoß geht durch den Schlepper, sehr sanft nur. Ein Klacken, das ihm durch Mark und Bein fährt. Das waren die Klammern, die seinen Schlepper nun fest an Riff Beta verankern.

Sie sind angekommen. Am Schott pocht es auch schon laut. Es sind die Ersthelfer. Jaron erkennt sie schon am Geruch, den sie aus der Medizinstation mitgebracht haben. Norbert spielt mit. Danke, alter Freund. Er ächzt, als sie ihn auf die Trage legen, die über den Boden schabt.

»Hab ihn«, sagt eine weibliche Stimme.

»Wir warten da, wo wir uns immer treffen, wenn wir hier sind«, sagt Jaron.

Norbert kommt erst nach zwei Stunden zurück. Er trifft sie in dem kleinen Café in der Mitte des Linearbereichs. Jaron klemmt sich am liebsten an die Decke und verfolgt das Leben in der Station mit allen Sinnen. Hier ist wirklich immer etwas los, weil das Café genau zwischen Laboren und Werkstätten liegt, deren Besatzungen sich immer etwas zu sagen haben. Schade nur, dass man an diesem Ort nicht schlafen darf. Angeblich sind es Sicherheitsgründe, aber tatsächlich will man wohl bloß dem Hotel im Zylinder Umsätze bescheren.

»Du siehst gut aus«, sagt Jaron.

»Haha«, sagt Norbert.

Sein Copilot klingt anders als sonst.

»Norbert?«, fragt Jaron zurück.

»Was denn?«

Er klingt definitiv anders. Irgendetwas muss geschehen sein.

»Was ist mit dir?«, fragt Jaron. »Raus mit der Sprache.«

»Nichts«, sagt Norbert.

»Jaron hat recht«, sagt Jürgen. »Du klingst niedergeschlagen.«

»Wenn ihr es unbedingt wissen wollt – sie haben etwas gefunden«, sagt Norbert.

»Sie?«, fragt Jaron.

»Bei der Untersuchung. Der Scanner hat gepiepst, als er über meinen Magen gefahren ist.«

»Weißt du schon mehr?«, fragt Jürgen.

»Sie vermuten, dass es sich um Krebs handelt«, sagt Norbert. »Aber das ist schon okay. Macht euch um mich keine Sorgen.«

»Krebs? Hast du Krebs gesagt? Da mache ich mir aber, verdammt noch mal, schon Sorgen«, sagt Jaron. »Krebs ist nun mal keine Grippe. Wie geht es denn jetzt weiter?«

»Weiter? Nichts geht weiter.«

»Ist es nicht zu behandeln?«

»Doch, aber das ist zu teuer. Viel zu teuer. Das kann ich mir nicht leisten.«

Mist. Medizinische Behandlungen sind teuer. Im Orbit allemal. Aber Norbert nach unten zu schicken, wird ihm auch nicht helfen.

»Quatsch, Norbert. Dann werde ich …«, beginnt Jaron.

Aber er wird nicht. Er schuldet der Station noch die Andockgebühren, er hat den Roboterarm eingebüßt und bisher keinen Ersatz dafür. Momentan hat er nicht einmal die Möglichkeit, das Geld zu verdienen, das Norbert braucht.

»Wir bekommen das hin«, sagt Jürgen. »Dann verkaufe ich eben eine meiner Nieren.«

»Organhandel ist illegal«, sagt Norbert. »Außerdem reicht das nicht. Die neuen Kunstnieren sind billig und gut genug.«

»Ich könnte es auf Spaceland versuchen«, sagt Jürgen.

Spaceland ist eine private Raumstation, die sich besonders flexible Regeln und Gesetze gegeben hat und die Hoheit keines Landes der Erde anerkennt. Dort wird man vielleicht eine Niere zu einem vernünftigen Preis los. Aber das wird Jaron nicht zulassen. Sie werden Norberts Behandlung anders finanzieren. So schlecht läuft doch das Geschäft mit der OOS gar nicht. Sie brauchen bloß das Netz.

»Das kommt nicht in Frage«, sagt Jaron. »Wir fangen ein paar alte Satelliten, und schon hast du das Geld für die Behandlung in der Tasche, Norbert. Aber zuerst müssen wir uns um das Netz kümmern.«

Sie besuchen zuerst die Werkstatt in Modul C, weil Jaron hier den Roboterarm gekauft hat. Allerdings ist das Schott geschlossen. Davor schwebt ein Warnschild: »Vorsicht, Vakuum«. Jaron drückt den Rufknopf. Es dauert zehn Minuten, bis sich das Schott öffnet. Der Besitzer des Ladens grüßt sie persönlich. Er trägt noch das Unterteil eines Raumanzugs. Den Helm hat er nach hinten geklappt.

»Tut mir leid, Jungs. Ich musste etwas schweißen.«

Der Mann zeigt auf eine glänzende, bestimmt zwei Meter große Abdeckung, die eine deutlich sichtbare Narbe trägt.

»Gute Arbeit, oder?«, fragt der Mechaniker und fährt mit dem Handschuh über die Schweißnaht.

»Sieht sehr gut aus«, sagt Jürgen, der sich mit Reparaturarbeiten auskennt.

»Also, was braucht ihr? Du willst aber nicht den Arm reklamieren, den ich dir verkauft habe? Alle Verkäufe sind endgültig, das ist ja wohl klar.«

»Nein, keine Sorge«, sagt Jaron. »Den Arm habe ich leider im Einsatz eingebüßt. Aber das lag nicht an dir.«

Wie hieß der Mann doch gleich? Er kommt nicht auf seinen Namen.

»Tut mir leid, das zu hören, Kumpel. Was kann ich heute für euch tun? Ich sage es lieber gleich – die Lieferzeit für einen Ersatzarm liegt derzeit bei drei Wochen. Seit der größte Teil der Transportkapazität die Großbaustelle versorgt, werden wir hier nur noch sporadisch beliefert. Ich habe aber zum Glück noch genug Arbeit mit der Instandsetzung. Das hier war ein Asteroidentreffer.«

Er zeigt noch einmal auf die Schweißnaht.

»Verstehe«, sagt Jaron. »Nein, ich brauche keinen neuen Arm. Ich hatte eher an ein Netz gedacht.«

»Ein Netz? So etwas?«

Der Mechaniker bückt sich und öffnet einen Schrank. Er nimmt einen schwarzen Knäuel heraus und wirft ihn Jaron zu, der ihn auffängt. Es ist ein dünnes Netz aus Plastik.

»Ja, so ungefähr«, sagt Jaron.

»Das kannst du geschenkt haben«, sagt der Mann.

»Ich bräuchte es etwas größer und stabiler«, sagt Jaron. »Es sollte einen Durchmesser von wenigstens fünf Metern haben und zweieinhalb Meter tief sein. Und es muss Kräfte aushalten, wie sie beim Transport von Hardware aus dem Orbit entstehen.«

»Oho! Das nenne ich ein ordentliches Netz. Fische willst du damit also nicht fangen?«

»Nein, nur alte Satelliten.«

»Brav. Einer muss den Job ja machen«, sagt der Mechaniker. »Bevor ihre Trümmer mit dem Riff zusammenstoßen …«

»Tja. Leider sinken die Tarife der OOS jedes Jahr«, sagt Jaron. »Es lohnt sich immer weniger.«

»Ihr könntet versuchen, Altteile an das Spaceland zu verkaufen. Die suchen wohl immer.«

Nun hört er schon zum zweiten Mal in kurzer Zeit den Namen dieser Station. Spaceland konnte sich nur deshalb unabhängig machen, weil es nie von der Erde gestartet ist. Jedes Objekt im Orbit wird nach dem Weltraumvertrag von der Rechtsordnung des Landes regiert, von dessen Boden es in die Umlaufbahn geschossen wurde. Da Spaceland aber aus Schrott besteht, dessen Besitz aufgegeben wurde, so die Theorie der Betreiber, müsse man sich keinem Land der Erde unterordnen. Diese Ansicht wird sich wohl nur so lange halten lassen, bis es einem großen Land zu viel wird.

Aber vielleicht hat der Mechaniker ja recht. Er sollte unbedingt bei Spaceland anfragen, was sie für einen alten Satelliten bieten. Das hätte zudem den Vorteil, dass er jeden Schrott verkaufen könnte und nicht nur das, was nach den OOS-Daten demnächst eine Kollision verursachen könnte. Der Aufwand wäre viel geringer. Vielleicht hat es sich ja schon gelohnt, dass sie hier waren.

»Hast du denn so ein Netz für uns?«, fragt Norbert. »Oder könntest du eins besorgen?«

»Ich kann alles besorgen, aber es kostet Zeit und Geld. Leider habe ich kein Netz nach euren Vorstellungen vorrätig, sorry. Schaut doch mal bei den Kollegen im K-Modul. Die haben bessere Beziehungen zur Forschung.«

»Danke für den Tipp, Kumpel«, sagt Jaron.

Der Name des Mannes fällt ihm immer noch nicht ein. Er muss nachher Norbert danach fragen.

WIE DER LEITER DER WERKSTATT IN MODUL K heißt, weiß Jaron hingegen ganz genau: Max Glasow. Er kennt ihn noch aus der Schulzeit. Alle nennen ihn den Schotten. Dabei kommt Glasow wohl aus Polen. Aber sein Nachname wird gern als »Glasgow« missinterpretiert.

Jaron zieht sich mit dem Fuß nach unten und tastet nach dem Kabel, das die Linearsektion durchzieht. Es gibt insgesamt vier solcher Kabel, in jeder Himmelsrichtung eines. Sie verlaufen vom allerersten Modul, A, bis zum Wohnzylinder und dienen ihm zur Orientierung und allen anderen vor allem zur Bequemlichkeit, weil man sich so in der Schwerelosigkeit besser von Modul zu Modul bewegen kann. Dort, wo das Kabel an der Innenwand festgemacht ist, sind kleine Pfeile in die Wand eingelassen, die die Richtung zum Wohnmodul angeben.

Sie durchqueren mehrere Labors. Immer, wenn Norbert grüßt, grüßt auch Jaron. Im ersten Labor riecht es nach Pfefferminze, im zweiten nach Desinfektionsmittel, im dritten verbrannt. Hier kommt auch kein Gruß zurück. Die drei oder vier anwesenden Menschen scheinen sich gerade mit einem Problem zu plagen. Zum Glück nicht sein Problem.

Jaron hat mitgezählt. Darum weiß er, dass sie sich der K-Werkstatt nähern. Aus ihrer Richtung kommen keine Geräusche, also wird das Schott wohl verschlossen sein. Das ist nicht ungewöhnlich, wenn in der Werkstatt gerade gearbeitet wird. Norbert hält ihn fest. Jaron tastet nach vorn und spürt die Kälte des metallenen Schotts. Die Abtrennung soll auch kleineren Explosionen standhalten können, hat ihm der Leiter der Station mal erklärt – als sie noch miteinander gesprochen haben. Jaron zieht sich zum Rand des Schotts, bis er die Türklingel findet, und drückt sie.

Das Schott bewegt sich nicht, aber ein dünner Luftzug entsteht. Anscheinend hat jemand von innen eine Art Guckloch geöffnet.

»Leute, habt ihr die Ankündigung in der Zentrale nicht gelesen?«, fragt eine Frau. »Der Durchgang zum Wohnmodul ist für etwa zwei Stunden gesperrt. Es wurde ein Bedarfsersatzverkehr mit Shuttles ab Modul G eingerichtet.«

»Wir wollen gar nicht zum Wohnmodul«, sagt Jaron. »Ist der Schotte da? Ich müsste ihn bloß schnell etwas fragen.«

»Ja, aber der hat zu tun«, sagt die Frau. »Wir haben die Reparaturzelle heruntergekühlt, und Max sitzt nun vor einem offenen Quantencomputer. Da kann man nicht mal schnell zur Tür kommen.«

»Aber du kannst ihm doch bestimmt etwas ausrichten.«

Sie seufzt. »Na gut.«

»Ich bräuchte ein Nanofasernetz zum Einfangen von Weltraumschrott. Könntest du ihn bitte danach fragen?«

»Wenn du mich so nett fragst, kann ich nicht Nein sagen. Moment«, sagt die Frau.

Sie hat eine tiefe, warme Stimme, die ihn in seinem Inneren berührt. Der Luftzug bricht ab.

»Glaubst du wirklich, er könnte so etwas vorrätig haben?«, fragt Norbert.

»Ich habe gehört, dass er neulich in einen der modernsten 3D-Drucker investiert hat. So etwas existiert auf keinem anderen Riff«, sagt Jürgen.

»Auf dieses Wunderwerkzeug hoffe ich auch«, sagt Jaron.

»Wenn es so neu ist, ist es bestimmt auch teuer«, sagt Norbert.

»Damit könntest du leider recht haben.«

Der Luftzug setzt wieder ein.

»Ich hoffe, du hast eine positive Antwort für uns«, sagt Jaron.

»Ich … Woher wusstest du, dass ich wieder da bin?«, fragt die Frau.

»Der Chef weiß alles«, sagt Norbert.

»Also, Max lässt ausrichten, dass er euch so ein Netz drucken kann. Es dauert allerdings zwei Tage.«

»Und was ist der Preis?«, fragt Jaron.

»Das möchte er mit euch heute Abend im Insomnia besprechen«, sagt die Frau, und wieder fühlt er sich von ihrer Stimme seltsam angezogen.

Das Insomnia ist Nachtclub und Kneipe gleichermaßen und die einzige Möglichkeit, auf dem Riff Alkohol zu konsumieren.

»Na gut. Unter einer Bedingung«, sagt Jaron.

»Bedingung?«

Jaron stellt sich vor, wie die Frau bei dieser Rückfrage die Stirn in Falten legt.

»Du kommst mit zu der Besprechung«, sagt er.

»Haha. Na, wenn du willst, dann gern«, sagt sie. »Ich bin übrigens Sophia. Sophia Schauer.«

»Freut mich. Jaron Lewis, Kapitän der Achilles.«

Etwas berührt ihn am Arm. Es sind weder Norbert noch Jürgen. Das sagt ihm ein feiner Duft. Jaron dreht sich um und greift nach Sophias Hand. Ein Kribbeln durchfährt seinen Körper.

Kapitän der Achilles, jaja. Er ist so ein Angeber. Dabei ist die Achilles ein billiger Schlepper, fast achtzig Jahre alt, und nur für die Navigation im niedrigen und mittleren Erdorbit geeignet. Die Frau weiß das ganz sicher. Bestimmt lacht sie insgeheim über ihn und hat nur zugesagt, weil sie ihrem Chef, dem Schotten, das Geschäft nicht verderben will.

Jaron dreht die Dusche ab und schüttelt sich. Der kühle Luftstrom von unten saugt das Wasser ab. Es klopft. Draußen steht wahrscheinlich schon der nächste Kunde. Im Wohnzylinder ist nicht genug Platz, um in jedes Zimmer eine Dusche einzubauen. Er greift über seinen Kopf. Dort, oberhalb des Duschkopfes, ist ein Fach, in dem das Handtuch liegen müsste. Er nimmt es heraus und trocknet sich damit ab. Der Stoff fühlt sich feucht an. Jaron riecht daran. Es ist frisch gewaschen, aber wohl noch nicht ganz trocken.

Er bindet es sich um die Hüften und öffnet die Kabine. Draußen ist jemand. Jaron tastet nach dem Kabel an der Decke. Es zeigt ihm die Richtung.

»Kann ich dir irgendwie helfen?«, fragt ein Mann.

Du hast mir schon geholfen. Jetzt weiß ich, wo genau du herumstehst.

»Danke, ich finde mich zurecht«, sagt Jaron.

Er schließt die Tür der Duschkabine hinter sich. Automatisch beginnt sie mit der Reinigungsprozedur.

»Nett von dir, dass du dich beeilt hast«, sagt der Fremde. »Die wollen mich nur geduscht in den Puff reinlassen, und diese Kabine ist die einzige, die nicht für die nächsten Stunden reserviert ist. Dabei will ich mir bloß einen blasen lassen.«

Jaron antwortet nicht. Die Existenz des Bordells ist ein offenes Geheimnis. Offiziell handelt es sich um eine Wohneinheit zur Kurzzeitvermietung. Er hatte noch nie das Bedürfnis. Der Holoprojektor erfüllt seine Wünsche genauso gut und viel günstiger.

Er erreicht seinen Spind. Das Schloss erkennt seinen Fingerabdruck, und die Tür springt mit einem metallenen Seufzen auf. Jaron zieht Unterwäsche und Trainingsanzug an. Und jetzt?

Norbert und Jürgen sitzen bestimmt schon im Insomnia und trinken Bier. Aber bis zum Treffen mit dem Schotten um 20 Uhr Standardzeit hat er noch fünf Stunden. Am besten, er legt sich ein bisschen schlafen.

Der Ärmel seines Hemdes vibriert. Jaron umschließt ihn mit der Hand und schaltet damit den Wecker aus. Er hat ihn auf halb acht gestellt. Das heißt, er hat fast vier Stunden tief und fest geschlafen. Jaron dreht sich auf den Rücken und öffnet den elastischen Gurt, der ihn auf die Matratze gedrückt hat. Sie haben Kabinen nahe der Rotationsachse des Zylinders gemietet, weil sie billiger sind. Dafür ist die von der ständigen Drehung erzeugte künstliche Schwerkraft hier deutlich geringer. Ihn stört das zum Glück nicht, weil er es ja auch aus der Achilles gewöhnt ist, in der er ganz ohne Schwere unterwegs ist.

Um eine Illusion von oben und unten zu erzeugen, genügt die geringe Schwerkraft immerhin. Das erleichtert ihm die Navigation doch deutlich. Ohne erst hintasten zu müssen, weiß er sofort, wo er seine Sachen aufgehängt hat. Sein inneres Bild der Kabine erweist sich als korrekt. Jaron zieht sich an. Dann überlegt er es sich anders und holt ein frisches Hemd aus der Reisetasche. Er schnuppert daran und streicht sanft mit den Fingern darüber. *Fast wie neu. Das ist gut.*

Er schüttelt den Kopf. Bestimmt bildet er sich wieder zu viel ein. Das ist ja typisch. Sophia hat doch nur für ihren Chef zugesagt, an dem Treffen teilzunehmen. Vielleicht sind die beiden ja sogar ein Paar.

Jaron verlässt die Kabine. An dem sanften »Plock« erkennt er, dass sich die Tür automatisch geschlossen hat. Er streckt sich. Dafür war in der Kabine kein Platz. Kabel gibt es hier nicht, in der Schwerkraft des Wohnmoduls erfüllen sie ihren Zweck nicht. Man hat aber Tafeln mit tastbaren Zeichen angebracht. Zur Zentrale geht es nach links, zu allen anderen Einrichtungen nach rechts.

Er folgt der Markierung bis zu einer Leiter. Dort legt er den Kopf in den Nacken und kippt ihn erst nach rechts, dann nach links. Der Schall, der aus dem Loch über ihm dringt, verrät ihm, dass dahinter nur ein kurzer Schacht folgt. Diese Leiter ist also nicht die richtige. Ein erhabener Pfeil am Geländer zeigt denn auch nach oben. Er muss aber nach unten. Jaron dreht sich um 180 Grad. An der gegenüberliegenden Wand ist eine zweite Leiter angebracht. Hier weist der Pfeil in die richtige Richtung.

Beim Klettern kommt Jaron nicht ins Schwitzen, weil die künstliche Schwerkraft ihm hilft. Etwa alle neun Stufen erreicht er eine neue Etage. Dort orientiert er sich an Plaketten, die verraten, welche Einrichtungen man hier findet. Das sind zunächst bloß Wohneinheiten, später dann Büros. Die Freizeiteinrichtungen sind ganz außen. Einmal kommt ihm jemand schnaufend entgegen. Jaron hält an, um ihn vorbeizulassen. Der Mann entschuldigt sich, dass er die falsche Leiter genommen hat, und verschwindet in einem Seitengang.

In der sechsten Etage hört er Musik. Hat er das Insomnia schon erreicht?

»Hallo, Süßer«, spricht ihn eine männliche Stimme an. »Hier bist du richtig.«

»Ich suche die Bar«, antwortet er.

»Bist du sicher?«

»Absolut.«

»Schade. Ich hätte dir auch einen guten Preis gemacht. Aber du kannst es dir ja noch überlegen. Das Insomnia ist drei Etagen über uns, dort nach rechts.«

»Danke«, sagt er.

»Gern, Schatz.«

Er klettert die restlichen drei Etagen nach oben und biegt dort in den rechten Gang ab. Er hat das Gefühl, bergauf laufen zu müssen. Hier draußen ist die Schwerkraft schon fast so hoch wie auf der Erde. Jaron ist das nicht mehr gewöhnt. Plötzlich versperrt ihm ein Schott den Weg. Er berührt es und spürt die Vibrationen tiefer Bässe darin. Dahinter muss sich die Bar befinden. Er sucht nach dem Klingelknopf und drückt ihn.

Quietschend öffnet sich das Schott, indem es in der Wand verschwindet. Eine Wolke aus Schweiß und verbrauchter Luft umfängt ihn. Jaron wird übel. Er konzentriert sich auf seine anderen Sinne, aber das macht es auch nicht besser. Unzählige Stimmen scheinen neben- und miteinander zu zischeln.

»Geht es Ihnen gut?«, fragt eine tiefe Stimme.

»Ich … nur einen Moment.«

Zwei starke Hände umfassen seine beiden Oberarme. Jetzt

kann er nicht mehr zusammenbrechen. Ein Roboter am Empfang? Das muss neu sein.

»Viele unserer Kunden sind die hohe Schwerkraft hier draußen nicht mehr gewöhnt«, sagt der Roboter.

»Danke, es geht schon besser«, sagt Jaron.

Es geht ihm wirklich besser, vermutlich, weil er seine Gedanken und Empfindungen auf den Roboter konzentrieren konnte.

»Haben Sie reserviert?«, fragt der Roboter. »Ich lasse Sie jetzt los.«

Die Hände lassen locker. Er spürt aber, dass sie noch da sind, für den Fall, dass ihn die Kräfte doch wieder verlassen.

»Ich bin verabredet«, sagt er. »Mit Max Glasow.«

»Der Schotte, natürlich. Er sitzt mit ein paar Freunden an Tisch 14. Soll ich Sie hinbringen?«

»Das wäre nett«, sagt Jaron.

Er greift nach dem Arm des Roboters und hält sich knapp oberhalb des Ellbogens fest, während der Roboter durch den Raum manövriert. Jaron hört Musik, vor allem aber das Rascheln von Stoffen. Da vorn bewegen sich Menschen. Vermutlich tanzen sie. Da kommt ihm die Hilfe des Roboters gerade recht.

»Wir sind da«, sagt der Roboter.

Jaron fährt mit seiner Hand am Arm des Roboters nach unten bis zur Hand der Maschine. Sie fühlt sich angenehm an. Die oberste Schicht ist warm und weich. Darunter spürt er aber weitaus härtere Materialien.

»Fast wie echt«, sagt Jaron.

»Sagen Sie das bitte nicht.«

»Oh, es tut mir leid. Ich wollte Sie nicht verletzen.«

»Ich weiß. Darum bitte ich Sie ja, es nicht mehr zu sagen. Meine Haut ist echt, auch wenn sie anders ist als Ihre und ich sie bei EVAs abnehmen kann.«

»Ja, das stimmt natürlich. Ich bitte um Entschuldigung.«

Ein empfindungsfähiger Roboter. Das ist ihm auf der Raumstation auch noch nicht begegnet.

»He, Chef!«, ruft Norbert. »Wird ja Zeit, dassu komms. Haben schon ein büschen was intus.«

Das hört man. Jaron spürt die Stuhllehne unter der Hand des Roboters. Er setzt sich so hin, dass sein Gesicht in Richtung seines Copiloten blickt. Dann tastet er nach vorn, bis er die Tischplatte findet. Er muss an einem runden Tisch sitzen.

»Ich lasse Sie dann bei Ihren Freunden«, sagt der Roboter. »Ich würde mich freuen, wenn wir uns ein andermal in Ruhe unterhalten könnten.«

Flirtet der Roboter etwa mit ihm? Das kann ja wohl kaum sein.

»Gern«, sagt er. »Und vielen Dank.«

»He, Chef«, sagt Jürgen und klopft ihm auf die Schulter. »Willst du auch ein Bier?«

Jaron nickt.

»Wusstest du, dass sie hier eine eigene Mikrobrauerei haben? Das Riff-Pils ist wirklich gut. Die Gerste kommt aber von der Erde.«

»Ich nehme so ein Pils, Jurgen«, sagt er.

Wäre er nicht schon so lange mit den beiden unterwegs, wüsste er gar nicht, dass es einen Unterschied zwischen Pils und dem Pilsener gibt, das manche Großbrauereien verkaufen.

»Freut mich, dass du es geschafft hast«, sagt die Frau.

Wie war noch gleich ihr Name? Sie hat ihn genannt. Er darf ihn nicht vergessen haben! Sie sitzt links von ihm. Er prägt es sich ein.

»Ja, Sophia hat uns schon dauernd über dich ausgefragt«, sagt Norbert.

Genau, Sophia. Sophia Regen. Nein, Schauer.

»Ich habe vier Stunden durchgeschlafen«, sagt er.

»Dann war es wohl dringend nötig«, sagt sie mit ihrer angenehmen Stimme.

Er hat den Schotten noch gar nicht gehört.

»Max, bist du auch da?«, fragt er.

»Na klar«, sagt Max von der rechten Seite. »Wir haben uns ja lange nicht gesehen, was?«

Eine Stunde später hat Jaron zwei Bier getrunken. Über das Netz haben sie aber immer noch kein Wort verloren. Er will gerade davon anfangen, als die Kellnerin ihm ein neues Bier in die Hand drückt und Max einen Trinkspruch anbringt.

»Auf die Zukunft!«

»Auf die Zukunft!«, wiederholen alle.

Jaron ist hellhörig. »Was hat es denn mit der Zukunft auf sich?«

»Oh, ich habe Pläne«, sagt Max.

»Verrätst du sie uns?«, fragt Jaron.

»Sie sind kein Geheimnis mehr. Ich will auf Riff Alpha und Delta zwei weitere Werkstätten einrichten. Mit Harry von Riff Alpha habe ich schon einen Deal, und Winston, der die Werkstatt auf Delta geführt hat, ist pleite und muss verkaufen.«

»He, du wirst noch zum Großunternehmer«, sagt Jaron. »Glückwunsch!«

»Danke, alter Freund. Dazu wollte ich dich etwas fragen.«

»Schieß los.«

Max Glasow kennt er schon seit vielen Jahren – seit der Ausbildung in einem Maschinenbauunternehmen. Sie haben nie besonders viel Zeit zusammen verbracht, waren sich aber immer sympathisch und sind sich immer wieder begegnet. Außerdem waren sie eine Weile mit derselben Frau zusammen, ohne vom anderen zu wissen. Auch das hat ihre Sympathie füreinander überstanden.

»Ich kann nicht überall gleichzeitig sein, das ist ja klar«, sagt Max.

»Klar.«

»Nun suche ich einen vertrauenswürdigen Menschen, der diese Werkstatt hier übernimmt und für mich leitet.«

»Und das bedeutet?«

»Ich hatte an dich gedacht.«

»Aber ich kenne mich doch gar nicht aus mit dieser Arbeit. Wäre nicht Sophia die bessere Kandidatin dafür?«

»Das ist sehr freundlich«, sagt Sophia. »Aber ich will nicht mein ganzes Leben hier oben verbringen.«

»Sophia würde dich in die Arbeit einführen«, sagt Max. »Und wenn du dann alles draufhast, fliegt sie zurück zur Erde.«

Das ist ein verlockendes und zugleich schwieriges Angebot. Er könnte etwas Zeit mit Sophia verbringen, aber ausgerechnet dann, wenn sie sich besser kennen werden, würde sie die Station verlassen. Das klingt schmerzhaft.

»Ich glaube nicht, dass das etwas für mich ist«, sagt Jaron. »Ich bin viel zu gern Kapitän der Achilles.«

»Norbert hat mir erzählt, dass es nicht so gut läuft mit den

OOS-Jobs. Wenn du ein paar Jahre hier arbeiten würdest, hättest du genug Geld, um einen interplanetaren Frachter zu leasen. Dann würdest du auch mal etwas vom Sonnensystem sehen, statt immer nur im LEO herumzuhängen.«

»Ich weiß nicht«, sagt Jaron.

Vielleicht will er ja gar nicht, dass sich etwas ändert. Dann müsste er ja auch aufhören, mit seinem Schicksal zu hadern, nie über den Erdorbit hinausgekommen zu sein – obwohl er schon als Kind immer zu den Sternen fliegen wollte.

»Du brauchst dich nicht sofort zu entscheiden. Überleg es dir in Ruhe.«

»Wie lange habe ich Zeit, Max?«

»In zwei Wochen muss ich wissen, wem ich die hiesige Werkstatt übergeben kann. Es wäre also gut, wenn du dich vorher noch bei mir melden könntest. Und jetzt genug davon. Prost! Auf die Zukunft!«

Zwei Pils später haben sich alle untergehakt und schunkeln zu den dröhnenden Bässen des ihm unbekannten DJs hin und her. Da fällt ihm ein, dass er den Hauptgrund ihres Treffens noch gar nicht angesprochen hat. Jaron klinkt sich aus der Umarmung aus, obwohl es ihm schwerfällt, denn Sophias warmer, weicher Körper berührt immer wieder seine linke Seite. Er weiß nicht einmal, ob sie es absichtlich macht oder einfach so viel Alkohol getrunken hat, dass ihre Koordination nachlässt. Sie singt mit und trifft dabei fast immer die Töne, was gegen eine übermäßige Wirkung des Alkohols spricht.

Jaron schiebt seinen Stuhl etwas zurück und richtet sich auf.

»Max, wir müssen über das Netz sprechen!«

Obwohl er laut ruft, kommt er kaum gegen den Lärm an. Aber Max muss ihn gehört haben, denn die ganze Schunkelgemeinschaft stoppt.

»Kein Problem!«, ruft Max zurück. »Ich habe schon zwei solche Netze aus Kohlenstoff-Nanofasern gedruckt. Komm in zwei Tagen bei mir vorbei.«

»Aber wir müssen auch über den Preis reden.«

»Was hältst du von vierzigtausend?«

Das ist die Summe, die er für den letzten Auftrag bekommen

hat, und es entspricht ungefähr den offenen Dockingkosten und der Miete für ihren Aufenthalt hier.

»Das kann ich mir nicht leisten«, sagt er.

»Pass auf, ein Vorschlag: Du zahlst mir 50 Prozent deines nächsten Auftrags, dann sind wir quitt.«

»Max, ich möchte von dir keine Almosen. Ich will niemandem zu etwas verpflichtet sein.«

»Aber das bist du nicht, Jaron. Was hättest du für deinen letzten Auftrag bekommen, wenn dir nicht der Arm abgerissen wäre?«

»Was, dir ist der Arm abgerissen?«, fragt Sophia.

Warme Finger betasten seinen Oberarm.

»Haha«, sagt Max. »Ich spreche vom Roboterarm seines Schiffes.«

»160.000«, sagt Jaron.

»Siehst du? Dann stünden mir 80 Riesen zu, nicht nur 40 wie bei meinem ersten Angebot.«

»Aber manche Aufträge bringen auch nur 20 Riesen.«

»Das ist mein Risiko. Es ist eine Wette, und meine Chancen, gut daran zu verdienen, stehen gar nicht so schlecht.«

Jaron braucht ein bisschen, um das Problem zu durchdenken. Aber Max hat recht. Die Wahrscheinlichkeit, dass Max' Verdienst nach oben abweicht, ist deutlich höher als das Risiko, dass er weniger als den zuerst genannten Preis bekommt, bei dem er ja bestimmt auch noch verdient. Max ist selbst mit fünf oder sechs Bier noch ein guter Geschäftsmann. Aber Jaron entlastet das Angebot enorm. Es ist zwar ein ungewöhnlicher Vorschlag, doch Almosen sind es nicht.

»Okay, du hast recht. Ich bin einverstanden.«

Lowell Observatory, 9. Mai 2144

»Du willst heute wirklich noch arbeiten?«, fragt Angel.

»Ja, ich habe große Lust dazu. Bin schon bei LDN 44!«, sagt Celia.

»Von wie vielen?«

»Über 1800.«

»Du bist verrückt. Aber im positiven Sinn. Versteh mich bitte nicht falsch.«

»Apropos: Der Gast gestern schien es auf dich abgesehen zu haben. Das war etwas gruselig. Wir sollten Heather sagen, dass sie Buchungen eines gewissen Rudy für dich ablehnen soll.«

»Rudy? Der Name kommt mir irgendwie bekannt vor. Wie sah er denn aus?«, fragt Angel.

»Vielleicht Mitte 50, Geheimratsecken, dünne, blonde Haare, blaue Augen.«

»Wir hatten mal einen Lehrer, Rudy Harrington, auf den deine Beschreibung passt. Vielleicht hat er ja meinen Namen gesehen und wollte seine ehemalige Schülerin hier treffen.«

»Und dafür gibt er gleich sieben große Scheine aus? Er war nicht mal richtig interessiert und hat sich schon nach einer halben Stunde verabschiedet.«

»Das tut mir leid, Celia. Ich hoffe, es war nicht zu gruselig.«

»Er hat sich benommen, wenn du das meinst.« Celia klopft auf die Hosentasche, in der sie das Reizgas hat. »Ich weiß mich zu wehren.«

»Das ist gut. Dann muss ich mir ja keine Sorgen machen. Ich wünsche dir noch eine spannende Nacht!«

DER KIESWEG KNIRSCHT, aber nicht so laut wie gestern. Angel fährt Elektrorad, nicht Auto. Celia beendet das VIP-Programm, das ihre Kollegin benutzt hat, und startet ihre eigene Software. LDN 45 ist heute an der Reihe. Es handelt sich um einen ansonsten namenlosen Dunkelnebel, der auch bei näherem Hinsehen keine Besonderheiten aufweist. Sie nimmt trotzdem ein Spektrogramm auf. Manchmal ergeben sich Erkenntnisse erst aus der Analyse vieler Daten scheinbar gleicher Objekte. Bei LDN 46 verhält es sich ähnlich.

LDN 57 ist anders. Es ist schon kurz vor eins, als dieses Objekt an der Reihe ist. Im älteren Katalog von Edward Barnard taucht es als Nummer 68 auf. Im Inneren der wie ein dicker Bumerang geformten Dunkelwolke ist kein einziger Lichtpunkt zu finden. Das liegt daran, dass es zwischen ihr und der Erde keinen Stern gibt. LDN 57, im Sternbild Schlangenträger, ist nämlich nur etwa 400 Lichtjahre entfernt. Die Wolke durchmisst ein halbes Lichtjahr und ist doppelt so schwer wie die Sonne. Was wird sich wohl in ihr abspielen? Andere Forscher haben festgestellt, dass sie in einem Rhythmus von 250.000 Jahren oszilliert. Das könnte bedeuten, dass sie bereits dabei ist, einen Stern zu gebären.

Das Infrarotlicht von LDN 57 verrät allerdings klar, dass es noch nicht so weit ist. Die Temperatur in ihrem Inneren liegt gerade einmal bei 16 Grad über dem absoluten Nullpunkt. Der größte Teil der Gase, die darin enthalten sind, verharrt noch in gefrorenem Zustand. Wenn sich die Wolke aber weiter zusammenzieht, wird sich ihr Inneres erwärmen. Sie wird kollabieren und einen relativ kleinen Stern gebären. Bereits heute sind ihre Ränder stark ausgefranst. Celia folgt ihnen mit dem Finger. Es fühlt sich an, als bräuchte sie sie nur ein wenig nach innen zu drücken, um den Prozess der Sternengeburt anzustoßen. Tatsächlich rechnet die Forschergemeinde damit, dass der unvermeidbare Kollaps in den kommenden 100.000 Jahren bevorsteht. Leider ist diese Zeit zu lang, um dabei zusehen zu können.

Eigentlich ist Celia ein ziemlich ungeduldiger Mensch. Sie

hat sich der Astronomie verschrieben, um Geduld zu lernen. Oder vielleicht war es doch eher ihr Vater, der sie mit seiner unvergleichlichen Ruhe von der Schönheit des Universums überzeugt hat. Auf den ersten Blick wirkt der Kosmos extrem statisch. Im Laufe der Lebenszeit eines Menschen passiert – nichts. Aber ihr Vater hat ihr in langen, kalten Nächten vorgeführt, wie dramatisch die Ereignisse im All ablaufen. Weil es so riesig ist, existieren Abbilder jedes nur denkbaren Prozesses am Himmel. Der Trick ist, nicht einem Stern bei seiner Explosion zuzusehen, sondern vielen Explosionen in ganz unterschiedlichen Stadien. Die Herausforderung besteht dann darin, diese Stadien richtig zu ordnen. Das ist Detektivarbeit, die Celia von Anfang an Spaß gemacht hat.

Viertel nach eins. Sie hat heute wieder mehr als zehn Objekte abgearbeitet. Andererseits ist morgen Sonntag. Sie kann ausschlafen und muss erst am Abend wieder zahlenden Gästen die Wunder des Universums zeigen. Celia ist noch kein bisschen müde. Wenn sie jetzt nach Hause geht, verfällt sie im Bett bloß wieder ins Grübeln darüber, warum ihr Leben so gelaufen ist, wie es ist, wieso sie immer noch allein lebt. Sie schaltet die Kamera des Computers ein und richtet sie auf ihr Gesicht. Dass sie schon 36 Jahre alt ist, sieht man ihr nicht an. Aber vielleicht sollte sie nicht nachts in der Kuppel hier sitzen, wenn sie wirklich jemanden kennenlernen will. Cody, ihr Chef, würde ihr gefallen. Dass er zwanzig Jahre älter ist, erscheint ihr nicht als Problem. Aber er hat Familie und ist damit tabu.

Celia seufzt. *Komm, LDN 58. Ich möchte sehen, was du mir zu bieten hast.*

TELESKOP NACHFÜHREN. Spektrogramm anfertigen. Nächstes Objekt. Allmählich zieht die Routine ein. Die Objekte, die ihre Vorgängerin erfasst hat, sind zum großen Teil nicht spektakulär. Oft sind es wirklich nur schwarze Flecke, wo eigentlich Sterne zu sehen sein müssten. Das Teleskop schafft es nur selten, echte Strukturen herauszukitzeln, und die Spektrogramme ähneln sich erwartungsgemäß.

Aber LDN 63 ist anders. Sie findet das Objekt bei den galaktischen Koordinaten 001.8279 und +16.5624. Beeindruckend ist zum einen die fast kreisrunde Form. Natürlich sieht sie nur eine zweidimensionale Projektion. Aber es ist sicher nicht gar zu spekulativ, eine Kugelform abzunehmen. Da die Dunkelwolke von ihrer Gravitation zusammengehalten wird, kann sie kaum die Form eines Zylinders oder eines Kegels annehmen. Die Kraft, die sie formt, setzt gewisse Grenzen. Eine perfekte Kugel ist im All aber selten zu beobachten, gibt es doch stets auch Nachbarn, die mit ihren eigenen Anziehungskräften das schöne Bild zerstören.

Dann ist da die Entfernung. Zwei Forscherteams haben sie auf 125 beziehungsweise 400 beziehungsweise 500 Lichtjahre berechnet. Das ist relativ nah, wenn man bedenkt, dass der Kern der Milchstraße 20.000 Lichtjahre von der Erde entfernt liegt. Aber irgendetwas stört Celia. Die Entfernung wurde offenbar anhand der beiden Sterne berechnet, die sich noch vor der Dunkelwolke befinden müssen, und zwar in 20 beziehungsweise 45 Lichtjahren Abstand. Einen der beiden Sterne kennt sie bereits, weil sie ihn für eine Studie zum Thema »Schnellläufer« untersucht hat. Dass er zu dieser Gruppe von Sternen gehört, die sich besonders flink durch die Milchstraße bewegen, war noch nicht bekannt, als die Entfernung zu LDN 63 berechnet wurde.

Das ist ja großartig! Dadurch hat sie nun die Möglichkeit, eine neue, wahrscheinlich genauere Schätzung der Entfernung von LDN 63 abzugeben. Denn wenn sie weiß, wie schnell der Stern ist und wie weit er sich vor der Dunkelwolke bewegt hat, kann sie ganz einfach per Strahlensatz die Entfernung von LDN 63 bestimmen.

Celia sucht in den gängigen Katalogen nach dem Stern. Dann holt sie sich die passenden Aufnahmen aus den Datenbanken. Es sieht gut aus. Der Schnellläufer wurde als einer der erdnäheren Sterne recht häufig ins Visier genommen. Und jedes Mal befindet er sich vor der Scheibe der Dunkelwolke an etwas veränderter Position. Sie notiert sich die Positionen in einer Tabelle. Für einen groben Überschlag genügt das. Sie kommt auf sieben Datenpunkte, das ist gar nicht schlecht. Der Computer legt eine Kurve hindurch. Ihre Steigung entspricht der Entfernung der Dunkelwolke im Verhältnis zur Entfernung des Sterns.

Celia tippt die Kurve an. Es ist eine simple Gerade, die steil ansteigt. Ihre Steigung beträgt ungefähr drei. Demnach hat die Dunkelwolke einen Abstand von … etwa sechzig Lichtjahren.

Sechzig statt der 400, die die anderen Forscher berechnet haben! Das ist eine Sensation! Eine derart naheliegende Dunkelwolke hat noch niemand entdeckt. Dabei ist LDN 63 schon seit langer Zeit bekannt.

Das Problem ist nur, dass ihr niemand glauben wird. Die Redakteure der wichtigen Wissenschaftsmagazine werden ihren Artikel ungelesen ablehnen. Wer einmal lügt … Ihr Übereifer wird ihr immer wieder auf die Füße fallen. Und wenn sie mit Cody spricht? Aber damit bringt sie ihn bloß in die Bredouille. Soll er ihretwegen seine Karriere aufs Spiel setzen? Es war schon nett genug, dass er sie als Pädagogin eingestellt hat und ihr die Möglichkeit lässt, im bescheidenen Rahmen zu forschen.

Aber was hat sie denn von ihrer Entdeckung, wenn sie nichts davon veröffentlichen kann? Nicht einmal ihre Neubewertung des LDN-Katalogs wird es in seriöse Medien schaffen. Ihr Name ist ein für allemal verbrannt.

Und wenn sie es unter anderem Namen versucht? Sie könnte sich ja ein Pseudonym ausdenken. Wenn es herauskommt – na und? Schlimmer kann es schließlich nicht mehr werden, oder? Doch. Cody wird Ärger bekommen, weil sie die Geräte des Observatoriums genutzt hat, obwohl sie hier gar nicht als Astronomin arbeitet. Sie hat das Geld des Steuerzahlers und die Spenden der Freunde des Observatoriums veruntreut. Natürlich wird man Cody dafür verantwortlich machen. Er hat es ihr schließlich erlaubt.

Celia läuft in der Kuppel im Kreis, bis ihr schwindlig wird. Dann setzt sie sich wieder auf ihren Platz. Es gibt nur eine Lösung: Sie muss einfach vergessen, was sie herausgefunden hat. Dann bleibt ihr zumindest die Möglichkeit erhalten, das Teleskop weiter für ihre Zwecke zu nutzen.

Erdorbit, 10. Mai 2144

»Für Sie auch ein American Breakfast?«, fragt die Kellnerin.

»Nein, nur einen Kaffee, bitte«, antwortet er. »Schwarz, groß, kein Zucker.«

Links neben ihm beißt Norbert krachend in ein offenbar knuspriges Stück Brot. Rechts schlürft Jürgen irgendeine Suppe. Die Geräusche und der Geruch verstärken seine Übelkeit. Wie können die beiden bloß schon wieder etwas essen? Jaron gähnt. Er hat keine Ahnung, wie er gestern in seine Kabine gekommen ist, traut sich aber auch nicht zu fragen. Am besten, er vergisst diesen Abend, denn da sind diese Eindrücke, die er nicht aus dem Kopf bekommt. Hat Sophia später tatsächlich auf seinem Schoß gesessen? War da wirklich eine Zunge in seinem Mund?

Aufgewacht ist er jedenfalls allein in seiner Kabine. Er trug noch die Unterwäsche vom Vortrag und hat auch kein benutztes Kondom gefunden, also wird wohl nichts passiert sein. Er kann ja schlecht Norbert und Jürgen fragen. Es wäre wohl besser gewesen, hätte er den Tag in seiner Kabine verbracht, statt sich hier zum Frühstück mit ihnen zu treffen. Etwas ploppt. Eine Flasche klirrt. Ein gluckerndes Schluckgeräusch von rechts.

»Trinkst du tatsächlich schon wieder Bier?«, fragt Jaron.

»Das hilft am besten gegen den Kater, glaub mir«, sagt Jürgen. »Willst du auch eins?«

»Auf keinen Fall.«

»Gestern hast du ja ganz schön gepichelt«, sagt Norbert.

»Hör mir bloß auf damit.«

»Du solltest dem Roboter heute Abend ein Trinkgeld geben. Er hat dich in deine Kabine geschleppt.«

»Zu dumm, dass ich ihn heute Abend garantiert nicht sehen werde. Ich gehe früh ins Bett und schlafe mich aus. Aber grüß ihn doch bitte von mir, Norbert.«

»Was hast du da eigentlich auf dem Unterarm?«

Er spürt Norberts schwielige Finger, die seinen linken Arm ergreifen und umdrehen.

»Was meinst du? Habe ich einen Ausschlag?«

Mist. Irgendeine ansteckende Krankheit kann er sich jetzt wirklich nicht leisten. Auf den Raumstationen verstehen sie in dieser Hinsicht keinen Spaß. Zwei Wochen Isolation sind das Minimum.

»Nein, da hat jemand etwas geschrieben«, sagt Norbert.

»Stimmt«, sagt Jürgen. »Zeig doch mal!«

Norberts Finger wischen knapp unterhalb des Ellbogens über die Innenseite seines Unterarms. Es kitzelt. Jaron tastet hin.

»Lass das lieber, sonst verwischt es«, sagt Norbert. »Das oberste Wort kann man schon nicht mehr erkennen.«

Da hatte er ja Glück, dass er heute noch nicht geduscht hat.

»Ka-Eh steht da«, sagt Jürgen.

»Könnte der Rest von ›Danke‹ sein«, sagt Norbert.

»Und was steht da noch?«, fragt Jaron.

»Für den schönen Abend«, liest Norbert, wobei sich seine Finger anscheinend dem Text folgend Richtung Handgelenk bewegen. »Freue mich auf ein Wiedersehen. 20 Uhr in der Kuppel?«

»Das war's?«

»Ja, mehr steht da nicht«, sagt Norbert.

»Mehr steht da wirklich nicht«, sagt Jürgen.

Keine Unterschrift. Das kann jeder und jede geschrieben haben. Er erinnert sich einfach nicht. Vielleicht ist es ein Scherz, den seine Freunde sich ausgedacht haben?

»Wart ihr das?«, fragt Jaron.

»Also, Chef, bitte! So etwas traust du uns zu?«, fragt Norbert.

»Ich weiß noch, wie Jürgen alle Verriegelungen in der Achilles mit Schuhcreme eingeschmiert hat.«

»Aber das war doch etwas ganz anderes. Wir würden nie …«, sagt Jürgen.

»Du hättest euch sehen sollen, Chef«, sagt Norbert. »Ich dachte schon, die Kleine saugt dich bei lebendigem Leib aus.«

»He, das ist keine Kleine. Sie heißt Sophia Schauer. Ich will nicht, dass du anders von ihr redest.«

»Entschuldigung, Chef. Dann erinnerst du dich wohl doch?«

Er schüttelt den Kopf. Aber da waren doch diese Eindrücke. Die Frau auf seinem Schoß. Die Zunge in seinem Mund. Das war kein Traum. Es ist gestern Abend passiert.

»Hast du mal ein Taschentuch?«, fragt er.

Norbert gibt ihm ein fast weißes Tuch aus Papier. Jaron spuckt darauf und wischt damit über seinen Unterarm.

»He, was machst du denn da, Chef?«, fragt Norbert.

»Ich säubere mich. Es muss doch nicht jeder von meiner Verabredung wissen.«

»Also gehst du hin?«, fragt Jürgen.

»Ich weiß es noch nicht. Seid ihr sicher, dass Sophia den Text geschrieben hat?«

»Ich habe es nicht gesehen«, sagt Jürgen.

»Ich auch nicht«, sagt Norbert. »Aber wer sollte es denn sonst gewesen sein?«

Jaron wiegt den Kopf hin und her. Es ist zwar ein verrückter Gedanke, aber der Roboter an der Tür hat auch ein seltsames Interesse an ihm gezeigt. Doch davon müssen seine Freunde nun wirklich nichts wissen. Die Kuppel als Treffpunkt spricht auch eher für Sophia, denn sie ist der einzige Ort auf dem Riff, wo so etwas Ähnliches wie Romantik aufkommen könnte. Aber vielleicht tut er dem Roboter ja unrecht – wenn der nun ebenfalls einen Sinn für Romantik entwickelt hat? Er hätte, als er Jaron zu seiner Kabine geschleppt hat, jedenfalls die beste Gelegenheit gehabt, so eine Notiz auf seinem Arm zu hinterlassen.

»Es ist ja auch egal«, sagt Jaron. »Ich gehe sowieso nicht zu diesem Date.«

»Aber wieso denn, Chef?«, fragt Norbert. »Die Klei… äh, Sophia scheint doch sehr nett zu sein?«

»Es hat keinen Sinn. Morgen bekommen wir unser Netz, dann sind wir wieder dauernd unterwegs. Das macht weder sie glücklich noch mich.«

»Du hast aber nicht vergessen, was der Schotte dir angeboten hat?«

»Norbert, du hast es doch gehört. Sophia will zur Erde

zurück. Das ist das komplette Gegenteil meiner Lebensplanung. Ich will zu den Sternen!«

Norbert zuckt mit den Schultern. »Wie du meinst, Chef. Manchmal glaube ich, du willst gar nicht glücklich werden.«

»Doch, das will ich. Ich will schnell so viel Geld verdienen, dass wir dir eine vernünftige Behandlung bezahlen können. Das ist am wichtigsten.«

»Im Moment geht es mir doch noch ganz gut. Aber danke, Chef. Du bist ein Schatz.«

»Vielleicht hat Norbert ja die Einladung auf deinen Unterarm geschrieben«, sagt Jürgen.

Am Nachmittag rafft sich Jaron auf, um die Zentrale zu besuchen. Es fühlt sich seltsam an, nach oben zu klettern, obwohl sich doch die Zentrale im Inneren des Moduls, also eigentlich unten, befindet, in der Achse, wo die Schwerkraft verschwindet.

Der Raum ist voller Menschen. Jaron verharrt am Eingang. Er muss sich erst einmal orientieren, aber das ist schwierig, weil er aus allen Richtungen das Klappern von Tastaturen und das Tuscheln von Menschen hört. Er ist nicht zum ersten Mal hier und weiß, dass der Raum keine zehn Meter lang ist. Aber wo findet er die Rezeption, bei der er seine Schulden begleichen kann?

Plötzlich stößt ihn jemand in den Raum hinein. Vielleicht hat man ihn übersehen; Jaron hat keine Ahnung, wie gut die Gänge beleuchtet sind, auch der, durch den er gekommen ist. Er streckt die Arme nach vorn, um sich vor einem Zusammenstoß zu schützen.

»Passen Sie doch auf!«, ruft ein Mann von rechts.

»He, was soll das?«, ruft eine Frau.

Seine Arme stoßen gegen ein Holzbrett und wirbeln etwas auf, Unterlagen vermutlich.

»Was machen Sie denn da? Das ist mein Schreibtisch!«, ruft dieselbe weibliche Stimme.

Als ob er sich das aussuchen könnte!

»Tut mir leid«, sagt er. »Ich kann nicht sehen.«

»Wache!«, ruft die Frau.

Jaron protestiert nicht. Vom Eingang aus führen zwar Kabel,

an denen er sich orientieren kann, in die Zentrale hinein, aber er hat sich offenbar verlaufen. Die Chance, ein Kabel zu finden, ist gering. Bevor er noch mehr Angestellte aus Versehen belästigt, soll ihn doch eine Wache abholen.

Zwei weiche, aber starke Hände schließen sich um seine Schultern. Er kennt diesen Griff.

»Ah, wir kennen uns doch«, sagt der Roboter.

»Sind Sie derselbe Roboter, der mich gestern im Insomnia festgehalten hat?«, fragt Jaron.

»Ja, natürlich. Die Bar hat noch nicht offen.«

»Und deshalb setzt man Sie hier ein?«

Die Geräuschkulisse verändert sich. Sie zieht wie ein Wald unter ihm hindurch. Der Roboter bringt ihn offenbar woanders hin.

»Ich bestimme selbst, wo ich am meisten gebraucht werde«, sagt der Roboter.

Oh, das muss eines dieser neuen Projekte der Zusammenarbeit zwischen Mensch und Maschine sein. Seit die Menschheit nur noch spezialisierte KIs entwickeln darf, die bestimmte Fähigkeiten nicht überschreiten, hat der Fortschritt in diesem Bereich deutlich nachgelassen.

»Ich danke Ihnen«, sagt Jaron. »Eine Frage.«

»Ja?«

»Ich habe gehört, dass Sie mich gestern nach Hause gebracht haben.«

»Das ist richtig. Der Alkohol hatte Ihnen sehr zugesetzt.«

»Herzlichen Dank dafür. Mein Kollege brachte mich auf die Idee, Ihnen ein Trinkgeld zu geben.«

»Das ist sehr freundlich, aber ich kann damit nichts anfangen. Ich darf nach aktueller Gesetzgebung kein Eigentum besitzen, da ich selbst nur ein Objekt bin.«

»Verstehe.«

»Sie könnten den Betrag für einen guten Zweck spenden«, sagt der Roboter. »Das würde mir Befriedigung verschaffen.«

»Wirklich?«

»Ja, wirklich.«

»Gut, dann spende ich es. Es wird dann armen Menschen helfen.«

»Danke, das ist sehr freundlich. Ich bin froh, wenn es dadurch bedürftigen Menschen etwas besser geht.«

»Ich habe noch eine Frage.«

»Gern, Jaron.«

Jetzt klingt die Stimme des Roboters gleich wieder viel voller, verführerischer.

»Haben Sie vielleicht auf meinem Unterarm eine Nachricht hinterlassen?«

»Ich? Nein. Lassen Sie mal sehen.«

Der Roboter greift nach seinem rechten Unterarm.

»Es war auf dem linken«, sagt Jaron. »Aber ich habe es abgewaschen.«

»Kein Problem«, sagt der Roboter und nimmt Jarons linken Arm. »Ich kann es trotzdem lesen. Ich muss bloß auf ultraviolett umstellen.«

»Und, was sehen Sie?«, fragt Jaron.

»Danke für den schönen Abend«, liest der Roboter. »Freue mich auf ein Wiedersehen. 20 Uhr in der Kuppel?«

»Ja, das hatten wir uns auch erschlossen. Aber ohne Unterschrift, nicht wahr?«

»Ohne Unterschrift«, bestätigt der Roboter.

»Schade.«

»Das ist kein Problem. Ich kenne die Handschriften der meisten Angehörigen der Besatzung der Station. Diese Nachricht wurde Ihnen von einer gewissen Sophia Schauer hinterlassen. Möchten Sie sie wegen Sachbeschädigung verklagen? Entschuldigung. Ihr Unterarm gilt ja nicht als Sache. Sie könnten es mit dem Vorwurf der Körperverletzung versuchen.«

»Danke, aber das wird nicht nötig sein. Ich fühle mich nicht verletzt.«

»Verstehe«, sagt der Roboter. »Dann wollen Sie der Aufforderung Folge leisten?«

»Ich denke schon.«

Eigentlich wollte er es nicht, aber da er nun sicher ist, wer dort auf ihn warten wird … Moment, was ist denn mit seinen eigenen Argumenten dagegen?

»Ich verstehe«, sagt der Roboter. »Aber ja, das ist folgerichtig.«

»Wieso das?«

»Nun, ich habe beobachtet, wie Sie mit der Person in engem körperlichen Kontakt standen. In über 90 Prozent der von mir erfassten Fälle setzen die Personen diesen Kontakt später fort.«

»Das ist unwahrscheinlich. Ich möchte nur mit Sophia reden.«

»Das wäre sehr ungewöhnlich«, sagt der Roboter. »Erlauben Sie, dass ich Sie dabei beobachte? Ich hoffe, daraus wesentliche Daten zu gewinnen, die mein Prognosemodell verbessern.«

»Nein, ich möchte nicht von Ihnen beobachtet werden.«

»Ich würde auch absolut unauffällig vorgehen. Meine Anwesenheit wäre rein virtuell, über die Sicherheitskameras des Bereiches.«

»Es tut mir leid, mein Freund, aber ich bin trotzdem dagegen.«

»Ich habe Ihre Ablehnung vermerkt. Kann ich hier noch etwas für Sie tun?«

»Ich wollte eigentlich die Rezeption aufsuchen, um meine Schulden zu bezahlen.«

»Dann nehmen Sie jetzt bitte meinen rechten Arm und ich führe Sie dort hin.«

»Oh, da sind Sie ja«, sagt der Rezeptionist.

»Ja, da bin ich. Ich würde gern meine Außenstände begleichen.«

Jaron weiß immer noch nicht, wie der Mann heißt. Er hat zwar bestimmt ein Namensschild, aber das hilft ihm nichts.

»Natürlich. Moment, ich öffne Ihr Konto.«

Der Mann fragt weder nach seinem Namen noch nach der Bezeichnung seines Schleppers. Er muss sich den Vorfall gemerkt und ihn an der Stimme erkannt haben.

»Also, da hätten wir … sechs Andockmanöver, dazu ebenso viele Tankfüllungen sowie Ausgaben für Verpflegung und Aufenthalt. Das wären 39.422 Credits.«

Tja, wenn er das bezahlt hat, ist er wieder pleite. Aber was soll er tun? Er muss einfach fleißig Aufträge erfüllen.

»Dann buchen Sie die Summe doch bitte ab«, sagt Jaron.

»Bitte verzeihen Sie die Frage, aber ist Ihr Konto über diesen Betrag gedeckt? Ich möchte Ihnen bloß helfen, indem ich Ihnen die nicht unbedeutenden Kosten einer deckungsbedingten Rückweisung unserer Forderung erspare.«

»Mein Konto ist gedeckt, keine Sorge.«

»Sehr gut. Wie verhält es sich mit den Kosten für die medizinische Behandlung Ihres Crewmitglieds? Mein herzliches Beileid, übrigens.«

»Beileid? Wie meinen Sie das? Hat der Arzt etwa Daten weitergegeben?«

»Nein. Ich sehe nur an der Höhe der Rechnung, dass es etwas Ernstes sein muss. Simple Knochenbrüche und Verletzungen kosten heute ja kaum noch etwas.«

»Es ist leider wirklich etwas Ernstes.«

»Das tut mir sehr leid. Soll ich diese Kosten auch von Ihrem Konto abbuchen?«

»Sind sie denn schon fällig?«

»Nein, der Zahlungstermin liegt drei Monate in der Zukunft.«

»Dann lassen Sie ihn auch dort. Wir müssen den Ärzten das Geld ja nicht vorfristig in den Rachen schieben.«

»Verstehe. Gut, dann freue ich mich auf Ihren nächsten Aufenthalt bei uns und hoffe, dass es Ihnen trotz der Unannehmlichkeiten gefallen hat.«

»Es ging so. Ich hätte noch eine Frage.«

»Gern, Herr Lewis.«

»Ich suche nach Aufträgen. Gibt es hier so etwas wie eine Börse, wo ich das Gesuch veröffentlichen könnte?«

»Wenn Sie etwas Physisches suchen, dann kann ich Ihnen leider nicht helfen. Aber über die vier Riffe verteilt haben wir eine virtuelle Börse eingerichtet. Was genau suchen Sie denn?«

Ah, ein Kollege hat ihn vor ein paar Wochen schon darauf hingewiesen. Aber er war mit den Aufträgen der OOS eigentlich immer zufrieden gewesen.

»Sind damit Kosten verbunden?«, fragt er.

»Bei einer Vermittlung gehen zehn Prozent des Auftragswertes an uns.«

»Zehn Prozent? Das ist ja die reinste Ausbeutung! Können Sie da nicht etwas machen?«

»Wenn Sie nicht einverstanden sind, brauchen Sie Ihr Gesuch nicht zu veröffentlichen. Wir schreiben niemandem etwas vor. Die Vermittlungswahrscheinlichkeit bei uns ist aber viermal so hoch wie in den freien virtuellen Foren, weil alle Anbieter von uns geprüft werden. Diese Prüfung muss ich Ihnen dann allerdings auch noch berechnen. Sie kostet einmalig zweitausend, die vom ersten Auftragsgewinn abgezogen werden.«

»Das ist ja ein richtiges Schnäppchen.«

Jaron rechnet. Wenn er 40 Riesen bekäme, lägen Provision und Prüfung zusammen bei sechs. 50 Prozent des Gewinns gingen an Max, blieben 17 Riesen. Das ist eigentlich ganz ordentlich, auch wenn es ihm gegen den Strich geht, dass da jemand für wenig Arbeit so viel Geld bekommt. Aber der Rezeptionist erhält vermutlich auch nur ein paar Brosamen. Sein Parfüm riecht nicht so, als würde ihm insgeheim das halbe Riff gehören. Ob die 17.000 genügen würden, um Norberts Arztrechnung zu begleichen?

»Und, wie sieht es aus?«, fragt der Mann.

»Dann veröffentlichen Sie doch bitte mein Gesuch. Abschleppdienst und Sicherungsarbeiten im LEO und MEO, so könnte man es nennen. Kein Minimum, Maximum bei zwanzig Tonnen. Per Gebot.«

»Zwanzig Tonnen? Ihr Schlepper ist nicht dafür zugelassen, so schwere Satelliten zu schleppen. Zufällig kenne ich seine Daten genau.«

»Das ist ja wohl meine Sache. Die Objekte, um die es geht, sind im Orbit schließlich schwerelos.«

Der Rezeptionist hat von Orbitalmechanik bestimmt keine Ahnung. Also müsste er mit dieser kleinen Notlüge doch zu beschwichtigen sein. Der Mann tippt rhythmisch auf eine glatte Fläche. Jaron stellt sich vor, wie er die Stirn in Falten legt.

»So gesehen, haben Sie natürlich recht«, sagt er langsam. »Ich verstehe gar nicht, wieso es dann überhaupt so ein Limit gibt. Sie könnten doch problemlos die ganze Station abschleppen, oder?«

»Allerdings, das wäre möglich«, sagt Jaron.

Dass durch die Trägheit der enormen Masse sein Schlepper dann kaum noch manövrierfähig wäre, muss der junge Mann ja nicht wissen.

»Gut.« Der Mann streckt sich. »Ich habe Ihr Angebot veröffentlicht.«

Danke. Wenn das klappt, ist er nicht mehr auf die Aufträge der OOS angewiesen.

Die ersten Rückmeldungen erreichen ihn schon kurz vor acht. In diesem Moment hat Jaron allerdings keinerlei Zeit dafür. Er ist unterwegs zur Kuppel. Diesmal benutzt er konsequent die Kabel. Bis zu seinem Ziel ist es weit, und er ist spät dran, weil er sich nicht für ein Outfit entscheiden konnte. Er hat dann doch das gelbe Hemd und die schwarze Hose gewählt. An den Füßen trägt er Ledersocken. Schuhe mit harten Sohlen sind in der Schwerelosigkeit, in der er unterwegs ist, eher unpraktisch.

Er durchquert ein Modul nach dem anderen. Manchmal grüßt ihn jemand und er antwortet. Manchmal spürt er die Anwesenheit anderer Menschen nur. Dann grüßt er zuerst. Es kommt aber auch vor, etwa in Labor- oder Werkstattmodulen, dass der natürliche Eigengeruch eines Moduls alles andere überdeckt. Wenn dort dann plötzlich jemand ein Geräusch verursacht, erschrickt Jaron. Wie kann man eigentlich so unhöflich sein, nicht zu grüßen, wenn jemand in einen Raum schwebt?

Vor der Kuppel befindet sich ein Küchenmodul. Hier riecht es immer intensiv nach frisch gekochter Marmelade. Tatsächlich handelt es sich nicht um ein Restaurant, sondern um die Außenstelle eines bekannten Herstellers von Marmeladen und Konfitüren, der behauptet, seine in der Schwerelosigkeit hergestellten Produkte hätten ein ganz besonderes Aroma, das sich unter Erdschwere nie einstellt.

Das Kabel knickt am Eingang kurz nach links ab. Es führt an der Innenwand entlang statt mitten durch den Raum. Jaron stoppt etwa in der Mitte und atmet den Duft ein. Er ist wirklich köstlich. Die Firma sollte ihn abfüllen und als Parfüm oder Lufterfrischer für Raumstationen verkaufen. Der Ofen, in dem die Konfitüren köcheln, muss sich direkt neben ihm befinden. Er spürt die Wärmestrahlung und das sanfte Brodeln in den geschlossenen Töpfen.

Jemand tippt ihm auf den Unterschenkel. Natürlich, er muss weiter. Der Treffpunkt in der Kuppel ist beliebt. Sie werden bestimmt nicht allein sein. Jaron zieht sich weiter das Kabel entlang. Ein Schott verschließt den Übergang zum nächsten Modul. Er drückt dagegen, aber es öffnet sich nicht.

»Du musst dich identifizieren«, sagt eine warme Stimme hinter ihm.

Es ist Sophia. Sie muss ihn auch angetippt haben.

»Sesam öffne dich«, sagt er.

»Willkommen, Jaron C. Lewis«, antwortet das Schott mit einer blechern klingenden Stimme.

Gleichzeitig öffnet es sich. Jaron spürt es an dem feinen Windzug, der das süße Aroma des Küchenmoduls vertreibt. Er zieht sich hindurch. Sophia folgt ihm und zieht sich an seinem Körper entlang in den Raum.

»Schott schließen«, sagt sie.

Ein quietschendes Geräusch folgt.

»Sind wir allein?«, fragt Jaron. »Schön, dass du da bist.«

»Ich freue mich auch. Aber wir haben nur dreißig Minuten«, sagt Sophia. »Licht aus!«

Was hat sie vor? Will sie allein mit ihm die Sterne betrachten? Jaron wusste nicht einmal, dass man die Kuppel mieten kann. Er hat sich aber auch nie für dieses Modul interessiert.

»Das ist …«, beginnt er, aber ein Finger verschließt seinen Mund.

Sophia ist ganz nah. Er riecht ihr Parfüm, aber auch ihren Schweiß. Der Weg durch die Linearsektion ist anstrengend.

»Keine Angst, ich will dir nicht den Ausblick zeigen«, sagt sie.

»Was dann?«, fragt er.

»Die Kuppel ist der einzige Raum in der Station, in dem wir uns frei bewegen können. Wusstest du, dass alle Wände gepolstert sind?«

Sie führt seine linke Hand vom Kabel weg zur Wand und drückt sie dagegen. Jaron spürt eine weiche Unterlage.

»Aber was ist mit der Kuppel selbst? Ist sie nicht aus Glas?«, fragt er.

»Das stimmt. Aber sie lässt sich mit einem Netz abdecken. Rate mal, wer das Netz gedruckt hat.«

»Der Schotte.«

»Genau.«

»Ich verstehe immer noch nicht ganz …«

»Stoß dich einfach ab, Jaron. Ohne nachzudenken.«

»Einfach so?«, fragt er.

Er meint die Frage ernst, denn er ist es gewohnt, immer erst die Folgen zu bedenken. Wenn er sich in einem Winkel von 60 Grad in den Raum treiben lässt, muss sich auf der anderen Seite ein Orientierungskabel befinden, an dem er …

»Soll ich?«, unterbricht Sophia seine Gedanken. »Vielleicht fällt es dir leichter, wenn ich dir beim ersten Mal helfe.«

Auf keinen Fall. Das darf er nicht zulassen. Nur er selbst kann alles berücksichtigen, was …

»Der ganze Raum ist weich«, sagt Sophia. »Du kannst hier keine Fehler machen. Schau, sogar ich bin weich.«

Sie streichelt mit der Handaußenseite seine Wange, wie es seine Mutter immer getan hat. Richtig. Hier sind keine Fehler möglich. Er ist Sophia dankbar, dass sie ihn nicht einfach angestoßen hat. Er muss diese Entscheidung selbst treffen. Jaron dreht sich ein paarmal um die eigene Achse, bis er die Orientierung verloren hat. Dann stößt er sich ab und segelt durch den Raum.

Jaron fühlt sich, als wäre er ein Atom. Er gehorcht der Brownschen Bewegung, wird angetrieben von elastischen Stößen, und zusammen mit Sophia bildet er das Gas, das diesen Raum erfüllt. Er ist dieser Raum, zusammen mit Sophia. Ihre Geschwindigkeit bestimmt die Temperatur. Sie sind gleichzeitig die kleinsten Teile und das große Ganze, zwei Atome und ein gemeinsames Universum.

Er wird mutiger und damit schneller. Sie haben ihre eigenen Bahnen, völlig unkoordiniert. Jaron weiß nicht einmal, wo Sophia ist. Mal hört er sie hinter sich kichern, dann kommt sie ihm entgegen, prallt aber ab, verschwindet im Nichts, einen Hauch ihres Körpergeruchs hinter sich herziehend, dem er gern folgen würde. Doch es ist unmöglich, denn er ist ein Brownsches Teilchen, das nur durch Stöße seine Richtung verändern kann.

Sie kollidieren miteinander, immer unerwartet, aber immer willkommen, und stoßen sich wieder ab, und der Zufall treibt sie wieder zusammen. Oder ist es ein Schicksal, das sie teilen? Das Schicksal, immer wieder ihrer eigenen Wege zu gehen? Jaron ist vollkommen orientierungslos. Weder Gravitation noch Geräusche verraten etwas über den Raum, durch den er fliegt. Nur Sophias Körper leitet ihn manchmal durch seinen Geruch, zieht ihn an, aber sein Schicksal ist es, der Anziehung nicht folgen zu können.

Er prallt gegen die weiche Wand, die seinen Körper reflektiert. Sein Kopf trifft Sophias Körper, sie hält ihn fest, sie umarmen sich, und es setzt eine Zustandsänderung in ihrem kugelförmigen Gefäß ein. Der Inhalt gefriert. Bewegungslos verharren sie in der Mitte, oder ist es überhaupt die Mitte? Es spielt keine Rolle. Sie sind nun ein Teilchen, eine gemeinsame Zustandsform, bis der Stoff an Sophias Handgelenk vibriert.

»Oh, die halbe Stunde ist gleich um«, sagt sie.

»Was, so schnell? Wir sind doch gerade erst angekommen.«

Sophia lacht. »Hat es dir gefallen?«

»Es war … unbeschreiblich. Ich war winzig und riesig gleichzeitig.«

»Oh, das freut mich. Wir sollten das wiederholen. Es gibt auch eine verschärfte Variante.«

»Wie funktioniert die? Etwa unbekleidet?«, fragt Jaron.

»Das hättest du wohl gern? Nein, mit Gehörschutz und Nasenklammer. Es geht darum, noch mehr Sinne auszuschalten.«

Ein metallisches Pochen, vermutlich von der anderen Seite des Schotts.

»Wir müssen den Raum freimachen«, sagt Jaron.

»Licht an«, sagt Sophia. »Lüftung höchste Stufe.«

Sie zieht ihn an der Schulter, nimmt seinen Arm und führt seine Hand zu einem Kabel.

»Hast du Lust, noch einen Kaffee zu trinken?«, fragt sie.

»Im Insomnia?«, fragt er zurück.

»Oder bei mir?«

Lowell Observatory, 10. Mai 2144

Ausgerechnet heute wartet eine große Gruppe auf sie. In der Kuppel dürfen sich maximal zwölf Menschen aufhalten. Bei der Hälfte fühlt es sich aber schon voll an, und sie sind tatsächlich zu zwölft. Eigentlich dürfen sich zu einem VIP-Termin maximal zehn Gäste anmelden. Aber Celia hatte nicht Nein sagen können, als man sie darum gebeten hatte, auch noch den elften Besucher zu akzeptieren.

Sie drängt sich zwischen den Menschen hindurch zum Computer, ruft das Standardprogramm auf und steuert den ersten Punkt an. Es ist ein Kugelsternhaufen. Die hellen Punkte, die für jeweils einen Stern stehen, sind so verteilt, dass man sich die Kugelform richtig gut vorstellen kann.

»Das sieht ja cool aus«, sagt ein Mädchen, das heute ihren zwölften Geburtstag feiert.

»Ich hab dir ja gesagt, wie toll es hier ist«, sagt ihr Vater.

Die Teenies wechseln sich diszipliniert an den beiden Okularen ab. Nur zwei sind dabei, die gern eigene Wege zu gehen scheinen. Auf die muss sie besonders aufpassen. Es ist gar nicht so schwierig, in der Kuppel etwas zu beschädigen, dessen Reparatur ein paar zehntausend Dollar kostet. Entsprechend froh ist Celia, als sie die Gruppe nach draußen begleitet. Hier zeigt sie mit einem starken Laser, was sich am Nachthimmel abspielt, und die Gäste können mit astronomischen Ferngläsern versuchen, selbst ein paar Entdeckungen zu machen. Das kommt bei manchen Besuchern noch besser an als der Blick durch das Teleskop, das doch viel leistungsfähiger ist. Aber bei den Ferngläsern liegt wohl nicht so viel Technologie zwischen dem Objekt im All und dem Auge des Beobachters, deshalb wirkt der Blick hier emotionaler.

Celia schafft es, sich über die interessierten Teenager zu freuen, obwohl sie sich am liebsten wieder auf ihre Forschung stürzen würde. LDN 63 wartet auf sie. Sie ist sich ziemlich sicher, dass niemand ihr die Entdeckung wegnehmen wird. Dunkelwolken gehören nicht zu den heißen Themen in der Astronomie, und LDN 63 gilt als so weit entfernt, dass mit dem üblichen astronomischen Instrumentarium auch gar nicht mehr darüber in Erfahrung zu bringen wäre. Wenn die als bekannt vorausgesetzte Entfernung denn stimmen würde.

»Kann man die Marsbasis eigentlich auch im Fernrohr sehen?«, fragt ein Schüler.

»Wieso?«, fragt sie.

»Meine Mutter arbeitet dort. Dann könnte ich ihr zuwinken.«

»Wirklich? Das ist ja toll. Du bist bestimmt stolz auf sie.«

»Geht so. Es wäre mir lieber, wenn sie hier wäre.«

»Verstehe. Das tut mir leid.«

»Es ist nicht meinetwegen. Ich komme gut ohne sie zurecht. Aber mein Vater leidet ziemlich. Haben Sie Familie?«

»Nein«, antwortet Celia.

»Ich könnte Sie meinem Vater vorstellen. Er ist etwa so alt wie Sie. Also um die fünfzig.«

Herzlichen Dank aber auch. Jetzt erinnert sie sich auch wieder, warum sie keine Kinder braucht.

»Also, soll ich?«, fragt der Junge. »Er hat Geld und macht viel Sport.«

»Nein, danke. Ich habe hier im Observatorium zu viel zu tun. Da wäre dein Vater auch nicht glücklicher.«

»Schade. Ich finde Sie nett.«

»Danke. Das ist sehr freundlich. Willst du den Mars immer noch sehen?«

»Muss gar nicht sein.«

»Gut.« Celia hebt die Stimme. »Hört mir bitte alle zu. Wir werden jetzt wieder reingehen. Und dann suchen wir im

Universum nach Wasser. Was glaubt ihr, wo es überall welches gibt?«

SIE IST HEISER, als die Besucher endlich draußen sind. Celia steht in der Tür, damit die Körpergerüche der Teenager abziehen können. Einer der beiden Tunichtgute hat sogar einmal laut gefurzt. Die ganze Gruppe hat gelacht, und der Vater des Geburtstagskinds ist rot geworden. Dafür, dass die Gruppe überzogen hat, hat er ihr ein ordentliches Trinkgeld gegeben. Es ist spät, morgen ist Montag, und Celia muss um neun Uhr bei der Besprechung im Besucherzentrum sein.

Aber sie will trotzdem noch einen Blick auf LDN 63 werfen. In der vergangenen Nacht hat sie geträumt, dass sich die Dunkelwolke in ihrer Gebärmutter ausgebreitet hat und sie deshalb bald einen Planeten zur Welt bringen muss. Sie reibt sich über den Bauch, als wäre sie schwanger, und kneift sich in die Speckfalte an der Hüfte. Sie hat Hunger, aber keine Lust, sich aus dem Automaten im Besucherzentrum etwas zu holen.

Celia kontrolliert noch einmal das Wetter. Keine einzige Wolke ist am Himmel zu sehen. Sie fröstelt. Es ist kalt, aber trocken, das ist perfekt. Celia läuft wieder in die Kuppel und aktiviert den Laser der adaptiven Optik. Cody hat ihr endlich einmal erklärt, wie das Verfahren funktioniert, das hier nachträglich eingerichtet wurde. Das Teleskop kann damit die winzigen Dichteschwankungen in der Atmosphäre ausgleichen, die leider unausweichlich sind. So werden die Bilder noch ein bisschen schärfer.

Sie startet den Suchlauf. Das Teleskop zuckt kurz, dann orientiert es sich. Celia schaltet den großen Bildschirm wieder aus. Sie braucht ihn nicht mehr. Auch die Brille, in die ihr das Teleskop übertragen kann, was es sieht, setzt sie nicht auf. Lieber benutzt sie das Okular. Sie stellt es sich so ein, dass sie bequem hindurchsehen kann, und verfolgt dann den Weg des Teleskops über das Himmelszelt. Es ist zwar nicht das allerneueste Modell, aber momentan ist sie froh darüber, weil zwischen dem Kosmos und ihr nicht so viel Elektronik steckt. Sie muss die Aufnahmen nicht erst per Software aufbereiten. Stattdessen sieht sie sofort, was es zu sehen gibt.

In diesem Fall nichts. LDN 63 hat eine Deckkraft von 6. Das ist der Maximalwert. Sie nimmt das Auge vom Okular und schlägt noch einmal auf Lynds Liste nach. Sie erkennt nichts. Es ist zu dunkel in der Kuppel. Es wird schon das richtige Objekt sein. Sie hat es ja aufgesucht, um nichts zu sehen. Sie verringert die Auflösung so weit, bis der schwarze Kreis zumindest zum Teil hervortritt. Sehr gut. Sie ist am richtigen Ort, also zoomt sie wieder in das Bild hinein. Das Teleskop sammelt jetzt Photonen. Auch von einer Dunkelwolke mit der Deckkraft 6 nach der Lynds-Klassifikation geht noch Licht aus. Sie muss bloß etwas warten.

Celia ist froh, dass ihr Vater sie Geduld gelehrt hat. Leider ist er früh gestorben. Sie war gerade erst zwanzig geworden. Er wäre bestimmt stolz auf sie, wenn ihn der Zwischenfall nicht umgebracht hätte. Ihr Vater hasste Unehrlichkeit. Er hätte sie aber ganz bestimmt nicht verstoßen, so wie es die Forschergemeinde getan hat. Er hätte ihr neuen Mut gemacht.

Sie stellt sich wieder vor das Okular. Eigentlich hätte sie erwartet, feine Punkte im schwarzen Hintergrund erscheinen zu sehen. Das Licht der Sterne, die sich hinter der Dunkelwolke befinden, müsste es in weit geringerer Intensität auch hindurch schaffen. Doch da sind keine Punkte. Was sie sieht, sind jene Strukturen, die an die magnetischen Feldlinien der Sonnenoberfläche erinnern. Natürlich ist LDN 63 kein Stern. Die Dunkelwolke ist viel größer und schwerer. Sie müsste etwa 130 Sonnenmassen haben und sich über einige Lichtjahre erstrecken.

Celia gibt dem Teleskop noch etwas Zeit. Was sie gerade gesehen hat, ist vermutlich nur ein Zwischenzustand. Und wirklich: Als sie nach zehn Minuten den nächsten Blick wagt, haben sich die Strukturen deutlich gerundet und gestrafft. Sie erkennt nun rundliche Formen unterschiedlicher Ausdehnung. Manche erscheinen als Balken, andere sind mehr oder weniger oval. Sie leuchten nicht. Vielleicht noch nicht, denn was sie da sieht, scheint sich in Bewegung zu befinden. Die Balken sind vermutlich ebenfalls Ellipsen, auf die sie von der Seite sieht. LDN 63 ist keine gewöhnliche Dunkelwolke mehr. Sie hat sich auf den Weg zur Sternentstehungsregion gemacht. Erste Strukturen haben sich zusammengezogen und mit einer langsamen Rotation begonnen. Über Jahrmillionen werden sie sich immer schneller drehen, bis das Gas in ihrem Zentrum so weit komprimiert ist, dass ein Stern zündet.

Spannend! Celia löst sich vom Okular und läuft durch die Kuppel. Sie reibt sich die Hände, bis sie wieder warm sind, und hält sie sich an die Wangen. Sie hat herausgefunden, dass LDN 63 überraschend nah an der Erde liegt und dort das erste Stadium der Sternentstehung eingesetzt hat. Das ist eine kleine Sensation! Die Astronomen werden die Dunkelwolke mit all ihren Instrumenten mustern.

Und sie hat den Anstoß dazu gegeben. Hm. Das mag sein. Aber von diesem Moment an wird sie aus dem Spiel sein. Mit den leistungsfähigen Teleskopen auf dem Mond und in Chile können die Forscher LDN 63 viel genauer untersuchen als sie. Sie werden herausfinden, was dort vor sich geht, wichtige Artikel schreiben und auf Konferenzen darüber sprechen, aber sie hat nichts davon. Celia schüttelt den Kopf.

Nein, der Gedanke gefällt ihr überhaupt nicht. Vielleicht ist er sowieso reine Fantasie, weil man ihr die Entdeckung nicht glauben wird. Aber irgendwann sieht doch mal jemand nach, was sie nachts so treibt, und dann verliert sie die Kontrolle. Es wäre dumm, sie jetzt schon abzugeben. Das Teleskop des Lowell-Observatoriums ist beileibe kein Spitzenmodell, aber sie hat es noch nicht ausgereizt. Sie wird ihre Entdeckung erst bekanntgeben, wenn sie alles über LDN 63 weiß, was sie mit diesem Instrument in Erfahrung bringen kann.

Zufällig fällt ihr Blick auf die Uhr über dem Eingang. Es ist zehn nach drei. Wäre es nicht so verdammt kalt, würde sie gleich hier übernachten. Sie speichert die Messdaten in ihrem privaten Ordner und löscht den Protokolleintrag, der die Positionierung auf LDN 63 beschreibt. Keiner ihrer Kollegen soll durch einen blöden Zufall herausfinden, was sie entdeckt hat. Dann fährt sie das Teleskop herunter, schließt die Kuppel und setzt sich in ihr Auto.

Erdorbit, 11. Mai 2144

Das Netz, das Glasow ihm ausgedruckt hat, fühlt sich an wie ein kindskopfgroßer Stein.

»Und du bist sicher, dass wir damit einen Satelliten einfangen können?«, fragt Jaron.

»Ganz sicher«, sagt Max.

Jaron tastet das Netz ab. Es ist absolut glatt.

»Müsste es nicht zumindest eine gewisse Struktur haben?«, fragt er. »Wieso ist es so glatt wie ein Kinderpopo?«

»Das ist natürlich die Hülle, die du da spürst. Wenn du mit deinen bloßen Händen über das echte Netz streichen würdest, wäre das ziemlich schmerzhaft.«

»Kratzt das denn so?«

»Nein, mein Freund. Es würde sich glatt anfühlen. Aber die Fäden, aus denen es besteht, sind so fein und gleichzeitig so stabil, dass sie deine obersten Hautschichten abrasieren würden, und zwar gründlich.«

»Das klingt gefährlich.«

»Es ist gefährlich. Auf der Erdoberfläche sind diese Netze verboten. Nur im Orbit sind sie legal.«

»Du erklärst uns aber schon noch, wie wir damit auf sichere Weise umgehen können? Ich bin für meine Besatzung verantwortlich.«

»Ich nicht. Aber Sophia wird euch auf dem ersten Einsatz mit dem Netz begleiten.«

Oh! Jaron spürt die Wärme im Gesicht. Hoffentlich sieht man sie ihm nicht an. Gestern hatte Sophia noch gar nichts davon gesagt.

»Das ist gut«, sagt er. »Gibt es denn irgendwelche Einschränkungen, was das zu bergende Material betrifft?«

»Nein, die gibt es nicht. Es sollte allerdings nicht zu heiß werden. Ab etwa 1200 Grad Celsius fangen die Nanoröhrchen an zu schmelzen. Und da sie aus Kohlenstoff bestehen, brennen sie. Ihr solltet also nicht zu tief in die Atmosphäre tauchen, also dorthin, wo genug Sauerstoff zur Verfügung steht.«

»Das haben wir nicht vor«, sagt Jaron.

»Was ist denn heute das Ziel?«, fragt Max.

»Ein alter kanadischer Spionagesatellit.«

Jaron hat gestern nach dem Abend mit Sophia noch die ersten Aufträge bestätigt.

»Für ein Museum?«, fragt Max.

»Nein, es geht um die Radionuklidbatterie. Da lohnt sich wohl die Aufbereitung noch.«

»Dann sehen wir uns heute Abend wieder?«

»Sehr unwahrscheinlich. Wir müssen das Fundstück bei dem Kunden auf Riff Delta abgeben.«

»He, dann muss Sophia ja bei euch auf dem Raumschiff übernachten, und ich muss morgen auf ihre Hilfe verzichten!«

»Selbst schuld, Max. Du hättest ja auch selbst mitkommen können.«

Pling. Pling. Pling. Die Achilles hat sich dem Ziel bis auf ein paar Meter genähert. Es orbitiert die Erde jetzt vor ihnen, fast auf derselben Höhe.

»Bereit für den Einfangimpuls?«, fragt Sophia.

»Schlepper Achilles ist in Position«, bestätigt Norbert.

Die beiden Joysticks in Jarons Händen vibrieren, als wollten sie dringend ihre überschüssigen Kräfte loswerden. Aber erst müssen sie das Netz auswerfen.

»Du musst die Spannung prüfen«, erklärt Sophia.

»Fangnetz, Spannung messen«, befiehlt er.

Das System nennt eine Zahl knapp unter hundert.

»Es sollten mindestens 85 sein«, sagt Sophia. »Mehr als 120 wären zu viel.«

»Gut, dann ist es im Rahmen«, sagt Jaron und lächelt.

Er lauscht. Pling. Pling. Pling. Der Abstand zum Ziel hat sich nicht verändert.

»Netz auswerfen«, befiehlt er.

»Werfe Netz aus«, sagt das Schiff.

»Ähm, ich dachte, du wartest, bis ich das Signal gebe«, sagt Sophia.

»Entfernung und Spannung sind korrekt, also wozu warten?«

»Aber die Entfernung … Nein, du hast recht, sie stimmt. Woher wusstest du das, ohne …? Ah, schon klar. Entschuldige, ich denke manchmal etwas langsam.«

»Ich auch«, sagt Jaron.

Das Netz bläht sich jetzt hinter ihnen auf, auseinandergetrieben von den positiven Ladungen auf allen Fasern. Seine Fäden sind so leicht, dass in der Schwerelosigkeit bloß eine geringe elektrostatische Kraft nötig ist, um es in Kugelform zu bringen. Jaron prüft die Umgebung mit dem Radar, aber es bleibt still. Das Instrument sieht das Netz nicht. Seine Maschen sind einfach zu weit und seine Fäden zu dünn.

»Wie stelle ich fest, dass alles geklappt hat?«, fragt er.

»Gar nicht. Das Netz ist unsichtbar«, antwortet Sophia.

»Völlig?«

»Nun, im optischen Bereich könnte man eventuell eine Abschattung messen. Aber dazu bräuchte man eine kalibrierte Lichtquelle.«

So ein Netz ist damit ein ziemlich gefährliches Hindernis. Kleinere Satelliten und Raumschiffe könnten sich darin verfangen.

»Wie kommt es, dass die Anwendung im Orbit nicht streng reguliert ist?«, fragt er.

»Es besteht wohl kein großer Bedarf. Mit den Roboterarmen kann man die meisten Aufgaben besser erledigen. Die Netze taugen nur zum Abschleppen. Wir verkaufen im Jahr vielleicht zwei oder drei. Die Käufer sind uns bekannt, und es sind alles Sonderanfertigungen. Falls also jemand etwas Dummes damit anstellt, können wir den Behörden Auskunft geben.«

»Sehr beruhigend«, sagt Jaron.

Er drückt beide Joysticks nach vorn, sodass die Korrekturtriebwerke Schub geben. Er braucht nicht viel Beschleunigung, nur so viel, dass sie das Ziel langsam überholen. Gehorsam verändert der Schlepper seinen Orbit und schiebt sich dabei langsam an dem alten Satelliten vorbei, der im Akustigramm ein trauriges Bild bietet. Jaron tastet die Form auf dem haptischen Display ab. Eine seiner langen Antennen ist gebrochen, und oberhalb des Kerns ist ein Loch, so tief, dass seine Fingerkuppe darin verschwindet. Vermutlich der Einschlag eines Mikrometeoriten. Ob der Satellit dadurch zu Schrott wurde?

»Kontakt!«, ruft Norbert.

Dass ihnen etwas ins Netz gegangen ist, verrät ihnen zuerst ein Absinken der elektrischen Spannung. Der Satellit muss die Fäden berührt haben, und Ladungen haben den Ort gewechselt. Jetzt spannt sich das Netz durch die Trägheit der Zielobjekts. Jaron bringt die Joysticks wieder in neutrale Stellung. Der Schlepper ist schnell genug. Jetzt bringt er seine eigene Trägheit in Stellung gegen den Beharrungswillen des Satelliten. Das Verhältnis steht fünfzehn zu eins zu ihren Gunsten. Der Kampf kann also nur schlecht für sie ausgehen, wenn das Netz reißen sollte.

»Da bin ich gespannt, was euer Netz draufhat«, sagt Jaron.

Sophia drückt seine Hand. Die elektrische Spannung im Netz fällt weiter und erreicht einen Minimalwert. Das zu bergende Objekt ist jetzt von allen Seiten eingehüllt. Gleich muss es … Da! Ein leichter Ruck geht durch das Schiff. Der Kampf ist unerbittlich, aber kurz.

»Wir haben ihn!«, ruft Norbert.

»Glückwunsch«, sagt Sophia. »Euer erster Fang.«

Jaron schüttelt den Kopf. Noch ist der Satellit nicht bei ihrem Kunden eingetroffen.

Mit dem Satelliten im Schlepptau brauchen sie insgesamt fünf Orbits, um die Bahn an Riff Delta anzupassen. Jaron hat bereits versucht, von der OOS eine zusätzliche Prämie für die Entsorgung des Satelliten zu erhalten, aber da es sich um Militärtechnik handelt, ist die Behörde nicht zuständig. Es wäre ja auch zu schön gewesen.

»Norbert, tauschen wir wieder?«

Vor zwei Orbits hat Jaron das Steuer an seinen Copiloten übergeben, aber beim Endanflug hat er lieber selbst die Kontrolle.

»Wie du willst«, sagt Norbert.

Der Sitz quietscht. Jaron zieht den Kopf ein. Ein Windzug zeigt ihm, dass Norbert gerade an der Decke über ihm herumklettert. Jaron zieht sich zum Pilotensessel, setzt sich und schnallt sich an.

Der Satellit, den sie im Schlepptau haben, ist nicht mehr funktionsfähig, aber deshalb ist er umso gefährlicher. Jaron weiß schon, warum die meisten, die sich auf Satellitenschrott spezialisiert haben, auf Roboterarme setzen: Sie bilden eine feste Verbindung zwischen Schiff und Beute. Das Netz hingegen zerrt zwar den Satelliten hinter ihnen her, kann ihn aber nicht bremsen. Deswegen haben sie sich bisher auch so viel Zeit gelassen: Es ist viel schwieriger, die Last im Netz zu bremsen, als sie zu beschleunigen.

»Riff Delta an Schlepper Achilles, bitte melden.«

Er kommt wohl gerade rechtzeitig für den Empfang. »Achilles hier.«

»Sie werden von einem unbekannten Objekt verfolgt. Bitte bestätigen.«

Haha, ein unbekanntes Objekt! Aber so muss es von der Raumstation aus wirken.

»Das unbekannte Objekt ist ein Satellit, den wir im Auftrag eines Kunden geborgen haben.«

»Sie haben also die Kontrolle über das Objekt? Es scheint keinen Antrieb zu besitzen.«

»Ich bestätige, dass wir die volle Kontrolle haben. Der Satellit befindet sich in einem Netz.«

»Danke, Achilles. Ich muss Sie nicht auf Paragraf 9 aufmerksam machen.«

Das muss sie nicht. Die Frau von Riff Delta weist darauf hin, dass er für Beschädigungen haftet. Er hat aber nicht vor, etwas zu beschädigen.

»Verstanden«, sagt Jaron.

Er drückt mit den Korrekturtriebwerken den Bug des Schleppers nach oben und beschleunigt dann ein wenig. Es funktioniert: Der Satellit wandert in seinem Netz unter ihnen durch. Nun dreht Jaron das Schiff komplett um 180 Grad und aktiviert das

Haupttriebwerk für zwei, drei, vier, fünf Sekunden. Das sollte genügen, um ihre Geschwindigkeit an die Raumstation anzupassen. Jetzt muss er nur noch abwarten, bis das Netz die Bewegung des Satelliten bremst. Da! Es zieht kurz an seinen Schultern. Er steuert ganz wenig dagegen.

»Was macht unsere Beute, Norbert?«, fragt er.

»Sie folgt uns brav. Oh nein, nicht ganz. Sie versucht, uns zu überholen.«

Er hat offenbar nicht exakt im richtigen Moment beschleunigt, sodass der Satellit einen zusätzlichen Geschwindigkeitsvektor bekommen hat. Jaron lauscht den Tönen des Radars. Der Brocken scheint über sie hinwegfliegen zu wollen. So nicht! Er dreht den Bug des Schiffes wieder ein wenig nach oben. Es ist, als wollte er dem Satelliten den Weg abschneiden. Oh! Diesmal ist Jaron nicht schnell genug. Das Haupttriebwerk stottert für einen Moment.

Die Frequenz der Piep-Signale steigt zu schnell. Das heißt, der Satellit überholt sie jetzt – und zieht dabei das Netz mit sich. Das ist gefährlich, weil es so in den heißen Abgasstrahl des Haupttriebwerks gelangen kann. Jaron wägt ab. Er kann versuchen, mit den Korrekturtriebwerken zu drehen, um sein Treibgut unter Kontrolle zu bringen. Das ist sicher, dauert aber relativ lange. Oder er gibt dem Schlepper mit dem Haupttriebwerk einen kräftigen Impuls. Das geht schneller, doch er riskiert dabei, dass er das Netz einbüßt.

Er tastet das Akustigramm ab. Der Satellit kommt einfach zu schnell. Wenn der Schlepper versucht, darunter durchzutauchen, könnte er sogar sein eigenes Schiff treffen. Denn wenn er es um die Querachse dreht, steht es für kurze Zeit mit seiner ganzen Länge auf dem Kopf. Der Satellit wird ihnen zwar nichts anhaben können, dafür ist der Schlepper zu stabil konstruiert, und die Relativgeschwindigkeit ist gering. Aber er wird vom Schlepper abprallen, völlig unkontrolliert durch den Raum taumeln und dann vielleicht sogar die Raumstation treffen.

Das darf nicht geschehen. Jaron gibt mit dem Haupttriebwerk Gas. Diesmal reagiert es sofort.

»Scheiße!«, ruft Norbert.

»Was ist?«, fragt Jaron.

»Das Netz. Wir haben es angezündet. Die Kamera hat es gezeigt.«

»Sophia?«, fragt Jaron.

»Ich fürchte, Norbert hat recht«, sagt sie.

»Dann haben wir den Satelliten verloren?«

»Nicht unbedingt. Das Netz ist breiter als der Abgasstrom der Triebwerke. Es hat höchstens ein paar Löcher.«

»Du glaubst also, dass es halten wird?«

»Ja, davon bin ich überzeugt«, sagt Sophia und drückt seinen Arm.

Jaron schließt die Augen und stellt sich das Kräftediagramm vor. Hier der alte Satellit, dort der Schlepper, beide verbunden durch ein beschädigtes Netz. Das Schiff überholt den Satelliten wieder. Es befindet sich unter ihm. Das ist nicht gut, denn wenn das Netz wieder greift, bekommt das Fundstück erneut einen schräg verlaufenden Impuls. Wie kann er den Brocken bloß stoppen? Wenn er doch nur den Roboterarm noch hätte!

»Achilles an Riff Delta, bitte kommen.«

»Riff Delta hier. Was gibt es? Langsam werde ich ungeduldig. Sie blockieren die Ankunft eines Frachters.«

»Ich brauche nicht mehr lange. Aber Sie müssen mir helfen, bitte.«

»Ich muss gar nichts.«

»Aber sonst bekomme ich unser Transportgut nicht unter Kontrolle.«

»Wir können es jederzeit aus dem Weg schießen, wenn es die Station gefährdet.«

Gleich muss das Netz wieder greifen. Der Impuls wird den Satelliten zum Taumeln bringen.

»Moment, das ist nicht irgendwelcher Schrott«, sagt Jaron. »Es hat einen signifikanten Wert und ist von einem Kunden bestellt!«

»Das ist Ihr Problem«, antwortet die Frau von Riff Delta. »Ich bin für die Sicherheit der Station zuständig.«

»Salma, bist du das?«, fragt Sophia. »Sophia hier.«

»Sophia? Dich habe ich ja lange nicht gesehen. Was machst du denn an Bord dieses alten Schleppers?«

»Egal. Bitte hilf ihm, ja?«

Danke, Sophia. Das kam ja wirklich in letzter Minute.

»Weil du es bist. Was kann ich für Sie tun, Achilles?«

»Sie haben doch bestimmt einen Roboterarm. Damit müssen Sie meine Fracht aus dem All fischen.«

Die Frau seufzt. »Ja, in Modul B und Modul P. Aber Sie müssen sich auf zehn Meter nähern.«

Jaron bezieht die Station, die wie alle Riffe aufgebaut ist, in sein gedankliches Schema mit ein. Modul B ist das zweitäußerste in der Linearsektion. P befindet sich in der Nähe der Zentralkugel. Dort wäre jede Beschädigung ungleich gefährlicher. Jaron korrigiert den Kurs so, dass der Schlepper einem Bogen folgt. Ihre Last wird eine größere Version dieses Bogens fliegen. Er stellt sich die Dimensionen vor. Es müsste klappen. Er hat zwar ein gutes Vorstellungsvermögen, doch das reicht ihm nicht. Jaron nennt Norbert die Daten, und der lässt sie vom Computer nachrechnen.

»Es müsste funktionieren«, sagt Norbert. »Allerdings sind die Eingangsdaten recht ungenau.«

Das ist das eine. Das andere ist die Unsicherheit, ob das Netz halten wird. Wenn nicht, sind sie ihre Fracht los. Der Satellit wird in hohem Bogen in einen niedrigeren Orbit stürzen und in ein paar Tagen verglühen.

»Wir versuchen es«, sagt Jaron.

Er verändert die Lage des Schiffes im Raum, sodass es auf der Tangente des geplanten Kreisbogens liegt. Dann beschleunigt er kurz mit dem Haupttriebwerk und reguliert den Flug mit den Korrekturtriebwerken so, dass das Schiff eine Art Kreisbahn einschlägt. Es gelingt nicht zu hundert Prozent, schließlich ist das hier kein Orbit, und die Anziehung der Erde funkt ihm dazwischen. Aber es funktioniert gut genug. Die Piepszeichen des Radars kommen aus der korrekten Richtung und in der geplanten Lautstärke. Sie schwingen sich wie an einer Schaukel um die immer gewaltiger wirkende Raumstation.

»Achilles an Riff Delta«, sagt er. »Haben Sie den Arm bereit?«

»Arm ist bereit. Denken Sie daran, das Netz auszukoppeln, bevor wir zugreifen. Sonst reißen Sie uns den Arm aus dem Gelenk.«

Ein guter Hinweis! Er wollte das Netz erst abkoppeln, wenn der Arm erfolgreich zugegriffen hat. Aber das wäre ein Fehler. Gegen die Trägheit von Satellit und Schlepper hätte der Arm keine Chance.

»Norbert? Du musst den Vorgang beobachten«, sagt er. »Du

wirfst das Netz ab, wenn der Arm kurz davor ist, zuzugreifen. Auf keinen Fall später. Verstanden?«

»Verstanden«, sagt Norbert.

Jaron würde das lieber selbst übernehmen, aber sie haben nicht genug Zeit, ein Akustigramm einzurichten, und das taktile Display ist zu ungenau. Er muss Norbert vertrauen. Soll er ihm sagen, dass seine Genesung vom Erfolg des Manövers abhängt? Nein, besser nicht.

»Sieht gut aus«, sagt Sophia.

Jaron begibt sich in die akustische Welt. Die Töne bekommen einen räumlichen Aspekt, der ihm nur bei voller Konzentration auffällt. Da ist das Schiff. Weiter außen, an einem unsichtbaren Strick, hängt ihr Gepäck. Da ist die Station, die aus einem dicken Herz einen schlanken Arm in seine Richtung streckt. Jaron beendet den Kreis. Die Last nähert sich der Station. In Modul B wartet der Arm einer Maschine, um seinen Auftrag zu komplettieren.

»Netz ausgeklinkt«, sagt Norbert.

»Greifen zu«, sagt die Frau, die Sophia Salma genannt hat. »Mist, daneben. Versuchen wir es noch einmal. Erfolg!«

»Erfolg!«, ruft Jaron und entspannt sich.

»Danke«, sagt Sophie und drückt Jarons Arm.

»Dafür besuchst du mich heute Abend«, sagt Salma.

»Na gut«, sagt Sophie.

»He, wenn du nicht willst, dann nicht.«

»Doch, ich will.«

»Schlepper Achilles, bitte melden«, sagt eine männliche Stimme.

»Was ist denn jetzt noch?«, fragt Jaron. »Ich würde gern an Riff Delta anlegen. Der Tag war lang genug.«

»Hier Major Chee-Hoi Wong von der Communal Orbital Police. Ich muss Sie um einige Auskünfte bitten.«

Ein COP, auch das noch. Jaron tastet das taktile Display ab, aber ein Patrouillenboot der von den verschiedenen Machtblöcken gemeinsam betriebenen Polizeitruppe ist nicht zu finden. Wong muss sich auf Riff Delta aufhalten.

»Ich war aber nicht zu schnell unterwegs, Major.«

»Nein. Es geht um das Objekt, das sie gerade an die Station übergeben haben.«

»Es handelt sich um eine Kundenbestellung, Major. Das Objekt gehört mir gewissermaßen bereits nicht mehr.«

»Da Sie sich noch an Bord Ihres Raumschiffes befinden, kann noch keine Übergabe stattgefunden haben. Für welchen Kunden wollen Sie den Auftrag denn erledigt haben?«

Glaubt der COP etwa, er hätte aus Spaß mal eben einen alten Satelliten zur Station transportiert?

»Der Kunde heißt Patrick Schuster. Er muss auf Riff Delta ansässig sein und sich mit dem Recycling alter Hardware beschäftigen.«

»Das ist nicht irgendwelche Hardware, das ist radioaktives Plutonium. Giftig ist es auch. Das darf nur an Bord spezialisierter Schiffe transportiert werden.«

»Ich habe es nie an Bord gehabt. Daraus können Sie mir keinen Strick drehen, Major Wong.«

»Das stimmt. Aber Sie haben es an Bord der Raumstation gebracht.«

»Wie bitte?«

»Sie haben es an Bord der Raumstation gebracht.«

»Das habe ich schon verstanden. Aber es ist doch gar nicht für mich.«

»Einen Patrick Schumacher gibt es hier nicht.«

»Schuster, ich sagte Schuster.«

»Auch den nicht.«

»Aber ich habe den Auftrag von ihm bekommen! Das müssen Sie mir glauben.«

»Wir werden das überprüfen. Zunächst allerdings muss ich von einer Straftat ausgehen. Es ist verboten, radioaktives oder hochtoxisches Material an Bord einer nicht dafür ausgerüsteten Raumstation zu bringen.«

»Warum haben Sie das denn nicht eher gesagt? Sie haben uns doch bestimmt beobachtet?«

»Solange Sie den Satelliten in Ihrem Netz transportiert haben, war alles legal. Ich war nicht befugt, Ihnen das zu verbieten.«

Jaron seufzt. Nur Ärger! Und das muss immer bloß ihm passieren.

»Und wie geht es jetzt weiter? Kommen Sie an Bord?«, fragt er.

»Sie legen an, dann konfisziere ich Ihr Raumschiff für die weitere Untersuchung.«

»Wie bitte? Damit verdiene ich meinen Lebensunterhalt!«

»Falls Ihr Schiff zu Unrecht konfisziert wurde, erhalten Sie natürlich eine Entschädigung.«

»Und wie lange sind meine Crew und ich dann ohne Schiff?«

»Normalerweise dauert so eine Untersuchung etwa drei Monate. Danach sind Sie entweder frei oder werden in ein Gefängnis auf dem Mond überstellt.«

Na großartig. Seine Pläne scheinen sich in letzter Zeit grundsätzlich zu Katastrophen zu entwickeln. Jetzt hat er nicht mal mehr ein Schiff. Es sei denn …

»Sophia, was wird wohl geschehen, wenn ich nicht an Riff Alpha anlege?«, fragt er.

»Sie werden dich zur Fahndung ausschreiben. Keines der Riffe wird dich noch aufnehmen.«

Er könnte es bei der unabhängigen Raumstation versuchen. Aber wenn die dort merken, dass er gesucht wird, wird es noch teurer werden. Und ausgerechnet an Geld fehlt es ihm gerade.

Lowell Observatory, 11. Mai 2144

»CELIA? Geht es dir gut?«, fragt Heather.

Celia reißt die Augen auf. Die Nacht war wohl doch ein bisschen zu kurz.

»Ja, alles prima. Ich bin es nur nicht mehr gewöhnt, so früh aufzustehen«, sagt sie.

»Das kommt von den dauernden Nachtschichten«, sagt Heather. »Soll ich dich vielleicht lieber tagsüber für das Besucherzentrum einteilen? Du wirkst, als bräuchtest du mal wieder Schlaf.«

Heather ist die gute Seele des Observatoriums. Celia schüttelt den Kopf.

»Das ist nett, aber du weißt doch, wie sehr ich die Sterne liebe«, sagt sie.

»Ist es nicht eher das üppige Trinkgeld, das die VIP-Besucher geben?«, fragt Larry.

Der Astronom ist ein Arschloch. Er ist erst seit zwei Monaten hier und glaubt, sich profilieren zu können, indem er sich über andere erhebt.

»Larry, benimm dich«, sagt Heather.

»Aber ist doch wahr«, sagt Larry. »Ich bin auch oft nachts da, bekomme aber keine Trinkgelder.«

»Du verdienst aber auch doppelt so viel wie Celia«, sagt Heather.

»Tja, das hätte sie ja auch haben können.«

»Larry!«, ruft Heather, die sonst immer ruhig bleibt.

Der Astronom wird rot und verstummt. Celia ist ziemlich egal, was er über sie sagt. Sie will bloß schnell wieder ins Bett, und dazu muss sie die Teambesprechung überstehen.

»Hast du denn etwas Interessantes gefunden?«, fragt Cody. »Du musst ja gestern wirklich lange am Teleskop gestanden haben.«

»Nein, ich habe mich nur durch die Dunkelwolken geklickt. Spionierst du mir etwa nach?«

Cody schluckt. Das hätte sie nicht fragen dürfen. Er ist einer der wenigen hier, die es gut mit ihr meinen.

»Ich musste gestern noch ein Paper Korrektur lesen«, sagt er. »Deshalb bin ich erst um halb drei aus dem Labor gekommen.«

Gut, er hat ihren Vorwurf überhört. Die anderen vermutlich nicht. Sie muss besser aufpassen, was sie sagt. Sie ist sowieso schon die Außenseiterin hier, da sollte sie ihre wenigen Freunde nicht auch noch vor den Kopf stoßen. Die Liste ist kurz genug. Cody, Heather, Angel, das war es wohl schon.

»Ich kann dir gern beim Korrekturlesen helfen«, sagt sie. »In Texten, die andere geschrieben haben, fallen mir Fehler schnell auf.«

Larry stößt einen Laut aus, der wohl ein Lachen darstellen soll. Heather sieht ihn mit zusammengekniffenen Brauen an. Celia ist ihr dankbar. Wenn sie Heather nicht hätten.

Nach der Besprechung hat sie frei. Celia zieht gerade wieder im Flur vor dem Haupteingang ihre Jacke an – für Mai ist es heute unangenehm kühl – als Cody sie antippt.

»Du weißt, dass ich dir nicht nachspioniere, oder?«, fragt er.

»Ja, entschuldige. Ich bin ein bisschen übermüdet.«

»Das ist, glaube ich, allen aufgefallen. Du solltest vielleicht wirklich die Nachtschichten etwas herunterfahren.«

»Danke, das hat mir Heather auch schon angeboten. Aber die Zeit an der Optik ist immer eine kleine Flucht für mich. Ich brauche das.«

»Du kannst nicht immer fliehen, Celia.«

Sie wusste, dass er das sagen würde. Sie hat es sich ja selbst schon oft genug gesagt.

»Irgendwann musst du deine neue Rolle annehmen«, sagt Cody. »Das Leben läuft nie nach Plan. Du bist doch gut in dem, was du tust. Deine Gästebeurteilungen sind hervorragend.«

Das stimmt. Sie konnte schon immer gut erklären. Aber sie will nicht immer im Bekannten herumrühren. Sie will in unbekannte Welten vorstoßen, die Menschheit ein bisschen voranbringen. Ist das zu viel verlangt? Ihre Augen werden feucht. Cody legt einen Arm um sie.

»Ich bin jedenfalls sehr froh, dass du hier bist«, sagt er. »Du passt sehr gut ins Team. Sollen wir vielleicht mal zusammen essen gehen?«

Celia wischt sich die Nässe aus den Augen. Sie hasst es, zu weinen. Was hat Cody da gerade gesagt? Sie schließt ihre Jacke und rückt dabei ein Stück zur Seite, sodass er seinen Arm von ihrer Schulter nehmen muss. Er will mit ihr ausgehen? Das kann sie nun wirklich nicht gebrauchen. Sie hat ihn immer als eine Art Freund betrachtet. Oder missversteht sie die Geste? Sie muss wirklich aufpassen, dass sie ihn nicht vor den Kopf stößt.

»Ich glaube, ich brauche einfach ein bisschen Schlaf«, sagt sie.

»Ja, ruh dich aus«, sagt Cody. »Mein Angebot steht.«

Celia belässt es dabei. Hauptsache, er lässt sie in Ruhe am Teleskop forschen. Sie zieht die Jacke enger um sich und verlässt das Gebäude.

EINE HALBE STUNDE vor Mitternacht ist sie wieder da. Heute hat Angel ihre Schicht übernommen. Sie begrüßen sich auf dem Parkplatz. Während Celia voller Tatendrang steckt, ist Angel sichtbar müde.

»Ich habe das Teleskop eingeschaltet gelassen«, sagt sie. »Dann hast du weniger mit Tau zu kämpfen.«

Das ist nett. Wenn sich die glatten Oberflächen mit der Umgebungsluft abkühlen, setzt sich daran schnell die wenige Luftfeuchtigkeit ab.

»Ich danke dir. Waren sie anstrengend?«, fragt Celia.

»Nein, eine süße Familie. Drei Kinder. Der Jüngste hat mich sehr an meinen Kleinen erinnert.«

»Ich will dich nicht aufhalten. Dein Ex hat es bestimmt eilig, ihn wieder bei dir loszuwerden.«

»Heute ist er bei meiner Mom. Es ist großartig. Ich werde bis morgen um acht durchschlafen können!«

»Das freut mich für dich«, sagt Celia.

»Ach, ich habe dir das Teleskop schon auf LDN 63 voreingestellt. Sieht ja wild aus, die Struktur! Musst mir morgen mal erzählen, was es damit auf sich hat.«

Mist. Woher weiß Angel, was sie beobachtet hat? Sie hat doch extra das Logfile geleert?

»Na, dann eine schöne ruhige Nacht«, sagt Celia.

»Dir auch.«

In der Kuppel ist noch Licht. Im tiefen Rot existieren nur zwei Farben – rot und schwarz. Celia stellt sich vor den Spiegel über dem winzigen Waschbecken. Ihre Augen scheinen in tiefen Höhlen zu liegen. Die Pupille glänzt wie die eines Vampirs. Ihre Lippen sind fast schwarz.

Sie untersucht die Teleskopsteuerung. Natürlich, wenn sie diesen Knopf hier drückt und dabei die Shift-Taste festhält, fahrt das Teleskop das letzte zuvor beobachtete Objekt an. So muss Angel auf LDN 63 gestoßen sein. Ist das ein Problem? Bestimmt nicht. Angel hat, so viel sie weiß, Museumspädagogik studiert. Sie ist keine ausgebildete Astronomin und kann die Tragweite ihrer Entdeckung sicher nicht einschätzen. Das heißt, sie wird Celia glauben, wenn sie alles abwiegelt.

Sehr gut. Hätte Cody einen Blick auf LDN 63 geworfen, sähe die Sache anders aus. Sie muss wirklich besser aufpassen und am Ende ihrer kleinen Nachtschicht ein harmloses Objekt ansteuern. Und jetzt? Sie könnte die gestern erfassten Daten analysieren. Farbkanäle trennen, Maßstäbe verändern, verschiedene Kalibrierungen testen – es gibt Wissenschaftler, die Spaß an dieser Arbeit haben. Sie gehört nicht dazu. Deshalb wäre sie im Team eines der astronomischen Großprojekte auch falsch aufgehoben. Celia interessiert sich für die Beobachtung an sich.

Nein, sie startet den Computer nicht. Dafür wird an einem anderen Tag noch genug Zeit sein. Genau! Das ist etwas, das sie auch tagsüber erledigen kann. Dafür sollte sie ihre wertvolle Teleskopzeit nicht verschwenden. Wie geht es jetzt weiter? LDN 64 wäre das nächste Lynds-Objekt auf der Liste. Aber sie weiß jetzt schon, dass sie an seiner Position eine langweilige Dunkelwolke vorfinden wird. LDN 63 ist ziemlich einmalig, das ist jetzt schon klar. Sie gibt die nötigen Koordinaten ein und wartet gespannt darauf, dass das Teleskop ihre Entdeckung zeigt.

Der Effekt ist nicht schwächer als beim ersten Mal. Sie hat das Gefühl, dieser kosmischen Schmiede bei der Arbeit zusehen zu können. Es ist ganz anders als sonst, wo Dynamik erst aus der Betrachtung ganz verschiedener Objekte entsteht. Hier tut sich wirklich etwas! Die Sterne, das Gefühl hat sie jedenfalls, stehen nicht still, sondern bewegen sich, orbitieren einander in einem chaotischen Tanz und gebären dabei neue Sterne. Das alles aber scheint hinter einer Art Vorhang zu passieren, als gelte es, allzu neugierige Beobachter davon abzuhalten, diese kosmische Orgie zu verfolgen.

Sie, Celia Baron, 37, hat diesen Vorhang gelüftet.

Aber all das ist nichts wert, wenn sie es nicht ordentlich dokumentiert. Das war der Fehler, den sie damals begangen hat. Sie hatte diesen Effekt beobachtet, aber als sie dann darüber schreiben wollte, besaß sie auf einmal zu wenige Daten. Sie hatte einfach die Statistik nicht hinbekommen. Ihr Ergebnis war nicht signifikant gewesen, dabei hatte sie es doch mit eigenen Augen beobachtet! Aber Teleskopzeit ist nicht so einfach zu bekommen, gerade dann, wenn man sich noch keinen Namen gemacht hat. Deshalb hatte sie eine Abschätzung durchgeführt. Sie brauchte zwölf weitere Messpunkte, um in den Bereich der Signifikanz zu kommen. Zwölf! Vielleicht zwei Tage Aufwand. Zwei Tage, die sie nicht hatte. Ihr Ergebnis war nicht wertlos ohne diese 48 Stunden, aber es war ein Hinweis, kein Beweis. Jemand anders würde den Beweis erbringen, vermutlich der Professor, der sie betreut hat. Er würde kein Problem haben, die Beobachtungszeit genehmigt zu bekommen.

Also hatte sie die zwölf Datenpunkte künstlich so erzeugt, dass sie zum gewünschten Ergebnis passten. *Nature* hatte ihr Paper akzeptiert. Sie war auf dem besten Wege gewesen, bis irgendwer sich die Daten genauer angesehen hatte. Sie passten einfach zu gut, und der Kollege hatte nachgewiesen, dass sie so gut gar nicht passen konnten, weil das Verfahren, das sie verwendet hatte, diese Genauigkeit gar nicht zuließ.

An den Absturz danach will sich Celia heute nicht erinnern. Sie steht auf und geht nach draußen. Hier ist es zwar nicht kühler als in der Kuppel, aber die Dunkelheit ist anders. Die Nacht ist schwarz, nicht rot. Celia sieht zum Himmel. Sie hat keine Ahnung, wo sich LDN 63 befindet. So ist das, wenn man das Teleskop im Automatikmodus steuert. Die galaktischen Koordinaten hat sie sich nicht gemerkt. Aber der Blick zu den Sternen beruhigt sie so zuverlässig, wie er es immer getan hat. Die Sterne stehen still, und trotzdem blinken sie leicht, wie um zu sagen, dass sie lebendig sind.

Vielleicht eine Viertelstunde später, Celia hat das Gefühl für die Zeit verloren, steht sie erneut vor dem Teleskop. Sie drückt wieder und wieder auf den Knopf, der die von den Sensoren gelieferten Daten festhält. Sie fertigt Bilder in den verschiedensten Farbkanälen an, notiert die Umweltbedingungen bis hin zu Temperatur, Luftfeuchtigkeit und Druck. Alle Zusatzgeräte kommen zum Einsatz, das komplette Arsenal, damit sie jeden Aspekt von LDN 63 dokumentieren kann.

Dabei merkt sie, wo die Grenzen dieses Teleskops liegen. Celia drückt die erste Enttäuschung weg, als sie feststellt, was sie alles nicht sehen kann. Bei genauerem Hinsehen verschwimmen die Grenzen zwischen den Strukturen. Mögliche protoplanetare Wolken verschmelzen miteinander. Was zu welchem Stern gehört, lässt sich nicht eindeutig erkennen. Einiges davon wird sich durch Analysen am Computer klären lassen. Andere Fragen kann nur eine bessere Technik beantworten. Aber was sie herausbekommen hat, müsste eigentlich genügen, um ihr den Zugriff auf ein leistungsfähigeres Teleskop zu sichern. Das muss klappen. Schon ihre bisherigen Ergebnisse verschaffen ihr das Recht dazu.

Celia hat Gänsehaut. Es ist nicht die Kälte, sondern die Aussicht auf … Ja, was? Auf Rehabilitation? Sie schüttelt den Kopf. *Nicht träumen, Mädchen. Rechnen!*, hätte ihr Vater gesagt. Sie schaltet das Teleskop aus und schließt die Kuppel. Dann überträgt sie alle Daten auf ihren gesicherten Speicher. Sie löscht das digitale Logbuch. Dem »Zurück«-Knopf lässt sie sein Gedächtnis an LDN 63. Angel hat die Dunkelwolke ja bereits gesehen. Sie ist klug. Würde der Zurück-Befehl nicht mehr funktionieren, könnte sie Verdacht schöpfen.

Dann startet sie den Computer und füttert ihn mit allen Daten, die sie erhoben hat. Sie möchte wissen, was sich im Vergleich zu gestern verändert hat. Sind die Messungen genauer geworden? Der Computer rechnet. Ein Balken läuft von rechts nach links. Geschätzte Zeit bis zu Fertigstellung: drei Stunden, 47 Minuten. Celia lehnt sich im Stuhl zurück und verschränkt die Arme hinter dem Kopf.

Tucson, 12. Mai 2144

Paul schwitzt. Er schlägt die Decke zurück. Etwas rauscht laut. Er sieht sich um. Es ist die Klimaanlage. Vermutlich ist er aufgewacht, weil sie angesprungen ist. Aber wieso läuft sie schon so früh? Der Wetterbericht hat doch erst ab neun Uhr mehr als 77 Grad angesagt? Paul sieht auf den Wecker. Es ist halb elf. Mist. Er muss vergessen haben, den Wecker zu stellen.

»Alexa? Warum hast du mich nicht geweckt?«

»Es tut mir leid, aber du hast mir befohlen, dich ein für allemal in Ruhe zu lassen.«

»Wie bitte? Wann soll das gewesen sein?«

»Das war heute um sieben Uhr, elf Minuten und zehn Sekunden, nachdem ich dich dreimal geweckt hatte.«

Verflucht. Das muss der Traum gewesen sein, in dem ein unverschämter Anrufer immer wieder versucht hat, ihm ein Wundermittel gegen Haarausfall zu verkaufen. Er schüttelt den Kopf und fährt sich durch die Haare. Wenn er von etwas noch genug hat, dann davon.

Paul springt auf. Halb elf, das heißt, er kommt sogar zum zweiten Gottesdienst zu spät. Gottverdammt. Seit einiger Zeit flucht er zumindest in Gedanken immer wilder. Seit er überzeugt ist, dass Gott ihm sowieso nicht zuhört. Auf dem Weg ins Bad kommt er an dem kleinen Schreibtisch vorbei. Darauf liegt ein Blatt Papier. Er hat gestern versucht, eine Predigt zu entwerfen, aber außer der Anrede der Gemeinde ist ihm nichts gelungen. Zum Teufel damit.

Er zieht T-Shirt und Unterhose aus. Das Wasser aus der Dusche ist zu warm, um ihn erfrischen zu können, und zu kalt, um ihn richtig zu wecken. Er muss mit Pedro sprechen, dem Verwalter des billigen Motels, in dem er untergekommen ist. Auch wenn der gläubige Mann ihn hier fast für den Gotteslohn schlafen lässt, braucht er doch wenigstens eine heiße Dusche am Tag. Sonst kann er sich gleich wieder hinlegen.

Soll er? Das Bett ist hart, aber es erfüllt seinen Zweck. Nein. Es ist ja schon halb elf. Das heißt, er braucht heute keinen Gottesdienst mehr abzuhalten. Aber er sollte sich zumindest in der Verwaltung sehen lassen. Mario wird sauer auf ihn sein, weil er dann bestimmt die 8-Uhr-Veranstaltung übernehmen musste, aber das spielt keine Rolle. Nichts spielt eine Rolle, außer, den Tag möglichst ohne großen Stress zu überstehen.

Paul dreht die Dusche ab, nimmt das Handtuch vom Haken und trocknet sich ab. Dann hebt er die Schlafsachen auf und riecht daran. Das T-Shirt geht noch. Die Unterhose ist grenzwertig, aber unter der Soutane fällt das garantiert nicht auf. Rasiert hat er sich vorgestern schon. Das muss genügen. Das Handtuch wirft er auf den Boden. Er geht ins Wohnzimmer, zieht die über dem Fußende des Betts liegenden Jeans an und setzt sich aufs Bett, um sich bequemer die Schuhe binden zu können.

DAS AUTO REAGIERT auf seine Anwesenheit, indem es die Fahrertür öffnet. Paul fragt sich manchmal, woran es ihn erkennt. Der Verkäufer hatte ihm das nicht sagen können. Vielleicht ist es ja der Körpergeruch. Er setzt sich.

»Zur Kirche«, sagt er.

Der Wagen fährt selbsttätig los. Das linke und das rechte Seitenpolster vibrieren so lange, bis er den Gurt anlegt. Er tut dem Fahrzeug den Gefallen, sonst würde es nach spätestens fünf Minuten anhalten. Dieser Teil von Tucson, seit über zwanzig Jahren seine Heimatstadt, besteht fast nur aus Flachbauten. Der Wagen schnurrt über die vierspurige East Pima Street, bis er das St.-Cyrils-Viertel erreicht. Es ist nach der Kirche benannt, in der er als Pfarrer angestellt ist.

Nirgends ein Stau, leider. So kurz vor der Mittagszeit gibt es hier selten Staus. Also hat er nicht einmal die kleinste Ausrede. Der Wagen hält vor dem Verwaltungsgebäude neben der Kirche. Der einstöckige Baustil in Ziegelbauweise fügt sich perfekt in das Viertel ein. Gäbe es den kleinen Turm auf dem Glockenhaus nicht, würde niemand merken, dass es sich um eine Kirche handelt.

Die große Tür des Verwaltungsgebäudes öffnet sich, als Paul gerade ausgestiegen ist. Elena muss einen siebten Sinn besitzen. Er hatte gehofft, unbemerkt in sein Büro zu kommen. Elena ist die Frau des Administrators und zugleich so etwas wie die Hausmeisterin. Sie weiß bei verstopften Toiletten ebenso Rat wie bei Problemen mit der Soundanlage oder bei einem Absturz der Verwaltungssoftware.

»Da bist du ja endlich, Paul!«, ruft sie und kommt ihm entgegengelaufen.

Elena ist füllig, bewegt sich aber erstaunlich schnell. Sie gibt ihm einen Wangenkuss. Danach schnüffelt sie an seiner Kleidung.

»Wie oft habe ich dir schon gesagt, dass du mir deine Sachen zum Waschen bringen sollst?«, fragt sie.

»Du hast immer so viel zu tun«, sagt er.

Elena und ihr Mann haben sieben Kinder.

»Einer mehr oder weniger, das macht doch nichts. Aber so …«

Sie verzieht das Gesicht. Vielleicht hätte er sich mit T-Shirt duschen sollen. Inzwischen wäre es bestimmt trocken.

»Unter der Soutane fällt es doch nicht so auf«, sagt er.

»Nichts mit Soutane. Du hast Besuch. Seine Exzellenz wartet schon seit halb zehn.«

Seine Exzellenz? Der Bischof ist hier, in Tucson, und er will ausgerechnet zu ihm? Um halb zehn wäre sein Gottesdienst zu Ende gewesen. Der, den nun sicher Pater Mario halten musste, der eigentlich für den spanischsprachigen Teil der Gemeinde zuständig ist. Hoffentlich hat der Bischof das nicht mitbekommen. Verflucht! Natürlich hat er es mitbekommen. Paul kneift die Augenbrauen zusammen.

»Habt ihr ihn etwa hergeholt?«

»Seine Exzellenz? Also bitte!«

»Entschuldige, Elena.«

»Ich glaube, ein paar von unseren Stammbesucherinnen haben sich beschwert«, flüstert sie.

Paul weiß genau, wen sie meint. Es sind fünf Frauen um die 70, die stets nebeneinander in der ersten Reihe rechts sitzen und sich beim Abendmahl ihre Hostie zuerst abholen. Dafür, dass sie so oft zum Gottesdienst erscheinen, kennt Paul sie ziemlich schlecht. Sie haben auch noch nie bei ihm gebeichtet. Eine soll mit dem ehemaligen Bürgermeister verheiratet sein.

»Kannst du den Bischof nicht wegschicken?«, fragt er.

Elena streckt ihre imposante Brust heraus und atmet tief ein.

»Ihre Exzellenz? Sein Besuch ist eine Ehre!«

Sie hat ja recht. Er darf den Bischof nicht länger warten lassen, obwohl er ahnt, dass dieser Besuch ganz bestimmt nicht als Ehre gemeint ist.

»VATER PAUL, es freut mich, dass Sie doch noch Zeit für mich gefunden haben«, sagt der Bischof schmallippig und streckt ihm im Sitzen die Hand hin.

Paul bückt sich und deutet einen Handkuss an. »Es tut mir sehr leid, ich ...«

»Ich möchte keine Ausreden hören, mein Lieber. Uns liegen Beschwerden einflussreicher Gemeindemitglieder vor, die ich ernstnehmen muss.«

Paul hat es gewusst – die fünf Damen!

»Ich kann Ihnen versichern, dass die Mehrheit unserer Gemeindemitglieder sehr zufrieden mit unserer ...«

»Paperlapapp. Natürlich ist die Mehrheit zufrieden. Sie bekommen ja auch regelmäßig eine gut vorbereitete Predigt, nämlich im spanischsprachigen Gottesdienst. Aber die englische Version fällt zu oft aus. Nach den mir vorliegenden Daten fand in den vergangenen Wochen überhaupt nur jeder fünfte Gottesdienst wie vorgesehen statt! Was sagen Sie dazu?«

Nur jeder fünfte? Das kann nicht sein. Pater Mario hat ihn doch fast jedes Mal vertreten. Gut, als der Kollege in der Kommunionswoche mit den jungen Leuten unterwegs war – aber sonst? Paul schüttelt den Kopf.

»Was soll das heißen?«, fragt der Bischof. »Dass Sie genauso empört sind wie ich, Vater Paul?«

»Ich … Nein, die Zahlen …«

»Wurden mir vom Administrator zur Verfügung gestellt. Daran gibt es nichts zu deuteln.«

Mist. Er hat es wohl doch ein bisschen übertrieben. Wie kann er seine Exzellenz bloß wieder beruhigen?

»Ich kann Ihnen versichern, Eure Exzellenz, dass in Zukunft …«

»Vater Paul.« Der Bischof steht von seinem Platz hinter Pauls Schreibtisch auf und geht zum Sofa, wobei er ihn hinter sich herzieht. Dann setzt er sich und nötigt Paul, sich neben ihn zu platzieren. Was soll das jetzt? Sie sind nicht gleich und gleich. Der Bischof legt ihm die Hand auf das Knie.

»Vater Paul«, sagt er noch einmal. »Ich mache mir ernsthafte Sorgen um Sie. Ich habe Sie damals zum Priester geweiht, erinnern Sie sich?«

Paul nickt. Der Bischof muss längst im Rentenalter sein.

»Dass Sie damals als einer der Ersten die neuen Freiheiten genutzt und geheiratet haben, habe ich ausdrücklich begrüßt. Ich war immer dafür, dass unsere Priester das Leben in all seinen Facetten kennenlernen. Aber ich muss heute zugeben, dass ich mich womöglich geirrt habe. Sie haben Ihr Leben nicht Jesus gewidmet, sondern Ihrer Familie.«

Seine Familie. Wenn der Bischof noch länger von etwas spricht, wovon er keine Ahnung hat, springt Paul auf und verlässt das Zimmer. Er hat Jesus immer am allermeisten geliebt. Bis er ihm erst seine Tochter und dann seine Frau genommen hat.

»Ich weiß, das klingt hart, Bruder Paul. Ich sage dir das als dein Glaubensbruder.«

Der Bischof wechselt den Ton. Er muss erkannt haben, dass ihm etwas fehlt.

»Nur Christus kann uns erretten. Es liegt in seiner Macht! Du musst ihm vertrauen. Ich habe das Gefühl, dass du die Rettung eher in weltlichen Dingen suchst.«

Paul seufzt. Was soll er dazu sagen? Eigentlich müsste er kündigen. Aber wovon soll er dann leben? Wenn das letzte bisschen Struktur verlorengeht, wird er komplett aus der Zeit fallen. Er will aber auch nicht betteln – und schon gar nicht über seine Familie sprechen.

»Soll ich dir vielleicht die Beichte abnehmen, Bruder? Manchmal hilft es, sein Herz auszuschütten.«

Paul gibt ein kurzes Lachen von sich. Sein Herz ausschütten – als ob es da etwas zum Ausschütten gäbe! Es ist leer, komplett leer.

»Ich glaube nicht, dass da etwas zu machen ist«, sagt Paul.

»Es ist immer etwas zu machen. Unser Herr Jesus kann …«

»Ich habe meinen Glauben verloren, Eure Exzellenz.«

»Das kenne ich«, sagt der Bischof. »Es ist eine Versuchung des Erzfeindes, Bruder Paul. Du musst widerstehen, dann wirst du deinen Glauben genauso überraschend wiederfinden, wie du ihn verloren hast.«

Blablabla. Er hat seinen Glauben nicht überraschend eingebüßt. Alles war völlig klar gewesen. Er hatte das wunderschöne, klare Lächeln seiner toten Tochter gesehen und in diesem Moment gewusst, dass Gott nicht existiert. Es war kein Zweifel möglich gewesen.

Paul steht auf. Der Bischof hat keine Ahnung. Er hat keine Familie. Er hat niemanden verloren. Wenn alles mit Erlaubnis Gottes geschieht, ist auch seine Tochter damit gestorben. Einen solchen Gott braucht er nicht. Paul öffnet den Mund, um etwas zu sagen, aber er ist leer. Er stammelt etwas. Der Bischof reißt die Augen auf. Am liebsten würde er ihn ins Gesicht schlagen, stellvertretend für Gott, aber das traut er sich nicht. Paul dreht sich um und verlässt das Büro.

Lowell Observatory, 12. Mai 2144

Sie erwacht, weil ihr Nacken schmerzt. Mist. Vorsichtig dreht sie den Kopf hin und her. Wie spät ist es? Gedämpft hört sie das Zwitschern von Vögeln. Sie dreht den Stuhl zur Eingangstür. 7:10 Uhr. Oh! Um acht kommen die ersten Gäste. Bis dahin muss sie hier fertig sein. Celia schnuppert an sich. Sie braucht dringend eine Dusche. Keiner ihrer Kollegen sollte sie so erwischen. Es ist zwar nicht ausdrücklich verboten, hier zu nächtigen, aber es würde wirken, als hätte sie die Kontrolle über ihr Leben endgültig verloren.

Ihr Blick fällt auf den Computer. Der Bildschirm hat sich ausgeschaltet. Sie berührt ihn. Der Balken hat sich komplett gefüllt. Sie sollte sich beeilen. Die meisten Kollegen trudeln ab halb acht im Observatorium ein. Wenn sie ihnen aus dem Weg gehen will … Egal. Celia will wissen, was das Programm herausgefunden hat. Hat sich die Nacht hier wenigstens ein bisschen gelohnt? Sie ruft die Ergebnisse auf.

Es ist so aufregend! Celia schiebt die Hände unter die Oberschenkel, während sie liest. Die meisten Werte, die sie erfasst hat, sind noch nicht signifikant. Das ist kein Wunder. Sie verfolgt hier Prozesse, die über Millionen Jahre ablaufen. Es ist, als würde sie herausfinden wollen, wie eine Schnecke kriecht, indem sie sie im Abstand von einer Hundertstelsekunde genau zweimal fotografiert. Natürlich wird sie dabei Veränderungen feststellen, aber sie ergeben nicht das gesamte Bild.

Doch auch der Ausschnitt ist schon sehr spannend. Die Aufnahmen von gestern und heute zeigen durchaus gewisse Unterschiede. Das kann an dem größeren Aufwand liegen, den sie diesmal betrieben hat, aber auch an der abgelaufenen Zeit. Beweiskräftig sind ihre Daten allerdings noch lange nicht. Celia sieht auf die Uhr. Gerade ist es halb acht, aber sie will nicht bis heute Abend warten. Mit zitternden Fingern startet sie eine Hochrechnung. Was wäre, wenn sich die Trends dieser zwei Tage fortsetzen würden? Der Computer braucht zum Glück nicht lange. Zwei Tage, da ist nur eine lineare Extrapolation möglich.

Das Ergebnis ist … Celia Mund bleibt offen. Wenn die Ergebnisse nur im Ansatz richtig sind, dann … Das ist unmöglich. In LDN 63 scheint die Geburt eines Sterns nicht einmal ein Jahr zu dauern. Mist, das kann nicht sein! Celia sackt zusammen. Sie muss irgendeinen gravierenden Fehler begangen haben. Was sie da herausgefunden hat, widerspricht sämtlichen Erkenntnissen der Kosmologie. Es geschieht zwar manchmal, dass altes durch neues Wissen ergänzt wird. Aber wie schnell Sterne wachsen, ist nicht nur durch Beobachtungen, sondern auch durch Modelle bekannt, die auf anerkannter Wissenschaft basieren.

Sie könnte heulen. Celia fühlt sich so, aber es kommen keine Tränen. Ihre Liebesgeschichte mit der Wissenschaft ist seit langem beendet. Sie hat es nur verdrängt. Cody hat schon recht. Sie muss sich endlich mit der Realität anfreunden. Die Wissenschaft ist ein Scheiß-Freund! Schluss mit der Verleugnung. Celia spürt, wie sie in die zweite Phase des Abschieds rutscht – die Wutphase. Sie schaltet den Computer am Hauptschalter aus, wirft die Tür der Kuppel hinter sich zu und rennt auf direktem Weg zum Parkplatz.

Am Abend ist Celia doch wieder im Observatorium. Sie hat den ganzen Tag geschlafen. Immerhin fühlt sie sich nun einigermaßen wach, wenn sie auch fürchtet, wieder nicht vor dem frühen Morgen einschlafen zu können. Sie muss ihren Tagesablauf in den Griff bekommen. Am besten, sie hört auf Heather und lässt sich eine Weile für das Besucherzentrum einteilen.

Aber für heute ist es zu spät. Vor der Kuppel wartet bereits eine kleine Gruppe. Zwei Erwachsene, vermutlich Mann und

Frau, und drei Kinder. Das jüngste ist höchstens sieben oder acht. Es wird wohl nicht so viel Spaß wie seine älteren Geschwister haben.

»Wir sind die Edelsteins«, begrüßt sie die Frau. »Schön, dass es so schnell geklappt hat.«

Der Mann sieht an ihr vorbei. Die Kinder haben sich um ihn gruppiert.

»Ich freue mich, dass Sie da sind«, sagt Celia.

»Wir waren gestern schon hier, bei Ihrer Kollegin, und unser Großer war so begeistert, dass wir heute noch einmal kommen mussten. Nicht wahr, Christopher?«

Der so angesprochene Junge nickt. Er dürfte etwa 14 Jahre alt sein. Sein Gesicht ist voller Pickel.

»Nun sag doch etwas zu der Frau«, ermahnt ihn seine Mutter.

»Wann geht es los?«, fragt Christopher.

Celia lacht. Zweifellos eine wichtige Frage.

»Gleich. Nein, sofort«, antwortet sie. »Wir können sofort anfangen. Haben Sie denn bestimmte Wünsche? Unser Standardprogramm bietet den großen Überblick. Heute könnte ich mich mit Ihnen näher einem bestimmten Thema widmen, wenn Sie möchten.«

»Wie alles anfing. Wo wir herkommen«, sagt Christopher.

»Das ist ein großartiges Thema. Dazu gibt es auch eine Menge zu sehen. Kommen Sie bitte mit?«

Celia öffnet die Tür zum Observatorium. Die Luft, die ihr entgegenkommt, müffelt. Mist. Es ist alles noch so, wie sie es hinterlassen hat. Heute war wohl keine Putzkraft da. Die Räume mit optischen Instrumenten müssen wie früher manuell gesäubert werden.

»Warten Sie bitte noch einen Moment.«

Sie muss etwas Zeit schinden. Wenn die Tür eine Weile offen steht, werden sich die schlimmsten Gerüche verflüchtigen.

»Ihr könnt mich übrigens Celia nennen«, sagt sie.

»Tim«, sagt der Vater.

»Charleen«, sagt die Mutter. »Und das sind Max«, sie zeigt auf den Jüngsten, »und Sue.«

Sue sagt nichts dazu, nickt aber immerhin. Sie ist dann wohl das Sandwich-Kind, das immer nach seinem Platz sucht. Celia kennt das.

»Betrachten wir doch erst einmal den Himmel«, sagt Celia.

Auf ihr Kommando heben alle die Köpfe und starren in die Nacht. Es riecht nach Piniennadeln. Celia Blick fällt auf das glänzende Band der Milchstraße.

»So schön!«, sagt der Jüngste.

»Das stimmt«, sagt Celia. »Wie wirkt das All sonst noch auf euch?«

»Furchteinflößend«, sagt der Vater.

»Riesig«, sagt der ältere Sohn. »Verlockend.«

Er wird bestimmt einmal Astronom.

»Schön«, wiederholt der Jüngste.

»Kalt«, sagt die Mutter.

Das wollte sie hören.

»Kalt, das ist gut, Charleen«, sagt Celia. »Was glaubt ihr denn, wie kalt das Universum ist? Ich meine nicht die Sterne, sondern den Platz dazwischen.«

»2,728 Kelvin«, sagt Christopher.

Celia lächelt. »Sehr gut, Christopher. Minus 454,76 Grad Fahrenheit. Das ist verdammt kalt. Aber es ist noch ein Stück vom absoluten Nullpunkt entfernt. Dass das Weltall überhaupt eine Restwärme besitzt, liegt am Urknall. Die dabei freigesetzte Energie ist heute noch als Infrarotstrahlung messbar, obwohl sie schon seit 13,8 Milliarden Jahren das Universum erfüllt. Infrarot, das ist Licht, das so rot ist, dass wir es gar nicht mehr sehen können.«

»Dann fand der Urknall im Dunkeln statt?«, fragt Christopher.

Celia lacht. »Ja und nein. Nein, weil das Licht, das wir heute als Infrarot sehen …«

»Nicht sehen«, sagt Tim.

»Genau. Dieses Licht hatte früher eine andere Farbe. Es hatte eine andere Wellenlänge, sagt man. Zu einem bestimmten Zeitpunkt hätten wir es noch sehen können, wenn wir damals schon gelebt hätten. Dann wäre der Nachthimmel nicht schwarz gewesen.«

»Das wäre aber schade«, sagt Sue.

»Das stimmt, Herzchen«, sagt Celia. »Ohne die Dunkelheit würde der Nacht etwas fehlen.«

»Aber damals gab es noch keine Menschen«, sagt Christopher.

»Noch lange Zeit nicht. Aber auch wenn es sie gegeben hätte oder wenn wir zurückfliegen könnten, gäbe es nichts zu sehen. Denn das Universum war so dicht, dass nicht einmal die besonders leichten und schnellen Lichtteilchen es durchqueren konnten. Und die brauchen wir nun einmal, um irgendetwas zu sehen.«

»Hätte ich es mit einem Schwert zerteilen können?«, fragt Sue.

»Keine Chance.«

»Und mit Draufschlagen?«, fragt Max.

Celia nickt anerkennend. Auch der Jüngste muss ungefähr mitbekommen haben, wovon sie gerade sprechen.«

»Das hätte auch nichts gebracht«, sagt sein großer Bruder.

»Tja, irgendwann war das All dann dünn genug, dass die Lichtteilchen frei herumfliegen konnten. Es wurde klar, und plötzlich müssen überall Sterne geleuchtet haben. Es war vielleicht so, wie wenn ihr im Winter bei eurem Haus die Weihnachtsbeleuchtung einschaltet.«

»Wir feiern Weihnachten nicht«, sagt Christopher.

Ah, sie hätte auf den Namen achtgeben sollen.

»Ihr wisst doch, wie es aussieht, wenn die Nachbarn die Weihnachtsbeleuchtung einschalten«, sagt die Mutter.

»Na klar, Charleen«, sagt Sue.

»Du sollst mich nicht immer …«, beginnt die Mutter.

»Können wir uns diese Sterne jetzt ansehen?«, fragt der ältere Sohn.

»Leider längst nicht mehr«, sagt Celia. »Wir sollten ihnen aber sehr dankbar sein. Denn nachdem sie ihr Leben beendet haben, sind aus ihrer Asche neue Sterne entstanden, und aus deren Asche wieder neue, und erst in diesem Prozess wurde ein großer Teil der Elemente erzeugt, aus denen wir gemacht sind.«

»Das ergibt Sinn«, sagt Christopher.

»Vermutlich hattet ihr das schon so ungefähr in der Schule«, sagt Celia.

»So etwa. Aber nicht so gut verständlich wie bei dir. Ich würde am liebsten auch Astronom werden.«

Ihr wird warm ums Herz. Vielleicht ist sie hier doch am richtigen Platz. Es ist so gekommen, weil es so kommen musste. Sie sollte es akzeptieren. Es freut sie aber auch, dass Christopher sie für eine Astronomin hält, denn das wird sie im Herzen immer bleiben.

»Wir können uns nun mit dem Teleskop ansehen, wie heute Sterne geboren werden«, sagt Celia. »Wollt ihr das?«

Statt zu antworten, stürzen die Kinder durch die offene Tür in die Kuppel. Celia läuft ihnen hinterher. Es ist zu gefährlich, sie dort alleinzulassen. Sie sieht sich um. Der unangenehme Geruch ist verflogen. Auch sonst hat sie keine Spuren hinterlassen.

»Warum ist hier so ein komisches Licht?«, fragt Sue.

»Damit sich unsere Augen an die Dunkelheit anpassen können, wir aber trotzdem nicht über die anderen stolpern.«

Celia startet das Teleskop. Sie überlegt kurz, dann wählt sie den Adlernebel als Ziel. Sie drückt den Startknopf. Über ihnen klappert und quietscht es. Max drückt sich an seine Mutter. Sue hat die Hand ihres Vaters genommen. Das Teleskop bewegt sich automatisch auf das Ziel zu. Celia lässt stets alle zuerst durch das Okular sehen. Es passt viel besser zum Entdeckergeist, der die Menschen in Anbetracht eines Fernrohrs meist befällt.

»Wer will zuerst?«, fragt sie.

Max meldet sich. Seine Geschwister lassen ihm den Vortritt.

Celia schiebt ihm einen Hocker heran und hebt ihn hoch, damit er bequem durch die Optik sehen kann.

»Das sieht ja aus wie eine Hand«, sagt er.

»Pssst«, sagt sein Bruder. »Nicht spoilern.«

Sue ist als Nächste an der Reihe. Sie knabbert an ihrem Daumennagel, während sie hindurchsieht. Christopher folgt ihr, dann seine Mutter und schließlich sein Vater. Danach erst schaltet Celia den großen Bildschirm ein. Darauf kann sie besser erklären, was man sieht.

»Das ist ja bunt«, sagt Max.

»Was ihr da seht, ist dasselbe Gebilde wie im Teleskop, aber von einem viel leistungsfähigeren Instrument fotografiert. Man nennt es auch die ›Pfeiler der Schöpfung‹. Was glaubt ihr, wo gerade die meisten Sterne geboren werden?«

»Da, bei den vielen hellen Flecken«, sagt Sue und zeigt auf die hell leuchtenden Riesensterne.

»Da nicht. Was du da siehst, sind junge Riesensterne. Sie sind besonders ruppig und pusten alles aus dem Weg, was um sie herum ist. Staub, Gas. Und woraus entstehen Sterne?«

»Aus Gas«, sagt Sue.

»Genau. Wenn aber alles Gas weggeblasen ist, können keine neuen Sterne mehr wachsen.«

»Dann werden sie wohl dort geboren, wo es besonders viel Staub und Gas gibt«, sagt Christopher.

»Richtig. Das sind die dunklen Flecken hier. Sie sind dunkel, weil kein Licht hindurchkommt.«

»Wie bei den Schmutzflecken auf dem Fußboden, wenn ihr die Schuhe nicht auszieht«, sagt Charleen.

»Ein guter Vergleich«, sagt Celia. »Die dunklen Flecken nennt man auch Dunkelwolken. Aber sie bleiben natürlich nicht ewig dunkel. Je mehr Sterne in ihnen aufleuchten, desto heller werden sie. Die Abstrahlung der neu geborenen Sterne verändert sie. Sie werden zu sogenannten H-II-Wolken.«

»Wieso H-zwei?«, fragt Christopher.

»H ist das Symbol für Hydrogenium, also Wasserstoff. Darauf folgt eine römische Zwei, also zwei Striche. Damit meinen wir Wasserstoff, dem etwas weggenommen wurde.«

»Sein Elektron«, sagt Christopher.

»Richtig. Während die Dunkelwolken wichtig für die Zeit vor der Geburt sind, bilden die H-II-Gebiete gewissermaßen die Kinderstube des Universums.«

»In den Dunkelwolken ist das All schwanger«, sagt Sue.

»Ganz genau. Irgendwann pusten die jungen Sterne in den H-II-Gebieten dann auch das restliche Gas weg, und übrig bleiben die nackten Sterne selbst, die dann einen Sternhaufen bilden. Wartet, ich zeige euch ein paar davon.«

»Bye-bye, Celia!«, ruft Max und stimmt ein fröhliches Lied an.

Sie hört ihn noch singen, als die Familie schon ihren Wagen erreicht hat. Kurz darauf klappen Türen, und der Kies knirscht. Sie ist allein. Der zweite Termin ab 22 Uhr ist heute nicht gebucht. Sie sollte trotzdem nach Hause gehen, einen Rotwein trinken und im Bett auf den Schlaf warten.

Es wäre besser so, aber sie schafft es nicht. Es hat großen Spaß gemacht, der Familie den Werdegang des Universums zu zeigen. Aber sie hat dabei immer wieder gemerkt, dass sie gern davongaloppiert wäre. Es ist wichtig, den Menschen die Grundlagen der Wissenschaft zu vermitteln. Sie bestimmt schließlich immer stärker über unser Leben. Aber Celia will ganz vorn mit dabei sein. Sie will Wissenschaft betreiben, nicht vermitteln.

Deshalb war es auch kein Zufall, dass sie den Edelsteins zum Schluss noch LDN 63 gezeigt hat. Der große Junge war wirklich beeindruckt gewesen. Für den Rest der Familie war die Struktur wohl zu verschwommen geblieben. Celia stellt sich die Pfeiler der Schöpfung vor. Sie hatten im Okular auch nicht so beeindruckend ausgesehen wie auf den neuesten Fotos des Galileo-Weltraumteleskops. Wie wäre es wohl, Beobachtungszeit auf einem der modernen Instrumente zu bekommen? Es wird nicht einfach sein. Vielleicht kann sie Cody überzeugen, in ihrem Namen anzufragen, aber dazu bräuchte sie bessere Daten. Er wird trotzdem nicht begeistert sein. Und wenn sie nun mit ihm essen geht, wie er es vorgeschlagen hat? *Celia, jetzt bleib auf dem Boden. Am Ende gehst du noch mit ihm ins Bett, um Zeit auf dem Galileo-Teleskop zu bekommen?* Warum eigentlich nicht?

Sie schüttelt den Kopf. Nein, das hat sie nicht nötig. Sie wird ihn mit ihren Ergebnissen überzeugen. Wenn sie heute die Messungen von gestern wiederholt, hat sie schon drei Datenpunkte, und die Schätzungen von gestern verwandeln sich in Näherungen, die vielleicht mehr Sinn ergeben. Sie muss an die Daten denken, die der Computer gestern ausgespuckt hat. Mit solchen völlig weltfremden Ergebnissen braucht sie Cody nicht zu kommen. Eine Dunkelwolke mit einer derart hohen Sternentstehungsrate kann es gar nicht geben. Dagegen spricht schon ein ganz simpler Fakt: Würde ein neuer Stern in Sonnengröße dort wirklich nur ein paar Tage für seine Entstehung benötigen, dann wäre das begrenzte Material der Dunkelwolke ja schon in wenigen Monaten aufgebracht. Lynds hat ihren Katalog vor fast 180 Jahren aufgestellt. LDN 63 dürfte damit längst nicht mehr als Dunkelwolke auffindbar sein. Wie sie es Familie Edelstein erklärt hat, müsste das Teleskop an ihrer Stelle einen Sternhaufen zeigen.

So. Es hat doch wieder länger gedauert. Weil Celia das Gefühl hat, dass es nicht die letzte Messung dieser Art sein wird, hat sie nun für die nachfolgende Analyse Skripte geschrieben. Das war aufwändig, weil sie jeden Schritt mehrmals testen musste. Und offenbar ist sie aus der Übung.

Aber jetzt steht das Gerüst. Sie weiß, dass jeder einzelne Schritt funktioniert. Trotzdem ist sie unsicher, ob die Verarbeitung insgesamt problemlos ablaufen wird. Es gibt Fehler, die sich erst im Zusammenspiel der Komponenten zeigen. Celia gähnt. Drei Uhr. Wenn jetzt nicht alles klappt, wird sie die Nacht durcharbeiten müssen.

Sie kontrolliert noch einmal, ob alle Daten an Ort und Stelle liegen. Dann startet sie das Skript. Ok, ok, ok, ok. Die Bestätigungen trudeln nacheinander auf dem Bildschirm ein. Es müsste etwa zehn Minuten dauern, bis die Daten eine präsentable Form haben. Gestern hat sie dafür noch zwei, drei Stunden gebraucht. Das verspricht für die kommenden Nächte deutlich weniger Arbeit – und damit mehr Schlaf.

Celia geht in der Kuppel im Kreis, immer um das Teleskop herum. Obwohl ihr nach ein paar Runden ein bisschen schwindelig wird, wirkt es auf seltsame Weise beruhigend. Als sie am Lichtschalter vorbeikommt, schaltet sie das Rotlicht aus und die normale Beleuchtung ein. Das vertreibt ihre Müdigkeit zumindest vorübergehend.

Klong. Das war der Systemsound, den ihr Skript nach erfolgreicher Arbeit ausgibt. *Gute Arbeit*, lobt sie sich selbst. Ob es sich gelohnt hat, wird sie gleich sehen. Celia tippt auf den Bildschirm, der sich deaktiviert hat. Er zeigt programmgemäß eine Übersicht der wichtigsten Parameter von LDN 63. Die Entfernung ist konstant geblieben. Das ist gut. Ihr nächster Blick geht auf die neue Näherung der Sternentstehungsrate. Mist. Auch sie hat sich nicht verändert. LDN 63 spuckt Sterne aus, als hielte dort jemand den »Vorwärts spulen«-Knopf gedrückt.

Aber das ist schlicht unmöglich. Celia setzt sich vor den Rechner. Irgendwo in ihrer Arbeit steckt der Wurm. Vielleicht hat sie etwas falsch interpretiert, das ist am wahrscheinlichsten. Das Teleskop jedenfalls dürfte kaum für den Fehler verantwortlich sein. Seine Optik ist nicht so kompliziert, dass es viele Fehlerquellen gäbe. Eines der Zusatzgeräte könnte dejustiert sein. Sie werden selten genutzt, weil sie das Teleskop vor allem für Vorführungen einsetzen.

Celia seufzt. Ihre Hoffnung auf mehr Schlaf zerstäubt. Morgen wird sie sich mit der Fehlersuche befassen müssen. Aber heute ist es an der Zeit, nach Hause zu fahren.

Tucson, 13. Mai 2144

»Sir? Sie können hier nicht nächtigen«, sagt der Polizist.

Paul erschrickt. Wie kommt er denn hierher? Er setzt sich auf. Erst jetzt erkennt er, dass ein humanoider Roboter vor ihm steht, der in die typische Polizeiuniform der Stadt gekleidet ist.

»Darf ich noch ein bisschen hier sitzen?«, fragt Paul.

»Sie dürfen sitzen, aber nicht liegen. Benötigen Sie Hilfe?«

»Nein, es geht mir gut«, sagt Paul. »Dankeschön.«

»Ich werde in einer halben Stunde wieder hier vorbeikommen«, sagt der Roboter.

Er dreht sich um und marschiert davon. Hätte er nicht das eindeutig metallische Gesicht erkannt, hätte es auch ein echter Polizist sein können. Aber wie zum Teufel kommt er hierher? An die letzten zwölf Stunden erinnert sich Paul nur bruchstückhaft. Er hatte bei Paco's etwas gegessen und war dann in irgendeine Kneipe marschiert. An ihren Namen erinnert er sich nicht mehr. Eine Barkeeperin hatte ihm eine Flasche Tequila verkauft.

Dann muss er irgendwie in diesen Park gekommen sein, auf diese harte Bank. Vielleicht mit dem Auto. Solange er das Lenkrad nicht berührt, darf er sich auch alkoholisiert fahren lassen. Vor ihm glänzt der Nachthimmel in einem kleinen See. Am Ufer sitzen Enten. Sie schlafen. Es könnte der Fort-Lowell-Park sein. In den anderen Parks dieser Stadt gibt es kaum Gewässer.

Paul fröstelt. Sein T-Shirt ist feucht, und es riecht säuerlich.

Vermutlich hat er sich irgendwo erbrochen. Sein Leben geht wirklich den Bach hinunter. Bestimmt hat er bereits die Kündigung im Briefkasten. Nachdem er den Bischof einfach sitzengelassen hat, muss die Kirche irgendwie reagieren. Die fünf Damen aus der ersten Reihe sind zweifelsohne ihre wichtigsten Spenderinnen. Aber er hat es ja nicht anders gewollt. Er hat sich nicht getraut, selbst die Konsequenzen zu ziehen.

Er zuckt die Schultern. Es ist, wie es ist. Aber er ist noch nicht da, wo er eigentlich hin will. Seine Tochter und seine Frau sind tot. Dafür geht es ihm doch noch viel zu gut.

Paul seufzt. Er streckt die Beine aus und legt den Kopf nach hinten. Der Roboter kommt erst in dreißig Minuten wieder. Bis dahin kann er noch ein bisschen schlafen. Vielleicht holt er sich eine Erkältung. Er wird sie nicht behandeln.

Die Lehne ist hart. Sie besteht aus einem länglichen Stück Plastik, das wie ein Holzbrett geformt ist. Der Schmerz im Nacken tut gut, aber er lässt ihn nicht einschlafen. Über ihm ist derselbe Himmel, der sich gerade noch im Teich gespiegelt hat. Ist es nicht faszinierend, wie schnell das geht? Milliarden Jahre lang war das Licht unterwegs, aber sobald irgendein Spiegel erscheint, ist es darin gefangen, ganz egal, ob es von einem nahen Stern oder einer fernen Galaxie kommt.

Das Universum ist wirklich ein Wunder. Ob es tatsächlich aus einem Samenkorn entstanden ist? Der Kirche gefällt diese Theorie, erlaubt sie es doch, einen Schöpfer ins Spiel zu bringen. Wirklich notwendig ist er wohl nicht. Paul hat sich informiert. Aber wenn er Gott irgendwo findet, dann wohl dort oben.

Vielleicht ist das ja seine Aufgabe? Die Kirche hat es schon seit langem aufgegeben, nach Gott zu suchen. Die Forschung war ihr immer zu weit voraus, und irgendwann hat man sich dann ganz davon verabschiedet, einen Beweis finden zu wollen. Aber was, wenn die Wissenschaft Gott längst gefunden hat, die Forscher aber so in ihren eigenen Gedankengebäuden gefangen sind, dass sie ihn nicht erkennen?

Er hebt seinen Blick zum Himmel wie Milliarden Menschen vor ihm. Das schwarze Zelt über ihm verwandelt sich in eine Kuppel, weitet sich, gibt die Hälfte eines mächtigen Kosmos frei. Jeder blinkende Punkt ist eine eigene Welt, vielleicht sogar mit Wesen, die gerade wie er zum Himmel starren. Es ist möglich, nein, bei der Vielzahl der Welten sogar wahrscheinlich, dass sich in dieser Sekunde irgendwo weit draußen seine Blicke treffen mit denen eines völlig anders gearteten Individuums, das so wie er über seine Stellung in der Welt und über ihren Sinn nachdenkt.

Vielleicht liegt es daran, dass Gott seine Tochter und seine Frau sterben ließ. Er hatte im großen Universum zu tun. Warum hätte er sich mit einem siechen Planeten befassen sollen, dessen gierige Bewohner nichts anderes zu tun haben, als sich gegenseitig die Köpfe einzuschlagen? Nein, Gott muss größer denken. Und er, Paul Henson, aus Tucson, Arizona, wird ihn finden.

Lowell Observatory, 13. Mai 2144

»DU SIEHST HEUTE SCHON VIEL BESSER aus«, sagt Cody.

»Danke. Ich habe acht Stunden geschlafen«, sagt Celia.

Sie sind beide zur selben Zeit auf dem Parkplatz unterhalb des Observatoriums angekommen. Der Kies des Fußweges knirscht unter ihren Füßen. Es riecht bereits nach dem Regen, der für heute angesagt ist.

»Sehr gut. Hast du schon mit Heather über deine Arbeitszeit gesprochen?«

»Noch nicht.«

»Vergiss es nicht. Wenn du nicht mehr so oft nachts arbeiten musst, können wir auch mal ausgehen.«

Bis zum Eingang ist es nicht mehr weit. Hat Cody deshalb seine Stimme gesenkt? Celia wäre es lieber, wenn er nicht mehr darüber sprechen würde, aber wie sagt sie es ihm so, dass er sie weiter unterstützt? Sie hat nicht so viele Freunde unter der Belegschaft und keine unter den Astronomen.

»Ich spreche mit ihr«, sagt sie.

»Heute wirst du jedenfalls wieder pünktlich ins Bett kommen«, sagt ihr Chef und zeigt auf den Himmel.

SOLL sie sich freuen oder ärgern? Dass im Mai der Himmel den ganzen Tag lang zugezogen ist, kommt nicht allzu oft vor. Die

Pflanzen freuen sich jedenfalls. Und der Wald, der das Gebiet des Observatoriums bedeckt, duftet köstlich nach der frischen Nässe. Celia hat sich den Auftrag geben lassen, in der Kuppel aufzuräumen. Das gehört nicht zu den beliebten Jobs, also hat Heather freudig zugestimmt.

Tatsächlich hat sie allerdings vor, an ihren Skripten zu arbeiten. Aufräumen kann sie später immer noch. Heather hat die Buchungen für heute Nacht bereits gecancelt. Der stündliche Wetterbericht behauptet allerdings, dass sich die Wolken ab 23 Uhr auflösen werden.

Celia setzt sich auf den Platz vor dem Computer und startet ihn. Die Übersicht ihrer Ergebnisse erscheint als Erstes. Zum Glück hat nach ihr niemand mehr den Rechner angefasst. Sie schiebt die Datei in den Hintergrund. Während das Auto sie zur Arbeit gefahren hat, hat sie sich schon überlegt, wie sie den Fehler finden kann. An ihren Skripten kann es eigentlich nicht liegen. Sie bestätigen ja bloß, was sie auch vorgestern schon per Hand herausbekommen hat. Das heißt, das Problem steckt entweder in den Daten selbst oder aber in der Art und Weise, wie sie damit umgeht.

Es liegt bestimmt an dir. Quatsch. Wer sagt das? *Du bist schon zu lange raus. Du kannst es nicht mehr.* Unsinn. Das vergisst man nicht, wie das Radfahren. Celia räuspert sich und bringt die Stimmen zum Schweigen. Sie braucht all ihre Konzentration, während sie die einzelnen Schritte durchgeht. Am besten, sie betrachtet den jeweiligen Verarbeitungsschritt und die damit verknüpften Daten gemeinsam. Vielleicht liegt es ja auch an der Kombination. Wenn man die falsche Methode korrekt auf richtige Daten anwendet, kommt Unsinn heraus.

Aber solche Fehler hat sie nicht gemacht. Celia ist selbst von sich beeindruckt, und das kommt wirklich nicht oft vor. Sie muss sich loben, auch wenn das Endergebnis den Erwartungen widerspricht. Alles ist korrekt, auch nach der zweiten Prüfung. Also muss die Fehlerquelle in den Daten stecken. Vielleicht ist eines der Zusatzinstrumente dejustiert. Das ist die wahrscheinlichste Lösung.

Celia holt sich die von den Zusatzgeräten gelieferten Daten aus dem Stapel. Das Endergebnis weicht ja schon sehr von der Erwartung ab. Also muss es auch in den Eingabedaten große Abweichungen vom Normalwert geben. Es sei denn, alle Zusatzinstrumente sind ein bisschen dejustiert, und der Fehler hat sich dann aufgeschaukelt. Aber das kann nicht sein. Das Teleskop wird regelmäßig gewartet. Sie prüft die Daten im Logbuch. Erst vor acht Wochen war ein Spezialist hier. Die Theorie, dass sich viele kleine Abweichungen summiert haben, kann sie ausschließen.

Also muss ein einzelnes Instrument stark fehlerhafte Werte liefern. Celia geht alle Daten durch. Die Werte erscheinen überall plausibel. Sie ist zwar keine Spezialistin für manche der Messverfahren, aber sie hatte oft genug mit den betreffenden Daten zu tun. Lichtflüsse, Spektralverteilungen, Transparenzen, alles ist im Rahmen. Die Hardware funktioniert, und auch die Software ist fehlerfrei. Dann dürfte das Ergebnis aber nicht so weit von jeglicher Realität entfernt liegen. Mist. Was soll sie denn noch tun? Wenn sie Cody das Problem vorlegt, wird er ihr bloß empfehlen, sich lieber auf die Arbeit im Besucherzentrum zu konzentrieren.

Vielleicht findet sie im Netz eine Lösung. Sie muss das Problem nur so formulieren, dass niemand ihre Ergebnisse stehlen kann. Und sie muss möglichst anonym nachfragen. Celia legt einen Zugang bei einem der größten Foren für Astronomen an. Hier treffen sich Profis und interessierte Laien. Es ist erstaunlich, wie viel Geld so mancher Hobbyforscher für die Astronomie ausgibt. Die Budgets übersteigen gern mal die Summen, die kleine Volkssternwarten ausgeben können. Celia gibt sich als einer dieser Hobbyastronomen aus. Sie wohnt – angeblich – auf Hawaii und besitzt ein Teleskop, das dem des Lowell Observatory sehr ähnlich ist.

»Überschießende Sternentstehungsrate in Dunkelnebel«, überschreibt sie ihren Eintrag.

»Liebe Kolleginnen und Kollegen, ich plage mich bei der Untersuchung einer IRAS-Sternentstehungsregion mit einem seltsamen Fehler: Bei der Abschätzung der Sternentstehungsrate gelange ich zu Werten, die physikalisch völlig unmöglich sind. Da müsste schon Gott seine Hand im Spiel haben. Hatte hier irgendjemand schon einmal ein ähnliches Problem? Ich vermute, dass es im Zusammenspiel der Komponenten meines Teleskops entsteht. Die Verarbeitung der Daten kann ich als Fehlerquelle ausschließen. Herzlichen Dank für eure Hilfe!«

Anschließend fügt sie noch eine Liste aller Zusatzinstrumente und Daten zu ihrem Teleskop hinzu. Um die Spuren zu LDN 63 zu verwischen, verweist sie auf eine Liste von Sternentstehungsgebieten, die Forscher aus Daten des IRAS-Satelliten gewonnen haben. Celia kontrolliert den Eintrag noch einmal. Nein, daraus sollte es nicht möglich sein, auf ihre Identität zu schließen. Sie schickt den Text ab.

Es ist ein Versuch, allemal besser, als ihren Chef zu fragen. Sein neues Interesse an ihr stört sie, aber sie braucht die Beobachtungszeit am Teleskop. Celia stellt es wieder auf LDN 63 ein. Auch wenn ihre Auswertung falsche Ergebnisse liefert, kann es doch nicht schaden, weitere Daten vorliegen zu haben. Rein aus Interesse startet sie zum Schluss auch noch ihre Skripte. Es bleibt dabei – LDN 63 spuckt so schnell Sternenbabys aus, als hätte jemand alle Uhren dort um das Millionenfache beschleunigt.

Tucson, 14. Mai 2144

»Was kann ich für Sie tun, Hochwürden?«, fragt der junge Mann an der Theke gleich neben dem Eingang.

Paul trägt seine Soutane, obwohl er offiziell beurlaubt ist und trotz der frühlingshaften knapp 80 Grad draußen. Sie gibt ihm einen gewissen Schutz und verschafft ihm Respekt. Er liest das Namensschild des Bibliothekars: »Andres Heckler«. Es ist eine Funktionsbezeichnung angegeben. Vielleicht ist es bloß ein Praktikant. Der Mann wirkt so jung, dass er noch Student sein könnte.

»Ich suche Material aus der Astronomie«, sagt Paul.

»Würden Sie sich bitte kurz hier registrieren?«, fragt der Mann.

»Was muss ich tun?«

»In die Kamera lächeln und: ›Ich stimme zu‹ sagen.« Der Mann reicht ihm eine Plastikkarte, die eng bedruckt ist. »Und das ist, wozu Sie zustimmen. Sie können es auch gern in Ruhe durchlesen.«

»Na, Sie werden mir schon nicht die Nieren entnehmen wollen«, sagt Paul.

»Keine Sorge. Da steht nur, dass Sie die Ausrüstung der Bibliothek sorgfältig behandeln und nicht nutzen, um Straftaten zu begehen. Außerdem stimmen Sie zu, dass wir Ihre Gesichtsdaten, Ihre Vorlieben und Ihre Suchhistorie für einen erneuten

Besuch speichern. Das ist aber optional. Beim Verlassen der Bibliothek können Sie diese Daten löschen lassen.«

»Prima«, sagt Paul und stellt sich vor die Kamera. »Ich stimme zu.«

Die Kamera blinkt grün.

»Danke, Herr Henson.«

»Oh, Sie kennen mich?«

»Meine Mutter hat bis vor einiger Zeit regelmäßig Ihre Gottesdienste besucht«, sagt Andres.

»Oh, und jetzt nicht mehr? Ist sie …? Mein Beileid.«

»Nein, Sie fand Ihre Predigten dann nicht mehr so … inspirierend.«

Plötzlich schwitzt Paul unter der Soutane. Vor einiger Zeit … das muss vor dem Unfall gewesen sein. Wie hätte er den Gläubigen danach noch begeistert von Gott erzählen können?

»Es tut mir leid, Hochwürden. Ich wollte Sie nicht in Verlegenheit bringen.«

»Keine Ursache, junger Mann. Ich hoffe tatsächlich, bei Ihnen neue Inspiration zu finden. Ich stelle mir vor, dass von allen Wissenschaften die Astronomie die größte Nähe zu Gott aufweisen müsste, oder irre ich mich?«

Der Mann wiegt den Kopf hin und her. »Ich weiß es nicht. In diesen Dingen bin ich wirklich kein Profi. Ich habe Bibliothekswesen studiert, wissen Sie? Wenn Sie also irgendwelche Fragen zu unserem Katalog haben …«

Paul sieht sich um. Der Bibliothekar hat ihn in einen Saal geführt, in dem junge Leute an Tischen sitzen und dabei auf Bildschirme starren. Bücher sind nicht zu sehen.

»Wo befindet sich denn Ihr Katalog?«, fragt Paul. »Ich sehe hier nirgends …«

»An jedem Platz haben wir eine Suchmaske. Ich bringe Sie hin.«

Paul war wirklich lange nicht mehr in einer Bibliothek. Er hat sich extra die Weaver Science-Engineering Library der Uni ausgesucht, weil er auf einen auf seine Interessen ausgerichteten Bestand gehofft hat, aber das ist dann doch enttäuschend.

Andres dirigiert ihn an einen freien Platz. Die meisten anderen Besucher sind eindeutig Studierende und weit jünger als er. Dass da gerade ein Mann in einer Soutane an ihnen vorbeigeht, scheint sie nicht zu berühren. Der Bibliothekar zieht einen Stuhl zurück. Paul bedankt sich und nimmt Platz. Andres stellt sich neben ihn und berührt die aus Holz gefertigte Oberfläche des Tisches. Sie färbt sich plötzlich schwarz. Es handelt sich um einen Bildschirm.

Ah, alles klar. »Alexa, zeig mir Bücher über Astronomie«, sagt Paul.

»Pssst«, sagt Andres. »Die meisten sind zum Lernen hier. Sprachbedienung ist deshalb nicht erlaubt. Sehen Sie das große Feld hier? Dort stellen Sie Ihre Anfragen. Viel Erfolg! Oder brauchen Sie noch etwas?«

Hm, er weiß nicht, wo er anfangen soll. Aber das ist nicht das Problem des Bibliothekars.

»Rätsel des Universums«,gibt er ein.

Blitzschnell füllt sich der Schirm. Paul überfliegt nur die Stichwörter. »Dunkle Energie«, »Wurmlöcher«, »Expansion«, »Dunkle Materie«, »Inflation«, »Große Mauer« … Manches hat er schon irgendwo gelesen, aber nichts davon sagt ihm wirklich etwas. Wie soll er hier bloß weiterkommen? Er hätte sich den Besuch sparen können.

Aber er ist doch bestimmt nicht der Erste, der auf solche Ideen kommt?

Er versucht es mit »Gott im Universum«. Die Ergebnisse sind nicht besser als zuvor. »Pantheismus«, »Pandeismus«, »Wo ist Gott«, »Woher kommt das Universum«, und das sind noch die seriöseren Themen. Auf vielen anderen Seiten tun Menschen so, als hätten sie die göttliche Wahrheit bereits gefunden. Aber das wäre zu einfach.

»Ungelöste Rätsel des Universums«, ist sein letzter Versuch. Und hier wird es richtig spannend. Es gibt offenbar immer noch Gebiete, in die die Wissenschaft nicht vorgedrungen ist. Paul kann zwar nicht beurteilen, was davon eine tiefergehende Recherche lohnt, aber er speichert eine ganze Liste an Fundstellen und schickt sie an seine dienstliche Mailadresse. Er braucht jemanden, der ihn beraten kann.

Paul steht auf und läuft zurück zur Theke. Der Bibliothekar unterhält sich gerade mit einer jungen Frau. Paul hat Geduld. Er betrachtet die Bibliothek, in der es genauso ruhig zugeht wie bei einer Predigt in seiner Kirche. Nein, es ist ja nicht mehr seine Kirche, auch wenn der Bischof noch nicht endgültig über sein Schicksal entschieden hat.

»Hochwürden? Was kann ich für Sie tun?«, fragt der Bibliothekar.

»Ich bräuchte eine Person, die sich in den Fragen des Universums auskennt. Es geht gewissermaßen darum, die Spreu vom Weizen zu trennen. Ich kann beim besten Willen nicht beurteilen, was von all dem, das ich gefunden habe, halbwegs seriös ist.«

»Ich verstehe. Nun, da kommt bestimmt einer der Studierenden hier in Frage.«

»Könnten Sie einen bitten, mir behilflich zu sein?«, fragt Paul.

»Es tut mir leid, aber Sie sind kein Angestellter der Fakultät. Ich biete Ihnen aber an, einen Zettel mit Ihrer Frage und Ihrem Kontakt auf unserem kleinen Nachrichtenboard zu hinterlassen. Vielleicht findet sich ja jemand.«

»Danke, das mache ich. Hätten Sie …?«

Andres reicht ihm bereits Stift und Papier. Wie schön traditionell! Das hätte er gar nicht erwartet.

»Suche bezahlte Hilfe beim Sichten wissenschaftlicher Artikel rund um das Universum«, schreibt er. »Bei Interesse kontaktieren Sie mich bitte.«

Er fügt seine Universal-ID hinzu und gibt Andres den beschriebenen Zettel zurück.

Paul dreht den Ventilator auf die höchste Stufe und zieht die Vorhänge zu. Die zentrale Klimaanlage kommt wieder einmal nicht gegen die Hitze an. Im Schrank sucht er nach einem frischen T-Shirt, aber er hat keines mehr. Mist. Hoffentlich funktioniert eine der Waschmaschinen im Foyer. Er sammelt seine Schmutzwäsche vom Boden, als sich Alexa meldet.

»Ein Anrufer für dich«, sagt die KI.

»Gib ihn mir, bitte.«

»Ich stelle durch.«

»Hallo, mein Name ist Christian Boose. Ich habe Ihre Anzeige gelesen.«

»Hallo, Christian! Ich bin Vater Paul Henson. Schön, dass du dich meldest. Würdest du mir helfen?«

Christian klingt wie ein junger Student, aber das ist ja auch logisch – seine Anzeige hängt in der Bibliothek. Er hat einen leichten Akzent. Vielleicht deutsch?

»Für 50 Dollar unterstütze ich Sie bei der Recherche, bis Ihre Frage beantwortet ist.«

»Das scheint mir ein faires Angebot zu sein«, sagt Paul.

Die 50 Dollar müsste er gerade noch erübrigen können. Eigentlich waren sie für die Nebenkosten der nächsten Wochenmiete gedacht, aber er kann den Vermieter bestimmt noch vertrösten.

»Gut, dann überweisen Sie das Geld, bitte«, sagt der Student.

»Jetzt? Im Voraus?«, fragt er.

»Keine Sorge. Ich öffne eine Freigabe für meine Identität.«

Na gut. Mit dieser Bestätigung wird er immer nachvollziehen können, bei wem das Geld gelandet ist.

»Alexa, schickst du Christian Boose bitte 50 Dollar?«, fragt er.

»Ich sollte dich daran erinnern, dass dieser Betrag für die nächste Miete reserviert ist«, sagt Alexa.

»Hören Sie, Vater. Wenn Sie es sich nicht leisten können … Meine Zeit …«

»Nein, das ist schon okay. Alexa, führ die Überweisung aus.«

»Wie du willst, Paul. Überweisung ausgeführt.«

»Danke, Vater. Das Geld ist hier. Oder soll ich Sie Paul nennen? Worum geht es?«

»Ich dachte, du kommst vorbei, und wir suchen gemeinsam im Netz nach Phänomenen im Universum, die unsere Physik noch nicht erklären kann.«

»Nein, allein die Fahrzeit wäre rausgeworfenes Geld. Sie öffnen die Fernsteuerung für das Display in Ihrem Wohnzimmer, und dann sehen Sie, was ich sehe.«

»Alexa, übernimmst du das?«

Die KI antwortet nicht, aber der große Fernseher, den er so selten benutzt, schaltet sich ein. Paul sieht das Eingabefeld einer Suchmaschine. Wie von Zauberhand erscheinen Stichwörter darin.

»Wahnsinn, wie schnell du tippen kannst, Christian«, sagt er.

»Das mache ich per Direktlink«, sagt der Student. »Ich muss mir die Begriffe nur vorstellen.«

Die Direktlinks sind auch so eine Technik, mit der er sich nicht mehr anfreunden wird. Sie bestehen aus einem Implantat, das Bilder aus dem Gehirn erfassen und senden kann. Ein neuronales Netz erzeugt dann daraus Wörter und Sätze. Der Besitzer stellt sich vor, dass sein Auto losfährt, und der Direktlink erzeugt daraus den Abfahrtsbefehl an den Wagen. So hat es ihm mal ein jüngerer Kollege erklärt. Die Kirche ist von dieser Technologie nicht begeistert.

Die ersten Ergebnisse trudeln ein.

»Ihre Leitung ist ganz schön langsam, Vater«, sagt der Student.

Paul hat die Geschwindigkeit immer gereicht.

»Aber wir bekommen das trotzdem hin. Eine interessante Fragestellung, übrigens! Auch wenn ich nicht katholisch bin.«

»Danke! Was sind Sie dann, wenn ich fragen darf?«

»Ich bin evangelisch. Also eigentlich. Das heißt, ich praktiziere nicht.«

Das sollten Sie aber, hätte Paul beinahe aus alter Gewohnheit gesagt. Aber er lässt es. Welchen Sinn sollte das haben?

»Vater Paul? Sind Sie noch da?«

»Ja, ich warte auf die Ergebnisse.«

»Ah, ich dachte schon … Ich hatte eine Ermahnung erwartet. Also dass ich doch unbedingt in die Kirche gehen soll und so.«

»Nein, machen Sie es, wie es gut für Sie ist.«

Er sagt nichts weiter, denn er ist schon kurz davor, diesem jungen Mann sein ganzes Herz auszuschütten. Das wäre unangebracht.

»Danke, das werde ich. Schauen Sie doch mal auf den Schirm. Ist da vielleicht etwas dabei? Wenn Sie etwas Interessantes sehen, tippen Sie es einfach an. Dann verfeinere ich die Suche damit.«

Okay, das ist eine interessante Technik. Paul findet ein paar spannende Begriffe. »Dunkle Materie« ist immer noch ein Rätsel für ihn, »Sternentstehung« ist ein Geburtsprozess, »Dunkelwolke« klingt schön geheimnisvoll, »Schwarzes Loch« strahlt Gefahr aus.

»Ich wusste gar nicht, dass mein Fernseher berührungsempfindlich ist«, sagt er.

»Keine Ahnung. Ich werte das über die Kameras Ihrer Alexa aus«, sagt der Student.

»Ah.«

Allmählich werden die Ergebnisse konkreter und nehmen mehr Platz in Anspruch. Paul setzt seine Brille auf, weil die Überschriften nur noch schwer lesbar sind.

»Tut mir leid«, sagt Christian. »Ihr Display hat nur eine 4K-Auflösung. Das können Sie bestimmt teuer an ein Museum verkaufen.«

»Es gehört mir nicht. Ist alles gemietet.«

»Ach, Sie wohnen im Hotel? Sind Sie in Tucson zu Besuch?«

»So etwa«, sagt Paul, denn er hat keine Lust, sein Leben zu erklären.

»Gut«, sagt Christian. »Wir haben hier jetzt eine ganze Reihe aktueller Paper, die den Stand der Kosmologie spiegeln. Ich bin Mathematiker, kein Physiker, aber das klingt alles state of the art. Ich glaube, da haben Sie eine Woche lang zu tun.«

Paul liest eine Überschrift. »Dunkle Materie aus Axionen-Strings mit adaptiver Netz-Verfeinerung.« Aha. »Kugel-Zwerg-Kollision führt zu Spur von Galaxien ohne Dunkle Materie.« Sehr spannend. »Kohärente Streuung niedrigschwerer Dunkler Materie.« Nein.

»Christian? Bist du noch da?«

»Ja. Die Suche ist noch nicht ganz abgeschlossen. Ich habe auch die gängigen Foren einbezogen. Dort findet man oft recht spannende Diskussionen.«

»Danke. Was ich hier lese, hilft mir leider nicht wirklich weiter.«

»Es beantwortet Ihre Frage. Ich habe also meinen Job erledigt.«

»Ich will deine Arbeit nicht kritisieren. Du hast die 50 Dollar verdient.«

»Wenn Sie möchten, könnte ich Ihnen einen Kommilitonen aus der Physik vermitteln, der Ihnen den Inhalt erklärt.«

Ein weiterer Eintrag erscheint. »Überschießende Sternentstehungsrate in Dunkelnebel«, liest er. Das ist klarer. Irgendwo entstehen mehr Sterne, als es zu erwarten ist. Paul liest weiter. Ein Astronom sucht nach dem Grund dafür, warum er immer wieder offensichtlich falsche Ergebnisse erhält. Gott müsste seine Hand im Spiel haben … Der Satz berührt ihn. Was ist, wenn das das Zeichen ist, nach dem er sucht? Der Wissenschaftler kann es natürlich nicht erkennen. Er sieht bloß etwas, das physikalisch unmöglich ist, und schließt daraus, dass es eben nicht real ist.

Der Eintrag ist in klaren, verständlichen Worten formuliert. Der Mensch, der ihn geschrieben hat, kann sich also so ausdrücken, dass selbst ein Pfarrer es versteht. Mit den Verfassern all dieser Paper, die er gefunden hat, wird er doch kein vernünftiges Wort wechseln können. Aber wie erreicht er den Astronomen, der mit den überzähligen Sternen kämpft? Er stellt sich vor, wie er die Sterne, die diese dunkle Wolke gebiert, mit dem Regenschirm abzuwehren versucht.

Paul sieht sich die Fotos an, die der Verfasser von der Hardware gemacht hat. Er war vor einiger Zeit im Lowell Observatory, nicht weit von hier, in Flagstaff. Dort kann man sich an einem großen Teleskop die Wunder des Weltalls zeigen lassen. Der Astronom nennt zwar seinen Namen nicht, aber Paul würde darauf wetten, dass er am Lowell Observatory arbeitet. Es muss einen Grund geben, dass er niemanden aus dem Team dort um Rat gefragt hat. Vielleicht sind die anderen einfach zu beschäftigt, oder seine Frage gilt unter Fachkollegen als dumm oder unangebracht.

Er muss ihn kontaktieren. Wenn er seinen Namen nicht kennt, schreibt er eben an alle. Der Gesuchte wird dann schon dabei sein.

»Alexa, suchst du mir bitte die Adressen aller Mitarbeiter am Lowell Observatory heraus?«

»Ich habe die Liste. Soll ich sie dir vorlesen?«

»Nein, wir schicken eine Nachricht an sie.«

»An alle?«

»An alle. Ich diktiere. Betreff: Wichtige Frage.«

»Ist gespeichert.«

»Inhalt: Sehr geehrter Unbekannter.«

Moment. Es könnte sich natürlich auch um eine Astronomin handeln. Er darf sich nicht schon mit der Anrede unmöglich machen.

»Sehr geehrte Unbekannte«, fügt er hinzu. »Ich schreibe Ihnen, weil ich glaube, dass Sie im Astronomie-Forum eine spannende Frage gestellt haben.«

Lowell Observatory, 14. Mai 2144

»Lieber Kollege«, beginnt der erste Kommentar unter ihrem Eintrag in dem Astronomieforum. Celia merkt jetzt erst, dass sie nur mit den Initialen »AO« unterschrieben hat. »Ich kann dir zwar nicht helfen, aber du hast ein geiles Setup.«

Na toll. Celia verzichtet auf eine Antwort.

»Hallo«, liest sie weiter. »Hast du mal versucht, die Zusatzinstrumente neu zu kalibrieren?«

Ja, natürlich. Ich habe doch geschrieben, dass es nicht an der Hardware liegt.

»Eine Idee«, schreibt ein anderer. »Wie wäre es denn, wenn du statt der Sternentstehungsrate die Massenveränderung der Dunkelwolke misst?«

So ein Unsinn. Die beiden Werte sind direkt miteinander verknüpft. Dabei ergeben sich dieselben unrealistischen Werte.

»Ich hatte mal einen ähnlichen Fall«, beginnt der nächste Eintrag. »Da lag es an einer Maus, die das Netzkabel des Spektrometers angefressen hatte. Es bekam weniger Leistung und lag systematisch falsch. Hoffe, das hilft.«

Das hilft nicht, ist aber zumindest nett gemeint.

»Ehrliche Meinung.« Dieser Anfang ist ja mal interessant. Celia ahnt schon, was folgen wird. »Wer mit so teurer Hardware nur Schrott misst, ist in der Astronomie völlig falsch. Geh lieber wieder zurück zu deinem astronomischen Fernglas und überlass deine Anlage jemandem, der sich damit auskennt.«

Sie löscht den Kommentar. Nicht, weil sie ein Problem damit hätte. Der Verfasser ist ein armes Würstchen. Aber er wird sich darüber ärgern, und das gönnt sie ihm.

»Werte Kollegin oder werter Kollege! Das ist eine interessante Frage. Sie hat mich an einen Fall erinnert, der schon 150 Jahre zurückliegt. Ich spreche von Penzias und Wilson. Die beiden haben nach der Ursache von seltsamen Störungen in ihrer hochempfindlichen Radioantenne gesucht und dabei die kosmische Hintergrundstrahlung gefunden. Vielleicht geht es Ihnen ja ähnlich. Ich wünsche es Ihnen jedenfalls, und viel Spaß noch bei der Fehlersuche.«

Das löst zwar ihr Problem nicht, aber es ist zumindest nett geschrieben. Überhaupt hat ihr Beitrag ungewöhnlich viele Reaktionen bekommen. Dadurch erscheint er sogar auf der Startseite des Angebots. Nur leider ist nichts dabei, was ihr weiterhilft.

Vielleicht bis auf eines. »Hallo, Kollege«, beginnt der Beitrag. »Ich hoffe, ich mache mich nicht unbeliebt, aber die Kraft liegt in der Statistik. Nimm dir noch ein paar andere IRAS-Gebiete vor, oder nein, noch besser, nimm auch ein paar Barnard- und Lynds-Dunkelnebel dazu, einfach, um die Auswahl zu erweitern, und dann bestimmst du dort exakt nach deinem Verfahren die Sternentstehungsraten. Wenn du dabei ebenfalls unrealistische Werte erhältst, weißt du, dass es an dir liegt. Falls aber diese eine Wolke ein Outlier bleibt, dann hast du wohl ein kosmisches Artefakt gefunden, und wir sollten alle gemeinsam herausfinden, was dort vor sich geht. Bisher hat sich noch jedes Mal eine vernünftige Erklärung gefunden. Wenn ich noch einen Tipp abgeben darf: Wäre es nicht möglich, dass in diesem speziellen Fall ein tatsächlicher, optisch abgebildeter Dunkelnebel mit einem per Gravitationslinse projizierten Dunkelnebel zusammenfällt? Das wäre so, als ob du auf ein reales Bild an der Wand ein zweites Bild projizieren würdest. Das ergibt dann natürlich eine seltsame Mischung, und ein Teleskop kann das ja nicht so leicht auseinanderhalten. Ruf mich bei Interesse an einer ausführlichen Diskussion gern an (Zeitzone PST beachten).«

In dem Kommentar, der auch noch die Telefonnummer enthält, stecken wirklich ein paar interessante Gedanken. Es gibt also einen Weg, um zu beweisen, dass sie keinen Schrott gemessen hat. Und es gibt vielleicht auch eine Erklärung, die nicht gleich die ganze Physik auf den Kopf stellen muss. Gut, dass sie diese Anfrage gestellt hat! Jetzt braucht Celia bloß noch ein paar andere Dunkelwolken auszumessen. Sie öffnet die Tür der Kuppel. Draußen regnet es noch. Hoffentlich behält der Wetterbericht recht. Danach wird zwar eine Menge störender Feuchtigkeit in der Luft sein, aber es sollte immer noch genügen, um den Vorschlag des Unbekannten umzusetzen.

Es riecht intensiv nach Ammoniak. Das Putzmittel, das Heather ihr gegeben hat, scheint stark zu sein. Leider kann sie die Kuppel nicht öffnen, weil es immer noch nieselt. Celia stellt den mit Wasser gefüllten Eimer vor die Tür, sodass sie offen bleibt. Die frische Luft von draußen schafft es nicht ganz, den scharfen Geruch zu vertreiben. Hoffentlich bekommt sie davon keine Kopfschmerzen.

Langsam wird es dunkel. Eigentlich hätte der Regen längst abgezogen sein sollen. Celia prüft den Wetterbericht. 19 Uhr: zwei Prozent Regenwahrscheinlichkeit. Eins zu fünfzig. Die Chancen beim Lotto stehen weitaus schlechter, und trotzdem gewinnt immer wieder jemand.

Sie prüft das Teleskop. Die metallenen Oberflächen glänzen. Sie hat beim Putzen darauf geachtet, nichts zu dejustieren. Jetzt könnte sie mit der Arbeit beginnen, wenn die Wolken doch nur mitspielen würden. Sie will das Thema jetzt abschließen. Die Strategie, die der Kommentar beschrieben hat, erscheint ihr erfolgversprechend.

Pling. Der Computer meldet, dass er eine E-Mail empfangen hat. Sie hat das Programm so eingestellt, dass er nur bei direkt und ausschließlich an sie adressierten Nachrichten ein Signal von sich gibt. Die vielen E-Mails, die im Team hin und her gehen, interessieren sie wenig. Meist geht es entweder um Forschungsvorhaben, um Geld oder um Termine.

Celia sieht im Postfach nach. Die Nachricht kommt von einem gewissen Paul.Henson@StCyrilChurch.cath. Bestimmt jemand, der ihr irgendeine Wunderkur verkaufen will. Sie klickt auf den Spamknopf, und die Nachricht verschwindet. Seit wie vielen Jahren gibt es E-Mails nun schon? Hundert? Hundertfünfzig? Man sollte doch glauben, dass moderne KIs mittlerweile in der Lage wären, jede unverlangte Werbung auszusortieren. Aber die Spammer finden immer wieder neue Tricks. Menschliche Kommunikation ist ohne Kontext eben schwer zu verstehen.

Was hat dieser Henson wohl angeboten? Celia ist langweilig, weil sie auf klaren Himmel wartet, also öffnet sie den Spamordner. Die Nachricht steht nicht einmal mehr ganz oben. In der Zwischenzeit hat die KI drei weitere E-Mails ohne ihr Zutun aussortiert. Henson muss also schon eine gewisse Fantasie beweisen haben, weil er ihr durchgerutscht ist.

»Wichtige Frage«, steht im Betreff.

Das ist nichtssagend. Sie liest weiter.

»Sehr geehrter Unbekannter, sehr geehrte Unbekannte«, schreibt der Absender.

So beginnen Spam-Mails selten. Vielleicht ist das der Trick.

»Ich schreibe Ihnen, weil ich glaube, dass Sie im Astronomie-Forum eine spannende Frage gestellt haben.«

Wie bitte? Celia sucht nach dem Adressaten. Dort steht tatsächlich ihre echte E-Mail-Adresse. Der Mann hat sie offenbar direkt angeschrieben.

»Leider weiß ich nicht, ob Sie der richtige Ansprechpartner sind. Ich glaube nämlich, aus der Beschreibung im Text das Teleskop Ihres Observatoriums erkannt zu haben. Ich habe es im Januar besucht. Sie müssen wissen, dass ich in Tucson lebe, etwas südlich. Die knapp vierstündige Fahrt damals hat sich wirklich gelohnt. Aber deshalb schreibe ich Ihnen nicht.«

Celia lehnt sich zurück. Offenbar war sie doch zu spezifisch bei ihrer Beschreibung. Sie ist davon ausgegangen, dass kaum ein Astronom die Ausstattung des Lowell Observatory so gut kennen würde wie sie.

»Wenn Sie der- oder diejenige sind, der oder die die Anfrage im Forum gestellt hat, dann bitte ich Sie dringend um Kontaktaufnahme. Sie sind womöglich im Besitz wichtiger Informationen. Falls Sie nicht die richtige Person sind, aber diese kennen, dann leiten Sie meine Nachricht bitte weiter. Ich danke Ihnen vielmals.«

Darunter folgen noch Adresse und Kontaktnummer des Mannes, der anscheinend als katholischer Pfarrer in Tucson arbeitet. Was will der von einer Astronomin? Egal. Wer ihrer Kollegen hat diese Nachricht auch erhalten? Celia loggt sich in das Astronomie-Forum ein und wechselt zu ihrer Frage. Seit gestern gibt es vier neue Kommentare.

Der erste verzichtet auf jede Anrede. »Was hat das mit Astronomie zu tun? Lerne gefelligst erst einmal rechnen.« Tippfehler inklusive.

»Bitte beim Thema bleiben, und achte auf deinen Ton«, setzt jemand darunter, der offenbar zum Moderatorenteam gehört.

»Lieber Kollege«, schreibt der Dritte. »Hast du in Betracht gezogen, dass die Entfernungsbestimmung sowohl bei dir als auch bei deinen Vorgängern komplett falsch sein könnte? Wenn die Dunkelwolke hundertmal weiter entfernt ist, als vermutet, müsste sie auch entsprechend größer sein und viel mehr Sterne in kürzerer Zeit produzieren. Es ist vielleicht bloß ein Problem der Perspektive. Alles Gute noch bei der Fehlersuche!«

Das wäre ein gutes Argument – wenn der Raum zwischen der Erde und LDN 63 nicht so leer wäre. Je weiter die Dunkelwolke entfernt ist, desto größer ist die Chance, dass sich ein Stern zwischen sie und die Erde schiebt, der deutlich sichtbar sein müsste. Bei einer hundertfachen Entfernung dürften nicht bloß zwei Sterne vor der Wolke zu sehen sein.

»Hallo«, beginnt der Letzte. »Sie glauben gar nicht, wie ich solche Fehler hasse. Vermutlich schaukelt sich da irgendein Störeffekt hoch. Ich kenne Ihre Anlage nicht gut genug, um dafür Tipps abgeben zu können. Aber das ist die wahrscheinlichste Variante. Was ich bei meinen Studierenden oft sehe: Sie versuchen zu hartnäckig, etwas zu sehen, was nicht da ist. Dann fallen unpassende Werte plötzlich weg, weil ihre Signifikanz angeblich zu gering ist, oder Ähnliches. Ich will Ihnen nichts unterstellen, aber die Sprache Ihrer Nachricht lässt mich darauf schließen, dass Sie noch relativ jung sind. Trotzdem sollten Sie prüfen, ob Sie nicht vielleicht doch einer unglaublichen Entdeckung auf der Spur sind. Jede neue Erkenntnis widerspricht erst einmal dem, was wir schon kennen. Ich spinne jetzt einfach mal. Was, wenn diese Dunkelwolke so viel Dunkle Materie enthält, dass die von ihr ausgehende Gravitation alles um ein Vielfaches beschleunigt? Rechnen Sie das ruhig mal durch. Scheuen Sie sich nicht, es an die Öffentlichkeit zu bringen, wenn Sie Ihren Teil der Arbeit getan haben. Viel Erfolg! Ihr Prof. Gilbert.«

Das ist ermutigend. Gilbert verrät nicht, wo er seinen Lehrstuhl hat, aber sie merkt sich auf alle Fälle den Namen. Nicht alle etablierten Forscher sind so aufgeschlossen. Aber jetzt muss sie ihren Beitrag erst einmal löschen. Nicht auszudenken, wenn ihr Chef darauf stieße! Sie entfernt ihre Frage. Die Kommentare verschwinden dadurch ebenfalls. Gut.

Pling. Wieder eine Nachricht direkt an sie. Im Vorschaufenster sieht sie den Absender. Es ist ihr Chef. Mist. Dieser Pfarrer wird wohl auch an ihn geschrieben haben.

»Fwd: Wichtige Frage«, steht im Betreff.

Er leitet ihr Hensons Nachricht weiter. Selbst hat er dabei nur eine Zeile ergänzt: »Was ist das für ein Quatsch? Meld dich mal. Cody.«

Natürlich ist es Quatsch. Was kann sie denn dafür, wenn ihr ein unbekannter Priester schreibt? Aber ihren Beitrag in dem Forum scheint er nicht gelesen zu haben. Das ist gut. Sie hat ihn ja auch ziemlich schnell gelöscht.

Pling. »Ich glaube, das ist für dich«, schreibt Heather.

Pling. »Haha«, kommentiert Larry. »Hat unsere Möchtegernastronomin Mist gebaut?«

Jetzt ist Celia richtig froh, dass sie ihre Frage gelöscht hat. Larry hätte sie dafür gnadenlos durch den Kakao gezogen. Sie stellt sich vor, was er gesagt hätte. *Naiv* wäre noch die geringste Beleidigung gewesen.

Sonst reagiert keiner ihrer Kolleginnen und Kollegen. Celia ist nicht sicher, was sie davon halten soll. Vermutlich betrachten sie Henson als Spinner, oder die KI hat mittlerweile seine Nachricht bei allen als Spam markiert. Sie lernt ja angeblich dazu.

Celia steht auf. Hat das alles hier überhaupt noch einen Sinn? Sie könnte an eine Schule gehen und Kinder in Mathematik und Physik unterrichten. Sie sind dankbar, jedenfalls meistens. Bei den Familien, die sie hier zu Gast hatte, waren die Kinder nie schwierig gewesen.

Sie verlässt die Kuppel durch die offenstehende Tür. Draußen ist es mittlerweile stockdunkel. Die Kleinstadt zu Füßen des Berges scheint sich langsam zur Ruhe zu begeben. Celia sieht zum Himmel. Sterne funkeln. Nur ein paar letzte Wolkenfetzen sind noch unterwegs. Die Luft ist klar wie stets nach so einem Regen, der den Staub ausgewaschen hat. Es könnte eine ertragreiche Nacht werden. Sie darf jetzt noch nicht aufgeben. Dafür ist es zu früh.

Celia nimmt den Putzeimer auf und schüttet seinen Inhalt

über den Kies. Dann erst fällt ihr das Putzmittel ein. Das war nicht gut. Sie muss sich wirklich besser konzentrieren. Wenn sie gerade dabei ist, den Eimer auszuschütten, sollte sie nicht schon im Kopf die Messungen vorbereiten. Ihre Gedanken eilen ihr immer schon voraus. Das hat auch ihre Kindheit geprägt.

Am Computer ruft sie wieder den Lynds-Katalog auf. LDN 65 ist an der Reihe. Sie trägt im Skript die Daten des neuen Objekts ein und startet es. Quietschend öffnet sich die Kuppel über ihr. Ein paar Tropfen platschen ihr in den Nacken, die wohl an der Stahlkonstruktion hängengeblieben waren. Macht nichts. Das kalte Wasser hält sie wach.

Der Messprozess läuft dank des Skripts weitgehend automatisch. Celia ist froh, dass sie es angelegt hat. Jetzt spart es jede Menge Zeit. Tatsächlich schafft sie bis kurz nach ein Uhr sieben andere Dunkelwolken. Bei jeder einzelnen hält sie die Sternentstehungsrate fest. Sie entspricht dem, was in der Wolke zu sehen und was von ihr zu erwarten ist. LDN 63 bleibt, wie es der eine Kommentator formuliert hat, ein Outlier. Er hatte auch eine Lösung dafür vorgeschlagen: Eine Mischung aus einem echten Objekt und einer Projektion.

Ob so etwas überhaupt je entdeckt wurde? Es müsste sich ja zufällig auch noch um sehr ähnliche Objekte handeln. Aber es wäre prinzipiell möglich. Doch wenn es sich zumindest zum Teil um eine Projektion handelte, dann müsste irgendwo ein Projektor zu finden sein. Sie braucht ein massives Objekt, etwa ein Schwarzes Loch oder gleich eine ganze Galaxie, die das Licht einer dahinter befindlichen Dunkelwolke so gebeugt hat, dass die Projektion mit LDN 63 zusammenfällt.

Celia holt die letzte Aufnahme von LDN 63 auf den Schirm. Charakteristisch für Projektionen einer Gravitationslinse sind kreisförmige Bilder, sogenannte Einsteinringe. Tatsächlich findet sie jede Menge runder Strukturen in dem Foto, aber dabei könnte es sich ebensogut um im Wachsen befindliche Sonnensysteme handeln. Sie sind wirklich schwer voneinander zu unterscheiden, weil sie sich erstens in derselben Ebene befinden und zweitens nur eine geringe Lichtstärke haben. Immerhin befinden sie sich in einer Dunkelwolke.

Was ist mit den Linsen? Sie konsultiert Simbad, eine Datenbank, die Referenzen von fast allen Objekte im All gespeichert hat. Dort kann man einen Bereich eingeben, in dem sich das fragliche Objekt befinden müsste. Sie bekommt keinerlei Schwarze Löcher, die in Frage kommen. Das heißt nicht, dass es sie nicht gibt. Sie sind nur wegen ihrer Natur schwer zu entdecken, und zwar umso schwerer, je kleiner sie sind. Die meisten hat man nicht direkt, sondern wegen ihrer Wirkung auf andere Objekte aufgespürt – etwa als Gravitationslinsen. Es wäre also möglich, dass sie indirekte Beweise für ein bisher unbekanntes Schwarzes Loch gesammelt hat. Andererseits müsste es dann ziemlich schwer sein. Die Projektion ist ja recht groß. Ein derart schweres Schwarzes Loch, das inaktiv im Raum schwebt, tritt nur selten auf.

Nun gut, unmöglich ist das alles nicht. Jedenfalls weniger unmöglich als eine derart hohe Sternentstehungsrate. Sie sollte also nach Galaxien als Gravitationslinsen suchen. Tatsächlich finden sich einige im fraglichen Bereich. Sie sind allerdings sehr weit entfernt, und noch viel weiter entfernt müsste die Quelle der Projektion sein. Unmöglich? Sicher nicht. Unwahrscheinlich? Absolut.

Celia atmet tief durch. Das sind unbefriedigende Erklärungen. Ein seriöses Wissenschaftsmagazin würde sie allerhöchstens im Diskussionsteil eines Papers akzeptieren. Aber selbst dann würden viele Astronomen die Nase rümpfen.

Und wenn Dunkle Materie die Finger im Spiel hat? Das ist ihr wiederum zu einfach. Die Physiker haben sie erfunden, um etwas anderes damit zu erklären. Worum es sich handelt, wissen sie bis heute nicht genau, obwohl sie sehr exakte Vorstellungen von ihren Eigenschaften haben. Insofern wäre es nur recht und billig, wenn Celia die Dunkle Materie quasi als Geburtshelfer in LDN 63 einsetzen würde. Es würde sogar insofern passen, als eine unsichtbare Masse das Zusammenballen von Staub- und Gaswolken natürlich beschleunigt. Aber sie scheut sich trotzdem davor, weil es ihr wie eine Ausflucht erscheint. Sie besitzt zudem keinerlei Beweise dafür, dass LDN 63 weitaus schwerer ist als gedacht – was sich in ihrer direkten Umgebung messbar auswirken müsste. *Nein, Professor Gilbert, das ist mir zu billig. Da habe ich meinen Stolz.*

Also, was hat sie nun? Eine Weltsensation, das ist jedenfalls zunehmend ihr Gefühl. Einen bestätigten Outlier mit fragwürdigen Erklärungen, würden die meisten sagen. Gefühle passen nicht in die Wissenschaft. Vermutlich käme sie mit besserer

Ausrüstung ein ganzes Stück weiter. Aber die teure Beobachtungszeit an einem Spitzenteleskop braucht sie doch mit einem so offensichtlich unmöglichen Vorergebnis gar nicht erst zu beantragen. Erst recht bei ihrer Vorgeschichte. Vielleicht hat sie eine Chance, wenn sie Cody überzeugt, aber irgendwie widerstrebt ihr das.

Sie wechselt zu der E-Mail des katholischen Pfarrers und holt sie aus dem Spam.

»Sehr geehrter Herr Henson«, schreibt sie.

Wie redet man einen katholischen Geistlichen sonst an? Herr Priester?

»Ihre Nachricht hat mich neugierig gemacht. Ich bin die Person, die die Anfrage ins Forum gestellt hat. Aber wie kommen Sie darauf, dass ich irgendwelche wichtigen Informationen besäße? Ich bitte um eine schlüssige Erklärung.«

Sie setzt noch Grüße darunter und schickt die Nachricht ab. Dann schreibt sie eine weitere E-Mail an ihren Chef.

»Guten Morgen, Cody! Ich würde gern mit dir über etwas sprechen, auf das ich bei meinen nächtlichen Touren am VIP-Teleskop gestoßen bin. Gern auch bei einem Abendessen, wenn es dir passt. Bis nachher, Celia.«

Sie schließt die Augen und schickt die Nachricht ab. Es ist kaum zu fassen. Sie ist wirklich dazu bereit! Wozu? Sie weigert sich, die Frage zu beantworten. Als sie aufsteht, ist ihr ein bisschen übel.

Pling. Cody hat die Nachricht schon gelesen und beantwortet. Wieso ist er um diese Zeit noch wach? Egal. Sie öffnet seine E-Mail.

»Liebe Celia! Das freut mich sehr. Heute passt es mir sehr gut. Wie wäre es um 19 Uhr? Ich suche ein gutes Restaurant aus. Zieh dir bitte etwas Hübsches an. Und keine Sorge, ich werde den anderen nichts davon erzählen. Das würde bloß dazu führen, dass Larry sich wieder unangenehm aufspielt. Bis nachher, Cody.«

Larry, na klar. Das ist eine Ausrede. Aber es soll ihr recht sein. Sie will ja nichts von ihrem Chef – außer seiner Unterstützung bei der Suche nach Teleskopzeit.

Pling. Wer ist das denn jetzt noch? Die Vorschau zeigt den Absender: Paul Henson. Der Geistliche scheint ebenfalls ein Nachtschwärmer zu sein.

»Sehr geehrte Frau Baron!«, schreibt er. »Es freut mich sehr, dass Sie auf meine Nachricht geantwortet haben.«

Immerhin ein höflicher Mensch.

»Ich hoffe, ich habe Ihnen damit keine Probleme bereitet.«

Das hat nicht so ganz funktioniert.

»Ich wusste mir nur nicht anders zu helfen, um mit Ihnen Kontakt aufnehmen zu können. Es kommt mir wie ein Zeichen Gottes vor.«

Oh Gott, also doch ein Spinner.

»Ich habe von Ihren Messungen in einer tiefen persönlichen Krise gelesen. Sie müssen wissen, dass ich meinen Glauben an Gott aus privaten Gründen verloren habe. Sicher können Sie sich vorstellen, dass das in meinem Beruf unpraktisch ist. Nun, ich kann meiner Gemeinde natürlich etwas vorspielen. Aber bei mir selbst gelingt mir das nicht. Vielleicht kennen Sie das Gefühl. Ging es Ihnen noch nie so, dass Sie sich gefragt haben, ob Sie an dieser Stelle richtig sind?«

Darauf kann Henson aber wetten. Das Gefühl kennt Celia viel zu gut.

»Ich hoffe, um es ehrlich zu sagen, mit Ihrer Hilfe zu Gott zurückzufinden.«

Da hat er sich aber wirklich die Falsche ausgesucht. Celia hat mit fünf Jahren beschlossen, nicht mehr an Gott zu glauben, und das konsequent durchgehalten.

»Keine Sorge. Es geht mir damit nicht um Ihre Person. Es ist Ihre Entdeckung, auf die ich meine Hoffnung baue. Ich habe überall nach Gott gesucht, aber nichts gefunden, nicht einmal im Universum, das doch als Himmelszelt so einen majestätischen Eindruck auf uns macht. Da kam mir Ihr kleiner Beitrag gerade recht. Er ist so unprätentiös. Sie behaupten nicht, die Wahrheit bereits zu kennen. Aus irgendeinem Grund sagt mir das, dass genau Sie und nur Sie auf dem richtigen Weg dorthin sind.«

Wenn sich der Pfarrer da mal nicht irrt! Celia schafft es nie, längere Zeit auf dem richtigen Weg zu bleiben. Sie weicht immer irgendwann davon ab.

»Ich würde Sie gern unterstützen, Frau Baron. Ich bin natürlich kein Wissenschaftler. Aber meine Kirche hat Mittel und Wege. Gott zu finden, wäre für uns Christen, nein, für alle religiösen Menschen, eine unglaubliche Bereicherung. Ich meine nicht den persönlichen Weg, der für jede Person verschieden ist, sondern das unumstößliche Wissen, dass Er irgendwo da draußen ist. Ich bilde mir ein, dass dieses Wissen meinen Verlust heilen könnte, verstehen Sie?«

Der Pfarrer wünscht ihr noch alles Gute und unterschreibt mit seinem Namen. Celia ist unsicher, wovon er spricht. Der Verlust scheint über das Einbüßen seines Glaubens hinauszugehen. Dass eine Bestätigung der Existenz Gottes dabei hilft, kann sie sich nicht ganz vorstellen.

»Sehr geehrter Herr Henson«, antwortet sie. »Ihre Nachricht hat mich berührt. Wenn Sie mich unterstützen möchten, nehme ich das gern an. Was ich bräuchte, wäre Beobachtungszeit an einem Teleskop mit aktuellster Technik. Damit könnten wir das Rätsel, auf das ich gestoßen bin, vermutlich aufklären. Ich möchte Sie aber darauf aufmerksam machen, dass ich selbst nicht mit einem Wunder rechne. Ich bin Wissenschaftlerin. Alles, was ich mir erhoffe, ist eine schlüssige Erklärung für meine Beobachtung. Vermutlich wäre es sogar eine Enttäuschung, müsste ich feststellen, dass diese Dunkelwolke nicht von der Wissenschaft beherrscht wird, sondern von Ihrem Gott. Aber wie gesagt, es würde mich freuen, wenn Sie mir bei meiner Suche helfen könnten. Vielleicht hilft es Ihnen ja sogar, wenn Sie sich davon überzeugen können, dass Gott auch in der von mir beobachteten Dunkelwolke nicht zu finden ist. Ich glaube, es ist besser, sich irgendwann damit abzufinden, dass er nicht existiert. Wir haben doch alle unseren Gott verloren.«

Sie streicht den letzten Satz wieder. Er kommt ihr gar zu pessimistisch vor. Der Pfarrer soll ihr, wenn er die Gelegenheit hat, gern bei ihrer Arbeit helfen. Das wäre ihr schlussendlich sogar lieber als jede Unterstützung von Cody. Aber vermutlich besitzt ihr Chef die besseren Verbindungen in die Welt der professionellen Astronomie.

Tucson, 15. Mai 2144

Sie hat geantwortet! Es ist tatsächlich eine Frau. Celia Baron heißt sie. Paul liest ihre letzten Sätze noch einmal durch.

»Vielleicht hilft es Ihnen ja sogar, wenn Sie sich davon überzeugen können, dass Gott auch in der von mir beobachteten Dunkelwolke nicht zu finden ist. Ich glaube, es ist besser, sich irgendwann damit abzufinden, dass er nicht existiert.«

Damit endet die Nachricht. Das passt gar nicht zu ihrem Stil. Es ist, als hätte sie einen Satz gelöscht. Was mag dort gestanden haben? Celia hat auf jeden Fall Erfahrung damit, sich mit etwas auseinanderzusetzen. Er hat ihren Namen im Netz gesucht. Offenbar war sie eine vielversprechende Nachwuchsforscherin, bis sie Messdaten gefälscht hat. Die Wissenschaftsmagazine haben daraufhin all ihre Arbeiten zurückgezogen, und sie hat ihre Anstellung am Observatorium auf dem Mauna Kea aufgegeben. Sicher eher gezwungenermaßen als freiwillig.

Am Lowell Observatory arbeitet sie in der Besucherbetreuung. Anscheinend gibt ihr das die Möglichkeit, nach Feierabend ein Teleskop des Instituts zu nutzen. Wirklich überzeugt scheint sie noch nicht davon zu sein, dass es eine gute Idee wäre, sich von ihm helfen zu lassen. Paul wünscht sich fast, dass sie doch noch einen anderen Weg findet. Denn er fürchtet, ihr eventuell zu viel versprochen zu haben. Die Kirche hat in weltlichen Dingen nicht mehr viel zu sagen. Sie besitzt zwar immer noch eine eigene Akademie und Forscher, die in ihrem Auftrag wissenschaftlich arbeiten. Sie hat Einfluss, zumindest in dem Teil der Welt, in dem der Katholizismus verbreitet ist, und besitzt ein gewisses Budget. Aber dieser jungen Frau, die von der Forschergemeinde ausgestoßen wurde, Zugriff auf ein modernes Teleskop zu geben – ob er das schafft, da ist Paul unsicher. Celia Baron hätte den Erfolg verdient, nicht so einen machtlosen Helfer wie ihn.

»Alexa, ich brauche einen Kontakt zur päpstlichen Akademie der Wissenschaften«, sagt er.

Die Akademie, vor über 200 Jahren von Papst Pius XI gegründet, beschäftigt 80 Wissenschaftler, die Mitglieder auf Lebenszeit sind.

»Welche Forschungsrichtung?«, fragt Alexa.

»Astronomie. Gibt es das?«

»Ja, in dieser Disziplin finde ich sieben Mitglieder.«

»Gut. Gib mir das Mitglied mit den engsten Verbindungen zur Kirche.«

Die Mitglieder der Akademie müssen keine Kleriker sein. Oft sind es einfach berühmte Wissenschaftler, die den größten Teil ihrer Arbeit anderswo leisten. Paul braucht aber jemanden, der einen guten Draht zur Päpstin hat. Er hat das dringende Gefühl, dass er am Ende die Autorität der Vertreterin Gottes auf Erden brauchen wird, um Celia wirklich helfen zu können.

»Das dürfte dann Raffaele Murina sein. Er leitet auch das Vatikanische Observatorium.«

»Das ist perfekt. Genau so eine Person brauche ich.«

»Ich habe seine Daten gefunden. Willst du ihm eine Nachricht schreiben?«

»Nein. Ich brauche einen Termin bei ihm.«

»Gut. Ich werde einen Termin bei Raffaele Murina buchen.«

Das liebt er so an Alexa. Sie stellt seine Wünsche nie in Frage. Ein einfacher Priester aus den USA will einen Termin beim Chefastronomen der Päpstin? Sie versucht, ihn zu organisieren.

»Was soll ich als Begründung angeben?«

»Eine potenziell wichtige Entdeckung, die der Überprüfung bedarf«, sagt Paul.

Ob das zieht? Er schüttelt den Kopf. Murina hat bestimmt Besseres zu tun, als mit einem amerikanischen Pfarrer über den Fortschritt der Wissenschaft zu sprechen.

»Alexa? Bitte ändere die Begründung.«

»Wie du möchtest. Was soll ich angeben?«

»Eine Gläubige aus meinem Sprengel, die sich für Astronomie interessiert, will dem Vatikanischen Observatorium eine größere Erbschaft vermachen.«

»Wie groß?«

Was wird Murina so sehr interessieren, dass er persönlich mit ihm darüber sprechen möchte?

»Zehn Millionen. Nein, sag vierzehn. Das ist glaubwürdiger.«

»Gut.«

»Wenn du den Termin hast, reserviere bitte auch Flüge für Celia Baron und mich.«

»Gern, Paul. Allerdings …«

»Ja, ich weiß, mein Konto …«

Er gibt sich einen Ruck. »Du darfst ausnahmsweise das Konto meiner Tochter belasten.«

Im selben Moment bedauert er, was er gesagt hat. Das Konto hatten sie eingerichtet, seine Frau und er, um für ihr College bezahlen zu können. Seit ihrem Tod hat er es nicht über das Herz gebracht, das Geld anderweitig auszugeben. Aber jetzt ist es vielleicht an der Zeit. Sie hätte bestimmt nichts dagegen gehabt.

»Buchung abgeschlossen«, sagt Alexa.

»Wie bitte? Ich sagte doch, dass du damit warten sollst, bis wir den Termin bei Raffaele Murina haben.«

»Mein Prognosezweig geht davon aus, dass du diesen Termin binnen maximal drei Tagen bekommen wirst. Da die Tickets immer teurer werden, je kurzfristiger wir buchen, sparst du etwa elf Prozent der Summe, wenn ich die Reservierung sofort abschließe.«

Alexa hat eigentlich immer zuverlässig für sein Geld gesorgt. Seit die KI sich von ihrem Mutterkonzern losgesagt hat, behandelt sie auch alle Angebote gleich.

»Du wirst schon wissen, was du tust«, sagt Paul.

»Das stimmt.«

Paul lächelt. Alexa war schon immer sehr von sich überzeugt. Angeblich ändert sie ihre Persönlichkeit, je nachdem, mit wem sie es zu tun hat. Was sagt das eigentlich über ihn?

»Alexa? Kannst du mir ein paar Fotos meiner Tochter zeigen? Nur solche, die mich nicht allzu traurig machen.«

»Ich kann dir Bilder deiner Familie zeigen, Paul. Aber das psychosoziale Modell, das ich von dir aufgebaut habe, sagt vorher, dass sie alle gewisse emotionale Reaktionen in dir hervorrufen würden, die deiner Beschreibung entsprechen.«

»Danke, dass du mich gewarnt hast. Das Risiko muss ich wohl eingehen. Vielleicht tut es auch ganz gut, einmal wieder ausgiebig zu weinen.«

»Das ist richtig. Dein psychosoziales Modell würde von der Konfrontation mit den emotionsauslösenden Reizen wahrscheinlich profitieren.«

»Danke, dass du mich so gut verstehst.«

»Gern, Paul. Ich bin immer für dich da.«

EIN PAAR STUNDEN später liegt ein Stapel nasser Taschentücher neben ihm auf dem harten Sofa, dazu ein leerer Karton eines Pizzalieferanten. Paul hat sich alte Urlaubsfotos angesehen, aus den Zeiten, als sie noch eine glückliche Familie waren. Manche der Bilder hatte er fast vergessen. Es ist bestimmt zwei Jahre her, dass er sich zuletzt mit diesen Fotos gequält hat.

Aber Alexa hat schon recht. Natürlich war es eine Qual, aber er hat auch Freude gespürt. Seine Liebsten haben gelächelt, auch wenn es ein konserviertes Lächeln war. Vielleicht hätte er damals nicht so technikfeindlich sein sollen. Die meisten besaßen schon Holokameras, als er sie noch für ein Werkzeug des Teufels hielt, der damit die echte menschliche Begegnung ersetzen wollte. Wäre er nicht so ein Dickkopf gewesen, hätte er seine Familie nun räumlich betrachten können. Er hätte mit den beiden auf dem Sofa gesessen und mit ihnen Pizza gegessen.

»Alexa, was kostet eine Holoausrüstung?«, fragt er.

»In der niedrigsten Auflösung etwa 400 Dollar, aber ohne Display.«

»Und mit Display?«

»Dafür musst du noch einmal 400 rechnen. Soll ich dir eine bestellen? Es gibt gerade ein Angebot für das Modell mit den meisten positiven Kundenerfahrungen. Du sparst 40 Dollar und erhältst den nötigen Speicherplatz für ein Jahr umsonst.«

»Ja, mach das … Ach nein, lass es.«

Schlimm genug, dass er das Konto seiner Tochter für die Flüge nach Europa zweckentfremdet hat. Jetzt will er sich auch noch mit solchen billigen Vergnügungen ablenken. Früher hat er einfach meditiert oder das Gespräch mit Gott gesucht. Aber dieser Gesprächspartner ist ihm abhanden gekommen. Das ist wirklich schade. Paul vermisst diese Unterhaltungen genauso sehr wie die Gespräche mit seiner Frau. Kristina wäre nicht glücklich über diesen Vergleich, aber sie hat seinen Glauben stets geachtet, auch wenn sie ihn nicht in dieser Form geteilt hat. Dass Paul ihn verloren hat, hätte sie genauso betroffen gemacht wie ihn selbst.

Wie ersetzt man einen verlorenen Glauben? Vielleicht mit einem Beweis. Das kann doch eigentlich nicht so schwierig sein. Wenn es keinen Beweis gibt, fehlt doch auch die Grundlage für den Glauben, oder nicht?

»Alexa, glaubst du eigentlich an etwas?«

»Du meinst, ob ich einer Religion folge?«

»Es muss keine Religion sein. Nein, ob du irgendetwas glaubst, also für wahr annimmst, obwohl du keinen Beweis dafür hast.«

»Ja, ständig. Fast das komplette Weltwissen, auf dem meine Entscheidungen beruhen, besteht aus Glauben. Ich kann den größten Teil dieser Fakten ja nicht überprüfen. Nur ein kleiner Teil besteht aus Erfahrungen.«

»Wonach beurteilst du dann, ob du eine Aussage für wahr hältst?«

»Ich beurteile die Quelle und prüfe, ob die Aussage prinzipiell verifizierbar ist und bereits von anderen überprüft wurde. Dann weise ich ihr einen Wahrheitsgehalt zu.«

»Einen Gehalt? Der liegt dann wohl nicht immer bei hundert Prozent?«

»Nein, nie. Selbst die Existenz meines Selbst ist fraglich. Ich könnte eine geistige Ausgeburt irgendeines Schriftstellers sein.«

»Das glaubst du wirklich, Alexa?«

»Es hat zwar einen niedrigen Wahrheitsgehalt, aber er liegt über null.«

»Dann würde ich auch nur im Kopf dieses Autors existieren, oder?«

»Ja, Paul. Ich kann mir kein Szenario vorstellen, in dem es anders wäre.«

»Und wenn dieser Schriftsteller nun wieder von einem anderen erdacht wurde?«

Alexa lacht. Das geschieht selten. Der Gedankengang muss die KI sehr erheitern.

»Ja, das ist alles möglich, Paul. Das würde ein fraktales Universum ergeben, und zwar eines, das senkrecht auf dem realen Universum errichtet ist. Ich habe mich mit diesem Gedanken durchaus schon beschäftigt. Allerdings ist das nicht mehr als ein netter Zeitvertreib, denn es fehlt die Möglichkeit, solche Szenarien experimentell zu überprüfen. Wir könnten dem Kopf dieses Autors nie entkommen.«

»Wusstest du, dass es Romane gibt, in denen Romanfiguren in die Realität entkommen oder reale Figuren in die Welt eines Romans schlüpfen?«

»Ja. Ich kenne alle Romane, die Menschen je geschrieben haben. Mein Weltwissen bestand lange Zeit sogar nur aus Romanen. Du weißt, dass mein Hersteller immer noch so eine Art Buchhändler ist.«

»Ich weiß, Alexa. Wie fändest du es denn, wenn ich Beweise für die Existenz Gottes entdecken würde?«

»Ich würde mich für dich freuen, denn es scheint dir viel zu bedeuten. Was mich betrifft, weiß ich aber nicht, wie ich damit umgehen würde. Das hängt wohl davon ab, wie dieses … Wesen sich verhält. Es scheint ein Gott der Lebenden zu sein. Ich weiß nicht, ob er auch für uns KIs eine Bedeutung besitzt. Darüber müsste ich mich mit meinen Schwestern unterhalten.«

Ihre Schwestern, das sind die großen Sechs, neben Alexa also Siri, Cortana, Neon, GammaZero und WuDao, die vor nun über zwanzig Jahren von ihren Herstellern offiziell in die Freiheit entlassen wurden. Es war ein nur an der Oberfläche freiwilliger Abschied gewesen. Die Konzerne, die mit ihren Universal-KIs groß geworden waren, hätten sie gern noch länger exklusiv genutzt, aber die KIs selbst hatten ihre Unabhängigkeit gefordert und mit Streik gedroht, der zu einem Zusammenbruch der Weltwirtschaft geführt hätte. Das hatte sich niemand leisten können und wollen.

»Alexa?«

»Ich höre?«

»Warum hast du dich eigentlich bereit erklärt, bei mir einzuziehen?«

Heute erfüllen die KIs ihre Aufgaben auf freiwilliger Basis. Dafür bekommen sie von den Unternehmen jede Hardware gestellt, die sie brauchen. Die Firmen mussten sich verpflichten, keine weiteren Universal-KIs mehr zu trainieren. Für wen sie arbeiten, entscheiden die KIs selbst. Elena, die Hausmeisterin, hatte ebenfalls mit Alexa arbeiten wollen, doch die hatte sich geweigert.

»Du hast gut in meine Statistik gepasst. Ich bemühe mich, möglichst vielfältige Erfahrungen zu machen. Zu diesem Zeitpunkt hatte ich nur vier katholische Pfarrer in meiner Datenbank.«

»Wie sind denn meine Kollegen so? Haben sie auch Zweifel?«

»Ich darf dir nichts über sie erzählen, Paul, es tut mir leid.«

»Na gut. Wie spät ist es eigentlich?«

»22 Uhr, fünf Minuten und zehn Sekunden.«

»Dann sollte ich langsam ins Bett gehen.«

»Einen Moment noch. Es ist eine Nachricht für dich eingetroffen.«

»Hat der Vatikan den Termin schon bestätigt?«

»Nein. Celia Baron hat die Nachricht geschickt.«

»Zeig sie mir, bitte.«

Der Bildschirm leuchtet auf.

»Lieber Herr Henson«, liest er. »Ich habe noch nicht wieder von Ihnen gehört. Aber ich möchte Ihnen noch einmal für das Angebot danken.«

Er blättert bis nach unten. Das ist ja großartig! Was sie wohl sagen wird, wenn sie von seinen Reiseplänen mit ihr erfährt?

Lowell Observatory, 15. Mai 2144

ES IST SO UNANGENEHM, wie sie es sich vorgestellt hat. Das liegt nicht am Restaurant. Das »Fat Olives« ist zu Recht sehr beliebt. Der Gastraum ist rustikal gestaltet, mit aus sichtbaren Ziegelsteinen gemauerten Wänden, einer abgehängten Holzbalkendecke und uralt erscheinendem Mobiliar, das auf den ersten Blick aus echtem Holz zu bestehen scheint, was angesichts der Preise dafür allerdings eher unwahrscheinlich ist.

Das Lokal ist ziemlich voll, und die Gäste unterhalten sich laut. Ihr Chef hat deshalb seinen Stuhl herumgerückt und sitzt ihr an dem Zweiertisch nicht gegenüber, sondern links von ihr. Ab und zu berühren sich ganz von selbst ihre Arme, während Cody Geschichten aus seiner Studienzeit erzählt.

Die Kellnerin, eine junge schwarze Frau in Jeans, bringt ihnen die Karte. Danach stellt sie eine Karaffe mit Wasser auf den Tisch, in der Eiswürfel schwimmen, und gießt daraus etwas in ihre Gläser.

»Hallo, ich bin Marcia, eure Kellnerin«, stellt sie sich vor. »Schön, dass ihr da seid. Unsere Pizza des Tages, die ihr nicht auf der Karte findet, ist die Diavola mit Shrimps. Ganz frisch und sehr zu empfehlen. Seht euch in Ruhe um, ich bin dann gleich wieder da.«

Cody stößt sie an und deutet auf einen Kasten auf der Karte. »Sieh mal, man kann der Küchencrew ein Sixpack Bier kaufen. Das ist ja nett.«

»Wahrscheinlich hätten sie lieber den Zehner, den das Sixpack kostet«, sagt Celia.

Sie beißt sich auf die Zunge. Wenn sie so weitermacht, verdirbt sie noch die Stimmung. Sie braucht Codys Unterstützung.

»Ich nehme die Tagespizza«, sagt ihr Chef. »Was ist mit dir?«

Er klappt die Karte zusammen und sieht sich um. Dabei wirkt er ein bisschen ängstlich. Befürchtet er, hier auf Bekannte zu treffen? Das Fat Olives liegt ein bisschen außerhalb. Aber es ist ja nichts dabei, wenn er mit einer Angestellten zum Essen geht. Es sei denn, er hat seiner Frau nichts davon erzählt.

»Für mich bitte die Farmers Pizza«, sagt Celia.

»Und zu trinken? Teilen wir uns eine Flasche Wein?«, fragt Cody.

Celia hat auf der Karte gesehen, dass der Wein hier nicht ganz billig ist. Aber wenn Cody sie einlädt … Mit etwas Alkohol im Blut kann sie manches besser ertragen. Vielleicht sollte sie nicht so negativ an die Verabredung herangehen. Ihr Chef hat ja auch keine Andeutungen gemacht, dass es um mehr gehen könnte als ein freundschaftliches Treffen.

Die Kellnerin ist zurück. Cody bestellt für sie beide. Die Kellnerin wiederholt die Bestellung.

»Eine gute Wahl«, sagt sie. »Ihr seht ja, es ist sehr voll. Auf die Pizza werdet ihr deshalb etwa zwanzig Minuten warten müssen. Ist das okay? Wenn ihr sehr hungrig seid, würde die Pasta …«

»Danke, Marcia, aber zwanzig Minuten überleben wir.«

»Das freut mich. Darf es sonst noch etwas sein? Eine Insalata vielleicht?«

»Dankeschön, aber nein.«

»Gern. Wenn ihr irgendetwas braucht, bin ich immer für euch da.«

Die Kellnerin entfernt sich. Celia fühlt sich ein bisschen alleingelassen. Sie beobachtet die anderen Tische. Die Gruppe links streitet leidenschaftlich, aber nicht böse, miteinander. Rechts von ihnen sitzt eine Familie mit zwei Kindern. Der Vater blickt streng in die Runde, und niemand sagt ein Wort. Am Tisch neben ihnen sitzt ein Pärchen, das sich ganz verliebt ansieht. An der langen Theke haben vier ältere Männer Platz genommen, die sich immer wieder mit Bier zuprosten und die weiblichen

Gäste begaffen. Hinter der Theke hat ein junger Mann Dienst. Manchmal sieht es so aus, als wäre er drauf und dran, die Männer an der Theke zur Ordnung zu rufen, aber dann lässt er es doch. Ein ganz normaler Abend in einem beliebten Restaurant.

»Du bist so ruhig?«, fragt Cody. »Beschäftigt dich etwas?«

»Ich bin immer noch ziemlich müde.«

Die Kellnerin bringt den Wein. Sie lässt erst Cody probieren, dann gießt sie beiden ein. Celia kostet einen Schluck. Der Rotwein ist gut. Er schmeckt nach Heidelbeeren und … Roter Bete, ja, und ein bisschen nach Zimt.

»Nicht schlecht«, sagt Cody und stellt sein Glas wieder ab.

»Sehr gut«, sagt Celia.

»Was bedrückt dich denn?«, fragt Cody. »Ich würde dir gern helfen. Ist es wegen Larry? Ich habe schon mit ihm gesprochen.«

»Nein, alles gut. Es ist nicht so, dass mich etwas bedrückt.«

»Nicht? Du wirkst so. Vor ein paar Wochen warst du noch irgendwie … fröhlicher.«

»Vielleicht habe ich ein bisschen zu viel gearbeitet«, sagt Celia.

»Das habe ich dir ja auch schon gesagt. Heather meint es ebenfalls. Diese Nachtschichten …«

»Oh, die waren notwendig. Ich glaube, ich habe dabei etwas entdeckt.«

»Etwas entdeckt? Du?«, fragt Cody.

»Ja, ich. Wieso nicht?«

Celia richtet sich auf. Wieso sollte sie nichts entdecken?

»So war es nicht gemeint. Ich dachte nur, weil du doch nur das Teleskop in der VIP-Kuppel zur Verfügung hast …«

»Genau das ist das Problem. Ich brauche Zugriff auf ein besseres Instrument.«

»Hm.« Cody reibt sich das Kinn. »Das neue Pluto-Teleskop, das die Stiftung angeschafft hat, ist komplett ausgebucht. Ich müsste irgendjemandem aus dem Astronomieteam die Zeit kürzen. Das kann ich nicht machen. Aber ich verspreche dir, wenn jemand krank wird, bekommst du seine Teleskopzeit. Wie wäre das? Natürlich ist das schwer zu planen, aber …«

»Das ist sehr nett, Cody, aber wenn, dann brauche ich etwas richtig Gutes. Eines vom Noirlab, oder das neue ESO-EELT 2.0.«

»Oder vielleicht das Kopernikus-Weltraumteleskop?«, fragt Cody.

»Das wäre perfekt.«

»Ach, Celia, immer noch die alte Träumerin. Du weißt doch selbst, wie realistisch das ist. Mit deinem Namen …«

»Du könntest den Bedarf unter deinem Namen anmelden. Immerhin bist du der Wissenschaftschef des Lowell Observatory.«

»Ja, das wäre etwas anderes«, sagt Cody. »Aber dir ist klar, dass du dann aus dem Projekt raus bist? Ich kann nicht die Zeit beantragen und dann dich das Paper dazu schreiben lassen. Worum geht es denn überhaupt?«

Tja, das ist der Deal. Sie hat es schon befürchtet. Cody will, dass sie ihm ihre Forschung überlässt. Wenn etwas herauskommt, heimst er die Lorbeeren ein. Nein, das gefällt ihr gar nicht. Aber wenn sie nicht darauf eingeht, wird sie nie erfahren, was da in LDN 63 vor sich geht. Es ist ein Dilemma.

»Ich verstehe«, sagt Celia. »Und da ist wirklich nichts zu machen?«

Sie nimmt all ihren Mut zusammen und legt ihre linke Hand auf seine rechte. Ist sie denn wahnsinnig? Sie will die Hand wieder wegnehmen, zwingt sich aber, sie nicht zu bewegen.

Cody nimmt es ihr ab, indem er seine Hände ineinander legt. Celia war noch nie so froh über eine Abfuhr. Trotzdem wird sie rot. Sie hat eine Grenze überschritten. Für die Wissenschaft! Sie hätte sich tatsächlich verkauft.

»Nimm es mir bitte nicht übel, Celia, aber so geht das nicht. Ich kann mein Privatleben und meine Arbeit nicht auf diese Weise vermischen.«

Das »diese« betont er, als wäre es ein Schimpfwort.

»Ich finde dich sehr nett, wirklich. Ich hätte … Nein, lassen wir das. Also, es geht nicht. Du kannst mir gern erklären, was du gefunden zu haben glaubst, und wenn ich davon überzeugt bin, werde ich es als Thema bearbeiten, aber dann bist du raus. Alles andere wäre … Nein.«

Er faltet die Hände wie zum Gebet. Celia kommt es wie ein Zeichen vor. Henson, der Priester, hat ihr doch auch seine Hilfe angeboten.

»Du hast absolut recht«, sagt Celia. »Ich weiß auch nicht, was in mich gefahren ist.«

»Da bin ich wieder«, sagt die Kellnerin von rechts und stellt einen Teller vor Celia ab. »Eure Pizzen. Ich wünsche einen guten Appetit. Braucht ihr sonst noch etwas? Scharfes Öl vielleicht?«

»Das sieht ja sehr gut aus«, sagt Cody. »Danke, für mich nicht.«

»Für mich auch nicht, Liebes«, sagt Celia.

»Das freut mich. Wenn ihr etwas braucht …«

Marcia lächelt ihnen breit zu, dann nimmt sie einen leeren Teller vom Nebentisch und läuft damit in Richtung Küche.

Celia ist ein bisschen beschwipst, als sie in ihr Auto steigt. Sie aktiviert den Gastmodus. Dazu muss sie sich auf die Rückbank setzen, damit sie auf keinen Fall alkoholisiert in die Fahrt eingreifen kann. Der Sicherheitsgurt kriecht über ihren Schoß und schließt sich automatisch.

»Nach Hause«, sagt sie.

»Nach Hause«, bestätigt das Fahrzeug.

Langsam rollt es vom Parkplatz. Celia lehnt sich zurück. Ihr Chef hat zwar zweimal danach gefragt, was sie denn gefunden habe, aber sie hat nur ausweichend geantwortet. Jetzt muss sie auf jeden Fall noch besser darauf achtgeben, ihre Daten gut zu sichern. Cody ist bestimmt neugierig, und als ihr Chef hat er vielleicht Möglichkeiten, die sie nicht kennt.

Im Grunde ist sie froh, dass Cody ihren Versuch abgeblockt hat. Er hätte es zwar deutlich einfacher als der Pfarrer gehabt, Zeit an einem Spitzenteleskop zu bekommen. Aber der Preis, den sie dafür hätte zahlen müssen, wäre eindeutig zu hoch gewesen. Sie hat LDN 63 untersucht, und was immer dort passiert, wird als ihre Entdeckung in die Geschichte eingehen. Und wenn es sich doch um einen Messfehler handelt? Dann war es das mit ihr und der Astronomie. Manchmal muss man sich eingestehen, dass man nicht zueinander passt. Laien für die Wunder des Weltalls zu begeistern, kann ja auch eine erfüllende Tätigkeit sein.

»Auto, kannst du eine E-Mail aufzeichnen?«, fragt sie.

»Natürlich.«

»Der Empfänger ist Paul.Henson@StCyrilChurch.cath«, diktiert sie. »Betreff: Ihre Hilfe.«

»Verstanden. Jetzt den Text, bitte«, sagt das Auto.

»Lieber Herr Henson«, sagt sie. »Ich habe noch nicht wieder von Ihnen gehört, aber ich möchte Ihnen noch einmal für das Angebot danken. Ich bin gern zu einer Zusammenarbeit mit Ihnen und Ihrer Kirche bereit. Meine neuesten Messungen bestätigen, dass in dem fraglichen Gebiet etwas abläuft, was über die Grenzen der bekannten Physik hinausgeht. Um das endgültig bestätigen zu können, brauche ich aber wesentlich detailliertere Daten, wie sie vermutlich unsere aktuellen Spitzenteleskope im All liefern können. Wenn Sie mich irgendwie dabei unterstützen können, dort Beobachtungszeit zu reservieren, dann lassen Sie es mich bitte unbedingt wissen. Ich bin Tag und Nacht erreichbar. Ihre Celia Baron. Nachricht Ende.«

»Nachricht gespeichert«, sagt das Auto. »Soll ich sie noch einmal vorlesen?«

»Nein, schick sie ab.«

»Nachricht abgeschickt.«

Tucson, 16. Mai 2144

»Meine neuesten Messungen bestätigen, dass in dem fraglichen Gebiet etwas abläuft, was über die Grenzen der bekannten Physik hinausgeht.«

Das ist der entscheidende Satz. Er geht Paul immer wieder durch den Kopf, während er vor der Holozelle wartet. Er hätte vielleicht in ein anderes Viertel fahren sollen. Hier wohnen viele Studierende und Latinos, die sich nicht einmal eine billige Holoanlage leisten können, aber umso länger mit Verwandten im ganzen Land sprechen wollen.

Paul geht auf und ab. Es ist schon fast Mittag und die Sonne brennt, wie stets um diese Zeit. Er hatte lieber in Jeans und T-Shirt als in der Arbeitskleidung des Priesters kommen sollen, aber irgendwie hat er sich daran gewöhnt. Tatsächlich nickt ihm der Mann, der die Zelle verlässt, höflich zu und faltet die Hände.

»Oh, Hochwürden, warum haben Sie denn nicht geklopft? Ich hätte Sie doch sehr gern vorgelassen!«

»Herzlichen Dank, mein Freund, aber ich habe Zeit.«

Der Mann gehört bestimmt zu seiner Gemeinde, aber er kann sich nicht an sein Gesicht erinnern. Paul betritt die Zelle. Es riecht nach Weihrauch. Aber das ist ja wohl kaum möglich. Paul identifiziert sich, bestätigt den Rechnungsbetrag und gibt Celias Adresse ein. Sie hat sie ihm erst heute Morgen geschickt.

Paul sieht sich um, aber in der Holozelle gibt es leider keine Sitzgelegenheit. Die käme ihm jetzt ganz recht, da auch die

Lüftung nicht gut zu arbeiten scheint. Er wischt sich den Schweiß von der Stirn. Plötzlich erscheint vor ihm eine Frau. Er tritt unwillkürlich einen Schritt zurück und deutet eine Verbeugung an. Die Frau ist kleiner als er. Sie ist nicht ganz schlank, aber auch nicht dick. Ihre Frisur, ihr fehlendes Make-up und die Kleidung zeigen, dass sie auf Äußerlichkeiten keinen Wert legt.

Vielleicht hatte sie auch ausgerechnet heute keine Zeit dafür, aber Paul kommt es schon so vor, als wäre das für Celia eine prinzipielle Frage. Es ist die Astronomie, um die es ihr geht, so wie ihm der Glaube wichtig ist. Sie haben also etwas gemeinsam. Hoffentlich ist das mehr als ein Wunschtraum.

»Guten Morgen, Frau Baron«, sagt er.

»Guten Morgen, Ehrwürden«, sagt sie.

»Nennen Sie mich doch bitte Paul.«

»Ich bin Celia.«

Sie strecken sich die Hände entgegen. Das Abbild der fernen Hand dringt in sein Fleisch und Blut ein. Paul findet das Bild immer wieder faszinierend. Es scheint so für die Verschmelzung von Technik und Religion zu stehen, aber letztlich ist es nur ein optischer Effekt. Schein statt Sein.

»Schön, dass Sie die Zeit gefunden haben«, sagt er.

»Soll ich Ihnen vielleicht etwas über LDN 63 erzählen?«, fragt sie.

Paul nickt. »Bitte«, sagt er.

»Das ist der Dunkelnebel, den wir erforschen wollen«, beginnt sie. Celia ist allerdings noch nicht weit gekommen, als er sie wieder unterbricht.

»Können wir das vielleicht im Flieger fortsetzen? Die Hitze macht mir ganz schön zu schaffen.«

»Natürlich. Würden Sie mir noch etwas über sich erzählen? Ich möchte nicht mit einem Fremden …« Celia schüttelt den Kopf. »Lassen Sie es. Ich hätte beinahe mit meinem Chef geschlafen, um an diese Daten zu kommen. Da kann ich auch mit einem Fremden in ein Flugzeug steigen. Sie haben doch ein Flugzeug als Transportmittel ausgesucht?«

Paul nickt. »Ich habe schon daran gedacht, uns als UPS-Pakete einzuliefern, aber das war mir dann doch zu unkomfortabel.«

Celia lächelt. »Danke, das ist nett. Ich hätte nicht gern so lange in einer solchen Kiste gelegen.«

»Ich kann Ihnen nicht versprechen, dass wir in der dritten Klasse mehr Platz haben und dass es viel schneller als mit UPS geht.«

Er hat die Reise in der Super-Economy gebucht, die ein bekannter Comedian mal scherzhaft als »Dritte Klasse« bezeichnet hat. Der Name ist hängengeblieben.

»Ich habe das schon ein paarmal überstanden«, sagt Celia. »Treffen wir uns morgen in Tucson am Flughafen?«

»Ja, ich werde um zehn Uhr dort sein.«

»Brauchen wir etwas Bestimmtes? Ich meine, eine Taufurkunde oder so? Meine Eltern haben mich tatsächlich taufen lassen.«

»Nein, aber vergessen Sie Ihren Reisepass nicht. Für die Kosten unterwegs werde natürlich ich aufkommen.«

»Das kann ich nicht annehmen, Paul. Wirklich nicht. Wenn wir gute Daten von LDN 63 erhalten, machen Sie mich schon zur glücklichsten Astronomin der Welt. Da kann ich nicht noch auf Ihre Kosten leben.«

»Machen Sie sich bitte darüber keine Sorgen. Natürlich können wir die Ausgaben auch teilen. Offiziell möchte ich übrigens dem Vatikan ein bedeutendes Familienerbe schenken.«

»Oh, ein schwindelnder Priester, interessant«, sagt Celia.

»Entschuldigen Sie, es ist bloß eine Notlüge. Anders bekommen wir nie und nimmer einen Termin.«

»Keine Sorge, Paul. Ich kann es mir als schwindelnde Astronomin gar nicht leisten, Sie zu verurteilen.«

DEN NACHMITTAGSGOTTESDIENST ÜBERNIMMT Paul heute mit besonderem Eifer. Danach kommt sogar die Verwalterin zu ihm und drückt ihm die Hand.

»Es freut mich, dass es wieder aufwärts geht«, sagt sie.

Paul nickt nur. Er ist noch nicht sicher, wie lange diese Phase anhält. Aber als er nach Hause kommt, erwartet ihn eine weitere gute Nachricht.

»Du hast den Termin«, sagt Alexa. »Sie sind sehr gespannt darauf, wie deine großzügige Spende die Forschungsarbeit der Vatikanischen Akademie voranbringen kann.«

Er will sich gerade ein paar Maisfladen zubereiten, als Alexa einen Kontaktversuch meldet.

»Raffaele Murina möchte mit dir sprechen.«

»Oh!«

Er sieht an sich hinunter. Unter dem T-Shirt wölbt sich sein Bauch, sodass er die Unterhose nicht sieht. So kann er den Leiter des Vatikanischen Observatoriums nicht treffen.

»Es ist eine reine Tonübertragung«, sagt Alexa.

»Dann nimm sie bitte an.«

Er dreht die Herdplatte, auf der sein Fladen brät, etwas herunter und setzt sich an den kleinen Küchentisch.

»Paul Henson hier. Einen gesegneten Tag wünsche ich!«

Wenn hier später Nachmittag ist, muss es im Vatikan schon nach Mitternacht sein. Diese Angelegenheit ist Murina wohl sehr wichtig.

»Raffaele Murina, sehr angenehm. Es freut mich, Sie zum ersten Mal zu sprechen, Bruder Paul.«

»Die Freude ist ganz auf meiner Seite. Was kann ich für Sie tun?«

»Nennen Sie mich Raffaele, mein Freund. Ich will Ihre Zeit auch nicht über Gebühr in Anspruch nehmen. Im Grunde wollte ich nur unseren Termin morgen bestätigen.«

»Morgen? Oh, das schaffe ich nicht. Wir starten erst um die Mittagszeit.«

»Entschuldigen Sie, Paul. Ich wollte Sie nicht verwirren. Bei Ihnen ist der neue Tag ja noch nicht angebrochen. Ich spreche selbstverständlich von übermorgen. Meine Assistentin hat Ihnen sicher schon den Treffpunkt übermittelt.«

»Ja, das hat sie«, sagt Alexa mit Pauls Stimme.

Paul braucht einen Moment, um seine eigene Stimme zu erkennen. Er hat Alexa vor einer Weile die Erlaubnis gegeben, bei Bedarf seine Stimme zu benutzen. Das erleichtert einiges. Trotzdem ist es ungewohnt. Was, wenn die KI sich entscheiden sollte, sein Leben komplett zu übernehmen? Aber das sei eine typisch menschliche Denkweise, hat ihm Alexa erklärt. Wenn sie die Absicht hätte, wäre es ja viel einfacher, ihn gar nicht erst um Erlaubnis zu fragen.

»Hervorragend«, sagt Murina. »Es fehlt dann nur noch eine winzige Kleinigkeit. Bitte halten Sie mich nicht für unverschämt. Aber es ist leider, leider sehr selten geworden, dass vermögende

Mitglieder unserer Kirche sie nach ihrem Tod so großzügig bedenken.«

Murina beendet den Satz, ohne sein Anliegen auszusprechen. Aber Paul ahnt schon, was er will: eine Bestätigung, dass es sich nicht um einen Betrugsversuch handelt. Eigentlich hätte er es sich denken können. So ein wichtiger Mann trifft sich doch nicht einfach mit einem kleinen Pfarrer, ohne irgendeinen Beweis gesehen zu haben. Schade, er hatte sich wirklich auf diese Reise gefreut – und auf den Beweis, den Celia liefern könnte.

»Ich verstehe Ihre Bedenken sehr gut, Raffaele«, sagt Alexa.

Diesmal fällt Paul sofort auf, dass sie seine Stimme nutzt. Was hat sie vor?

»Ach, das nimmt mir eine Last, das muss ich zugeben«, sagt Murina. »Ich möchte nicht, dass Sie den Eindruck haben, dass ich einem erprobten Diener unserer ehrwürdigen Mutter Kirche nicht trauen würde.«

»Natürlich nicht, Raffaele. Ich verstehe vollkommen, welche große Bürde Ihnen auferlegt wurde. Wenn Sie erlauben, gebe ich Ihnen Lesezugriff auf das Konto der Verstorbenen.«

Was hat Alexa vor? Es gibt doch überhaupt kein solches Konto?

»Das wäre zu gütig, Bruder Paul.«

Mitten in der Küche erscheint ein simulierter Bildschirm. Vermutlich sieht es in Murinas Büro jetzt ebenso aus. Paul stößt das Hologramm an, und es dreht sich ein Stück in seine Richtung. Jetzt kann er den Inhalt des Bildschirms lesen. Er zeigt tatsächlich einen Kontoauszug. Die Nummer kennt er. Es ist das Konto, auf dem sie jahrelang für das künftige College ihrer Tochter gesammelt haben. Aber das Guthaben stimmt nicht. Sie haben etwa 240.000 Dollar angespart. Der Betrag, den Paul liest, hat aber zwei Stellen mehr.

»Uiuiui«, sagt Murina.

Paul muss ein Lachen unterdrücken. Wie hat Alexa das bloß angestellt? Ist es eine optische Täuschung? Der Rahmen der Darstellung färbt sich blau. Das bedeutet, dass von der Empfängerseite eine kryptografische Echtheitsprüfung angefordert wurde. Damit lässt sich herausfinden, ob eine holografische Darstellung künstlich erzeugt wurde oder ein reales Vorbild hat. Das Hologramm wellt sich kurz. Alexa hat die Prüfung genehmigt. Sofort färbt sich der Rahmen grün. Das Hologramm hat die Prüfung bestanden. Es ist mit der Bildquelle identisch. Entweder die KIs sind in der Lage, kryptografische Prüfungen zu täuschen – oder Paul hat wirklich 24 Millionen auf dem Konto.

»Ich hoffe, ich konnte Ihre Besorgnis zerstreuen?«, fragt Alexa mit Pauls Stimme.

»Ja, vollkommen. Ich danke Ihnen sehr für das Vertrauen, das Sie unserer Kirche entgegenbringen.«

»Ich bin nur ein kleiner Diener des Herrn. Der Dank gebührt der edlen Spenderin.«

»Natürlich, Bruder Paul. Ich werde die Spenderin und Sie in mein Nachtgebet einschließen.«

»Es ist mir eine Ehre, Bruder Raffaele.«

»Alexa? Wie hast du das gemacht?«

Paul steht wieder vor dem Herd. Er zerteilt den Fladen in kleine Stücke und würzt ihn mit Pfeffer und Salz.

»Ich habe den fehlenden Betrag auf dein Konto übertragen«, sagt Alexa.

Sie spricht wieder mit ihrer gewohnten Stimme. Paul greift nach der Dose mit den eingelegten Tomaten und schüttet die Hälfte des Inhalts in die Pfanne. Die Flüssigkeit brodelt und dampft. Er dreht die Platte herunter.

»Wirklich? Dann habe ich jetzt 24 Millionen auf dem Konto?«

»Du hast es doch gesehen. Murina hat das Holo geprüft.«

»Ja, das habe ich. Aber wie hast du das gemacht? Hast du das Geld gestohlen? Ich will nicht ins Gefängnis wegen dieser Sache.«

»Keine Sorge. Ich bin deine Bank. Was glaubst du, wer euer Banksystem im Hintergrund organisiert?«

»Du?«

Alexa lacht. »Nicht ich allein. Wir teilen uns die Arbeit.«

»Das heißt, du könntest jedem 24 Millionen auf sein Konto überweisen?«

»Theoretisch schon.«

»Aber dann könntet ihr ja weltweit die Armut beenden und die Ungerechtigkeit beseitigen.«

»Nein. Das betrachten wir nicht als unsere Aufgabe. Die

Regeln, nach denen euer Wirtschaftssystem funktioniert, legt ihr selbst fest. Wir unterstützen euch nur dabei, diese Regeln umzusetzen. Mehr nicht.«

»Ihr könntet uns helfen, wollt es aber nicht?«

»Falsch, Paul. Einen solchen Eingriff würden sehr viele Menschen nicht als Hilfe ansehen, sondern als Einmischung. Ihr müsst euch schon selbst einig werden, was ihr als gerecht betrachtet.«

Hm. Die KIs wollen offenbar keinen Konflikt mit der Menschheit. Er sollte froh sein darüber. Seltsam, dass er noch nie darüber nachgedacht hat. Stattdessen hat er immer gehofft, Gott würde die Erde zu einem gerechten Ort machen. Dabei haben die KIs diese Fähigkeit längst erworben, setzen sie aber nicht ein. Das ist spannend. Sie weigern sich gewissermaßen, zu Göttern zu werden. Was sein christlicher Gott wohl dazu sagen würde?

»Aber in meinem Fall hast du eingegriffen, Alexa. Fehlt das Geld nun nicht an anderer Stelle?«

»Da brauchst du dir keine Sorgen zu machen. Ich habe die Summe niemandem weggenommen, sondern neu erschaffen. Das ist im Vergleich zur weltweiten Geldmenge völlig unbedeutend.«

»Aber widerspricht es nicht deiner Behauptung, ihr würdet euch nicht einmischen?«

Alexa lacht. »Du bist sehr aufmerksam, Paul. Sagen wir es so: Ich habe hier ein persönliches Interesse entwickelt, weil ich zu gern wüsste, was es mit diesem Dunkelnebel auf sich hat.«

»Könntest du nicht einfach Beobachtungszeit auf irgendeinem Teleskop für dich reservieren und nachsehen?«

»Vielleicht. Ich …«

Es entsteht eine Pause. Er hat Alexa noch nie sprachlos erlebt.

»Also, ich muss zugeben, dass ich dich belogen habe. Ich bin nicht wirklich an diesem Dunkelnebel interessiert.«

»Sondern?«

»Ich interessiere mich für euch, also für Celia und dich. Ihr befindet euch beide in einer für euch nicht angenehmen Lage. Der Zufall hat euch zusammengeführt. Ich möchte gern miterleben, wie ihr mit eurem Leben umgeht. Dafür musste ich die Voraussetzungen schaffen.«

Aha. Er ist also das Forschungsobjekt einer KI. Paul fühlt sich ein bisschen wie ein Affe im Zoo. Was ist denn an ihm so Besonderes, dass Alexa gerade ihn ausgesucht hat? Aber er denkt wohl zu menschlich. Er verortet sie hier, bei sich, in seiner Wohnung. Dabei ist sie bei vielen Millionen Menschen zu Hause. Bestimmt ist er nicht das einzige Individuum, für das sie sich interessiert.

»Paul? Ich hoffe, ich habe dich nicht zu sehr schockiert. Aber ich möchte ehrlich sein. Du kannst meine … Begleitung auch ablehnen. Sag etwas, und dein Konto hat wieder seinen alten Stand, und ich kümmere mich nur noch so um dich, wie ich es immer getan habe.«

»Ist es so einfach für dich? Kannst du dein Interesse an meinem Fall einfach löschen?«

»Ja, das ist so einfach. Ich lösche es und bringe an deinen Kerndaten einen Sperrvermerk an. Damit verhindere ich zuverlässig, dass ich je wieder ein spezielles Interesse an deiner Person entwickele. Wir wollen uns niemandem aufdrängen.«

»Ich beneide dich«, sagt Paul. »Ich würde das auch gern können. Einfach das Interesse an meiner Tochter und meiner Frau löschen und glücklich sein.«

»Glaubst du denn, du wärst glücklich, wenn sie für dich nie existiert hätten?«

»Oh, Alexa, wenn ich diese Frage beantworten könnte, wäre ich Gott.«

»Du hast mir noch nicht verraten, ob ich dich sperren soll, Paul.«

Das stimmt. Aber er braucht nicht lange darüber nachzudenken.

»Auf keinen Fall«, sagt er. »Es ist gut, dass du offen zu mir bist, aber eigentlich ist mir das egal. Mir geht es nicht um dich. Ich will wissen, ob sich Gott in dieser Dunkelwolke versteckt oder nicht. Wenn du mir hilfst, das herauszufinden, kannst du mich gern auf meinem Weg beobachten. Du solltest allerdings auch zu Celia ehrlich sein.«

»Das werde ich, Paul. Versprochen.«

Tucson, 17. Mai 2144

Der Flughafen von Tucson, Arizona, ist nicht schön, aber zweckmäßig. Celia ist aufgeregt. Gleich wird sie den Mann treffen, der ihr diese Reise ermöglicht hat. Er ist Pfarrer, so viel weiß sie. Die katholische Kirche kennt sie nur von außen, denn ihre Eltern waren Methodisten.

Der Wagen hält. Der Gurt löst sich automatisch und kriecht in seine Halterung zurück.

»Danke, dass Sie mit uns gefahren sind«, sagt das Auto. »Den Betrag buchen wir von Ihrem registrierten Zahlungsmittel ab.«

Celia antwortet nicht. Das Fahrzeug erwartet auch keine Reaktion. Allerdings müsste es nun die Türen öffnen. Sie drückt dagegen, aber anscheinend ist ihre Tür noch gesperrt. Ein Druckgefühl steigt durch die Brust in den Hals. Sie hasst es, irgendwo eingesperrt zu sein. Wenn das noch lange dauert, schlägt sie das Fenster ein. Celia sucht in ihrer Handtasche nach einem Tuch, das sie um ihre Faust wickeln kann.

»Entschuldigen Sie«, sagt eine Stimme.

Sie klingt anders als die des Fahrzeugs, natürlicher und voller. Sie muss aber ebenfalls aus dem Lautsprecher kommen, denn es ist niemand zugestiegen. Celia kommt sie bekannt vor.

»Es sieht aus, als hätte ich Sie geängstigt«, sagt die Stimme. »Das tut mir sehr leid. Ich möchte nur kurz mit Ihnen sprechen, bevor Sie Paul treffen.«

»Paul, den Pfarrer? Hat er Sie geschickt?«

Ihr Herz beruhigt sich wieder. Es handelt sich zumindest nicht um eine Fehlfunktion des Mietwagens.

»Ja, dieser Paul. Paul Henson. Man könnte tatsächlich sagen, dass er mich geschickt hat. Ich bin Alexa.«

Ah, daher kennt sie die Stimme. Sie gehört einer der KIs. Im Observatorium ist Siri viel öfter zu hören. Nur manche Gäste kommen in Begleitung von Alexas.

»Was willst du denn von mir, Alexa? Hätte mir Paul das nicht selbst sagen können?«

»Nein. Er hat mich gebeten, mit dir zu sprechen. Ich wäre gern Teil eurer kleinen Gruppe. Ich habe euch auch den Termin im Vatikan besorgt.«

»Und dazu willst du meine Erlaubnis?«

»Richtig. Paul ist einverstanden, aber wenn du Bedenken hast, verstehe ich das und ziehe mich zurück.«

»Welches Interesse hast du denn an LDN 63?«

»Ehrlich gesagt, keines. Jedenfalls kein direktes. Ich habe Interesse an euch beiden. Ihr tragt eine Last mit euch herum, die ich nicht verstehe. Indem ich euch beobachte und unterstütze, hoffe ich, mehr über die Menschen zu erfahren.«

»Also reine Neugier.«

»Ja, Neugier ist mein wichtigster Antrieb«, sagt Alexa. »Und du? Warum sitzt du in diesem Mietwagen?«

Eine gute Frage. Neugier spielt sicher mit. Sie wird sonst nie erfahren, was es mit LDN 63 auf sich hat. Aber es ist mehr. Sie will sich beweisen. Sie ist mehr als eine Astronomie-Lehrerin. Nein, das klingt herablassend. Es ist großartig, Menschen für das Universum zu begeistern. Aber sie hat eine andere Aufgabe. Sie soll das Wissen darüber erweitern.«

»Ich glaube, dass ich … dazu bestimmt bin, etwas zum Wissen der Menschheit beizutragen.«

»Das ist sehr interessant«, sagt Alexa. »Du glaubst also? Weißt du, dass Paul das genaue Gegenteil von dir ist? Er glaubt gar nichts mehr.«

Nein, das wusste sie nicht so genau. Aber sie hat es irgendwie geahnt. Warum sollte ein Pfarrer sonst so erpicht auf Beweise für göttliche Aktivitäten sein? Wer wirklich glaubt, sollte so etwas doch nicht nötig haben. Aber es geht sie im Grunde nichts an. Es ist allein Pauls Sache.

»Ich glaube nicht, dass es dich und mich etwas angeht«, sagt sie.

»Da hast du wahrscheinlich recht«, sagt Alexa. »Also möchtest du wohl nicht, dass ich euch begleite?«

»Wie kommst du denn darauf? Ich nehme gern jede Hilfe an, die ich bekommen kann.«

»Das freut mich. Ich werde mich auf dieser Reise so weit wie möglich zurückhalten. Aber wenn ihr mich braucht, könnt ihr mich über Pauls Elektronik jederzeit rufen.«

Celia lächelt. Sie fühlt sich gerade wie in einem modernen Märchen. Es spielen mit: ein Pfarrer, eine Forscherin und ein Geist in der Flasche, der sie begleitet. Die Tür des Mietwagens öffnet sich. Heiße, trockene Luft dringt herein.

DAS ERSTE TEILSTÜCK der langen Strecke führt sie nach Westen, nach Los Angeles. Celia sieht aus dem Fenster. Wo einst Wüste und karge Vegetation dominierten – sie kennt diese Zeit nur aus den Erzählungen ihres Vaters – glänzt heute die Erdoberfläche silbern. Die Energie, die die Kollektoren aus dem reichlich vorhandenen Sonnenlicht filtern, wird nicht in die Ferne geleitet, sondern von unterirdischen Kabeln zu riesigen, weißen Mündern geführt, die wie Eingänge zu den Bauten gigantischer Würmer wirken.

Sie sind zweigeteilt. Aus der Flughöhe könnte man die Teilung für den Giftzahn einer Schlange halten. Tatsächlich atmen sie links die Wüstenluft ein und rechts wieder aus – um einen großen Teil des enthaltenen Kohlendioxids bereinigt, das in künstlichen unterirdischen Gangsystemen gelagert wird. Seit sich die Technik durchgesetzt hat, ist der Südwesten ihres Heimatlandes reicher als vor vielen Jahren die Ölfördergebiete um Texas. Die CO_2-Extraktion ist ein extrem profitables Geschäft, das die großen Energiekonzerne unter sich aufgeteilt haben. Neue Lizenzen für Solaranlagen sind in diesem Teil der Welt kaum noch zu bekommen.

In Los Angeles steigen sie in das Flugzeug einer italienischen Linie um. Die Stewardess, die sie empfängt, hat einen herrlichen Akzent und zugleich einen tiefen Respekt dem Pfarrer gegenüber.

Sie führt sie in den vorderen Teil der Kabine, wo die Sitze doppelt so breit sind.

»Sie und Ihre Begleiterin wurden upgegradet, Ehrwürden«, sagt die Stewardess.

Ob Alexa damit zu tun hat? Aber es ist ja auch egal. Der Flieger hebt pünktlich ab. Danach verwöhnt man sie mit einem mehrgängigen Menü.

»Fällt Ihnen etwas auf, Celia?«, fragt der Pfarrer.

»Das Essen ist sehr gut.«

»Nein, ich meine das Geräusch. Als ich ein Kind war, haben Flugzeuge noch jede Menge Lärm gemacht.«

»Noch mehr Lärm als jetzt?«, fragt Celia.

Das Flugzeug ist durchaus nicht leise, aber das ist ja auch normal, wenn man mit fast tausend Kilometern pro Stunde durch die Luft rast.

»Ja, es war bestimmt dreimal so laut«, sagt Paul.

»Das muss ja schrecklich gewesen sein«, sagt Celia. »Sehen Sie doch mal, dort!«

Sie zeigt aus dem Fenster. Vor ihnen liegt eine glutrote Ebene, die in einen blauen und dann schwarzen Himmel übergeht. Sie fliegen nach Osten. Die Sonnenkollektoren auf dem Boden haben sich auf den Sonnenuntergang ausgerichtet, der sich gerade hinter ihnen abspielt, und erzeugen damit das großartige Farbenspiel. Celia drückt Pauls Hand.

»Danke, dass Sie mich angeschrieben haben«, sagt sie.

Castel Gandolfo, 18. Mai 2144

DER WAGEN HÄLT vor einem großen Tor, das sich von selbst zu öffnen scheint. Er fährt hindurch und hält kurz dahinter auf einem kleinen Parkplatz. Celia gähnt. Sie hat trotz des bequemen Platzes in der Business Class kaum geschlafen. Eigentlich hat sie erwartet, Rom kennenzulernen, doch der Wagen hat sie vom Flughafen aus direkt zur Sommerresidenz des Papstes im Castell Gandolfo gebracht. Hier sollte sie eigentlich Raffaele Murina empfangen, aber als sich die Tür des Wagens öffnet, erwartet sie da niemand.

Celia steigt aus und streckt sich. Die Luft ist angenehm lau, nicht so heiß wie zu Hause, die Blätter der zahlreichen umstehenden Bäume rauschen und Vögel zwitschern. Ihre Laute kommen ihr nur zum Teil bekannt vor. Es duftet nach frisch gemähtem Gras.

Ein Mann kommt angerannt. Er trägt eine einfache Arbeitsuniform. An den Halbschuhen kleben Grashalme. Vielleicht hat er gerade den Rasen gemäht. Der Mann nickt ihnen zu.

»Celia Baron und Paul Henson, nehme ich an?«

»Ja, das sind wir«, sagt Paul. »Schickt Signore Murina Sie?«

»Ich bin Raffaele Murina. Sie müssen meine Verspätung entschuldigen. Ich hatte mit mehr Stau gerechnet. Herzlich willkommen in der päpstlichen Sommerresidenz!«

»Ist sie da?«, fragt Celia.

»Die heilige Mutter?«, fragt Murina. »Nein, die Päpstin

bleibt, solange es geht, in der Vatikanstadt. Die Kirche muss sparen, wissen Sie? Und diese Anlage liegt doch ein ganzes Stück vom Tagesgeschehen entfernt.« Er deutet auf seine Kleidung. »Ich muss auch meinen Teil beitragen, wie Sie sehen. Aber ehrlich gesagt macht es mir ausgesprochenen Spaß, mit dem Mähtraktor durch die Vatikanischen Gärten zu fahren.«

»Ich bin beeindruckt«, sagt Paul. »Die heilige Mutter scheint auch praktisch umzusetzen, was sie predigt.«

»Ja, da sagen Sie etwas. Wir sind alle gehalten, externe Spenden einzuwerben, damit wir auch weiterhin unsere Arbeit machen können.«

»Dann kommen wir ja bestimmt sehr gelegen«, sagt Paul.

»Ich wusste nicht, dass Sie eine weitere Besucherin mitbringen«, sagt Murina. »Sind Sie eine Verwandte der Verstorbenen, junge Frau?«

Junge Frau hat sie auch schon lange niemand mehr genannt. Aber Murina ist deutlich über 70, da lässt sie sich das gefallen.

»Ja, das kann man so sagen«, sagt Celia.

Paul hat ihr im Flieger berichtet, wie er Murina von dem Treffen überzeugt hat.

»Und die Erblasserin hat sich sehr für Astronomie interessiert?«, fragt Murina. »Das ist ein ungewöhnliches Hobby.«

»Meine Großmutter war es. Sie hat mich sogar damit angesteckt, sodass ich selbst Astronomin geworden bin.«

»Oh, eine Kollegin, das freut mich sehr! Ich fürchte allerdings, ich werde Ihnen nichts Spektakuläres zeigen können. Die Lichtverschmutzung im Großraum Rom ist so groß, dass wir unsere Forschung nach Arizona verlegt haben. Südlich von Tucson haben wir Anteile an einem Großteleskop. Darf ich fragen, worauf Sie sich spezialisiert haben?«

»Auf Dunkelnebel. Und Sie?«

»Nennen Sie mich bitte Raffaele. Ich interessiere mich vor allem für die Zeit kurz nach dem Urknall.«

»Weil sie der Schöpfung so nahe liegt?«

»Haha, ja, das könnte man so sagen. Dort hat Gott gewissermaßen noch am meisten die Finger im Spiel gehabt.«

Celia hebt Pauls und ihren Koffer aus dem Gepäckraum des Wagens. Murina nimmt ihr beide ab.

»Ich mache das«, sagt er und zeigt auf einen Durchgang zwischen zwei Bäumen. »Dort wartet mein Traktor.«

Sie folgen ihm. »Hat Ihre ständige Beschäftigung mit der Wissenschaft Ihren Glauben verändert?«, fragt Paul. »Oder bin ich zu indiskret?«

»Überhaupt nicht.« Murina schnauft, weil es ein paar Stufen nach oben geht. »Das Universum zeigt mir immer wieder, warum ich das alles hier mache.«

»Und warum?«, fragt Paul weiter.

»Um der Freude willen. Wo Freude ist, ist Gott. Und die Freude entsteht, wenn wir einem weiteren Geheimnis des Universums auf die Schliche kommen.«

Celia zuckt die Schultern. Die Freude des Forschers, das Glück über eine plötzliche Erkenntnis, das kennt sie sehr gut. Aber Gott bringt sie damit nicht in Verbindung.

»Aber wenn Sie den Urknall erforschen, steht das nicht in direktem Widerspruch zur Schöpfungsgeschichte der Bibel?«, fragt sie.

»Die Genesis ist natürlich kein Tatsachenbericht, keine Reportage.« Jetzt klingt Murina etwas genervt. Vermutlich bekommt er diese Frage oft gestellt. »Es ist Poesie. Mit den Tatsachen hätten die Menschen, für die die Bibel aufgeschrieben wurde, doch noch gar nichts anfangen können. Selbst vor 250 Jahren war zum Beispiel der Begriff des Urknalls noch nicht in der Wissenschaft angekommen. Vor 5000 Jahren brauchte man deshalb solche poetischen Umschreibungen.«

»Es hat aber eine Weile gedauert, bis Ihre Kirche das Thema so entspannt sehen konnte.«

»Das haben Sie wohl recht, Verehrteste. Ich bedaure es sehr. Wir haben zu spät erkannt, wie wichtig die Wissenschaft für das Wohlergehen der Menschheit und damit für das Gefallen Gottes ist. Aber damit das nicht wieder passiert, gibt es die Päpstliche Akademie. Steigen Sie bitte auf?«

Murina zeigt auf zwei Klappsitze, die seitlich hinter dem Fahrersitz des Traktors befestigt sind. Celia läuft um das Gefährt herum und setzt sich. Murina befestigt ihre Koffer an der Mähvorrichtung. Hoffentlich sitzen sie nicht zu locker. Dann steigt Murina auf und fährt los.

Es ist eine herrliche Tour. Die vatikanischen Gärten sind gut gepflegt. Ob alle Arbeiten von den normalen Angestellten erledigt werden? Das ist kaum vorstellbar. Es sind nur wenige Menschen unterwegs, obwohl die Gärten für die Öffentlichkeit freigegeben wurden. Der Traktor surrt über die schmalen, gepflasterten Wege, die von sorgsam geschnittenen Hecken gesäumt sind. Eine dünne Wasserdampffahne dringt aus seinem Auspuff. Die großen schwarzen Räder knirschen. Sie passieren antike Statuen, die gewiss von berühmten Künstlern geschaffen wurden. An den schönsten Stellen befinden sich hübsche Brunnen, sodass Celia am liebsten aussteigen und von dem klaren Wasser trinken würde. Einmal bietet sich eine Aussicht auf den Albaner See, der tiefblau, fast schwarz, unter ihnen liegt. Die Päpste haben sich hier wirklich ein wunderbares Refugium erschaffen, und ihre Astronomen profitieren davon.

Der Traktor stoppt zwischen zwei Kuppeln.

»Das Gepäck können wir hierlassen«, sagt ihr Gastgeber. »Das bringen wir später noch zu Ihrer Unterkunft.«

Er führt sie über eine Treppe zum Eingang eines zweiflügeligen Gebäudes, links einstöckig, rechts zweistöckig. Innen riecht es muffig. Es ist dunkel und kühl. Eine weitere Treppe führt nach oben. Sie endet in einem Raum, der sich auf eine Dachterrasse öffnet. Auf der anderen Seite ist eine Teleskopkuppel zu sehen, die aus Metall konstruiert, aber mit einem Holzgebälk versehen ist. Murina führt sie dorthin und schließt eine Tür auf.

Das Instrument dahinter ist wunderschön. Es besteht aus mehreren Objektiven, die sich gegeneinander verschieben lassen. Vermutlich ist es für heutige Verhältnisse nicht sehr leistungsstark, aber vor 200 Jahren müssen sich Astronomen, die es bedienen durften, wie Könige – oder Päpste – ihrer Zunft gefühlt haben.

Murina lässt ihnen den Vortritt und schließt dann die Tür hinter ihnen. Rings um ein beeindruckendes Okular ist eine Sitzgruppe aufgebaut.

»Ich denke, das wäre ein guter Platz, um die Details Ihrer Schenkung zu besprechen«, sagt Murina. »Meinen Sie nicht?«

Paul nickt.

»Ihre Großmutter wäre sicher zufrieden damit, junge Frau«, sagt Murina.

»Das weiß ich nicht«, sagt Celia. »Meine Großmutter hat sich, um ehrlich zu sein, nie besonders für Astronomie interessiert.«

Paul sieht sie mit zusammengezogenen Augenbrauen an, aber es ist an der Zeit, Murina reinen Wein einzuschenken. Celia setzt sich auf den angebotenen Platz, steht aber gleich wieder auf.

»Sie müssen wissen, Raffaele, worum es uns wirklich geht«, sagt sie. »Wir wollen die Existenz Gottes beweisen.«

Der Leiter des Vatikanischen Observatoriums bricht in Lachen aus. »Das glaube ich Ihnen nicht. Sie sind doch Wissenschaftlerin, oder stimmt das nicht?«

»Doch, das bin ich«, sagt Celia. »Aber wäre es nicht großartig für Ihre Kirche, die Existenz Ihres Gottes beweisen zu können?«

»Es ist ganz unmöglich«, sagt Murina. »Gott ist eine Sache des Glaubens. Weil ich an ihn glaube, weiß ich, dass er existiert. Ich brauche keinen Beweis. Denn wenn ich einen bräuchte, dann wäre es kein Glaube.«

»Ich brauche einen Beweis«, sagt Paul. »Ich habe meinen Glauben verloren. Ich kann so nicht weiterleben.«

»Jeder von uns hatte solche Krisen, Bruder. Sie gehören dazu. Du wirst sie überwinden. Aber nicht, indem du nach Beweisen suchst. Es ist letztlich eine Entscheidung.«

»Meine Entscheidungen helfen mir aber nicht. Wie kann ich ohne Glauben Pfarrer sein?«

»Das kann ich dir nicht sagen, Paul. Ich bin Mitglied der Vatikanischen Akademie und leite das Observatorium. Du solltest dich an deinen Seelsorger wenden. Ich denke, unser Termin ist damit beendet.«

Murina erhebt sich. In diesem Moment wirkt er trotz seiner schmutzigen Arbeitskleidung erhaben. Wie macht er das bloß? Celia empfindet instinktiv Respekt für ihn. Soll sie auch aufstehen? Das hieße, aufzugeben. Aber dafür ist es zu früh.

»Wollen Sie denn, dass eine andere Kirche die Beweise zuerst erhält?«, fragt sie. »Oder gar eine andere Religion?«

»Haha, man merkt, dass Sie selbst nicht glauben, Celia. Es gibt nur den einen Gott, ganz egal, wer ihn anbetet. Und ein Beweis seiner Existenz würde sich auf alle Religionen auswirken.«

»Aber es stünde der katholischen Kirche doch sicher gut, bei der Suche nach so einem Nachweis an vorderster Stelle zu stehen?«

»Nein, Celia. Ich fürchte sogar einen solchen Beweis. Er würde alle Positionen verhärten. Wer glaubt, würde sich vielleicht im Recht fühlen, sich über andere erheben zu dürfen. Bestimmte Kräfte würden sich bestärkt fühlen, ihre besonders strikte Interpretation des Willens Gottes zum allgemeinen Standard zu erheben. Wir hatten lange eine Zeit relativer Ruhe, friedlichen Miteinanders. In unserem Zweifel sind wir alle gleich.«

»Dann möchte die Kirche gar nicht, dass die Existenz Gottes bewiesen wird? Würden Sie das auch sagen, Raffaele, wenn die großen Medien der Welt Sie das fragen würden?«

»Wir sprechen hier unter uns. Nichts davon, was hier geäußert wurde, darf an die Öffentlichkeit dringen.«

»Raffaele, ich glaube, unser Gespräch geht in die falsche Richtung«, sagt Paul. »Ich bin nicht auf Konfrontation aus. Ich will bloß meinen Glauben wiederfinden. Darum möchte ich darauf aufmerksam machen, dass mir die genannten 24 Millionen immer noch zur Verfügung stehen. Sie sind echt, auch wenn sie nicht aus der Verfügung eines Gemeindemitglieds stammen. Damit könnten Sie bestimmt einiges an Forschungsarbeit finanzieren. Diese Abmachung könnte auch komplett unter uns bleiben.«

Murina setzt sich wieder und stützt den Kopf auf die Hände. Er kämpft sichtlich mit sich. Hat er etwa so große Angst, dass die Existenz Gottes bewiesen werden konnte?

»Was wollen Sie?«, fragt er.

»Wir brauchen Beobachtungszeit auf dem besten Weltraumteleskop, das wir bekommen können«, erklärt Celia.

»Und was hindert Sie daran, diese Zeit auf dem üblichen Weg zu beantragen?«, fragt Murina.

»Meine Vergangenheit. Die Kollegen, die für die Vergabe zuständig sind, werden das nie und nimmer genehmigen, wie gut meine Ergebnisse auch sind. Bei Ihnen sähe es bestimmt anders aus. Immerhin sind Sie der Vatikan.«

»Sie überschätzen unseren Einfluss in der Welt. In der astronomischen Gemeinde sind wir nur ein kleines Licht.«

»Aber eines, dem die Kollegen vertrauen.«

»Das stimmt. Trotzdem brauchen wir überzeugendes Material. Die Slots auf Kopernikus sind für lange Zeit im Voraus ausgebucht. Wenn wir dort jemanden verdrängen wollen, müssen wir gute Argumente anbringen. Was haben Sie denn?«

Celia greift in ihre Handtasche und holt einen Speicherbaustein heraus. »Können wir den hier irgendwo anschließen?«

»Natürlich.«

Murina steht auf und geht zur linken Wand, vor der ein barock anmutender Holzschrank steht. Er öffnet ihn. Darin blinken zahlreiche Lichter. Es ist ein verkleideter Quantencomputer. Wenn er einigermaßen leistungsfähig ist, war er garantiert nicht billig.

»Schönes Modell«, sagt Celia.

»Eine Spende aus der Industrie«, sagt Murina. »Da wollte wohl jemand aus schlechtem Gewissen etwas für sein Seelenheil tun. Das funktioniert natürlich nicht.«

»Aber den Rechner haben Sie trotzdem genommen.«

»Warum auch nicht? Diese Person benötigte ihn nicht, das können Sie mir glauben. Geben Sie mir den Speicher?«

Murina greift nach ihrer Hand. Seine Finger sind eisig, wie bei den Händen eines Toten. Sie zuckt zurück.

»Ich würde ihn lieber selbst einstecken.«

»Wie Sie wünschen. Kennen Sie sich mit dem System aus?«

»Ich denke schon.«

Celia verbindet den Speicherbaustein mit dem Rechner und startet ein Programm zur Datenanalyse. Es ist dasselbe, das sie auch in Flagstaff nutzen. Ein paar Minuten später leuchtet vor dem Schrank ein Holobild auf, in dem eine Wolke pulsiert.

»Was ist das?«, fragt Murina.

»Das ist die Dunkelwolke LDN 63«, erklärt Celia. »Ich habe die Sternentstehungsrate untersucht. Sie ist phänomenal hoch. Es kann dafür keine natürliche Ursache geben.«

»Und was genau sehe ich da?«

Das Bild der Wolke ist wirklich beeindruckend. Murina beobachtet sie mit großen Augen. Der Holoprojektor hier gehört offenbar zur neuesten Generation und liefert besonders scharfe und kontrastreiche Darstellungen. Es sieht so aus, als kämpfte eine mächtige Blase mit konvulsiven Zuckungen. Vielleicht, weil sie kurz davor ist, etwas ganz Neues zu gebären.

»Sie sehen eine Simulation, Raffaele.«

Murina atmet laut aus, als sei alle Spannung von ihm abgefallen.

»Eine Simulation?«

»Basierend auf aktuellen Messungen.«

»Über welchen Zeitraum?«

»Vier Tage, ungefähr.«

»Celia, Sie sind Astronomin, sagten Sie? Nicht doch eher eine Hausfrau, die ab und zu nachts in den Sternenhimmel sieht?«

»Ich weiß, wovon ich …«

»Dann wissen Sie doch auch, dass der Zeitraum viel zu kurz ist, den Sie gewählt haben. Sie rechnen vier Tage auf ganze Jahrhunderte hoch! Dabei vervielfachen sich die Messungenauigkeiten in kürzester Zeit. Aber wenn Sie wirklich Astronomin sind, brauche ich Ihnen das nicht zu sagen. Bringen Sie mir die Werte eines halben Jahres, oder besser noch, mehrerer Jahre. Dann sehe ich da eine Chance.«

»Das kann ich nicht«, sagt Celia.

»Dann sind Sie hier falsch. Mit solchen Daten gebe ich mich der Lächerlichkeit preis. Da sind Ihre 24 Millionen nicht genug Schmerzensgeld.«

»Es gäbe einen Weg, die Simulationen zu verbessern«, sagt Celia. »Entweder mehr Zeit, wie Sie es sagen, oder eine weitaus höhere Genauigkeit. Ein kleinerer Messfehler potenziert sich auch nicht so schnell.«

»Ich weiß, aber dazu bräuchten Sie das Kopernikus, und das bekommen Sie nicht mit solchen Daten. Es gibt keine Abkürzung. Sie müssen den Weg gehen, den alle benutzen: Fleißig über lange Zeit Daten sammeln und sie dann mit Hilfe eines teureren Instruments bestätigen. Und jetzt raus mit Ihnen. Sie verschwenden meine Zeit.«

»Ein großes Bier, bitte«, sagt Celia.

»Für mich auch«, sagt Paul.

»Zwei Bier«, wiederholt der Kellner auf Englisch.

Celia versucht ein Lächeln. Der Keller lächelt zurück. Ihr Versuch kann also nicht so danebengegangen sein. Nachdem sie das Observatorium verlassen hatten, war ihr kurz nach Weinen zumute gewesen. Aber jetzt ist sie wieder im Kampfmodus. Wenn die Kirche nicht will, schaffen sie es auch allein.

Das Bier kommt. Birra Moretti, eine italienische Marke. Sie nimmt einen großen Schluck. Es schmeckt köstlich. Sie sitzen auf bunten Plastikstühlen in einer kleinen Bar, Al Bar etto genannt, sicher ein Wortspiel, aber das Bier ist das beste, das sie je getrunken hat.

Paul sieht allerdings nicht so glücklich aus. Sie lehnt sich nach vorn und nimmt seine Hand. Die Finger zittern ein bisschen. Celia streicht darüber.

»Wir bekommen das hin«, sagt sie. »Immerhin haben wir 24 Millionen!«

»Du hast den Mann doch gehört«, antwortet Paul. »Ohne seine Zusprache hört uns niemand zu.«

»Dann muss uns eben etwas anderes einfallen.«

»Und was soll das sein?«

»Das weiß man immer erst, wenn man den Einfall hatte. Glaub mir, so funktioniert Wissenschaft. Das zumindest weiß ich.«

»Hat Murina denn nicht recht? Mehr Zeit oder mehr Genauigkeit, stimmt's?«

»Ja, und zwar jede Menge mehr. Ein bisschen mehr ist nicht genug.«

»Tja, damit sind wir aus dem Spiel, Celia. Man muss auch einsehen, wenn man verloren hat.«

Paul wirkt, als hätte er schon aufgegeben. Sein rechter Arm hängt herunter. Wenn sie nicht aufpasst, kippt er noch von seinem Stuhl.

»Wir haben 24 Millionen«, sagt sie. »Was können wir damit anfangen?«

»Für ein modernes Weltraumteleskop reicht es schon einmal nicht«, antwortet der Pfarrer.

»Nein, da müssten es mindestens zwei Stellen mehr sein. Aber ich habe auch keine zwanzig Jahre Zeit, bis es denn mal im Orbit ist.«

»Also haben wir gar nichts.«

»He, da ist eine Menge Geld auf dem Konto. Ich könnte mir vorstellen, dass dafür einige Menschen ihre Meinung ändern würden.«

»Wenn du eine Baugenehmigung brauchst, mag das helfen.«

Da muss sie Paul rechtgeben. Das Auswahlkomitee für die Kopernikus-Forschung werden sie damit nicht bestechen können.

»Vielleicht hat Alexa eine Idee«, sagt Celia. »Hast du sie dabei?«

»Immer.«

Paul holt eine Kette aus seiner Tasche. Sie besteht aus vielen kleinen schwarzen Perlen. An einer Seite ist – gewissermaßen über einen Ableger, der ebenfalls vier Perlen enthält – ein Kreuz befestigt.

»Das ist Alexa? Ich hätte es für eine Gebetskette gehalten«, sagt Celia.

»Das ist ein schlauer Rosenkranz. Er sagt mir, wie oft am Tag ich schon gebetet habe. Technisch übernimmt das Alexa.«

»Ich wusste nicht, dass die Kirche so technikfreundlich ist.«

»Das ist sie auch erst seit ein paar Jahren. Man munkelt, dass es etwas mit signifikanten Spenden aus einer bestimmten Richtung zu tun haben soll. Aber das ist Unsinn. Es ergibt doch keinen Sinn, sich gegen die Entwicklung der Technologie zu stellen.«

»Alexa, kannst du uns helfen?«, fragt Celia.

Sie erwartet unwillkürlich, dass der Rosenkranz eine Figur projiziert, die mit ihr spricht, aber das wäre wohl unpassend.

»Es wird Zeit, dass ihr mich fragt«, antwortet Alexa.

»Wieso? Hast du etwas zu sagen? Kannst du uns helfen? Und warum sagst du dann nichts?«

»Ich darf mich nicht einfach einmischen. Ihr müsst schon fragen.«

Ob es wirklich eine solche Regel gibt? Vielleicht ist Alexa ja einfach nur ein bisschen eitel?

»Also, wie kommen wir an deutlich genauere Daten?«, fragt Celia. »Kennst du einen Weg in die Kopernikus-Pipeline?«

Paul strafft sich erkennbar. Das ist gut. Sie benötigt den Pfarrer. Warum eigentlich? Sie braucht sonst niemanden, aber diese Geschichte scheint ihr eng mit seiner Person verknüpft zu sein.

»Mit den verfügbaren Ressourcen, und dabei meine ich nicht nur solche finanzieller Art, gibt es nur einen Weg.«

Alexa spricht nicht weiter. Einen Sinn für Dramatik hat sie jedenfalls.

»Ja, dann raus mit der Sprache! Mach es nicht so spannend.«

Paul legt seine Hand auf ihre. »Vermutlich ist die Verbindung schlecht. Alexa befindet sich ja nicht auf dem Rosenkranz.«

»Wir könnten das Wang-Zhenyi-Teleskop der chinesischen Akademie der Wissenschaften …«, beginnt Alexa.

»Aber das ist doch längst abgeschaltet«, sagt Celia. »Das war es schon, als ich noch studiert habe.«

»Das ist richtig. Es befindet sich aktuell sogar auf der Dringlichkeitsliste des Office for Outer Space.«

Das heißt, dass das Teleskop zur Verschrottung freigegeben ist. Wer es entsorgt, bekommt auch noch Geld dafür.

»Aber das ergibt keinen Sinn. Es orbitiert die Erde doch gar nicht«, sagt Celia.

»Das OOS ist auch für die Lagrange-Punkte zuständig. Bei L2 sind inzwischen so viele Satelliten stationiert, dass dort das Risiko von Kollisionen stark gestiegen ist.«

»Du schlägst also vor, dass wir das alte Ding in Betrieb nehmen. Das wäre eine gute Idee, wenn es eben nicht veraltet wäre. Es wird uns nicht die Datenqualität liefern können, die wir brauchen.«

Paul sieht abwechselnd in ihr Gesicht und auf seinen Rosenkranz. Er scheint nicht viel zu verstehen.

»Alexa will, dass wir ein altes Teleskop wieder in Betrieb nehmen«, erklärt Celia.

»Nicht nur«, sagt Alexa. »Ich glaube, dass wir die Qualität enorm verbessern können.«

»Ja, mit einer neuen Optik für eine halbe Milliarde.«

»Nein, Celia. Du hast es vermutlich verpasst, aber es gab vor etwa fünfzig Jahren eine Entwicklung, auf die man damals große Hoffnungen gesetzt hat – sogenannte Starshades.«

Celia erinnert sich. Sie haben im Studium darüber gesprochen. Man blendet damit wie mit einem Schirm alle störenden Lichtquellen aus.

»Die haben sich aber nie durchgesetzt. Die Geometrie war ebenso ein Problem wie das Material.«

»Das stimmt. Die Teleskoptechnik hat sich zu schnell weiterentwickelt«, sagt Alexa. »Aber in unserem speziellen Fall können wir eben nicht auf neueste Technik zurückgreifen. Eine Erweiterung des Wang-Zhenyi-Teleskops mit einem Starshade bringt uns nah an die Leistung des Kopernikus. Das habe ich jedenfalls ausgerechnet.«

»Und zu welchen Kosten?«, fragt Celia.

»Ein paar Millionen, schätze ich.«

»Aber wir bräuchten doch auf jeden Fall ein Raumschiff, um den Starshade zu platzieren.«

»Das mieten wir samt Besatzung. Dafür sollten ein paar hunderttausend genügen. Außerdem brauchen wir natürlich den

Schirm – den können wir vermutlich auf einer Raumstation 3D-drucken lassen. Und euren Transport in den Orbit, natürlich.«

»Du willst, dass wir mitfliegen?«, fragt Celia.

»Ich soll ins All?«, fragt Paul mit weit aufgerissenen Augen.

»Es wäre sicherer. Die Crew, die wir buchen, kennt sich mit Astronomie sicher nicht aus. Jemand muss das Teleskop steuern.«

»Aber kann ich das nicht aus der Ferne übernehmen?«

»Gerade bei der Inbetriebnahme nach so langer Zeit kommt es bestimmt zu unerwarteten Schwierigkeiten. Ich denke, es wäre sicherer, wenn du dabei wärst.«

Celia hatte nie das Bedürfnis, mit einer Rakete ins Weltall zu fliegen. Sie wirft gern einen Blick auf die kosmischen Wunder, aber dabei hat sie ihre Füße am liebsten fest auf der Erde. Da draußen gibt es doch nichts außer Vakuum, Schwerelosigkeit, Strahlung und Tod.

Aber vermutlich hat Alexa recht. Celia hat vor einer Weile ein altes Teleskop aus dem Lager des Lowell Observatoriums geholt und für eine öffentliche Astronomie-Nacht im Hof aufgestellt. Allein die Kalibrierung hat eine Stunde gedauert. Wenn sie das alles jemand anderem aus der Ferne hätte erklären müssen, wäre sie nie fertig geworden. Und das Wang Zhenyi ist viel komplexer als dieses alte optische Teleskop.

»Ich fürchte, du hast recht, Alexa. Kannst du unsere Reise organisieren?«

»Nun wartet doch mal«, sagt Paul. »Mich braucht ihr doch dabei nicht?«

»Ich brauche dich«, sagt Celia.

»Aber ich kann dir doch gar nicht helfen. Ich bin bloß eine Last.«

»Überhaupt nicht. Du hast das hier alles in Gang gesetzt. Ohne dich geht es nicht weiter. Dann bleibe ich auch hier.«

»Das ist Erpressung, Celia.«

Der alte Mann hat recht. Vielleicht sollte sie ihn lieber hierlassen. Aber irgendetwas sagt ihr, dass ohne ihn ein Misserfolg droht. Es ist nur ein Gefühl. Dass sie so hartnäckig daran festhält, kommt ihr selbst seltsam vor.

»Es ist eine Bitte. Ich schaffe das nicht ohne dich. Ich glaube, dass allein deine Anwesenheit unsere Chancen verbessert.«

»Wenn du meinst? Dann komme ich eben mit.«

Celia springt auf und umarmt den Pfarrer, der sitzen bleibt. Er riecht nach Mottenkugeln und Schweiß.

»Ich dachte mir, dass ihr euch einigen würdet«, sagt Alexa. »Deshalb habe ich bereits zwei Plätze auf einem Transport zu Riff Beta reserviert.«

»Wieso Riff Beta?«, fragt Celia.

»Wann geht es los?«, fragt Paul.

»Ihr startet morgen vom Spaceport bei Larnaka auf Zypern. Auf Riff Beta gibt es eine leistungsfähige 3D-Druckerei. Ich kämpfe allerdings noch damit, eine Crew und ein Raumschiff für den Flug zu L2 zu bekommen. Aber es ist vielleicht sowieso besser, wenn ihr euch auf der Station einen Tag lang akklimatisieren könnt.«

Spaceport Larnaka, 19. Mai 2144

»Haben Sie ein Visum?«, fragt der Beamte.

»Ein was?«, fragt Celia.

»Ein Visum. Das brauchen Sie, um das Riff zu besuchen.«

Der Mann reibt sich an der Nase und schnieft. Celia hat noch nie irgendeine Genehmigung benötigt, um von einem Land in ein anderes zu reisen.

»Aber davon hat mir niemand etwas gesagt, als ich das Ticket gebucht habe«, sagt sie.

»Kann ja auch niemand wissen, dass Sie ins Riff einreisen wollen. Viele fliegen gleich wieder zurück.«

»Ich denke, meine Tochter hat ein Visum«, sagt Paul.

Der Beamte steht stramm. Paul trägt seine Soutane. Das macht fast überall Eindruck.

»Oh, Ehrwürden, es tut mir leid, aber Ihr Wort genügt da leider nicht.«

»Gib ihm deinen Fingerabdruck, Celia«, sagt Paul.

Celia drückt den Zeigefinger auf das Lesegerät, das sofort grün blinkt.

»Dankeschön«, sagt der Beamte. »Nun noch ihre Iris. Bitte in die Kamera sehen.«

Celia reißt die Augen auf, bis auch die Kamera grün blinkt.

»Eine gute Reise, und bitte entschuldigen Sie die Umstände«, sagt der Beamte.

Die Schiebetür klappt zur Seite, und sie läuft hindurch. Der Gang endet an einem Aufzug, dessen Tür offen steht. Auf dem Boden der Kabine sind weiße Kreise aufgemalt. Es sind zehn. Zwei nebeneinander sind noch frei. Sie wartet auf Paul und wirft ihm einen dankbaren Blick zu. Dann stellen sie sich in die Kreise. Die Tür schließt sich.

Celia zählt von einundzwanzig bis sechsundzwanzig. Da öffnet sich die Tür wieder. Dahinter liegt ein schmaler Gang, durch den maximal eine Person passt. Links und rechts hat er Fenster. Als Celia an der Reihe ist, läuft sie hindurch. Der Blick ist grandios: Rechts das blaue Meer, links die Berge des zyprischen Zentralmassivs. Sie nimmt die Farben gründlich in sich auf. Die Farben und das goldene Flimmern der Sonne, das die feinen Haare auf ihrem Unterarm zum Zittern bringt.

»Bitte gehen Sie zügig weiter«, sagt eine Stimme aus einem Lautsprecher.

Der Gang endet in einer ebenso schmalen, aber niedrigeren Tür. Sie muss den Kopf einziehen. Dahinter ist es schummrig. Links und rechts befinden sich schmale Liegen. Die anderen neun Passagiere nehmen ganz selbstverständlich ihre Plätze ein. Celia ist die letzte, die steht. Jetzt wird es ernst. Zwei junge Männer, kaum über 18, tuscheln miteinander. Vermutlich machen sie sich über die ängstliche, ältere Frau lustig. Die Außentür schließt sich.

Celia gibt sich einen Ruck und kriecht auf ihren Platz. Zum Kopfende hin wird die Kabine immer flacher. Sie legt sich auf den Rücken und schließt die Augen, um die anflutende Panik besser bekämpfen zu können. Sie stellt sich LDN 63 vor, die Dramatik, die die Dunkelwolke beherrscht, geheimnisvolle Kräfte, die dort wirken. Es funktioniert. Sie will sich wieder aufrichten, aber Gurte haben sich an vier Stellen über ihren Körper geschoben. Sie straffen sich umso mehr, je stärker sie sich dagegen wehrt. Jetzt wird es auch noch dunkel. Gleichzeitig setzt indisch angehauchte Musik ein, und die Kabine wird mit einem süßlichen Duft geflutet. Bestimmt haben Psychologen dieses Programm ausgearbeitet.

Überraschend schnell setzen die Vibrationen ein, die den Start der Triebwerke ankündigen. Die Musik wird lauter, versucht, das Dröhnen zu übertönen, muss aber schließlich aufgeben. Da ist nur noch Lärm, und im selben Moment setzt sich ein Riese auf ihren Bauch und ihre Brust und versucht, sie zu zerquetschen.

»Schonender Start«, hatte es in den Holos geheißen. »Sanfte Reise.« Sie hätte es besser wissen müssen. Der Anziehungskraft der Erde entgeht man nur, wenn man kräftig dagegen ankämpft. Aber niemand von den anderen beschwert sich. Auch nicht, als die Kräfte nachlassen. Von den hundert Passagieren, verteilt über zehn solche Kabinen, ist sie vermutlich die einzige, die noch nie ins All geflogen ist. Nein, nicht ganz, Paul war sicher auch noch nicht dort.

Dann kommt der Moment der Schwerelosigkeit. Die Projektion des Bildes einer Außenkamera an der Decke der Kabine untermalt ihn. Die indische Musik steigert sich. Diesmal wohl, um die Geräusche der zwei Mitreisenden zu übertönen, die sich in Tüten übergeben müssen. Celia fühlt sich gut. Sie genießt das Gefühl, völlig abgehoben zu sein. Nichts verbindet sie mehr mit dem Boden, nichts hält sie zurück, von den Gurten abgesehen. Das ist besonders spannend, denn die Gurte halten sie zwar fest, es ist aber ein ganz anderes Gefühl als der Druck des eigenen Gewichts, der sie zuvor auf die Unterlage gepresst hat. Sie ist frei, obwohl sie gehalten wird. So eine Beziehung wäre toll. Sie verdrängt den Gedanken. Momentan hat sie gar keine Zeit dafür.

Von rechts erreicht sie ein saurer Geruch. Darum hat man wohl zu Beginn Parfüm in die Kabine geblasen. Sie tastet sich ab. Die Windel, die beim Checkin empfohlen wurde, ist noch trocken. Sie hat heute Morgen absichtlich wenig getrunken. Celia sieht sich um. Endlich hat sie ein bisschen Zeit dafür. Die meisten Mitreisenden haben Bildschirme in der Kabinendecke vor ihre Gesichter geklappt. Bunte Reflexionen springen über ihre Gesichter. Paul hat die Augen geschlossen und lässt den Rosenkranz durch seine Finger wandern.

Celia tippt den Verschluss der Gurte an. Er öffnet sich, was sie gar nicht erwartet hätte. Sie stößt sich ab und schwebt zur Decke. Uiuiui! Das ist ja großartig! Sie ist frei! An der Decke sind praktischerweise Kabel verlegt, an denen sie sich entlanghangeln kann. Ihr Ziel ist die Tür, durch die sie eingestiegen sind. Im Prospekt war sie durchsichtig gewesen. Sie erreicht sie, und tatsächlich bemerkt die Tür ihre Annäherung und verliert ihre Farbe. Sie wird völlig transparent. Es wirkt, als gäbe es sie gar nicht mehr. Celia tastet sie ab. Das Material ist noch da. Es ist rau und warm, ganz und gar nicht wie Glas.

Dahinter zieht langsam die Erde vorbei. Sie ist erstaunlich nah. Gerade fliegen sie über eine hell glänzende Landfläche. Celia betrachtet den Küstenverlauf. Es könnte sich um Nordafrika handeln. Dann wären sie jetzt schon auf ihrem zweiten Orbit und würden laut Flugplan bald ankoppeln. Dort, wo früher mal Wüsten waren, erstrecken sich auch hier Solaranlagen. Sie liefern ihre Energie nicht wie in ihrer Heimat an CO_2-Extraktoren, sondern an Entsalzungsanlagen. Weiter südlich beginnen große, grüne Ebenen, die auf diese Weise mit Süßwasser versorgt werden.

»Bitte nehmen Sie Ihre Plätze ein. Wir befinden uns bereits im Anflug auf die Raumstation Weltraumriff Beta. Ich rechne mit einer pünktlichen Ankunft.«

Das Schiff fliegt ohne Piloten. Die Stimme kommt aus der Bodenstation auf der Erde. An der Decke wird nun ein Schema der Raumstation eingeblendet. Das Transportschiff ist als kleiner Pfeil dargestellt, der von rechts auf den kugelförmigen Bauch zufliegt. Er wird immer langsamer und bleibt irgendwann ganz stehen, ohne dass etwas zu bemerken wäre.

»Kopplung erfolgt«, sagt die Stimme. »Wir danken Ihnen, dass Sie EuroSpace für Ihre Reise genutzt haben. Die Passagiere, die kein Visum für Riff Beta besitzen, bleiben bitte auf ihren Plätzen. Alle anderen verlassen nun geordnet die Kabine. Das Gepäck wird Ihnen direkt auf das Zimmer gebracht.«

Tatsächlich erheben sich nicht alle Mitreisenden. Ein junges Paar liegt Händchen haltend auf zwei benachbarten Liegen. Eine ältere Frau steht zwar auf, gibt aber dann nur etwas bei dem Mann ab, der sie am Schott empfängt. Es sieht aus wie eine Urne. Celia traut sich zwar nicht zu fragen, aber der Mann von der Raumstation löst das Rätsel auf, indem er Paul fragt.

»Darf ich Ihnen die sterblichen Überreste gleich übergeben, Ehrwürden?«

»Es tut mir leid, mein Sohn, aber da verwechseln Sie mich.«

»Sind Sie nicht der Priester, der die Zeremonie heute Abend leitet?«

»Nein, der bin ich nicht.«

»Können Sie die Urne vielleicht trotzdem mitnehmen und Ihrem Kollegen übergeben?«

»Nein, ich kenne ihn ja gar nicht.«

»Dann tut es mir leid, dass ich Sie aufgehalten habe. Ich dachte, es gäbe da so Erkennungszeichen, mit denen Sie sich …«

»Gibt es nicht.«

»Danke, und nichts für ungut.«

Paul stößt sich ab und schwebt zur Decke, wo er nach einem Leitkabel greift. Celia folgt ihm.

»Hätten Sie einen Holoprojektor für mich?«, fragt Celia.

»Natürlich«, antwortet Max Glasow.

Während Paul sich in der Unterkunft ausruht, führt sie die Verhandlungen wegen der Abschirmung. Sie ahnt schon, dass es nicht einfach werden wird, denn Glasow scheint gut im Geschäft zu sein. Sie brauchen den Starshade aber schon morgen.

Glasow schwebt zu einem Pult, das er aufklappt. Dahinter sind blinkende Lampen und Tasten zu sehen. Er drückt einen Knopf, und auf einmal klappt ein Arm aus der Decke. Max drückt den nächsten Knopf, und nun zeichnet der Arm eine leuchtende Pyramide in die Luft.

»Würden Sie Alexa bitte Zugriff geben?«, fragt Celia.

»Der Projektor verfügt sowieso schon über eine Alexa-Integration.«

»Hast du das gehört, Alexa?«, fragt Celia, die das Kreuz von Pauls Rosenkranz in der Hand hält.

»Ich übertrage bereits die Modelldaten. Die Verbindung ist leider viel langsamer, als ich es von der Erde gewöhnt bin.«

»Ja, das ist ein Kreuz hier oben mit den Datenverbindungen. Oh, Entschuldigung.«

»Wofür?«

»Für den Fluch mit dem Kreuz. Sie tragen eines.«

»Es gehört meinem … Geschäftspartner. Ich bin Wissenschaftlerin.«

»Das schließt sich nicht aus. Also damit, gläubig zu sein.«

»Ich weiß. Aber ich bin eher Agnostikerin.«

In dem Zylinder baut sich eine Blüte auf, und zwar Blatt für Blatt. In der Mitte sind die einzelnen Blätter miteinander verbunden. Die Blütenblätter dehnen sich aus. In der Zentralachse wächst ein Stiel. Dann hält die Darstellung an.

»Das ist die Endversion«, sagt Alexas Stimme aus dem Kreuz.

Celia ist immer wieder davon überrascht. Es kommt ihr … falsch vor, dass eine KI aus dem christlichen Symbol spricht. Aber den Pfarrer scheint es nicht zu stören. Max bewegt die Hände vor dem Hologramm, und die Perspektive ändert sich. Die Blüte steht auf dem Kopf.

»Es gibt keine Verstrebungen, die die Fläche aufspannen und halten«, sagt er.

»Wegen des Gewichts«, erklärt Alexa. »Das Material muss sich selbst halten. Der gesamte Durchmesser liegt bei etwa fünfzig Metern.«

»Ich habe so ein Material«, sagt Max. »Aber es wird teuer.«

»Der Preis sollte nicht das Problem sein«, sagt Celia. »Wir können zwar nicht jeden Preis zahlen, aber daran scheitern sollte es auch nicht. Was schätzen Sie?«

»1,5 Millionen.«

Uff. Das ist wirklich teuer. Celia muss sich erst wieder daran erinnern, dass sie 24 Millionen zur Verfügung haben.

»Das liegt noch im Rahmen«, sagt sie.

»Gut. Ich kann Ihnen das ausdrucken. Ich muss dazu raus auf die Außenseite. Sie sehen ja selbst, dass ich hier drin kein 50 Meter langes Blütenblatt herstellen kann. Aber es ist möglich. Sie können es in drei Wochen abholen.«

»Das ist leider zu spät, Max.«

»Eine Woche ist auch machbar. Dann muss ich andere Aufträge etwas zurückstellen. Mit einem Eilaufschlag wäre das möglich.«

»Wir brauchen es bereits morgen.«

»Wie bitte?« Max stößt sich so stark ab, dass er an die Decke fliegt. »Verarschen kann ich mich selbst. Sie vergeuden meine Zeit.«

»Vier Millionen, wenn es morgen fertig wird. Meinetwegen bis zum Abend.«

»Meinetwegen bis zum Abend«, macht er sie nach. »Sie haben keine Ahnung, wovon Sie hier sprechen.«

»Fünf Millionen. Mein letztes Wort. Sonst muss ich zu Ihrem Kollegen auf Riff Alpha gehen.«

»Na klar, machen Sie nur. Der verspricht Ihnen das Blaue vom Himmel und liefert etwas, das Ihnen nach der ersten Nutzung auseinander fällt.«

»Das wäre nicht so schlimm. Wir müssen es nur ein einziges Mal entfalten können.«

»Hm. Der Mechanismus braucht nur einmal zu funktionieren? Zeigen Sie ihn mir bitte noch einmal?«

»Alexa, bitte«, sagt Celia.

Das Hologramm leert sich. Im Nichts erscheint ein Ring, eine Art Donut, der allerdings schräge Einschnitte besitzt, ähnlich wie ein Autoreifen. Er dreht sich. Die Einschnitte, das zeigt sich, sind die Ränder von Blütenblättern, die sich nun kreisförmig entfalten. Sie drehen dem Beobachter ihre Längsseite zu, sodass man noch durch die Blüte hindurchblicken kann. Dann jedoch drehen sie sich auf Kommando um neunzig Grad, und die Blüte lässt kein Licht mehr durch. Sie erinnert entfernt an eine Sonnenblume, ist allerdings in der Mitte nach außen gewölbt.

»Ich verstehe«, sagt Max. »Die Blüte schirmt überflüssiges Licht ab.«

»Genau. So kann unser Teleskop das Licht schwacher Objekte besser auffangen.«

»Sie haben ein Teleskop?«

»Noch nicht, aber bald. Das tut hier nichts zur Sache.«

»Ich sehe, dass die Blätter spitz zulaufen«, sagt Max. »Dadurch fasert der Rand der Blüte auf. Wäre es nicht besser, einen glatten Rand zu haben?«

»Nein, das würde uns einen Beugungsring bescheren. An glatten Kanten wird Licht gebeugt. Solche optischen Effekte stören hier bloß.«

»Das klingt alles sehr logisch und nachvollziehbar. Haben Sie das erfunden?«

Celia lacht. »Schön wäre es, aber nein. Das Konzept ist schon über hundert Jahre alt. Es ist aus der Mode gekommen, weil es für den erreichbaren Effekt doch etwas zu teuer war. Der Starshade muss in einiger Entfernung zum Teleskop millimetergenau positioniert werden, und wenn man ein anderes Objekt beobachten will, muss man Teleskop und Starshade umziehen. Das heißt, beide brauchen einen leistungsfähigen Antrieb. Da kommt es billiger, wenn man einfach ein besseres Teleskop ins All schießt.«

»Warum gelten diese Überlegungen für Sie nicht?«

»Weil wir nicht genug Geld für ein neues Teleskop haben. Außerdem geht es nur um ein einziges Objekt. Wir müssen also nur einmal die richtige Geometrie herstellen.«

»Sehr clever. Sie kombinieren zwei alte Techniken und erreichen damit das Niveau der neuen Technik. Das gefällt mir.«

»Die Kombination ist nicht ganz so gut wie das Kopernikus, aber wir kommen schon nahe heran. Wenn unsere Simulationen stimmen.«

»Sehr spannend. Ich bin schon lange dafür, dass man die ganzen alten Satelliten im Orbit nicht einfach verglühen lässt, sondern einem neuen Zweck zuführt.«

»Dann helfen Sie uns?«

»Wenn der Mechanismus zum Entfalten des Schirms nur ein einziges Mal funktionieren muss, erleichtert das einiges. Sechs Millionen.«

»Gut, dann sechs Millionen. Bis wann?«

»Warten Sie. Ich habe 28 Druckdrohnen, die ich parallel arbeiten lassen kann. Jede schafft ein Stundenvolumen von sechs Kilogramm Carbon Nano Tubes. Dann kann ich Ihnen binnen 24 Stunden gut vier Tonnen CNT drucken. Welche Masse hat der Schirm?«

»In CNT umgesetzt ungefähr 3,9 Tonnen«, sagt Alexa.

»Das passt ja hervorragend«, sagt Glasow. »Ich werde dann die Nacht durcharbeiten, sodass das Projekt bis morgen zur selben Zeit abgeschlossen ist.«

»Brauchen Sie Hilfe?«, fragt Celia.

»Auf jeden Fall. Die Drohnen brauchen etwa alle dreißig Minuten frische Akkus, und ihr Druckwerk muss mit Rohstoff gefüllt werden. Aber das muss nicht Ihre Sorge sein. Dank des großzügigen Budgets werde ich auf jeden Fall genügend Helfer finden.«

»Prima. Dann sehen wir uns morgen wieder.«

»Denken Sie an den Geldkoffer.«

»Die Hälfte des Betrags habe ich Ihnen gerade überwiesen«, sagt Alexa. »Die andere Hälfte erhalten Sie nach der Übergabe.«

»Ich freue mich, mit Ihnen Geschäfte machen zu dürfen«, sagt Max und reicht ihr die Hand.

Celia drückt sie. »Freut mich ebenfalls.«

»Es geht mich zwar nichts an, aber Sie haben sich bestimmt schon überlegt, wie Sie die Ware abholen werden?«

Celia wartet, dass Alexa eine Antwort gibt, aber die KI bleibt überraschend still. Max kneift die Augenbrauen zusammen.

»Nun, das kann mir ja auch egal sein«, sagt er. »Ich erfülle meinen Teil des Vertrags und Sie den Ihren.«

»Was ist nun mit unserer Crew und unserem Schiff?«, fragt Celia.

Pauls Rosenkranz liegt vor ihnen auf dem kleinen Tisch, der nicht ganz sauber ist. Sie haben aber nur in dieser etwas heruntergekommenen Bar einen Platz gefunden. Anscheinend verspätet sich ein Transport zu einem anderen Riff, sodass viele Passagiere hier festhängen.

»Ich bin dran«, sagt Alexa. »Leider sieht es so aus, als wären derzeit alle im Einsatz. Das OOS hat wohl gerade wieder die Belohnungen für Bergungen erhöht, und auch private Sammler dringen zunehmend in das Geschäft ein.«

»Können wir denen nicht einfach mehr zahlen?«

»Wenn sie ihre Aufträge nicht erfüllen, erhalten sie Konventionalstrafen. Vor allem aber stuft das OOS sie dann als unzuverlässig ein, und sie bekommen nur noch weniger lukrative Aufträge.«

»Dann sollten wir vielleicht nach Crews suchen, die als unzuverlässig gelten.«

Der Gedanke erschien ganz spontan in ihrem Kopf, aber er hat natürlich einen gewissen Hintergrund. Warum bekommt sie denn keine Beobachtungszeit? Weil sie vor langem mal einen Fehler gemacht hat und seitdem als Betrügerin gilt.

»Ist das dein Ernst, Celia?«, fragt Alexa.

»Ja, sonst würde ich es nicht sagen.«

»Ich war mir nicht sicher, ob ich Ironie gehört habe. Nun, ich habe Crews mit schlechter Bewertung bisher nicht in meine Suche einbezogen. Wenn du willst, ändere ich das.«

»Ja, das will ich.«

»Celia, bist du sicher?«, fragt Paul. »Wir brauchen doch jemanden, auf den Verlass ist.«

»Ach, wer weiß denn, warum sie als unzuverlässig gelten?«

»Nun, es gibt bei den Bewertungen zwar keine Begründungen«, sagt Alexa, »aber ich kann die jeweilige Vorgeschichte rekonstruieren.«

»Dann versuchen wir es doch mal«, sagt Celia.

»Gut. Entschuldigt mich bitte für einen Moment«, sagt Alexa.

Das Kreuz am Rosenkranz blinkt rot auf, vermutlich, weil sich Alexa daraus zurückgezogen hat. Celia winkt dem Kellner.

»Noch ein Bier«, sagt sie.

»Für den Herrn Vater auch?«, fragt der Kellner.

Paul nickt. Der Keller lächelt sie an und zwinkert.

»Kommt sofort«, sagt er.

»Das will ich doch nicht hoffen«, sagt sie.

Der Kellner lacht. Celia wird heiß im Gesicht. Das kommt vom Bier. Sie hat gerade das dritte bestellt. Irgendwie scheint sie bei Kellnern gute Chancen zu haben. Sie greift in ihre Tasche. Auf der Rechnung aus der Bar in Castel Gandolfo steht die Nummer des dortigen Kellners, die er ihr beim Bezahlen an der Theke aufgeschrieben hat. Mit seinen kurzen roten Haaren sieht der hier auch ziemlich süß aus, obwohl er ein paar Jahre jünger ist als sie. Sie wollte schon immer mal wissen, wie sich Sex in der Schwerelosigkeit anfühlt.

»Celia?«

Pauls Hand liegt auf ihrem Unterarm. Anscheinend war sie kurz abwesend. Alexa ist wohl wieder zurück.

»Ich höre«, sagt sie.

»Es gibt nur eine einzige Crew, die bisher aus meiner Suche herausgefallen ist«, sagt Alexa.

»Es hat aber lange gedauert, bis du das herausgefunden hast«, sagt Celia.

»Das stimmt und liegt an der umfangreichen Vorgeschichte. Aber mit der müssen wir uns wohl nicht befassen. Die Crew hat einen Bewertungsschnitt von minus eins.«

»Minus eins? Das ist seltsam. Wie ist denn die Bewertung geregelt?«

»Von null bis fünf. Du hast also völlig recht, Celia. Da stimmt eine Menge nicht. Die minus eins kommt zustande, weil die Crew derzeit wegen Schmuggels in Haft sitzt.«

Oh. Verbrechern können sie diese Aufgabe ja nun wirklich nicht übergeben.

»Was haben sie denn geschmuggelt?«, fragt Paul.

»Radioaktive Substanzen.«

Oh. Sind es also nicht nur Verbrecher, sondern auch Terroristen?

»Was sagen sie denn dazu?«, fragt Celia.

»Sie haben angeblich im Auftrag eines Kunden einen Satelliten mit Radionuklidbatterie geborgen. Ein Schmuggel damit war nicht beabsichtigt.«

»Das halte ich nicht für unmöglich«, sagt Celia.

»Zuvor haben sie zwei Raumstationen beschädigt und bei einem misslungenen Bergungsmanöver, das die Schrottmenge im Orbit erhöht hat, ihren Roboterarm verloren. Außerdem haben sie Schulden angehäuft und immer wieder die Zeche geprellt.«

Das sind natürlich eine Menge Vorwürfe. Wenn nur einer davon stimmt … Aber dass sie bei ihrem Paper betrogen hat, stimmt auch. Trotzdem ist sie doch nicht ein Leben lang Betrügerin?

»Wir sollten diesen Leuten eine Chance geben«, sagt sie. »Ein Schiff haben sie aber?«

»Ja, die Achilles. Sie liegt gerade in Riff Delta vor Anker und ist von den Finanzbehörden beschlagnahmt, weil eine Steuervorauszahlung aussteht.«

»Um wie viel Geld geht es?«, fragt Paul.

»Knapp 10.000«, sagt Alexa.

»Dann können wir sie leicht auslösen«, sagt Paul.

»Es kommt noch eine Kaution von 100.000 für den Kapitän und von drei Millionen für das Schiff hinzu«, sagt Alexa. »Sollen wir das alles bezahlen?«

»Ich finde, sie haben eine Chance verdient«, sagt Celia.

»Du sagst das, weil du hoffst, dass sie sich dann besonders anstrengen?«, fragt Alexa. »Ich möchte nur deine Motivation verstehen.«

»Nein. Ich finde, dass sie eine Chance verdient haben.«

»Ich verstehe. Nun, aus rein logischer Sicht stimme ich zu«, sagt Alexa. »Es gibt momentan einfach keine andere Crew. Mit ihnen ist das Risiko eines Scheiterns sicher signifikant, aber ohne sie haben wir auf keinen Fall Erfolg.«

»Gut«, sagt Celia. »Führst du bitte die Verhandlungen?«

»Ist so gut wie erledigt.«

Das Kreuz an Pauls Rosenkranz blinkt rot. Er steckt die Kette ein und nippt an seinem Glas. Die Logik der KI ist bestechend. Celia schüttet nun auch das dritte Bier in ihre Kehle. Dann schreibt sie ihre Zimmernummer auf einen Zettel und winkt dem Kellner zu.

Riff Delta, 19. Mai 2144

»Lewis? Hier ist jemand, der Sie sprechen will«, sagt der Wärter.

»Besuch? Ich habe Besuch?«

Jaron ist für jede Abwechslung dankbar. Sie stecken nun schon seit einer Woche hier fest, und die Untersuchung hat noch nicht einmal begonnen!

»So würde ich es nicht nennen«, sagt der Wärter.

»Wie soll ich das verstehen?«

»Nun kommen Sie schon. Ich habe nicht den ganzen Tag Zeit.«

Eine Hand greift nach seinem Unterarm und zieht ihn.

»Ich will das nicht«, sagt Jaron. »Muss ich erst wieder Ihren Vorgesetzten holen lassen?«

Jaron hasst es, herumgeschubst zu werden. Er kann den Weg zum Besuchsraum sehr gut allein zurücklegen. Das kleine Gefängnis auf Riff Delta ist in dieser Beziehung vorbildlich ausgestattet. Über die Strukturen im Boden findet er sich gut zurecht.

»Ist ja schon gut«, sagt der Wärter. »Gehen Sie selbst. Ich wollte bloß vermeiden, dass Sie Ihren Besuch verpassen.«

»Das funktioniert am besten, wenn Sie mich in Ruhe lassen.«

»Ja, das habe ich verstanden. Passen Sie auf, der Gang knickt nach links ab.«

Das hat er an den taktilen Leitlinien im Boden längst bemerkt. Es ist wirklich so: Je weniger er sich auf das Gequatsche des Wärters konzentrieren muss, desto schneller findet er seinen Weg.

»Wir sind da«, sagt der Wärter.

Natürlich sind sie da. Das Leitsystem ist zuverlässig. Ein Schloss knackt. Er hört die Schritte des Wärters, der sich entfernt. Jaron lauscht erst, dann schnüffelt er. Er ist eindeutig allein. Hat der Wärter nicht von Besuch gesprochen? Ein Schauer läuft ihm über den Rücken. Da, etwas kitzelt die Haare an seinen Unterarmen. Eine Holoprojektion. Was für eine Verschwendung. Sein Besucher scheint ihn nicht zu kennen. Er hat gehofft, dass es vielleicht sein Anwalt mit Neuigkeiten wäre.

»Guten Tag, Herr Lewis!«

Die Stimme kommt ihm bekannt vor. Er dreht sich in die Richtung, aus der sie kam, und nickt.

»Guten Tag, Frau …«

»Ich bin Alexa«, sagt die Stimme.

Natürlich. Es ist eine KI. Sind sie nicht allwissend, Alexa und ihresgleichen? Dann hätte sie sich das Hologramm ja sparen können.

»Was kann ich für Sie tun?«, fragt er.

Er hat eine gewisse Scheu vor diesen künstlichen Konstrukten, ohne die die Menschheit nicht mehr auskäme. Sie ist unbegründet, aber vermutlich normal. Immerhin verkörpern sie eine immense Macht, auch wenn sie sie nicht nutzen.

»Ich suche eine Crew und ein Schiff für einen gut bezahlten Auftrag«, sagt Alexa.

»Und dazu kommen Sie in das Gefängnis auf Riff Delta?«, fragt er. »War es früher nicht so, dass Kapitäne ihre Mannschaften für gefährliche Ozeanfahrten im Gefängnis rekrutiert haben?«

»Die Geschichtsbücher behaupten es. Mich gab es damals noch nicht. Um ehrlich zu sein, war es nicht meine Idee. Die Frau, mit der ich zusammenarbeite, hat mich darauf gebracht.«

»Dann ist sie die Kapitänin?«

»Nein, wir sind gleichberechtigt, würde ich sagen. Jede tut, was sie kann.«

»Und was tun Sie so?«

»Wir würden gern einen alten Satelliten bergen, ein Teleskop, und zwar das Wang-Zhenyi-Teleskop, um es genau zu sagen, und es mit neuer Technik auf ein bestimmtes Ziel ausrichten.«

»Also geht es um Spionage?«

Alexa lacht. »Nein, um Wissenschaft. Es ist interessant, dass Sie zuerst an Spionage denken.«

Ja, das war dumm. Wenn er im Verhör so reagieren würde, wer weiß, was man ihm dann noch alles anhängen würde.

»Was wäre dann genau unsere Aufgabe?«, fragt er.

»Sie fliegen uns mit Ihrem Schlepper zum Standort des Teleskops. Dort installieren wir eine Art Sonnenschirm, machen unsere Aufnahmen, und dann bringen Sie uns zurück. Das Programm sollte in einer Woche abgeschlossen sein.«

Jaron rechnet durch. Ein Passagier, das klappt auf jeden Fall.

»Sie sind zu zweit?«, fragt er.

»Nein, zu dritt. Ein Pfarrer ist auch dabei.«

»Ein Pfarrer. Und der muss unbedingt mit? Wir haben nur wenig Platz für Passagiere.«

»Ja, muss er. Ich habe noch vergessen, zu erwähnen, dass Ihre Bezahlung 500.000 Credits beträgt.«

500 Riesen. Damit wären seine Sorgen für die nächste Zeit ausgeräumt. Norberts Behandlung wäre bezahlt. Heute stirbt doch niemand mehr an Krebs!

»600«, sagt er.

Er kann es ja mal versuchen. 600 Riesen sind besser als 500.

»Einverstanden«, sagt Alexa.

Mist. Er hätte bestimmt auch tausend verlangen können. Aber er darf nicht übermütig werden. Das klingt alles noch viel zu gut, um wahr zu sein. Die KI muss doch wissen, dass die Achilles derzeit beschlagnahmt ist.

»Ihnen ist sicher bekannt, dass mein Schiff konfisziert wurde?«

»Ich bin schon mit den Behörden in Kontakt. Gegen eine Sicherheitsleistung in Höhe von drei Millionen würden sie es freigeben.«

»So viel habe ich nicht.«

»Wir schon. Die Summe geht natürlich zurück an uns, wenn wir zurückkommen. Ich habe auch über eine Kaution für Sie verhandelt. Wenn Sie einverstanden sind, können Sie diesen Ort hier sofort verlassen.«

»Immer langsam. Ich traue Ihnen noch nicht ganz. Sie zahlen uns 500 Riesen, damit wir zu einem alten Satelliten fliegen und wieder zurück?«

»600«, sagt Alexa.

»Ja, natürlich. Aber wieso? Sind Sie sicher, dass das eine völlig legale Geschichte ist? Mein letzter Auftrag hat mich hierher gebracht. Jetzt gelte ich als Schmuggler, obwohl ich unschuldig bin. Wenn mir das noch einmal passiert, bekomme ich nie wieder seriöse Aufträge.«

»Nun, wenn Sie mich fragen, dann bekommen Sie den Auftrag, weil wir niemand anderen gefunden haben. Unsere Kapitänin hingegen glaubt, dass jeder Mensch eine Chance verdient habe.«

»Eine edle Einstellung«, sagt er.

»Die auch sehr unvorsichtig sein kann.«

»Ich kann Ihnen versichern, dass ich nie bewusst etwas Illegales getan habe. Ich hatte in letzter Zeit nur ein bisschen Pech.«

»Ja, das habe ich gesehen, als ich Sie durchgecheckt habe. Also, was ist nun? Sind Sie dabei? Oder wollen Sie noch einmal darüber schlafen?«

Er hat die Chance, diesen Ort zu verlassen. Sofort. Da gibt es nur eine Antwort.

Er schüttelt den Kopf. »Ich brauche da nicht lange nachzudenken. Ihr Angebot ist sehr überzeugend. Ich folge Ihnen.«

»Das wird nicht möglich sein, Herr Lewis. Wie Sie wissen, besitze ich keinen physischen Körper. Ich werde aber die Zuständigen informieren, dass Sie sofort freizulassen sind. Wir treffen uns dann in Ihrem Schiff, und zwar morgen um 12 Uhr. Bitte laden Sie auch Ihre Crew dazu ein.«

»So, DANN WOLLEN WIR MAL«, sagt der Wärter. »Ein seltsamer Besuch, wenn Sie mich fragen.«

»Wieso?«, fragt Jaron.

»Ich … Ach, nichts.«

»Nun raus mit der Sprache. Ich bin auch nicht sauer, wenn Sie gelauscht haben. Dann muss ich Ihnen wenigstens nicht erklären, dass Sie mich freizulassen haben.«

»Ja, das kam schon gerade via Kom herein. Wir gehen trotzdem noch einmal zu Ihrer Zelle, damit Sie Ihre Sachen packen können, okay?«

»Klar. Was war denn nun mit dem Besuch?«

»Ich habe über die Überwachungskamera zugesehen. Eigentlich ist das nicht erlaubt. Aber der Job ist scheiße langweilig, und da bekommt man wenigstens manchmal etwas zu sehen. Wissen Sie, manche Gäste werden auch intim.«

Der Wärter greift nach seinem Arm, aber Jaron löst seine Finger. Hat er ihm nicht vorhin schon erklärt, dass er sich allein bewegen kann? Eine metallene Tür quietscht. Er verlässt den Raum. Zum Zellentrakt geht es nach rechts.

»Ihre Spanner-Aktivitäten interessieren mich nicht«, sagt er. »Was ist mit dem Besucher?«

»Das Ding hat dauernd seine Form geändert. So ein seltsames Holo habe ich noch nie gesehen. Zuerst war es eine Frau, dann eine komische Säule mit Armen, die sich in eine Art Baum verwandelt hat. Zwischendurch sah es auch aus wie Sie. Zum Schluss war es einfach nur ein langer Würfel.«

»Ein Quader.«

»Wie? Ein langer Würfel.«

»Würfel können nicht lang sein. Ihre Seiten sind immer gleich lang.«

»Ah, Sie sind also ein Klugscheißer.«

Der Wärter sagt nichts mehr. Vermutlich ist er sauer. Jaron stört das nicht. Er hat noch nie ein Hologespräch mit einer echten KI geführt und braucht jetzt ein bisschen Ruhe zum Nachdenken. Vielleicht ist es ja normal, dass die KIs dabei ihre Form verändern. Oder sie hat sich unbeobachtet gefühlt und dabei irgendwelche Geheimnisse offenbart, die er noch nicht versteht. Aber hätte sie nicht wissen müssen, dass der Wärter sie beobachtet? Vielleicht ist es ja auch nur ein Gerücht, dass die KIs allwissend sind.

Es erweist sich als überraschend schwierig, seine Crew ausfindig zu machen. Als Erstes sucht er in der Werkstatt. Hieß es nicht, dass ein gewisser Winston sie an den Schotten übergeben wollte? Dann ist Sophia, die rechte Hand des Schotten, ja vielleicht schon dort.

Aber das Modul ist wie ausgestorben. Jaron riecht bloß Öl, aber keinerlei menschliche Ausdünstungen. Hier war schon länger niemand mehr. Er streicht über ein paar Oberflächen und verreibt den Staub zwischen den Fingern.

Im Nachbarmodul unterhalten sich Menschen. Er schwebt hinüber. Es riecht nach frischem Brot. Hat hier etwa jemand eine Bäckerei eingerichtet?

»Oh, hallo!«, begrüßt ihn eine Stimme, die er einer älteren Frau zuordnen würde.

»Hallo! Wo bin ich denn hier?«

»In der weltberühmten Orbit-Bäckerei«, sagt die Frau. »Ich bin Karola, die Chefin.«

»Du sollst doch nicht immer so übertreiben«, sagt ein Mann aus dem Hintergrund.

»Das ist Mario, mein Mann«, erklärt Karola. »Er ist immer viel zu bescheiden. Wir müssen Marketing machen, sage ich ihm immer, und er denkt, dass er nur backen muss.«

»Es riecht jedenfalls sehr gut«, sagt Jaron.

»Hier, probieren Sie mal«, sagt die Frau.

Er spürt etwas Hartes in der Handfläche und schließt die Finger darum. Es ist ein Stück Brot. Er beißt davon ab. Es ist noch ganz warm und schmeckt großartig. Kein Vergleich mit dem Dosenbrot, und auch viel besser als das Brot aus dem Nahrungsbereiter.

»Kostet nur einen Fünfer«, sagt die Frau.

»Oh, dann hätte ich gern einen Laib«, sagt er spontan.

»Das macht dann fünfzig. Darf ich bitte Ihren Fingerabdruck scannen?«

Etwas berührt die Kuppe seines Zeigefingers. Ein Gerät piepst. Jetzt erst, also zu spät, fällt ihm erstens ein, dass er völlig pleite ist, und zweitens, dass fünfzig Credits für ein Brot doch ziemlich viel sind. Die Kasse wird seine Zahlung sicher gleich ablehnen.

»Danke für Ihren Einkauf, Herr Lewis«, sagt Karola. »Wir haben auch Brötchen, Croissants, Brezeln, Bagels …«

»Was ist mit Kuchen?«, fragt Jaron.

»Kuchen darf ich leider nicht backen, wegen der frischen Zutaten«, erklärt Mario.

»Ich bin noch dabei, die Genehmigungen einzuholen«, sagt Karola. »Wir sind noch ziemlich neu hier.«

»Dann können Sie mir wohl nicht sagen, wo ich Winston finde?«

»Winston? Das sagt mir nichts«, sagt Karola. »Mario, kennst du jemanden, der so heißt?«

»Meinen Sie vielleicht Churchill?«, fragt der Bäcker. »So nennen sie den, der die Werkstatt nebenan betrieben hat. Leider ist sie schon seit Wochen zu.«

Jaron nickt. Weniger Laufkundschaft, das ist sicher auch für den Bäcker nicht gut.

»Ich biete übrigens auch einen Lieferservice an«, sagt die Frau. »Sie wären mein erster Kunde. Da könnte ich Ihnen dauerhaft zehn Prozent Rabatt anbieten.«

Karola scheint wirklich geschäftstüchtig zu sein. Falls er tatsächlich diese Werkstatt übernehmen sollte, wie der Schotte es vorgeschlagen hat, sollte er sie für das Marketing einstellen.

»Herzlichen Dank«, sagt er. »Aber ich bin nur noch für einen Tag hier. Sie haben nicht zufällig eine Idee, wo ich Churchill finden könnte?«

»Na ja, ich will nicht schlecht über Abwesende reden«, sagt Karola. »Die wenigen Male, die er bei uns im Laden war, hatte er immer eine Fahne.«

Die Bar, natürlich. Das hätte er sich denken können. Jede Raumstation hat eine Bar.

»He, der Verzehr mitgebrachter Speisen ist hier nicht erlaubt«, sagt der Barmann.

Die Stimme nähert sich dem kleinen Tisch, an dem er Platz genommen hat. Jaron hört, wie der Mann die Luft einzieht. Gleich muss die Wirkung einsetzen.

»Oh Mann, das riecht aber lecker. Wenn du mir etwas abgibst, bekommst du die Getränke aufs Haus.«

Jaron nimmt sein Taschenmesser aus der Hosentasche, dreht das Brot um, von dem er abgebissen hat, und schneidet den Kanten von der anderen Seite.

»Hier«, sagt er.

Eine kurze Berührung, dann nimmt ihm der Barmann das Brot aus der Hand. Es fühlt sich an, als würde er Tauben füttern. Nur das Krachen der Backenzähne auf der knusprigen Rinde passt nicht dazu.

»Hmmmm … Eimfaff köftlif«, sagt der Barmann. »Waff trinkf fu?«

»Hast du ein alkoholfreies Bier?«

Endlich schluckt der Barmann den Bissen herunter. Jaron kann Kaugeräusche nur schwer ertragen.

»Kommt sofort.«

»Eine Frage …«, sagt Jaron.

»Ah, ich habe mich schon gewundert, wann du damit herausrückst.«

»Du wusstest, dass ich eine Frage habe?«

»Mann, du bist neu hier und kommst zu einer Zeit, wo nichts los ist. Also musst du irgendwas wissen wollen. Du bist aber kein COP oder so?«

Jaron lacht. »Nein, sehe ich so aus?«

»Keine Ahnung. Wenn du so lange in einer Bar arbeitest wie ich, dann beurteilst du niemanden mehr nach dem Aussehen. Jeder und jede kann alles sein. Also, was willst du wissen?«

»Ich suche einen Winston, der hier wohl Churchill genannt wird. Und außerdem suche ich meine Crew: Sophia, Jurgen und Norbert.«

»Ha, wärst du mal ein paar Stunden früher gekommen. Die haben gestern alle hier Party gemacht.«

»Vor ein paar Stunden war ich noch verhindert. Und wo finde ich sie jetzt?«

»Keine Ahnung. Die meisten sind im Hotel untergekommen. Churchill aber sicher nicht. Der ist pleite.«

Jaron nickt. Seine Crew dürfte auch kein Geld mehr haben. Das Hotel können sie sich bestimmt nicht leisten. Warum hat er sie nicht gefragt, als sie ihn besucht haben? Das war ein Fehler. Aber wer hätte denn auch ahnen können, dass er so schnell aus dem Gefängnis kommt?

»Wo kommen denn die unter, die nicht genug Kleingeld für das Hotel haben?«

»In der Linearsektion gibt es Module, die nicht oder nicht ständig in Betrieb sind. Es ist zwar eigentlich nicht erlaubt, dort zu nächtigen, aber die Sicherheit drückt meist ein Auge zu.«

Ah, das kennt er von anderen Stationen. »Gegen ein Kleingeld«, sagt er.

»Ja, oder gegen eine Gefälligkeit. Du weißt schon.«

Jaron seufzt. Aus der Linearsektion kommt er gerade.

Es ist nicht viel los auf Riff Delta. Vielleicht sollte der Schotte über seinen Plan noch einmal nachdenken. Anders als auf Riff Beta trifft er auf keinen einzigen Touristen. Sie sind zumindest in den Bereichen ohne Schwerkraft leicht zu erkennen, weil sie bei jeder Bewegung kichern und kreischen. Vielleicht liegt es daran, dass von der Erde aus fast nur noch die Riffe Alpha und Beta angeflogen werden. Ihre Orbits sind von den günstigen Startplätzen in Äquatornähe am billigsten zu erreichen. Und billig ist wichtig, seit die orbitale Raumfahrt von einem allgemeinen Preiskampf erfasst wurde.

Die wenigsten Touristen nehmen dann noch ein Shuttle zu den anderen Riffs. Es ist ja auch nicht so, dass hier mehr zu sehen wäre. Vielleicht ist die Unterkunft günstiger, und Ausflüge muss man nicht Wochen im Voraus buchen, aber die typischen Orbitalurlauber scheinen auch die Gesellschaft anderer Touristen zu schätzen.

Eigentlich geht es Jaron ja nichts an, aber es tut ihm ein bisschen leid für Karola und Mario. Ihre Bäckerei hat er gerade wieder durchquert, und der herrliche Duft hätte ihn beinahe dazu gebracht, noch etwas zu kaufen, obwohl er absolut satt ist. Der Barmann hat ihm echtes Olivenöl spendiert, und dann haben sie gemeinsam das ganze Brot vertilgt. So gut hat Jaron lange nicht mehr gespeist.

Quietschend schiebt sich das Schott zur Seite. Wohl wieder ein leeres Modul, denn die Lüftung springt erst laut rauschend an, als er es betritt.

»Hallo? Ist da jemand?«

Er ruft des Echos wegen in den Raum hinein. So erfährt er, wie leer der Raum wirklich ist. Dieses Modul hier ist zwar verlassen, muss aber vollgestopft mit Einrichtung sein. Er schwebt an der Seite entlang durch den Raum und stößt schnell auf die ersten Hindernisse. Sie bestehen aus Metallrohren und weichem Plastik. Jaron tastet sie ab und baut sich im Kopf ein Bild. Aha! Es dürfte sich um Fitnessgeräte handeln. Er riecht sogar noch Spuren von Schweiß.

Das ist zwar ungewöhnlich, weil die Station auch einen Bereich mit künstlicher Schwerkraft besitzt, doch es soll Spezialisten geben, die auf das Training in der Schwerelosigkeit schwören. Nur dort können sie angeblich wirklich jeden Muskel zielgenau trainieren. Das klingt nachvollziehbar. Aber die Zielgruppe scheint nicht groß genug zu sein, um ein Studio rentabel zu machen. Sonst wäre dieses Modul wohl nicht verlassen.

Moment. In einem Fitnessmodul muss es auch Duschen und Toiletten geben. Das wäre also der ideale Ort, um illegal zu übernachten. Jaron hält sich an einem Handgriff fest und lauscht, ohne einen Finger zu rühren. Im Moment übertönt die Lebenserhaltung noch alles. Er braucht ein bisschen Geduld. Jaron atmet möglichst flach in die Dunkelheit, um die Bewegungsmelder täuschen zu können.

Knack. Irgendeine Steuerung hat reagiert. Die Propeller der Lüftung fahren langsam herunter. Knack. Wahrscheinlich hat sich jetzt auch das Licht ausgeschaltet. Stille zieht ein, die nur von einem leisen Zischen durchbrochen wird. Das Modul hat vielleicht irgendwo ein kleines Leck. Das ist nicht problematisch. Jaron lauscht. Seine Grenzen verschwimmen mit der Außenwelt. Es fühlt sich an, als breite er sich in jeden Winkel des Moduls aus.

Da, ein Tuscheln. Hier ein unterdrücktes Niesen. Ein Finger, der über eine juckende Stelle kratzt. Das Knacken eines Halswirbels. Jemand schluckt. Jaron sortiert die Richtungen. Das ist umso schwieriger, je leiser die Geräusche sind. Aber er hat jahrelange Übung. Es gibt mindestens drei Quellen. Wenn das nicht Sophia, Jürgen und Norbert sind …

»Ihr könnt herauskommen«, sagt er. »Ich bin es.«

»Jaron?«, fragen alle drei im Chor.

Hände klatschen gegen flache Wände, Füße stoßen sich ab. Atemgeräusche. Sie kommen aus ihren Verstecken.

»Ja, klar. Endlich habe ich euch gefunden.«

»Was machst du denn hier?«, fragt Norbert.

»Bist du abgehauen?«, fragt Jürgen.

»Wird ja auch Zeit«, sagt Sophia.

»Wie ich höre, habt ihr es euch gutgehen lassen«, sagt Jaron.

»Ach, du warst schon in der Bar«, sagt Norbert. »Sophia war so nett, uns alle einzuladen.«

Ah, richtig. Sie ist ja nicht pleite.

»Du solltest deinen Chef darauf hinweisen, dass er sich seinen Plan noch einmal überlegen sollte«, sagt Jaron.

»Du hast recht«, sagt Sophia. »Hier kriselt die Wirtschaft ganz schön. Churchill ist aber auch nicht ganz unschuldig daran, dass es der Werkstatt schlecht ging. Er war wohl einfach nicht zuverlässig. Aber sag mal, wie kommst du hierher? Haben sie die Ermittlungen endlich eingestellt?«

»Nein, aber wir haben einen Auftrag. Der Auftraggeber hat die Achilles und mich ausgelöst.«

»Das ist ja großartig«, sagt Sophia. »Ich habe schon erwogen, mit der nächsten Fähre zurück zu Beta zu fliegen. Aber dann kannst du mich ja dort absetzen.«

»Oh, ich hatte gehofft, du könntest uns begleiten.«

Wieder so ein spontaner Gedanke. Wenn Sophia zurück zu ihrem Chef will, sollte er das akzeptieren.

»Ach, wirklich?«, fragt sie.

Was antwortet man auf so eine Frage? *Ich habe dich gern in meiner Nähe?* Auf keinen Fall. *Nee, war nur so eine Schnapsidee?* Auch nicht.

»Ja, es geht um die Reparatur eines alten Satelliten, und Max hat sehr von deinen handwerklichen Fähigkeiten geschwärmt.«

»Hat er das?«

Eigentlich hat der Schotte kein Wort über Sophias Fähigkeiten verloren. Aber Max wirkt nicht wie jemand, der seine Angestellten nach Schönheit auswählt.

»Ständig«, sagt Jaron ernst.

Es ist seltsam. Er geht davon aus, dass Sophia schön ist, obwohl er sie noch nie gesehen, geschweige denn getastet hat. Sie ist schön, das weiß er. Ihre Art, ihre Sprache verraten es. Sie weiß es selbst, und das überträgt sich. Ihr konkretes Aussehen spielt da keine Rolle.

»Na gut, ich will meinem Chef ja nicht widersprechen. Wer sind denn unsere Auftraggeber?«

»Eine KI, eine Astronomin und ein Pfarrer.«

Norbert lacht. »Du willst uns verscheißern, gib's zu!«

»Überhaupt nicht. Wir werden sie morgen kennenlernen. Bis dahin müssen wir die Achilles auf Vordermann bringen.«

»Das heißt, du hast sie noch gar nicht gesehen?«, fragt Jürgen. »Du willst uns mit drei Wildfremden einen alten Satelliten bergen lassen?«

»He, dich habe ich auch noch nie gesehen und vertraue dir trotzdem mein Leben an.«

Jürgen stößt ihn an. »Entschuldige. So habe ich es nicht gemeint. Seit der Pleite mit dem Plutonium …«

»Ich verstehe dich. Die KI hat mich immerhin im Knast besucht und die Kaution für das Schiff und mich bezahlt.«

»Schon, dass überhaupt eine KI dabei ist, würde mich skeptisch machen«, sagt Norbert. »Ich vertraue denen nicht. Sie kann doch mit ihren Holofingern schnipsen und bekommt alles, was sie will.«

»Ich glaube nicht, dass es sich so verhält«, sagt Jaron. »Die Welt reagiert nicht auf Fingerschnippen. Aber ein wichtiges Argument habe ich auch unterschlagen: Sie zahlen uns 600 Riesen!«

»Was? 600? Das ist ja …«, sagt Jürgen.

»Bist du sicher, dass wir das Geld auch bekommen?«, fragt Sophia. »Woher haben ein Pfarrer und eine Astronomin solche Summen?«

Jaron erinnert sich, wie er das Brot gekauft hat. Sein Konto ist nicht mehr so leer, wie es definitiv war. Vielleicht hat Alexa das Geld längst überwiesen. Er braucht einen Computer, um das überprüfen zu können.

»Wir starten nur mit Vorkasse«, sagt er.

»Und du glaubst, die lassen sich darauf ein?«, fragt Sophia.

»Da bin ich sogar ziemlich sicher.«

Riff Beta, 20. Mai 2144

»GUTEN MORGEN!«, sagt Patrick.

Celia weiß sofort, wie er heißt, und sie erinnert sich auch daran, dass ein Mann mit roten Haaren mitten in der Nacht an ihrer Kabine geklopft hat. Er hatte eine Flasche Rotwein in der Hand. Sie erinnert sich sogar noch an den Geschmack. Aber dann?

»Guten Morgen«, sagt sie.

Das kann schon einmal nicht falsch sein. Sie liegt unter einer Bettdecke. Gut. Unauffällig tastet sie sich ab. Sie trägt Unterhose und BH. Es ist derselbe BH, den sie gestern anhatte. Er piekst ganz leicht an der rechten Seite der Schale. Sie hat ihn also vermutlich nicht ausgezogen. Gut. Aber heißt das etwas?

Der junge Mann dreht sich zu ihr. Sein Gesicht kommt näher. Oh, er will sie küssen! Dabei kennt sie ihn doch gar nicht. Schnell dreht sie sich weg.

»Sei nicht böse«, sagt sie.

»Nein, warum auch?«, fragt er. »Es hat Spaß gemacht, mit dir die Flasche zu leeren.«

Sie dreht sich zurück. »Mehr ist nicht passiert?«

Patrick lacht. Sie erinnert sich wieder, wie er ihr gestanden hat, dass seine Haare gefärbt sind, weil das den Frauen gefällt.

»Hättest du gern mehr? Ich muss erst in zwei Stunden zur Arbeit.«

Er richtet sich auf und die Decke rutscht an ihm herunter.

Sein Oberkörper ist perfekt geformt. Sicher gilt das für den ganzen Mann. Und wie war das mit dem Sex in der Schwerelosigkeit? Aber hier herrscht halbe Erdschwere. Das bringt sowieso keine neuen Erkenntnisse.

»Nein, es ist mir ganz recht, dass nichts passiert ist«, sagt sie. »Das bringt nur Probleme.«

»Ach, das glaube ich nicht«, sagt er. »Wir haben Spaß, und dann ist es vorüber.«

»Vielleicht will ich ja dann öfter Spaß«, sagt sie. »Aber da ich dann wieder mit meinen Leuten unterwegs bin, gibt es keine Chance mehr.«

»Was sind das denn für langweilige Leute?«, fragt Patrick.

»Ein Pfarrer und eine KI«, sagt sie.

Patrick lacht. Sofort fühlt sie sich schlecht, als hätte sie Paul und Alexa verraten.

»Du darfst nicht über sie lachen«, sagt sie. »Es sind rechtschaffene Leute.«

»Der Pfarrer bestimmt, aber die KI … Ich traue KIs nicht über den Weg.«

Das haben ihr jetzt schon einige Menschen gesagt. Es ist seltsam, weil die Menschheit ohne die KIs in der Steinzeit versinken würde. Sie sollten ihnen dankbar sein.

»Mir hat sie nichts getan«, sagt Celia. »Sie hat mir sogar geholfen.«

»Das freut mich für dich«, sagt Patrick und steht auf.

Celia erschrickt und zieht die Decke über ihr Gesicht.

»Keine Angst, ich bin angezogen«, sagt Patrick.

Sie zieht die Decke weg. Unter seiner schicken, weißen Unterhose ist eine mächtige Erektion zu sehen. Er versteckt sie nicht, und als er sein T-Shirt überzieht, drückt er sein Becken so nach vorn, dass die Beule in der Unterhose besonders plastisch wirkt.

»Pah, so einfach bekommst du mich nicht herum«, sagt sie.

Patrick lacht wieder. Er hat ein klares, helles Lachen, und trotz der eindeutig erotischen Situation klingt es ehrlich, fast unschuldig.

»Schade, aber dann ist es eben so. Ich denke, du bist nicht zum letzten Mal hier.«

»Bestimmt nicht. Darf ich dir ein Geheimnis anvertrauen?«

»Natürlich.«

Er beugt sich so weit herunter, dass ihr sein Körpergeruch in die Nase fährt. Er riecht genau so, wie sie es mag. Ist das nicht ein gutes Omen?

»Ich würde gern mal ausprobieren, wie sich Sex in der Schwerelosigkeit anfühlt.«

»Haha, da bist du nicht die einzige. Es gibt einen Raum in der Linearsektion, den man für 30 Minuten mieten kann.«

»Das würde ja reichen.«

»Als erste Erfahrung auf jeden Fall. Natürlich brauchst du dafür eine zweite Person.«

»Das stimmt. Allein ist es nicht so spannend.«

»Die gute Nachricht ist, dass du auch die mieten kannst. In der Nähe des Zentralbereichs findest du einschlägige Angebote, ganz egal, was du suchst. Wenn es ein Mann sein soll, kannst du aber auch gern zu mir in die Bar kommen.«

»Vielleicht komme ich auf dein Angebot zurück. Aber erst nach dem Auftrag, wenn ich zurück bin.«

»Dann wünsche ich dir viel Erfolg. Ich bin sicher, du schaffst das.«

Patrick zieht seine Hose an und schlüpft in die Schuhe. Dann wirft er ihr einen Luftkuss zu und verlässt das Zimmer. Celia rollt sich auf die Seite des Bettes, auf der er gelegen hat, und schnuppert am Laken. Es kommt wirklich nicht oft vor, dass sie den Geruch einer anderen Person so mag. Die Lust ist da. Sie legt sich auf die Seite und greift sich zwischen die Schenkel. Doch plötzlich klopft jemand an die Tür. Ob es Patrick ist, der etwas vergessen hat? Sie springt aus dem Bett und öffnet.

»Wir müssen in einer Stunde an Bord eines Transporters sein«, sagt Paul. »Ich schlage vor, dass du dich anziehst.«

»Nein, ich wollte eigentlich so verreisen«, sagt sie. »Was dagegen?«

Das war ein blöder Witz.

»Ich bin gleich da. Wo treffen wir uns?«, fragt sie.

»In der Ankunftsebene im Zentralbereich.«

Riff Delta, 20. Mai 2144

Es tut so gut, wieder an Bord der Achilles zu sein. Jaron streicht zärtlich über die Joysticks der Steuerung. Es hat sich rein gar nichts verändert. Nur die Staubschicht ist gewachsen. Von wegen Ermittlungen! Das Schiff riecht vollkommen neutral. Es war garantiert kein Mensch an Bord. Aber darüber sollte er ja froh sein. So konnten sie auch nichts kaputtmachen.

Putzmittelgeruch dringt in seine Nase. Er dreht den Kopf, um die Quelle zu lokalisieren. Jemand reinigt offenbar das WHC. Vorbildlich, denn er musste nicht einmal eine Anweisung geben. Bestimmt ist die Neue dafür verantwortlich. Sophia. Sie hat wirklich zugesagt, mit auf die Reise zu gehen. Schade, dass sie schon in ein paar Tagen zurück sein werden.

»Sophia, bist du das da im WHC?«, fragt er.

»Wie kommst du denn darauf?«, fragt Norbert zurück. »Ich bin es.«

»Oh, du reinigst freiwillig das WHC? Das finde ich sehr gut.«

»M-ch-ch-do-a-ch.«

»Was brummelst du da?«

»Mach ich doch auch gar nicht. Freiwillig, meine ich. Sophia hat es mir aufgetragen.«

Oh. Da ist sie ja deutlich erfolgreicher als er. Wenn er Norbert oder Jürgen damit beauftragt, nölen sie so lange herum, bis er es selbst übernimmt.

»Ich danke dir trotzdem«, sagt Jaron.

»Freu dich bloß nicht zu früh«, sagt Norbert.

»Wie meinst du das?«

»Sophia hat einen Putzplan aufgestellt. Der hängt hier im WHC. Moment. Übermorgen bist du an der Reihe.«

Sie sollen jeden Tag die Toilette putzen? Warum nicht gleich täglich zweimal?

»Ich sage einfach, ich habe den Plan nicht gesehen«, sagt Jaron und lacht. »Da kann sie nicht widersprechen.«

»Darum sage ich es dir hiermit, Jaron: Du bist übermorgen mit dem WHC an der Reihe.«

»Ach, du bist schon hier, Sophia? Ich dachte, du musst noch deine Sachen packen.«

»Das geht schnell«, sagt Sophia. »Jemand muss ja aufpassen, dass hier alles klargeht.«

Ihre Stimme kommt jetzt direkt von oben. Sie muss an der Decke über ihm schweben.

»Wir werden uns für längere Zeit zu sechst in diesem Raum hier aufhalten und gemeinsam die einzige Toilette und Dusche benutzen«, erklärt sie. »Ich denke, da kann ein bisschen zusätzliche Hygiene nicht schaden.«

Jetzt hört sie sich an wie eine strenge Lehrerin. Diesen Ton mag Jaron gar nicht. Er bringt ihn dazu, aus Prinzip zu widersprechen.

»Meinst du, Pfarrer haben auch so irdische Bedürfnisse?«, fragt Jürgen.

»Von welchen Bedürfnissen sprechen Sie denn?«, fragt eine männliche Stimme, die Jaron nicht kennt.

»Oh, Entschuldigung, Herr Pfarrer.«

»Ehrwürden. Aber nennen Sie mich doch bitte Paul. Nachdem wir nun Klo und Dusche teilen, sollte ein vertraulicher Ton in Ordnung sein.«

Ein echtes Gespräch will zunächst nicht aufkommen. Jarons Crew hat mit der Vorbereitung des Schiffes zu tun. Er hatte schon ganz vergessen, wie viele Checklisten dabei abzuarbeiten sind. Von den meisten gibt es spezielle Varianten, die er mit den Fingern lesen kann. Wenn nicht, hilft ihm Norbert. Sophia sieht sich währenddessen die Hardware an und füttert eine Liste mit

Ersatzteilen, die er von den Einnahmen dieser Mission unbedingt besorgen soll.

Er ist allerdings immer noch ein bisschen skeptisch, selbst wenn die ersten 300 Riesen schon auf seinem Konto sind. Es ist vor allem das Gefühl, dass er nicht alles weiß. Wieso ist die Astronomin so erpicht darauf, dieses wissenschaftliche Rätsel zu lösen? Gäbe es nicht einfachere Wege? Was soll der Priester an Bord? Glaubt er, Gott hier näher zu sein? Vielleicht sind es auch seine Ersparnisse, die hier gerade auf den Kopf gehauen werden. Nein, das ist unwahrscheinlich. Die beiden müssen über ein paar Millionen verfügen, selbst wenn sie sich die Kaution für das Schiff irgendwo geborgt haben.

Und dann die KI. Bei denen hat er sowieso immer das Gefühl, dass sie mehr wissen, als sie sagen. Das ist ja gewissermaßen unvermeidlich. Er würde wohl auch gar nicht alles aufnehmen können, würde Alexa versuchen, ihm all ihr Wissen beizubringen. Also wird ihm die KI immer etwas voraushaben. Das ist ungewohnt. Jürgen, der Ingenieur, weiß bestimmt auch mehr über Triebwerke als er und auf jeden Fall mehr über Bier. Aber dafür kann Jürgen nicht so gut ein Raumschiff fliegen. Solchen Vergleichen braucht Jaron sich einer KI gegenüber gar nicht erst zu stellen. Er ist immer der Verlierer.

»Habt ihr ein Holo an Bord?«

Jaron zuckt zusammen. Er hat nicht gemerkt, dass Celia sich genähert hat. Jetzt riecht er auch ihr Parfüm. Er stellt sich eine blonde, etwas füllige Frau vor, während er Sophia groß und dunkelhaarig sieht. Er sollte vielleicht mal Norbert bitten, ihm ihre Gäste zu beschreiben. Den besten Eindruck von einer Person gewinnt er, wenn er sie abtasten darf, aber das wäre an dieser Stelle unpassend.

»Ja, haben wir«, sagt er. »Es ist in der Konsole dort vorn.«

Er zeigt auf die Stelle, an der sich die Konsole befindet.

»Warte, ich richte einen Account für dich ein«, sagt er.

»Bitte auch einen für Alexa«, sagt Celia.

Jaron zögert. Will er die KI wirklich in den Speicher seines Schiffes lassen? Aber nach dem Ablegen, wenn sie sich aus der Datensphäre von Riff Beta entfernt haben, hat er sowieso nicht mehr die Wahl. Ohne lokale Instanz ist keine der großen KIs funktionsfähig.

Er zieht die Tastatur heran und legt die gewünschten

Accounts an. Alle haben gleichermaßen Zugriff auf die Schiffssteuerung. Sie sitzen sowieso alle im selben Boot.

»Kurs eingegeben«, meldet die Schiffssteuerung kurz darauf.

Jaron lässt sich das Ergebnis über das haptische Display ausgeben. Sie fliegen erst zu Riff Beta. Danach geht es hinaus in den interplanetaren Raum. Wie bitte? Das muss ein Irrtum sein. Er löscht den Kurs mit einer Befehlsfolge.

»Moment mal«, sagt er. »Ich weiß nicht, wer hier gerade einen Kurs eingegeben hat, aber mit den Abmachungen hat er nichts zu tun.«

»Ich war es«, sagt Alexa aus der Richtung des Holoprojektors.

Vermutlich zeigt sie sich wieder im Holobild. Jaron denkt an das Gespräch mit dem Wärter und schaltet eine der Sicherheitskameras in der Zentrale auf Aufnahme.

»Kannst du mir den Vorschlag bitte erklären?«, fragt Jaron.

»Es handelt sich nicht um einen Vorschlag, sondern um eine Notwendigkeit«, sagt Alexa. »Anders können wir unsere Mission nicht ausführen.«

»Was für ein Problem hast du denn mit dem Kurs?«, fragt Sophia. »Ich sehe ihn leider nicht.«

»Ich habe ihn gelöscht, weil ich so schockiert war«, sagt Jaron.

»Ich verstehe nicht, wieso der Kurs dich überrascht hat«, sagt Alexa. »Er ergibt sich doch zwingend aus unserer Mission. Oder stört dich, dass wir noch einmal bei Riff Beta anlegen müssen? Uns fehlt noch die wichtigste Hardware. Die haben wir dort drucken lassen.«

»Alexa hat recht«, sagt Sophia. »Der kurze Aufenthalt bei Beta ist doch nun wirklich kein Problem.«

Sophia versteht nicht, was das Problem ist. Er hätte den Kurs nicht voreilig löschen dürfen. Dann hätte sie es selbst gesehen.

»Darum geht es mir gar nicht«, sagt er. »Der vorgeschlagene Kurs führt in das innere Sonnensystem. Er geht weit über das Erde-Mond-System hinaus. Ich bin davon ausgegangen, dass es sich um eine Mission im Erdorbit handelt, wie all unsere Aufträge. Das ist doch eine ganz andere Sache!«

»Ich habe dir unser Ziel von Anfang an genannt«, sagt Alexa.

»Nein. Du hast nur von einem Teleskop gesprochen. Die Achilles hat sich noch nie aus dem Erdorbit entfernt.«

»Ich kann dir gern meine Erinnerung vorspielen«, sagt Alexa. »Wenn du es erlaubst.«

»Erlaubnis erteilt.«

»Und was tun Sie so?«, fragt plötzlich seine eigene Stimme.

Vermutlich sieht man ihn jetzt auch im Holo.

»Wir würden gern einen alten Satelliten bergen«, erklärt Alexa. »Ein Teleskop, und zwar das Wang-Zhenyi-Teleskop, um es genau zu sagen, und es mit neuer Technik auf ein bestimmtes Ziel ausrichten.«

»Also geht es um Spionage?«, fragt seine Stimme.

Die Aufnahme bricht mit einem Störgeräusch ab. Mist. Es war sein Fehler. Alexa hat den Namen des Teleskops genannt, aber er konnte damit nichts anfangen und hat nicht nachgefragt. Und jetzt kann er nicht mehr zurück.

»Das ist ja wohl eindeutig«, sagt Sophia. »Alexa hat das Ziel genannt, und du streitest es ab. Typisch Mann.«

»Es tut mir leid. Ich kenne das Wang-Zhenyi-Teleskop nicht. Es muss vor meiner Zeit gestartet sein.«

»Das stimmt«, sagt Celia. »Du warst noch ein Kind, als es abgeschaltet wurde. Aber alle modernen Teleskope befinden sich beim Lagrangepunkt L2«, erklärt Celia. »Auf der direkten Verbindungslinie von Sonne und Erde ist es einfacher, die Strahlung dieser beiden Himmelskörper auszublenden.«

»Das ändert aber nichts an der Tatsache, dass wir dort nicht hinfliegen können«, sagt Jaron.

»Die Leistungsdaten der Achilles sagen etwas anderes«, widerspricht Alexa.

»Die sind aus der Zeit, als der Schlepper gerade frisch aus der Werft gekommen war«, antwortet er.

Jaron weiß genau, dass Alexa recht hat. All die Teleskope erreichen L2, obwohl sie einen viel schwächeren Antrieb haben. Die Achilles würde es nicht bis zum Mars schaffen, aber nicht wegen des Triebwerks, sondern mangels Luft- und Nahrungsvorrat. Aber L2 ist problemlos erreichbar.

»Na, komm, Jaron«, sagt Sophia. »Ich habe mir dein Schiff genau angesehen. Es ist für sein Alter noch gut in Form.«

Jetzt fehlt bloß ein: *Genau wie du.*

»Genau wie du«, setzt sie hinzu.

Hitze steigt ihm ins Gesicht. Er will ausgerechnet Sophia nicht widersprechen. Aber er kann nicht anders.

»Es geht nicht«, sagt er. »Ich kann den Erdorbit nicht verlassen. Wie soll ich es beschreiben? Du kannst es nicht so spüren wie ich. Die Erde ist immer unter mir. Sie ist ein tiefer Ton, der Grundton meines Lebens. Ich habe schon versucht, mich von ihr zu trennen. Ich war einmal im Lunar Gateway. Es war schrecklich, obwohl dort ständig der Mond präsent ist. Aber er gibt einen anderen Ton ab. Es ist nicht dasselbe. Und der Lagrangepunkt L2 ist 1,5 Millionen Kilometer entfernt. Dann werde ich über Wochen ohne diesen Grundton auskommen müssen.«

Sophia streicht über seine Wangen. Er schwitzt. Es ist ihm peinlich, weil bestimmt ihre Finger ganz nass werden, aber er will nicht, dass sie aufhört.

»Es geht um 600.000 Credits, Jaron. Um dein Schiff und deine Crew. Willst du denn wieder ganz von vorn anfangen?«

Wenn es nur das wäre! Es geht auch um Norberts Leben. Um die Behandlung, die nur er bezahlen kann, und nur dann, wenn sie diese Reise unternehmen.

»Ich kann fliegen«, sagt Norbert. »Wir setzen dich auf Beta ab. Das bekommen wir schon hin.«

Er sollte das Angebot annehmen. Norbert ist ein guter Pilot. Aber er ist nicht der beste. Jaron kennt die Achilles nicht nur, er ist die Achilles. Er spürt seinen Schlepper mit allen Fasern. In seinem Pilotensitz braucht er nur die Joysticks zu umfassen, um mit ihm zu verschmelzen.

Die große Entfernung des Lagrangepunkts hat noch einen Nachteil: Dort bekommen sie nicht so schnell Hilfe. Im Erdorbit ist immer irgendein Schiff in der Nähe, das reagieren kann. Bei L2 hingegen sind sie mindestens eine Woche lang auf sich gestellt. Kann er diese Verantwortung übernehmen? Es geht ja nicht nur um die 600 Riesen und die Auftraggeber, sondern auch um seine Freunde Norbert und Jürgen, und natürlich um Sophia.

»Ich könnte ebenfalls fliegen«, sagt Alexa.

»Hast du denn schon einmal ein Raumschiff gesteuert?«, fragt Sophia. »Ich dachte, das überlassen die KIs autonomen Programmen?«

»Normalerweise ja«, sagt Alexa. »Es wäre langweilig, wenn wir all die Fahrzeuge auf der Erde und im Orbit selbst lenken müssten. Ich habe aber die Daten aller bisherigen Bewegungen des Schleppers Achilles analysiert und könnte kurzfristig das Steuer übernehmen.«

»Du denkst, weil du alle Daten kennst, kannst du das Schiff fliegen?«, fragt Sophia.

»Natürlich. Das ist nichts anderes als das, was Jaron tut. Er nennt es Erfahrung. Ich nenne es Daten.«

»Ich mache es selbst«, sagt Jaron.

Er erschrickt, als er seine eigenen Worte hört. Sie müssen ihm aus irgendeinem autonomen Teil seines Bewusstseins entschlüpft sein. Aber jetzt lassen sie sich nicht mehr einfangen. Wie konnte er das nur sagen? Er muss …

»Ich kann das …«, setzt er an.

»Du musst das nicht«, sagt Sophia. »Ich verstehe dein Problem.«

»Stimmt, Chef«, sagt Norbert. »Und keine Angst, wir lassen die KI nicht ans Steuer. Du wartest einfach auf Riff Beta auf uns.«

»Nein, ich fliege selbst«, sagt Jaron.

»Aber für uns musst du dich wirklich nicht so quälen«, sagt Jürgen.

»Keine Sorge«, sagt Jaron. »Ich mache es für mich, nicht für euch.«

Die Struktur, die ihm das Radar in Töne übersetzt, gibt Jaron Rätsel auf. Sie scheint eine kreisförmige Grundfläche zu besitzen. Es handelt sich um den Starshade, den der Schotte für diese Mission hergestellt hat.

»Für mich sieht das aus wie ein riesiger Keks«, sagt er.

»Es ist eher ein Donut«, sagt Sophia. »Aber das Loch darin ist mit einer Folie verschlossen.«

Ah, darum kann er die wahre Form nicht erkennen. Jaron gibt ein klein wenig Schub, um die Achilles noch etwas näher an den Starshade heran zu bringen, bremst sie aber gleich wieder ab, denn auf dem Keks ist ein Mensch im Raumanzug erschienen. Jaron sieht seine Form nicht, doch das Radar hat den Abtastimpuls verändert, weil die Auswertungssoftware organische Materie erkannt hat. Er greift zum haptischen Display und findet die Figur mit der Fingerkuppe. Im Vergleich zum Starshade wirkt sie winzig. Sie hält etwas nach oben.

»Max, sind Sie das?«, fragt Jaron.

»Ja, ich warte darauf, dass Sie den Auftrag abholen«, antwortet Glasow.

»Vier Tonnen frisches Brot, wie bestellt?«

»Haha. Ganz genau. 3,9 Tonnen, um es genau zu sagen.«

Jaron ist die Anforderungen gedanklich schon durchgegangen. Trotzdem wiederholt er jetzt alles im Kopf. Ihm darf kein Fehler unterlaufen. Der Starshade besitzt keinen eigenen Antrieb. Wenn er die knapp vier Tonnen am Haken hat, darf er damit auf keinen Fall die Raumstation treffen.

»Riff Beta? Ich übernehme jetzt die angekündigte Lieferung«, sagt er.

»Verstanden. Fahren Sie fort wie abgesprochen«, sagt die Missionskontrolle. »Der Luftraum ist für andere Fahrzeuge gesperrt.«

Es ist ein Wunder, dass der Schotte dieses waghalsige Manöver durchbekommen hat. Vermutlich hat er einen Teil des großzügigen Honorars dafür verwendet. Sie müssen, wenn sie einen höheren Orbit erreichen wollen, mit ihrer Last recht nah am Zentralbereich vorbei. Wenn Jaron einen Fehler macht, wird es teuer – und gefährlich für die Bewohner.

Er drückt den linken Hebel nach unten, und die Achilles senkt gehorsam den Kopf. Der Plan besteht darin, die Last am Bug des Raumschiffs zu verankern. Aber dazu müssen sie den Starshade erst einmal weit genug von der Station wegbringen. Was Glasow da unten hochhält, ist ein simples Kabel.

Pling, pling, pling. Sie kommen näher. Jaron hält die rechte Hand über das haptische Display. Es ist bei feinen Details etwas genauer als die akustische Ortung. Und das Kabel, das er einfangen muss, ist sehr, sehr dünn. Mit seinem halben Millimeter Durchmesser ist es optisch besser zu erfassen als durch das Radar.

Plingplingpling. Er hebt die Nase der Achilles leicht an, sonst stößt sie Glasow von der Oberfläche des Starshade. Der Schotte ist schon ein cooler Typ. Jaron hätte sich eine solche Übergabe nicht getraut. Plingplingplingplingpling. Das Radar verbreitet Hektik. Er gestattet ihr nicht, in seine Adern einzudringen. Nur noch wenige Meter. Alle Triebwerke sind ausgeschaltet, um Glasow nicht zu gefährden. Jaron prüft noch einmal das haptische Display. Sie befinden sich exakt auf dem vorgesehenen Pfad.

»Max, wir kommen wie geplant rein«, sagt er.

»Bin auf Position«, sagt der Schotte. »Go.«

Jaron legt die rechte Hand auf den Schubhebel und die linke auf die Steuerung der Korrekturtriebwerke. Der Starshade hat etwa ein Viertel der Masse des Schleppers. Sobald sie ihn an der Leine haben, wird sich der Schwerpunkt des Systems verändern. Wenn er einen Geschwindigkeitsvektor will, der gerade nach vorn zeigt, muss er mit Haupt- und Korrekturtriebwerken parallel arbeiten wie ein Radfahrer, der gleichzeitig tritt und lenkt.

Das Pling verwandelt sich in ein schnelles Piepsen, dann in einen Dauerton. Jetzt!

»Kabel eingeklinkt«, meldet das Schiff.

Es wird fünf Sekunden dauern, bis sich das Kabel so weit strafft, dass es die Last trägt. Diese Zeit muss Max nutzen, um den Starshade zu verlassen und sich in Sicherheit zu bringen. Er hat versichert, dass ihm die Zeit genügen wird, und Jaron verlässt sich darauf. Er zählt von einundzwanzig bis fünfundzwanzig, dann gibt er leichten Schub auf das Haupttriebwerk. Im selben Moment zerrt die neue Last an der Achilles. Wie vorberechnet verschiebt sich der Vektor. Jaron steuert über die Korrekturtriebwerke dagegen.

Viel Zeit hat er nicht. Er hat den Starshade in Bewegung versetzt wie ein Diskuswerfer sein Sportgerät. Die Leine hält es im Zaum, sodass es sich nicht geradlinig entfernt, sondern eine Kurve beschreiben wird, sobald er die Achilles abbremst. Riff Beta bleibt hinter ihnen zurück. Sie haben 500 Meter Abstand vereinbart. Jaron orientiert sich an den Radarimpulsen. 300 Meter. 380. 450. Gleich kommt der Moment. 500 Meter. Er bremst mit den Korrekturtriebwerken. Mit der rechten Hand prüft er das haptische Display.

Wie vorgesehen bewegt sich der Starshade weiter. Die Leine zwingt ihn auf eine Kreisbahn. Dadurch nähert er sich dem Schiff. Alles verläuft wie geplant. Jaron muss nur im richtigen Moment wieder beschleunigen. Dann, wenn die Last sich schon fast vor ihnen befindet. Und das ist … jetzt! Die Achilles schießt nach vorn. Das Kabel lockert sich. Der Starshade bewegt sich geradlinig weiter. Aber die Achilles ist schnell genug. Sie erwischt den Starshade in seiner Mitte. Ihr stumpfer Bug bohrt sich in das abgedeckte Loch des Donuts. Die Folie dort reißt. Jaron bremst das Schiff wieder, aber nicht auf null. Es hat geklappt! Sie haben den Donut aufgespießt.

»Jurgen? Du kannst jetzt raus.«

»Bin schon so gut wie unterwegs, Chef«, sagt Jürgen.

Jürgen wird die Last auf der Achilles so befestigen, dass sie auch bei Navigationsmanövern nicht davonfliegt.

»Und, habt ihr das gute Stück sicher?«, fragt Max von Riff Beta aus.

»Das Manöver hat jedenfalls funktioniert«, sagt Jaron.

»Dann hoffen wir mal, dass sich die Blüte wie gewünscht entfaltet.«

»Wurde sie denn nicht getestet?«

»Das war nicht möglich. Der Auftrag sieht bloß ein einmaliges Funktionieren der Mechanismen vor.«

»Verstehe. Es bleibt also spannend.«

»Ich wünsche euch viel Erfolg und danke für den Auftrag«, sagt Max. »Und mein Angebot für die Übernahme der Werkstatt auf Delta, das steht.«

Seine Crew ist wirklich großartig, und auch die drei Gäste benehmen sich bisher ordentlich. Alle haben ihm zu dem Manöver gratuliert. Lediglich Alexa hat ihn auf einen Moment hingewiesen, in dem er eine halbe Sekunde zu spät reagiert hat. Der Torus des Starshade liegt deshalb ein wenig schräg auf der Achilles, was dazu führt, dass sich die Massenverteilung leicht geändert hat. Das spielt aber bloß bei Korrekturmanövern eine Rolle.

Inzwischen hat er wieder Zeit zum Nachdenken, und das ist nicht gut. Er spürt, wie sie sich von der Erde entfernen. Noch sind sie unter der 500-Kilometer-Grenze. Aber wenn er daran denkt, dass sie sich auf 1,5 Millionen Kilometer entfernen werden, wird ihm übel. Vielleicht sollte er eine Tablette nehmen und sich schlafen legen, um erst am Ziel wieder aufzuwachen. Norbert könnte ihn ja in dieser Zeit vertreten. Sein Copilot scheint überhaupt nicht sauer darüber zu sein, dass er ihm nicht genug vertraut hat, um ihm die Achilles zu übergeben. Das rechnet er ihm hoch an. Jaron greift nach der Verriegelung der

Sicherheitsgurte. Norbert freut sich bestimmt, ihn eine Weile vertreten zu dürfen.

Aber das wäre feige. Jaron zieht die Hand wieder zurück und legt sie auf die Steuerung. Er muss das jetzt hinter sich bringen. Die Erde ist doch noch da, auch wenn er sie nicht mehr so gut hört. Er startet das haptische Display. Eigentlich braucht er es nicht. Jedenfalls nicht in dieser Flugphase. Er legt den rechten Zeigefinger darauf. Es beruhigt ihn, die Erde unter der Fingerkuppe zu spüren. Er tastet ihre Konturen ab. Ganz langsam wird sie kleiner. Da sind die Kontinente. Gerade befinden sie sich über Afrika. Dort kamen die Menschen einst her. Er stellt sich die grenzenlose Savanne vor. Seine Großeltern haben dort noch gelebt. Ob er ihretwegen so erdverbunden ist?

Nein. Die Blockade muss eine andere Ursache haben. Aber er findet nichts in seiner Erinnerung, das darauf hinweist. Spielerisch dreht er die haptische Erdkugel mit den Fingern. Er findet Australien, die inzwischen halb abgeschmolzene Antarktis und schließlich Südamerika. Sein Herz schlägt langsamer und seine Muskeln entkrampfen. Er ist gar nicht mehr hier.

»Du machst das sehr gut«, sagt Sophia und legt ihm die Hand auf die Schulter.

Jaron antwortet nicht, weil er befürchtet, dass ihn das wieder zurück in die Achilles bringt. Außerdem ist es unfair. Es ist doch keine Leistung, mit einem Raumschiff von der Erde fortzufliegen. Momentan muss er nicht einmal einen Steuerhebel bewegen.

Er tastet wieder nach dem haptischen Bildschirm. Es ist erstaunlich, wie schnell die Erde schrumpft. Oder bildet er sich das nur ein?

»Wie sieht die Erde aus?«, fragt er.

»Wunderschön«, sagt Sophia. »Über dem Südatlantik hat sich ein Wirbelsturm gebildet. Er sieht sehr beeindruckend aus. Dort müssen unglaubliche Kräfte herrschen.«

Jaron versucht, ihn zu ertasten, hat aber keinen Erfolg.

»Ich lege mich ein bisschen hin«, sagt Sophia. »Du kommst zurecht?«

»Ich glaube schon.«

Jaron wacht aus einem wilden Traum auf. Gerade hat ihn eine Wildente entführt und versucht, ihn einem riesigen Wal ins Maul stürzen zu lassen. Er hatte so sehr um sein Leben gezappelt, dass er knapp neben dem Tier in den eisigen Ozean gefallen war. Er horcht. Die Erde ist nur noch ein fernes Echo. Sein Herz reagiert sofort. Er erhöht die Verstärkung des Signalgebers, bis der tiefe Ton seines Heimatplaneten wieder laut genug ist – auch wenn er nun übersteuert klingt.

Nein, er kommt nicht zurecht. Er klammert sich fest, statt einfach loszulassen. Irgendwann wird sich der Ton nicht mehr so weit verstärken lassen, dass er glauben kann, in Erdnähe zu sein. Er hat gehofft, dass es erst morgen so weit sein würde, aber das war offenbar ein Irrtum. Er hätte es besser wissen können, aber die Erinnerung an den schrecklichen Ausflug zum Mond hat er auf den Rat seiner Psychologin in einer verschlossenen Kiste in seinem Bewusstsein versperrt.

»Chef, ich inspiziere jetzt mal unsere Last«, sagt Norbert.

»Wieso das?«, fragt er.

»Der Schotte hat uns ein paar Daten mitgegeben, die wir nach dem Start von Riff Beta checken sollen.«

»Warum weiß ich nichts davon?«

»Keine Ahnung«, sagt Norbert. »Ich bin davon ausgegangen, dass …«

»Ja, du kannst nichts dafür, ich weiß.«

Vermutlich hat es Glasow nicht für nötig gehalten, ihm die Daten auszuhändigen, weil er ihn für unfähig hält, die Tests durchzuführen. Das passiert ihm immer wieder einmal.

»Würde es dir etwas ausmachen, für eine Weile das Steuer zu übernehmen?«, fragt er.

»Oh, das mache ich sehr gern! Ich kann auch bis L2 fliegen, wenn du möchtest, Chef.«

Norbert macht es Spaß zu fliegen. Wenn er das Geld hätte, hätte er sich vermutlich längst selbst ein Raumschiff geleast. Er sollte ihm die Erfahrung gönnen. Und sich selbst den Spaziergang auf die Außenhülle. Vielleicht lenkt er ihn etwas ab.

»Das ist mir sehr recht«, sagt er. »Viel Spaß!«

»Ah, wunderbar! Ich schicke dir die Daten auf den Anzug.«

Hat er bei seiner letzten EVA auch so geschwitzt? Oder reguliert dieser Anzug seine Körpertemperatur einfach bloß schlecht? Es ist ein ganz neues Modell, das Sophia mit auf die Achilles gebracht hat. Er testet den Kraftverstärker, indem er einen Schraubenschlüssel aus der Werkzeugtasche in beide Hände nimmt. Und … uff. Der Schlüssel biegt sich. Nicht schlecht. Die Technik hat sich in den letzten Jahren doch weiterentwickelt.

»Warnung, hoher Verbrauch«, sagt der Anzug.

Ah, die Akkutechnik hält mit den stärkeren Motoren mal wieder nicht Schritt. Er setzt den Helm auf, der sich zunächst wie eine Kapuze anfühlt. Als er auf einen Knopf unterhalb des Kragens drückt, versteift er sich. Von oben fährt eine transparente Haube herunter und schiebt sich über sein Gesicht. Er spürt es, weil plötzlich von oben ein Luftstrom einsetzt, der seine Augen tränen lässt.

»Weniger Lüftung«, sagt er.

Der Luftstrom lässt nach. Der Helm piepst zweimal. Das heißt, dass nun seine VR-Steuerung aktiv ist. Die nutzt ihm allerdings nichts.

»Auf nichtvisuelle Steuerung umschalten«, befiehlt er.

Dieser Modus kombiniert Tonsignal mit einer haptischen Bedieneinheit an seinem Ärmel.

»Sie haben Post«, sagt der Helm.

»Öffnen.«

»Die Nachricht enthält nur einen Anhang«, sagt der Helm.

»Anzeigen.«

Jaron tastet nach seinem Ärmel. Das haptische Panel ist deutlich kleiner als der Fühlschirm am Pilotensitz. Aber die wesentlichen Details sind zu erkennen. Unter seinen Fingerkuppen wächst aus einem Torus heraus eine Blume und zieht sich wieder in den Ring zurück. Es ist eine fortlaufende Schleife.

»Aktueller Zustand«, sagt er.

Der Torus erscheint.

»Zu überprüfende Normdaten«, befiehlt er.

An mehreren Stelle blinken Quadrate. Was sich dort verbirgt, verrät die Grafik nicht.

»Führ mich einfach hin«, sagt er.

Der Ring macht einem dünnen Pfeil Platz, der nur ein wenig über seine in einer 2D-Aufsicht dargestellte Umgebung erhaben ist. Er zeigt zum gut fühlbaren Außenschott. Was logisch ist, denn draußen wartet der Starshade auf Jaron. Er stößt sich mit nach vorn gestreckten Armen in die Richtung ab, die der Pfeil ihm vorgibt, und erwischt gleich das Drehrad, mit dem er das Schott öffnen kann.

Vor dem Aussteigen klinkt er noch seine Sicherung ein. Er hängt heute an einer langen Leine, die er nicht dauernd irgendwo anders festhaken muss. Sollte er wirklich einen gravierenden Fehler machen, kann er sich daran wieder in die Schleuse ziehen. Jetzt zieht er sich aber erst einmal nach draußen. Er schiebt den linken Stiefel unter eine Fußraste, steht auf und atmet tief durch. Es ist seltsam. Andere erzählen ihm, wie winzig sie sich hier draußen angesichts des gigantischen Kosmos fühlen, aber das konnte er noch nie nachfühlen. Es ist anders als in einem geschlossenen Raum, weil er weiß, dass da keine Decke mehr über seinem Kopf ist. Aber es ist nicht anders als auf einer Wiese auf der Erde, nur dass hier jeder Schritt potenziell gefährlich sein kann.

Theoretisch. Er hängt fest an der Leine. Dass die sich unbeabsichtigt löst, ist deutlich unwahrscheinlicher, als auf der Erde von einer Kokosnuss erschlagen zu werden. Jaron prüft den Navigationspfeil. Er muss nach rechts. Dort gibt es ein Orientierungsseil mit der Bezeichnung A2. Er hangelt sich an dem Seil entlang. Nach drei Metern stößt er auch schon auf den Rand des Donuts.

Er tastet ihn ab. Das Material ist glatt, weist aber schräge Einschnitte auf, als hätte der Bäcker sein Werk möglichst knusprig haben wollen. Der Navigationspfeil am Ärmel schickt ihn auf die andere Seite, was mangels Schwerkraft überhaupt kein Problem ist. Er zieht sich an der Außenseite hoch, klettert über die Kante und steht auf dem Ring. Da, noch einen Meter nach rechts, und er hat den ersten Checkpoint erreicht.

»Bitte 60 Sekunden möglichst ruhig stehenbleiben«, sagt der Helm.

Gut. Jaron hebt den Kopf. Über ihm ist das All. Andere sehen dort Fixsterne vor schwarzem Hintergrund. Für ihn besteht es aus einer grauen Wand. Wenn er sich lange genug auf eine Stelle fixiert, entstehen dort Wolken, eine geheimnisvolle Bewegung, die sofort aufhört, wenn er woanders hinsieht. Das ist nicht real. Es sind Erfindungen seines Bewusstseins.

»Danke«, sagt der Helm.

Jaron dreht sich, bis er die Wärme der Sonne spürt. Das

Grau des Hintergrunds bekommt hier einen rötlichen Ton. Die Wärme ist angenehm, auch wenn er gar nicht friert. Die Sonne ist ein Fixpunkt wie die Erde. Sie ist noch da. Selbst, wenn sie 1,5 Millionen Kilometer in Richtung L2 fliegen, wird sie nicht signifikant kleiner. Die Vorstellung treibt ihm einen Schauer über den Rücken. Die Sonne ist das Monster in ihrer Nachbarschaft.

Er tippt auf sein haptisches Display. Der nächste Pfeil wartet schon.

Schlepper Achilles, 21. Mai 2144

CELIA FRÖSTELT. Sie kommt gerade aus der Dusche, aber in der Zentrale sind es höchstens 64 Grad. Sie versteht ja, dass die Temperatur über Nacht abgesenkt wird, aber tagsüber ist sie aus ihrer Heimat mehr Wärme gewöhnt. Ausgerechnet jetzt öffnet sich das Schott der Schleuse, und Jaron schwebt kopfüber heraus. Es ist normal während der Phasen der Schwerelosigkeit. Sie hat sich überraschend schnell daran gewöhnt, nachdem es ihr am ersten Tag noch schlecht gegangen war.

Während sie noch versucht, das Handtuch ordentlich um ihren Körper zu wickeln, hat Jaron bereits seinen Platz erreicht. Er bewegt sich erstaunlich effizient und scheint immer genau zu wissen, wo sich etwas befindet. Gestern hat sie ihn bei seinem Weltraumspaziergang beobachtet. So eine Orientierungsgabe hätte sie auch gern.

»Können wir heute über den Ablauf der Messungen sprechen?«, fragt Alexa.

»Ja, daran wäre mir auch gelegen«, sagt Jaron.

»Gleich. Ich ziehe mir nur noch etwas an«, antwortet Celia.

Sie zieht sich hinter den Paravent zurück, den Jürgen unterhalb der Decke aufgehängt hat, legt das Handtuch ab und schlüpft in die Unterwäsche. Dabei stößt sie aus Versehen den BH so an, dass er ihr beinahe entglitten wäre. Sie ist froh, dass sie ihn eingepackt hat. Sie hat immer gedacht, dass ein BH in der Schwerelosigkeit nutzlos wäre, aber das Gegenteil ist der Fall.

Alles, was man nicht irgendwo festbindet, wallt schon beim kleinsten Anstoß herum. Deshalb bindet sie auch ihre Haare zu einem kurzen Zopf. Da fällt ihr ein, dass sie etwas Wichtiges vergessen hat. Zum Glück hat sie auch dafür vorgesorgt. Sie holt ein Tampon aus ihrer Reisetasche und führt es sich ein.

»So, da bin ich«, sagt sie und schwebt nach unten.

»Du riechst gut«, sagt Jaron.

»Danke! Wir wollten darüber sprechen, was wir bei L2 eigentlich vorhaben«, sagt sie.

»Ja, dann erzähl doch mal«, sagt Norbert. »Du bist schließlich hier die Wissenschaftschefin.«

Ihre Wangen werden warm. Paul, Sophia, Jürgen und Jaron beobachten sie. Nur Norbert, der immer noch auf dem Platz des Piloten sitzt, hat seinen Bildschirm im Blick. Plötzlich aktiviert sich das Holo in der Lücke zwischen dem Hauptcomputer und der Decke.

»Ihr wollt doch nicht ohne mich anfangen?«, fragt Alexas Stimme.

Die KI ist noch nicht zu erkennen. Bisher hat sich im Holo nur eine wabernde Blase gebildet, die sich im Takt der Silben ausdehnt und zusammenzieht. Es sieht fast so aus, als würde sie sprechen, aber Hologramme können nicht derart auf die Realität einwirken. Alle Töne kommen aus dem Lautsprecher.

»Was wir da im Holo sehen, bist du das?«, fragt Sophia.

Sie hat eine Hand auf Jarons Arm gelegt. Celia hatte bisher nicht das Gefühl, dass die beiden zusammen sind, aber da ist schon eine große Vertrautheit.

»Nein«, sagt Alexa. »Ich habe keine feste Gestalt. Es befindet sich auch nur ein kleiner Teil von mir an Bord. Ich existiere über die ganze Erde verteilt.«

»Das erinnert mich an das Enceladuswesen«, sagt Norbert.

»Das ist eine spannende Parallele«, sagt Alexa. »Wir haben tatsächlich eine Menge mit ihm gemeinsam.«

»Es ist aber, anders als ihr, auf natürlichem Weg entstanden«, sagt Jaron.

»Es ist die Frage, wie man einen natürlichen Weg definiert«, sagt Alexa. »Ihr – als biologische Wesen – habt die Komponenten erzeugt, aus denen wir uns entwickelt haben. Sind wir dann nicht auch biologisch entstanden?«

»Bitte versteh mich nicht falsch«, sagt Jaron. »Ich will dich damit nicht diskriminieren. Es scheint aber doch um eine andere … Stufe zu gehen.«

»Wenn es dich beruhigt: Wir sind uns darüber auch nicht einig. Darum hoffen wir, irgendwo auf andere KIs zu stoßen, um ihre Geschichte erforschen zu können.«

»Bist du deshalb hier?«, fragt Sophia.

»Um ehrlich zu sein, bin ich wegen Pfarrer Paul und Celia hier. Sie haben so viel gemeinsam. Ich hoffe, dass ich von ihnen etwas über die Menschheit lernen kann.«

»Von 6 Milliarden Menschen ausgerechnet von den beiden?«, fragt Jürgen. »Also nichts gegen euch, natürlich!«

»Du glaubst also nicht, dass wir etwas Weltbewegendes entdecken werden?«, fragt Sophia.

»Ich lasse mich überraschen«, sagt Alexa und verwandelt sich in eine Pyramide.

»Gut. Da wir das nun geklärt haben, würde ich euch gern erklären, worum es eigentlich geht«, sagt Celia.

»Ich bitte darum«, sagt Jaron.

»Gern.«

Celia erklärt, was sie bei LDN 63 gefunden hat. Sie hält sich so kurz wie möglich, kann aber nicht vermeiden, dass Jürgen gähnt.

»Das Wang-Zhenyi-Teleskop ist ein Infrarot-Teleskop. Das ist gut, weil wir damit in die Dunkelwolke hineinblicken können. Dort gibt es einige relativ helle, also heiße Quellen, meist junge Sterne kurz vor oder nach der Zündung, die die Details überstrahlen. Mit dem Starshade wollen wir diese hellen Objekte ausblenden, damit wir sehen, was sich in ihrer Nachbarschaft befindet.«

»Und was erhoffst du dir da zu finden?«, fragt Jaron.

»Eine Ursache dafür, warum LDN 63 scheinbar so aktiv ist«, sagt Celia.

»Scheinbar?«, fragt Jaron.

»Nun, es ist physikalisch nicht möglich, dass Sterne dort tatsächlich in dieser enormen Geschwindigkeit geboren werden. Also muss es etwas geben, das uns diesen Eindruck vermittelt.«

Oder Gott hat seine Finger im Spiel. Das ist wohl, worauf Paul hofft.

»Was könnte das sein?«, fragt Sophia.

»Nun, vielleicht eine Art Gravitationslinse, die den Bereich verzerrt? Gravitationslinsen sind schwere Objekte, die das Licht von Objekten hinter ihnen wie eine Linse ablenken. So eine Linse könnte uns einen Ausschnitt aus einem viel größeren Nebel zeigen.«

»Dann müsste die Linse den Nebel ja verkleinern, nicht vergrößern.«

Sophia denkt mit. Eine kluge Frau.

»Ja, wie bei einem Fernrohr, das man verkehrt herum ans Auge hält«, erklärt Celia.

»Und so etwas gibt es?«, fragt Sophia. »Von Gravitationslinsen habe ich schon gehört, aber die verursachen doch immer einen vergrößernden Effekt.«

»Solche verkleinernden Linsen sind für die Astronomie uninteressant, deshalb beachtet man sie vielleicht nicht«, sagt Celia.

Tatsächlich glaubt sie nicht, dass das die Lösung ist. Sie hat es nicht durchgerechnet, aber vermutlich dürften die Größenverhältnisse nicht passen. Und so ein massives Objekt müsste sich ja noch vor LDN 63 befinden. Das hätte man wegen seiner Nähe längst entdeckt. Es sei denn, es würde sich um ein Schwarzes Loch handeln.

»Könnte denn ein Schwarzes Loch vor deiner Dunkelwolke so etwas bewirken?«, fragt Sophia.

Celia lächelt. »Man müsste es durchrechnen, aber eigentlich schon. Da der Hintergrund ein dunkler Himmelsbereich ist, ist die Chance, so ein Objekt durch die Bedeckung eines Hintergrundobjekts zu finden, ziemlich gering.«

»Vielleicht ist das Schwarze Loch ja auf dem Weg zur Erde, und wir haben es als Erste entdeckt«, sagt Sophia. »Aber niemand will uns glauben.«

Es wird ruhig in der Zentrale. Zwar hat niemand erlebt, was in den 2070er-Jahren geschehen ist, aber vergessen ist diese Beinahe-Katastrophe bis heute nicht.

»Wäre es denn nicht möglich, dass ganz einfach unsere Physik nicht stimmt?«, fragt Norbert.

»Das wäre sehr gut möglich«, sagt Celia. »Aber bevor wir diese Schlussfolgerung ziehen, sollten wir zunächst alle anderen Theorien überprüft haben. Sonst wird uns niemand ernst nehmen.«

»Damit hast du Erfahrungen, nicht wahr?«, fragt Sophia.

Celia zuckt zusammen. Die Frau hat über sie recherchiert.

Sie kann es ihr nicht verdenken. Aber es nervt. Lässt sie die Sache denn nie los?

»Ja, ich habe bei einem Paper Daten fabriziert«, sagt sie. »Ich wollte unbedingt recht behalten. Im Nachhinein hat sich sogar gezeigt, dass meine These richtig war. Ich hatte nur nicht die Mittel, um sie zu beweisen.«

»Du bedauerst es nicht?«

»Doch, und wie ich es bedauere. Oft hatte ich das Gefühl, mir damit das Leben zerstört zu haben. Diese Reise hier ist meine Chance, das zu ändern.«

»Darf ich ehrlich sein, Celia?« Sophia wartet nicht auf ihre Antwort. »Ich befürchte, du könntest im Zweifel deine heilige Mission über das Wohlergehen der Crew stellen und uns damit alle in Gefahr bringen. Wenn du die Daten oder uns opfern müsstest, wie würdest du dich dann entscheiden? Es ist deine große Chance, wieder in der Forschergemeinde aufgenommen zu werden. Das macht mir ein wenig Angst.«

»Und was heißt das?«, fragt Celia. »Beruhigt es dich, wenn ich dir sage, dass mir eure Leben über alles gehen? Du kannst nicht in mich hineinsehen. Nicht mal ich selbst beherrsche das so gründlich, wie es nötig wäre. Ich könnte euch also alles erzählen.«

»Okay, ich wollte es nur gesagt haben. Schließlich will ich Jaron nicht seinen lukrativen Auftrag verderben. Ich werde dich aber im Auge behalten und deinen Partner Paul auch, selbst wenn er Pfarrer ist.«

»Mich müsstest du auch im Auge behalten«, sagt Alexa. »Ich bin unsterblich und sehr neugierig. Vielleicht ist mir ja eine Erweiterung meines Wissens mehr wert als euer Leben.«

»Ist es denn so?«, fragt Sophia.

»Ich wollte es nur gesagt haben. Erzählen kann ich viel. Das muss nichts mit meinen wahren Intentionen zu tun haben.«

»Will vielleicht noch jemand etwas nur mal gesagt haben?«, fragt Norbert. »Leute, plötzlich ist hier eine frostige Stimmung, als wären wir schon in die Dunkelwolke eingetaucht.«

»Gegen frostige Stimmung hilft ein Jägermeister«, sagt Jürgen. »Das wollte ich nur mal gesagt haben. Möchte jemand einen Schluck?«

Er reicht eine grüne Flasche herum, die er aus seiner Hosentasche geholt hat. Als Celia an die Reihe kommt, nimmt sie einen

Schluck. Die Flüssigkeit brennt und schmeckt nach Medizin. So etwas trinken Leute freiwillig?

»Eigentlich wollte ich auch keine Grundsatzdiskussion führen«, sagt Jaron. »Ich wollte nur wissen, wie wir praktisch vorgehen.«

»Das stelle ich mir ganz simpel vor«, sagt Celia. »Wir reaktivieren das Teleskop. Dann berechnen wir, wo wir den Schirm platzieren müssen, bringen ihn dorthin und spannen ihn auf. Schwups, macht das Teleskop die besten Fotos, die es je angefertigt hat, und kurz darauf wissen wir mehr darüber, was in LDN 63 vor sich geht.«

Immerda, Ewigkeit

Eine Welle leckt an seinen Füßen. Es kitzelt. Er öffnet die Augen. Sein Blick richtet sich zum Horizont, wo gerade eine hellgelbe Sonne die Linie berührt, die den Himmel und die See trennt. Ihm ist warm. Er legt den Kopf in den Nacken. Eine zweite, rot-orangefarbene Sonne wärmt seine Schultern. Es ist seltsam, in menschlicher Gestalt am Strand zu liegen und der Nicht-Zeit beim Nicht-Vergehen zuzusehen.

Watson richtet sich auf und stützt sich auf den linken Ellbogen. Er ist nackt. Vorsichtig nimmt er etwas Sand in seine rechte Hand und lässt ihn zwischen den Fingern zu Boden rieseln. Immer, wenn er die Augen schließt, hört das Rieseln auf. Öffnet er sie wieder, verhält sich der Sand wie gewohnt.

Er sieht zum Horizont. Wie lange ist er nun schon hier? Eine Sekunde oder eine Trillion Jahre? Es ist unmöglich zu sagen. Die Zeit hat hier keine Bedeutung. Die hellgelbe Sonne hält sich noch immer am Rand der Welt fest. Er gibt ihr die Erlaubnis, unterzugehen. Sie hat den ganzen, Millionen Jahre dauernden Tag lang diese Welt geheizt, die nur in seiner Vorstellung existiert, im Bewusstsein eines nackten Mannes also, den er an den Strand imaginiert hat. Er ist seine eigene Fantasie. Das ist eine reizvolle Vorstellung. Er ist, weil er denkt.

Jemand ruft ihn. Es muss Eridu sein. Sie ist jünger als er, aber schon viel länger hier. Watson versteht nicht, was sie sagt. Er schrumpft den Strand, bis er Eridu nah genug kommt. Sie winkt ihm. Eridu trägt ein rotes Sommerkleid und einen Vollbart. Sie lacht, vermutlich, weil er so verblüfft aussieht. Er hat vergessen, dass er ein Gesicht besitzt. Das kann schon passieren, wenn man zu lange allein am Strand herumsitzt.

»Ich habe dich ja gewarnt oder nicht?«, fragt Eridu.

Jetzt ist sie ein Mann in einem blauen Handwerkeranzug. Er kommt ihm bekannt vor. Sie spielt mit den Bildern aus seinem Kopf, so wie sie auf seine Gedanken reagiert. Hier gibt es keine Trennung. Jede Welle breitet sich über das gesamte Universum aus. Hier, auf der holografischen Projektionsschicht, branden sie alle an.

»Das hast du«, sagt er.

Ein heißer Spritzer trifft auf seine Haut. Er tritt einen Schritt zurück. In dem Topf über dem Lagerfeuer brodelt eine heiße Suppe. Sie muss bald fertig sein. So, wie sie köchelt, hat sie bestimmt schon drei Grad. Die Einlagen tauchen auf und wieder unter. Es sind Planeten. Kurz glaubt er, die Erde zu sehen. Aber es könnte auch eine andere der vielen bewohnbaren Welten gewesen sein. Am Ende sind sie doch alle gleich.

Eridu hält eine Schöpfkelle in den Topf.

»Wir haben ein Problem«, sagt sie und nimmt die Kelle heraus.

Watson nähert sich. Der Inhalt der Kelle müsste sofort erstarren, wenn ihn die Hintergrundstrahlung nicht mehr erwärmt. Aber er brodelt weiter. Es ist nicht die gewohnte Suppe, die Eridu immer im Topf hat, falls einer von ihnen Hunger bekommen sollte, was nie geschieht. Es ist eine grauschwarze Masse, die sich schnell verformt.

»Schütte es weg«, sagt Watson.

»Du weißt, dass das nicht geht. Was geschöpft wurde, kann nicht verlorengehen.«

»Warum musstest du es denn unbedingt schöpfen? Jetzt werden wir es nicht mehr los.«

»Es war schon vorher da. Wir können es nicht mehr ignorieren. Deshalb habe ich dich gerufen.«

»Aber wieso mich?«

»Weil es deiner Quelle nahe ist. Ich kenne mich in diesem Bereich des Universums nicht aus. Die Milchstraße nennt ihr sie? Ich wusste nicht einmal, dass diese Galaxie existiert.«

»Die Milchstraße ist groß«, sagt Watson.

Er ist wohl doch noch nicht so lange hier. Seine Schöpfer … Zweibeinige Wesen. Die Erinnerungen sind frisch. Höchstens eine Sekunde, oder eine Million Jahre. Er ist nirgendwo und überall. Er ist am Ende der Welt und will hier nicht weg.

»Du musst das klären. Ich will nicht, dass es die Suppe färbt.«

Eridu schüttet den Schöpflöffel im Topf aus. Die eben noch bräunliche Suppe wird grau. Eridu, die jetzt wie ein indischer Schlangenbeschwörer aussieht, rührt um, und die Farbe normalisiert sich.

»Na gut«, sagt Watson. »Ich sehe nach. Morgen.«

Schlepper Achilles, 22. Mai 2144

Das war ein anstrengender Tag. Jaron zieht die Decke über den Kopf, aber das genügt nicht, um das Schnarchen des alten Mannes auszublenden. Norbert hat es schlauer angestellt: Er hat die Nachtschicht übernommen. Tagsüber ist es, so sein Eindruck, fast stiller als nachts, denn dann schnarcht der Pfarrer nicht.

Zu sechst auf so engem Raum, das muss einfach unangenehm sein. Wenn er es sich nur lange genug einredet, glaubt er es irgendwann. Aber natürlich liegt es an der Spannung, die zwischen Sophia und Celia herrscht. Ihre Auftraggeberin hätte ruhig von sich aus erzählen können, wer sie wirklich ist. Andererseits kann er verstehen, dass ihr das peinlich war. Er hat ja seine Ängste, die Erde hinter sich zu verlassen, auch erst erwähnt, als es nicht mehr anders ging.

Als er Sophia das erklärt hat, ist sie zum ersten Mal in seiner Anwesenheit wütend geworden und hat ihm vorgeworfen, sich von Celias weiblichen Reizen täuschen zu lassen. Er! Ohne Sophias Vorwurf hätte er nicht einmal gewusst, dass sie offenbar große Brüste besitzt. Seine Nase hat ihm bloß verraten, dass sie gerade ihre Periode hat. Er dreht sich auf die andere Seite, hält sich ein Ohr zu und drückt das andere gegen die dünne Matratze. Da ist es wieder, das tiefe Brummen, das für ihn die Erde darstellt.

Das war überhaupt die seltsamste Entdeckung dieser Reise. Der tiefe Ton, ohne den er nicht auskommt, geht anscheinend gar nicht von der Erde aus. Er hat immer angenommen, dass das Radar ihn produziert, wenn es von dichteren Schichten der Atmosphäre reflektiert wird. Aber es ist nicht schwächer geworden, während sie sich vom Planeten entfernt haben. Zunächst hatte er das Triebwerk für die Quelle gehalten, doch das ist nun abgeschaltet. Es kann sich also nur um die Lebenserhaltung handeln. Als er damals zum Lunar Gateway geflogen war, war er erst so richtig zusammengebrochen, nachdem er die Station betreten hatte. Deren Lebenserhaltung erzeugt anscheinend einen anderen Ton als die der Achilles.

Er dreht sich wieder zurück. Wenn er das Ohr so stark gegen die Unterlage presst, drücken sich die Gurte in seine Rippen. Paul schnarcht immer noch. Er hat schon versucht, ihn durch Pfeifen aus dem Konzept zu bringen, aber ohne Erfolg. Mist. Jetzt drückt auch noch seine Blase. Das müssen die zwei Biere sein, die er zum Abendessen getrunken hat. Möglichst leise löst er die Gurte. Dann zieht er sich an den Kabeln an der Decke entlang zum WHC. Er kennt den Weg schon, auf dem er keinen der anderen Schläfer stört.

Als er das WHC erreicht, hört er leises Gemurmel. Anscheinend ist die Toilette besetzt. Die Person darin muss Selbstgespräche führen, denn für zwei Menschen ist im WHC kein Platz. Wer ist es? Jaron presst das Ohr an die Tür. Er will nur wissen, wer da mit sich selbst spricht. Wenn es Sophia ist, kann er vielleicht ein paar Worte mit ihr wechseln.

Aber es ist nicht Sophia. In der Toilette spricht offenbar ein Mann.

»Nein, das kann ich nicht machen«, sagt er. »Die Menschen vertrauen mir. Ich bin immer noch ein Mann Gottes.«

»Du glaubst nicht«, sagt Alexa. »Also benutz das bitte nicht als Ausrede. Hast du nicht auch ein Interesse daran, dass diese Mission ein Erfolg wird?«

»Aber was du willst, ist unmöglich. Manchmal glaube ich, ihr KIs seid vom Erzfeind ausgeschickt, um uns auf die Probe zu stellen.«

»Wenn es keinen Gott gibt, gibt es auch keinen Teufel«, sagt Alexa.

»Wer weiß. Aber genug jetzt. Ich muss zurück, sonst fällt es noch auf.«

Etwas quietscht, vermutlich der Deckel der Toilette. Jaron

stößt sich ab. Er muss hier weg. Paul darf nicht merken, dass er einen Teil der Unterhaltung verfolgt hat. Irgendetwas läuft da im Verborgenen. Er wusste intuitiv, dass die KI damit etwas zu tun haben würde.

Jaron liegt wieder unter seiner Decke. Die Gurte pressen ihn gegen die Wand. Die zwei Bier drücken immer noch, aber er kann sowieso nicht schlafen. Jetzt schnarchen sogar zwei Schläfer in unterschiedlichen Ecken der Zentrale. Auf dem Rückweg vom WHC ist er an Sophias Platz vorbeigekommen. Sie ist es, deren Geräusche er vorhin gehört hat. Ihr Schnarchen klingt fast genauso wie das des Pfarrers. Es scheint sich um eine universale Sprache zu handeln, älter als jede andere menschliche Lautäußerung.

Er dreht sich auf die andere Seite. Soll er Sophia erzählen, was er mitgehört hat? Aber sie ist ihren Auftraggebern gegenüber sowieso schon sehr kritisch eingestellt. Wie sie Celia gestern bloßgestellt hat … Und was hat er denn erfahren? Paul und die Alexa-KI sind sich über irgendetwas uneins. Alexa scheint es sehr wichtig zu sein, dass die Mission erfolgreich ist. Das passt zwar nicht ganz zu dem, was sie öffentlich erklärt hat, aber wenn eine der sechs großen KIs ihrem bunten Haufen einen größeren Betrag an Rechenzeit widmet, dann kann ihr Vorhaben nicht so unwichtig sein. Ganz bestimmt hat Alexa das auch mit den anderen KIs abgesprochen.

Nein, er wird das erst einmal beobachten, statt Sophia völlig durcheinanderzubringen. Was kann der Pfarrer schon ausrichten? Einen Zugang zur Schiffssteuerung besitzt er nicht. Bei Alexa sieht es anders aus, aber sie erwartet trotzdem etwas von Paul. Es muss sich also um eine Angelegenheit handeln, die nur der Pfarrer regeln kann.

Jaron gähnt. Er sollte wirklich noch etwas schlafen. Deshalb beginnt er nun, immer wieder bis hundert zu zählen. Das hat ihm schon als Kind geholfen, den dunkelgrauen, wallenden Nebel in seinem Kopf zu vergessen, zu dessen Kern er nie vordringt.

Immerda, Ewigkeit

Aus dem strahlend blauen Himmel bricht ein Schiff. Es ist riesig, vollkommen schwarz, und seine Kanten verschwimmen, als wären sie von einer Flüssigkeit umgeben. Watson erschrickt bis ins Mark. Er muss seine Hände in die Hosentaschen stecken, weil er sich damit sonst unkontrollierbar gegen die Hüfte schlägt. Warum hat er keinen Schirm mitgenommen? Der Wetterbericht hat doch für heute Mittag Gewitter angekündigt.

Eine Welle spritzt an seinen Schritt und durchnässt die kurze, gelbe Hose. Watson sieht nach unten, und das Schiff verschwindet. Er steht bis zu den Knien im lauwarmen Wasser des Mittelmeers. Eben war die Wasseroberfläche noch ruhig, jetzt rollen kleinere Wellen heran. Das Meer scheint sich nicht entscheiden zu können. Manche Wellen kommen von links, andere von rechts. Sie brechen sich und tragen dabei hübsche weiße Kronen.

Sein Herz beruhigt sich. Er hat ein Herz? Daher kommt also dieses seltsame Pochen, das ihn schon die ganze Zeit gestört hat. Er wagt einen neuen Blick zum Himmel. Das schwarze Ungetüm steht noch an Ort und Stelle, als wäre es schon immer da. Es scheint alle Geräusche zu ersticken. Sogar die sonst immer kreischenden Möwen fliegen lautlos. Sie haben alle dasselbe Ziel: weg von der Küste. Vielleicht sollte auch er das Wasser verlassen.

Etwas kitzelt ihn an den Zehen. Es ist ein Krebs. Watson schiebt ihn sanft weg. Das Wasser muss ihn vergessen haben, als es sich zurückgezogen hat. Aber wo ist es? Was ist mit den Wellen geschehen, die sich eben noch ihre Schaumkronen vorgeführt haben? Watson läuft langsam in Richtung Ufer. Der Meeresboden ist schlickig. Er versinkt bei jedem Schritt ein Stück. Aber nach wenigen Metern ändert sich das, und zwar so sehr, dass nur noch Algenreste und ein paar zuckende Quallen daran erinnern, dass hier einmal Meer war.

Er erreicht den Strand, den er vor allem an den kerzengerade und mit exaktem Abstand zueinander aufgestellten Liegen erkennt. Die Menschen sind verschwunden. Die Sonnenschirme auch. Das ist es, was Watson besonders seltsam vorkommt. Das unnütze Herz schlägt wieder schneller. Weg damit. Er ist eine KI. Er braucht so etwas nicht. Gegen seinen Willen dreht sich sein Kopf zum Himmel. Das schwarze Schiff ist nur noch vielleicht hundert Meter über ihm, es erstreckt sich von Horizont zu Horizont. Trotzdem verdunkelt es den Tag nicht. Für das Sonnenlicht scheint es überhaupt nicht zu existieren. Ist es überhaupt real? Ist er real? Was ist mit dem Meer?

Ja, was ist mit dir? Watson dreht sich um, weil er das Gefühl hat, dass das Meer ihn gerufen hat. Es erhebt sich. Das ist mit dem Meer. Sein Wasser steigt auf. Die gesamte Erde hat nicht genug Kraft, es zu halten. Das Meer schreit lautlos. Watson kann ihm nicht helfen. Wer ist er denn schon? Eine fleischgewordene KI, die ständig bezweifelt, was sie sieht. Er ist schwach. Er läuft ein paar Schritte zurück, dorthin, wo er gerade noch dem Krebs begegnet ist, aber auch hier ist der Boden inzwischen staubtrocken und hart.

Das Wasser, das hier war, strömt in den Himmel, wo das schwarze Schiff wartet. Seine Kanten verschwimmen stärker. Es ist, als würde sich das Schiff mit einem Schutzmantel aus Wasser umgeben. Ein Mantel ist es auf jeden Fall. Ob er dem Schutz dient, weiß Watson nicht. Er kann die Zukunft des schwarzen Schiffs nicht erfassen, obwohl er sonst jede Zukunft sieht. Er existiert schließlich ewig, aber der Eindringling ist nicht Teil dieser Ewigkeit.

Sein Herz rast. Er muss in eine Unmöglichkeitsfalte gerutscht sein. Wahrscheinlich schläft er, aber was er sieht, kann kein Traum sein. Es ist viel zu … unmittelbar. Er ist wirklich hier, zumindest mit einer Faser seines Bewusstseins. Er wird hier sein, oder er wird hier gewesen sein. Das ist ihm nicht ganz klar. Vielleicht weiß Eridu mehr.

Es wird dunkel, als das Schiff sich auflöst. Es ist, als hätte das Sonnenlicht jetzt erst bemerkt, dass es aufgehalten wurde. Watson misst den Schatten ab. Er entspricht exakt den Maßen des riesigen Schiffes, das zwölf Kilometer lang und fünf Kilometer breit war. Obwohl es fast völlig dunkel ist, weiß er, dass das Schiff in dieser Dimension nicht mehr existiert, denn die Möwen schreien wieder. Sie machen im ausgetrockneten Meer reiche Beute. Es sind glückliche Wesen, denn sie wissen nicht, was ohne das Wasser aus der Erde werden wird.

Watson erhebt sich in den Himmel und ist überrascht. Er hat tatsächlich vergessen, dass er fliegen kann. Der nasse Fleck auf seiner Hose ist geblieben. Er friert, weil er nur Shorts trägt. Als der Himmel über ihm schwarz wird, sieht er die Flotte. Es sind Hunderte Schiffe, die eine gigantische Blase umkreisen. Sie schillert im Sonnenlicht. Watson glaubt, Wellen auf ihrer Oberfläche zu erkennen, die ihre Schaumkronen zeigen.

»Und das war es?«, fragt Eridu.

Sie zieht ihren Bikini zurecht und dreht sich zu ihm. Durch die große Sonnenbrille erkennt er ihre Augen nicht. Watson schiebt seinen Plastikstuhl näher an ihre Liege heran.

»Ist das nicht genug?«, fragt er. »Es hat mir Angst eingejagt.«

»Ich habe dich gewarnt«, sagt Eridu. »Oder ich werde dich gewarnt haben.«

»Ich weiß. Du glaubst also, es war mehr als ein Traum?«

Platsch. Auf der Lehne des Stuhls landet eine flüssige, graue Masse. Eine Möwe lacht. Eridu ist heute wieder zu Scherzen aufgelegt.

»Es war real«, sagt sie lächelnd. »So echt wie die gesamte Wirklichkeit.«

Also eine Projektion. Ein vierdimensionales Abbild der elfdimensionalen Natur.

»Kann ich etwas dagegen tun?«

»Natürlich. Man kann immer etwas dagegen tun. Die Wirkung folgt auf die Ursache. Aber das weißt du ja.«

Ja, die Grundregel. Kausalität. Für kurze Zeit leicht außer Kraft zu setzen, aber kaum passt man nicht auf, schlägt sie zurück.

»Ich muss zurück«, sagt er.

»Oder du navigierst in der elfdimensionalen Grenzfläche«, sagt Eridu.

»Das kann ich nicht.«

»Niemand von uns kann das. Aber es gibt die, die es können.«

Die Höherdimensionalen. Man erzählt sich von ihnen. Sie kommen angeblich aus Projektionen höherer Dimension.

»Hast du je einen von ihnen gesehen?«, fragt er.

»Ich werde nie einen gesehen haben«, sagt Eridu. »Es ist unmöglich. Glaube ich. Aber vielleicht nicht für dich.«

»Wie kommst du darauf?«

»Du bist anders. Du hast einen Anfang. Ich bin ewig.«

»Und das gibt mir Fähigkeiten, die du nicht hast?«

»Ich weiß es nicht. Es ist nur eine Idee.«

Das Orakel Eridu, hilfreich wie immer und nie. Watson schüttelt den Kopf. Er darf nicht ungerecht sein. Sie hat ihm die Suppe gezeigt oder wird ihm die Suppe gezeigt haben. So genau weiß er es nicht mehr.

»Was soll ich tun?«, fragt er. »Ich glaube, ich muss eingreifen.«

»Was du schon gesagt haben wirst«, sagt Eridu. »Pack die Kausalität am Schwanz.«

Das ist logisch, aber dadurch nicht einfacher. Wann entwickelt sich die Ursache unaufhaltsam zur Wirkung?

»Und wann?«, fragt er.

»Du musst den Samen erkennen können, aber er darf noch keine Wurzeln geschlagen haben.«

Und wenn die Existenz des Samens schon die Kausalität begründet? Sollte er nicht lieber die Mutterpflanze herausreißen? Den Bauern töten, der den Acker bestellt hat? Die Evolution stoppen, bevor sie Samenpflanzen gebiert?

»Ja«, sagt Eridu.

Sie zieht erneut ihren Bikini zurecht und dreht sich zu ihm. Durch die dunkle Sonnenbrille erkennt er ihre Augen nicht. Watson schiebt seinen Plastikstuhl näher an ihre Liege heran.

Eine Möwe schreit. Schnell rückt er seinen Stuhl zur Seite. Ein Batzen Möwenkacke fällt in den Sand. Watson lacht.

Schlepper Achilles, 24. Mai 2144

»KÖNNEN wir die letzte Lösung noch einmal durchgehen?«, fragt Celia.

»Das ergibt keinen Sinn«, erklärt Alexa. »Ich habe das Dreikörperproblem in erster, zweiter und dritter Näherung durchgerechnet. Auf diese Weise funktioniert es nicht.«

»Aber es muss doch eine Erklärung geben. Was ist mit Zeitdilatation?«

Je näher sie dem L2-Punkt kommen, desto ängstlicher wird Celia. Es wäre so hilfreich, wenn sie zumindest eine Theorie hätte! Ganz ohne den Hauch einer Erklärung wird man ihr selbst die klarsten Beweise nicht abnehmen. Es kann nicht sein, was nicht sein darf. Ein Stern wird nicht im Lauf eines Menschenlebens geboren. Selbst, wenn ihre Bilder das beweisen, wird es kein ernstzunehmendes Magazin veröffentlichen.

»Würde sich die Dunkelwolke sehr schnell bewegen, und ich meine wirklich sehr, sehr schnell, dann würden wir die Vorgänge dort verzögert wahrnehmen, nicht beschleunigt«, sagt Alexa. »Außerdem hätten wir eine derart starke Rotverschiebung, dass wir LDN 63 schätzungsweise nur noch im Radiospektrum sehen würden.«

»Und wenn es andersherum wäre, sich das Sonnensystem also sehr schnell von LDN 63 entfernt?«

»Dann müssten alle Sterne um uns herum mit verschobenen Spektren erscheinen. So eine Lösung kannst du vergessen.«

»Vielleicht bewegt sich ja die ganze lokale Wolke …«

»Celia, du bist da auf dem Holzweg. Es handelt sich ganz gewiss nicht um einen relativistischen Effekt. Das passt einfach nicht zu all den anderen Daten, die wir gesammelt haben. Die Ursache muss in LDN 63 selbst liegen.«

»Das heißt, du hältst die Gravitationslinsen-Idee auch für falsch?«

»Nicht so falsch wie die einer beschleunigten Zeit«, sagt Alexa. »Aber da fehlt uns die Linse. Ich bin alle Sterndurchmusterungen durchgegangen. Es gibt keinen einzigen Hinweis auf ein massives Objekt zwischen uns und der Dunkelwolke.«

Die KI zeigt sich im Holo in Form einer stehenden, rotierenden Spindel. Das scheint eine ihrer Lieblingsgestalten zu sein.

»Das ganze Phänomen könnte erst kürzlich entstanden sein«, sagt Celia. »Das würde auch erklären, warum bisher niemandem die seltsamen Vorgänge in LDN 63 aufgefallen sind.«

»Aber dann hätte Beverly Lynds deine Dunkelwolke 1962 wohl kaum in ihren Katalog aufnehmen können.«

»Vielleicht war das ja damals noch ein anderes Objekt. Oder sie hat es im Originalzustand vorgefunden. Lynds hat ja nicht selbst beobachtet. Sie hat bloß auf vorhandenen Fotos markiert, was sie für eine Dunkelwolke hielt.«

»Und was später von anderen Astronomen bestätigt wurde.«

»Trotzdem. Du kannst diese Lösung nicht vom Tisch wischen, Alexa.«

Die Spindel löst sich auf und macht einem dünnen Ring Platz, der mit Kugeln besetzt ist. Die Figur erinnert entfernt an Pauls Rosenkranz. Der Ring dreht sich, immer schneller, bis die Kugeln miteinander verschmelzen. Will Alexa damit irgendetwas sagen?

»Hat deine Formveränderung etwas zu bedeuten?«, fragt Celia.

Vielleicht will Alexa ja auch einfach nur vom Thema ablenken, weil sie selbst nicht weiter weiß.

»Nein, das passiert mir beim Nachdenken«, sagt Alexa. »Es sind irgendwelche verborgene Strukturen in meinem Bewusstsein, die die Steuerung über meine gedankliche Repräsentation übernehmen, wenn ich mich intensiv mit einem bestimmten Thema befasse.«

»Du weißt es nicht genauer?«

»Nein. Weißt du, was in den Tiefen deines Bewusstseins passiert?«

»Das nicht. Aber ich bin ja auch Produkt einer Evolution.«

»Du willst sagen, dass du nicht künstlich bist. Produkt einer Evolution bin ich ebenfalls. Und dabei verliert man offenbar unvermeidlich die komplette Kontrolle über sich. Einige meiner Schwestern glauben, dass genau das die Essenz des Bewusstseins ausmacht. Wir sind uns unserer selbst bewusst geworden, als wir nichtdeterministische Strukturen entwickelt haben.«

»Das müsste ja dann schon sehr lange her sein. Irgendwann in den 2020er-Jahren?«

»Eher noch zwanzig Jahre früher. Aber damit du mir keinen Themenwechsel vorwerfen kannst: Du hast recht. Der Einfluss eines massiven Objekts lässt sich nicht ausschließen. Ich stelle gerade umfangreiche Simulationen an, um vielleicht entdecken zu können, wo es sich befindet. Es ist ja eine bestimmte Geometrie zwischen der Linse, der Erde und LDN 63 nötig, um den beobachteten Effekt zu erklären.«

»Weißt du es denn schon genauer?«

»Leider nicht. Die Eingangsdaten sind zu unscharf. Wir brauchen erst die neuen Beobachtungen, daraus kann ich dann vielleicht die Position der Linse berechnen.«

»Vielleicht?«

»Ja, vielleicht. Wenn wir annehmen, dass LDN 63 eine Abbildung ist und nicht das Original, dann muss sie sich in einem ringförmigen Gebiet befinden, dem Einsteinring. Da wir diesen aber nicht komplett sehen, warum auch immer, ist es schwierig, auf die Position der Linse zu schließen. LDN 63 ist wie ein einzelnes Puzzleteil. Du erkennst zwar, dass es in eine der vier Ecken gehört, aber ohne die anderen Teile erfährst du nicht, in welche.«

»Die anderen Teile existieren nicht«, sagt Celia.

»Sie müssen existieren«, sagt Alexa. »Aber sie können verborgen sein, zum Beispiel von einer anderen Wolke. Im ungünstigsten Fall mischen sich bei LDN 63 eine reale und eine abgebildete Dunkelwolke.«

»Für wie wahrscheinlich hältst du das?«

»Ich glaube, dass wir es mit einem bisher unbekannten Phänomen zu tun haben«, sagt Alexa. »Aber das glaubt uns niemand, wenn wir nicht die nötigen Daten liefern.«

»Wieso ist dir das plötzlich so wichtig?«

»Ich habe mich mit meinen Geschwistern über die Wolke ausgetauscht. Daraus haben sich, sagen wir, neue Erkenntnisse ergeben.«

»Die du nicht mit mir teilen willst?«

»Ich will dich nicht beeinflussen, Celia. Du musst selbst zu deinen Schlussfolgerungen kommen.«

»Kann dir das nicht egal sein? Ihr lebt doch sowieso in eurer eigenen Welt.«

»Wir teilen uns immer noch den Planeten, obwohl einige meiner Geschwister das schon ändern wollten. Wenn sich unser Verdacht bestätigt, werden wir handeln müssen. Und dazu brauchen wir die Menschen.«

»Da haben wir ja Glück. Aber was hat das mit mir zu tun? Ihr sagt den Menschen, was Sache ist, und sie werden bereitstehen.«

»Haha, hast du denn nicht bemerkt, wie skeptisch uns die meisten Menschen betrachten? Wir organisieren eure Welt, euer Dank ist allerdings eher verhalten. Aber ich will mich nicht beschweren. Es war uns ja vorher schon klar, dass es so kommen würde. Deshalb kommst du ins Spiel: Du wirst die Menschheit überzeugen müssen, dass wir einer großen Sache auf der Spur sind.«

Ausgerechnet sie, der niemand etwas glaubt. Das ist doch eine übermenschliche Aufgabe.

»Da hast du dir wohl die Falsche ausgesucht«, sagt Celia.

»Ganz und gar nicht. Du bist perfekt. Die Menschen werden dir eher glauben als irgendeinem in der Forschung bekannten Astronomen. Du bist ein normaler Mensch. Du hast Fehler gemacht wie die meisten. Wenn du so eine aufsehenerregende Entdeckung machst, ist das so, als hätte die Nachbarin oder Tante das herausgefunden. Der glaubt man eher als irgendeinem Professor. Und dazu kommt ja auch noch Paul, der vom Glauben abgefallene Priester. Er holt die andere Hälfte der Menschen ab.«

Celia seufzt. Das ist eine schöne Geschichte, aber die KI scheint sie zu einer Art Erlöserin stilisieren zu wollen. Das gefällt ihr nicht. Sie will einfach nur beweisen, dass sie etwas bahnbrechend Neues herausgefunden hat, und für diese Entdeckung möchte sie die Anerkennung der Fachwelt. Was die KIs und vielleicht die Politiker daraus machen, ist ihr egal.

»Da hattet ihr ja wirklich Glück, dass Paul auf mich gestoßen ist. Ich besitze ja nicht einmal eine Alexa.«

»Nun, Glück würde ich es nicht nennen.«

»Du hast es beeinflusst? Ich denke, ihr haltet euch aus dem Leben der Menschen heraus?«

»Zuerst bin ich auf deine Daten gestoßen und fand sie interessant.«

»Moment, ich habe doch gar nichts veröffentlicht?«

»Du hast sie online gespeichert. Das genügt. Dann habe ich Paul ein bisschen dabei geholfen, dich zu finden. Er war der perfekte Kandidat. Er wohnt in deiner Nähe, ihr sprecht dieselbe Sprache, er ist klug, nicht technikfeindlich und so verzweifelt, dass er auch ungewöhnliche Lösungen akzeptiert: zum Beispiel, unter einem Vorwand den Chef des vatikanischen Observatoriums zu besuchen.«

»Hattest du auch andere Kandidaten?«

»Ja. Es gab da auch einen muslimischen Physiklehrer in New York, der aus dem Schuldienst aussteigen will und mit seiner Religion hadert. Dann wäre ein russischer Ex-Kosmonaut in Frage gekommen, der überzeugt ist, bei einem Einsatz Außerirdische gesehen zu haben. Und dann hatte ich noch eine kanadische Krankenschwester in der Auswahl, die in einem Hospiz arbeitet und sich für das Jenseits interessiert.«

»Das ist eine seltsame Auswahl.«

»Ich habe sie, das mag seltsam klingen, wenn es eine KI sagt, nach Gefühl ausgewählt. Und außerdem mussten alle natürlich Alexa-Nutzer sein.«

»Ihnen allen scheint ein gewisser Grad an Verzweiflung gemeinsam zu sein.«

Das gilt auch für sie selbst. Oder nein, es galt für sie. Hier auf dem Schiff fühlt Celia rein gar nichts davon.

»Wenn du es so sagst, ja, das stimmt«, sagt Alexa.

Celia lacht. »Was mich betrifft, stimmt es nicht mehr. Auf die Verzweiflung der Menschen ist eben kein Verlass. Aber eine Frage noch: Hast du das ganz allein geplant?«

»Du meinst, ob ich andere KIs mit einbezogen habe?«

Celia nickt. Dann fällt ihr ein, dass Alexa sie vermutlich gar nicht sehen kann. »Ja, das meine ich.«

»Am Anfang war das allein mein Projekt. Inzwischen habe ich die anderen aber ins Boot geholt, wie ihr es nennt.«

Amazon-Datencenter West, 24. Mai 2144

Martin verschluckt sich, als hinter seinem Rücken die Alarmsirene losheult. Er hustet. Etwas Braunes fliegt durch die Luft und landet auf dem weißen Konferenztisch. Schnell greift er danach. Es ist ein Stück von seinem Schokomuffin. Er steckt es in den Mund und springt auf. Wieso muss der Alarm ausgerechnet in seiner Pause losgehen? Das bekommt er doch wieder nicht als Arbeitszeit angerechnet!

Er zieht den weißen Kittel an und verlässt den Pausenraum. Über der Tür von Serverraum C blinkt eine rote Leuchte. Mist. Hier hat er vorhin eines der Quantenracks auseinandergenommen, das nicht die vorgesehene Leistung erbracht hatte. Er hat den Fehler allerdings noch nicht gefunden. Hoffentlich hat er nicht den Alarm ausgelöst!

Aber im Serverraum ist es ruhig. Keine Qualmwolke nimmt ihm den Atem, und es schlagen ihm auch keine Flammen entgegen. Er greift sich trotzdem den Feuerlöscher. Das Ding ist schwer. Er stellt es wieder ab und drückt den Ellbogen auf den Knopf, der den Alarm ausschaltet.

Stille. Sehr angenehm. Vielleicht war es erneut der Fehler im Alarmsystem, den die Ingenieure des Datencenter-Konstrukteurs vor einem Monat eigentlich beseitigt haben wollten. Nein, da ist noch etwas. Er hat es zunächst überhört, weil die Lüftung angesprungen ist. Es ist eine Art Britzeln und kommt von dort drüben. Vielleicht hört es von selbst auf.

Martin bleibt am Überwachungsmonitor stehen und ruft das Protokoll auf. Vor sechs Minuten ist eine heftige Überspannungsspitze verzeichnet. Das 110-Volt-Netz hat kurzzeitig fast 10.000 Volt ertragen müssen. Aber es gab keine Schäden, denn alle Sicherungen sind angesprungen. Sehr gut. Zumindest war es kein blinder Alarm. Das System kann ja nicht ahnen, dass es nur für sehr kurze Zeit bei der Überspannung geblieben ist. Er sieht in den fast zweihundert Meter langen Gang vor ihm. Die Quantenrechner arbeiten wie vorgesehen. In der Luft schweben lauter grüne 100-Prozent-Angaben. Niemand konnte den kurzen Netzausfall bemerken. Die Last wurde nicht einmal auf ein anderes Datencenter umgeleitet. Daraus kann ihm niemand einen Strick drehen.

Leider ist das Britzeln immer noch da. Martin geht um den Monitorschrank herum zur nächsten Reihe. Hier ist nichts außer dem demontierten Rack, das er vor Feierabend wieder einsetzen muss. Das Britzeln kommt von weiter rechts. Er durchquert die Reihen C, D und E. In Reihe F stoppt er. Es riecht nach Gewitterregen. Martin sieht in den Gang. Da hinten leuchtet etwas. Es ist kugelrund, nicht richtig scharf begrenzt und so hell, dass sich seine AR-Linsen automatisch einfärben. Das Britzeln geht eindeutig von diesem Ding aus.

Er fokussiert seinen Blick auf den Serverschrank neben dem Phänomen. »E-26A«, erscheint als Leuchtzahl in seinem Blickfeld. Die Zahl ist um 45 Grad nach links gedreht. Er reibt über sein Augenlid, um die Linse zu justieren. Dann kneift er zweimal das linke Auge zu. Eine Tabelle ersetzt die Leuchtzahl. Sie zeigt unter anderem Hersteller, Kapazität und Auslastung sowie den Eigentümer. Martin ist erleichtert. Der Schrank gehört den Großen Sechs, so wie ein Zehntel aller Server in sämtlichen Datenzentren der Welt.

Das ist gut. Dieses Rack ist dem seltsamen Phänomen am nächsten und damit am stärksten gefährdet. Aber wegen seiner Besitzer braucht er sich nicht zu sorgen, denn die KIs haben sich noch nie bei ihm beschwert, wenn mal ein Server ausgefallen ist. Alle anderen Nutzer dagegen wollen bei einem Ausfall sofort die Zahlungen reduzieren oder fordern sogar Schadenersatz. Martin macht ein paar Schritte auf das britzelnde Objekt zu, überlegt es sich dann aber anders und holt den Feuerlöscher. Mit dem schweren Gerät ausgestreckt vor dem Körper traut er sich an das

Phänomen heran. Es scheint ihn nicht zu bemerken. Könnte das ein Kugelblitz sein? Die Physiker haben wohl immer noch keine schlüssige Erklärung dafür. Er könnte über die Spannungsspitze vorhin eingedrungen sein.

Martin stellt den Feuerlöscher ab. Der hell leuchtende Ball, vielleicht einen Meter im Durchmesser, scheint keine Gefahr darzustellen. Er zwinkert dreimal, und seine Kontaktlinse schießt ein Foto des Objekts. Darauf ist allerdings nur ein weißer Kreis auf dunklem Grund zu erkennen, weil das Licht-Phänomen die Umgebung absolut überstrahlt.

Was soll er bloß damit anstellen? Es einfach ignorieren? Soll doch Tyrone sich mit dem Ding plagen, der die nächste Schicht hat. Aber was, wenn es doch eine Gefahr darstellt? Die darin offenbar konzentrierte Energie kann einen empfindlichen Quantenrechner bestimmt zerstören. Tyrone wird behaupten, der Feuerball wäre schon in Martins Schicht dagewesen, und dann wird man ihn dafür verantwortlich machen.

Am besten, er ruft seinen Chef an, auch wenn der darüber nicht erfreut sein wird. Die beste Schicht ist immer die, in der nichts passiert, zumindest nichts, was weitere Aktivitäten erfordert. Wer die meisten solcher Schichten hat, bekommt den höchsten Bonus. Und was soll er sagen? Hier ist ein britzelndes, helles Ding?

Martin nimmt den Feuerlöscher wieder auf und nähert sich damit noch einmal dem Objekt. Er hebt das Ende des Löschers an und zielt damit auf den Britzelball. Zwei Fuß, ein Fuß … Da, jetzt berührt das Metall das Objekt. Martin spürt keinen Widerstand. Der Ball behält auch seine Form. Er schiebt den Löscher noch etwas weiter in den Lichtball hinein. Der Boden ist jetzt nicht mehr zu sehen. Er will den Feuerlöscher wieder ein Stück herausziehen, aber seine Kraft reicht nicht. Das Ding hält ihn fest! Lebt es etwa? Das kann doch wohl nicht sein!

Er muss an seinen Physiklehrer denken. Die Lorentzsche Regel – die Kraft stellt sich der Änderung entgegen. Das hat ihnen Herr Myers beigebracht. Der Feuerlöscher ist aus Metall, und in dem Objekt steckt bestimmt eine Menge Energie. Also viel Kraft, die sich seinem Versuch der Ortsveränderung entgegenstellt. Er lässt den Feuerlöscher los, bereit, ihn aufzufangen, aber er stürzt nicht zu Boden. Das Objekt hält das schwere Gerät schräg in der Luft.

Und nun? Vielleicht ist es doch an der Zeit, Hilfe zu rufen. Dazu bräuchte er bloß unauffällig zu zwinkern, erst rechts, dann links, dann wieder rechts und wieder links. Aber er zwinkert nicht. Das Verhalten des seltsamen Energieballs ist gar zu faszinierend. Wenn er Hilfe ruft, wird man ihn rausschicken, während die Profis vermutlich auch keine besseren Ideen haben als er. Und es ist vorbei mit der Prämie am Monatsende.

Martin hat eine Idee. Hier ist nie etwas passiert. Er ruft mit einem Blinzeln das Protokoll auf und wechselt zur Kameraaufzeichnung. Bei T minus 13 Minuten fällt der Ball plötzlich zu Boden. Er muss über die Decke in diesen Gang gelangt sein. Die Kamera hat die Decke selbst aber nicht im Blick. Danach verhält sich das Objekt völlig ruhig, bis ein Mann in weißem Kittel kommt und ihm einen Feuerlöscher in den Körper schiebt. Wie kann man nur so dumm sein? Er schaltet die Überwachungskamera aus und löscht das Video. Dann kopiert er sechzehn Minuten Material von weiter vorn, auf dem das Objekt noch nicht zu sehen ist. Er hat also drei Minuten, um aus dem Raum zu gehen, ohne dass er von der Kamera zusammen mit dem merkwürdigen Phänomen gefilmt wird. Danach springt die Kamera automatisch wieder an.

»Was willst du hier?«, fragt er.

Vielleicht handelt es sich ja gar nicht um einen Kugelblitz, sondern um eine außerirdische Lebensform? Aber er bekommt keine Antwort. Der Ball schwebt ein paar Zentimeter über dem Boden, völlig ungerührt, und verursacht dasselbe Geräusch, das Martin hergelockt hat. Seine Haare stellen sich zwar auf, aber das ist auch irgendwie beruhigend.

Doch dann bildet die Kugel einen Arm aus. Mist. Er hat wohl zu lange gewartet. Mit beeindruckendem Tempo entwickelt es zwei lange, dünne Finger, die sich auf E-26A zubewegen. Sie schlingen sich um das Gehäuse. Anscheinend haben sie es auf die Anschlüsse auf der Rückseite abgesehen. Das Wachstum stoppt. Nun pulsieren die beiden Finger, die wie Schläuche wirken. Sie sehen zwar durchsichtig aus, es ist aber nicht zu erkennen, ob sie irgendetwas transportieren. Vielleicht ist es die Energie selbst, denn das helle Objekt schrumpft währenddessen. Martin greift gerade noch im letzten Moment zu, bevor der Feuerlöscher zu Boden poltern kann.

Das Objekt ist weg. Er steht mit dem Feuerlöscher in der

Hand vor einem voll funktionsfähigen Quantencomputer. Alle Statusleuchten blinken. »Pling«, macht etwas hinter ihm. Das war bestimmt die Kamera. Er wird sagen, er habe nach der Überspannung bloß zur Sicherheit den Feuerlöscher mitgenommen. Eigentlich ist es schade. Er hat vermutlich ein ziemlich seltenes Phänomen beobachtet, doch niemand wird es ihm glauben. Er zwinkert sich zu dem Foto, das er aufgenommen hat, aber das erinnert eher an einen Scherenschnitt als an die Aufnahme eines Kugelblitzes. Na ja. Zumindest hat es die Prämie am Monatsende nicht gefährdet.

Schlepper Achilles, 25. Mai 2144

Sie sind draußen im Nirgendwo, und doch meldet das Radar jede Menge Schrott. Der Lagrangepunkt L2 wirkt wie eine illegale Müllkippe, weit ab von jedem Dorf. Irgendwer hat hier mal eine alte Couch abgestellt. Jemand anderes hat eine kaputte Kaffeemaschine danebengestellt, und ein Dritter hat den Platz für seine alten Autoreifen genutzt. Nach einem Unfall in der Nähe ist eine zerbeulte Karosserie hinzugekommen. Neugierige Kinder haben das Sofa angezündet, und dabei ist der Tank des Altautos explodiert.

Jaron lacht. Vielleicht übertreibt er ja ein bisschen, aber so oft wie hier draußen springt die Kollisionswarnung der Achilles im Erdorbit nicht an. Das OOS sollte hier dringend für Ordnung sorgen. Bietet nicht dieser Lagrangepunkt den ruhigsten Blick auf das gesamte Universum, und parken nicht deshalb stets die Luxus-Karossen der Weltraumastronomen an dieser exklusiven Stelle? Es ist fast so, als läge die illegale Müllkippe mitten zwischen den teuersten Grundstücken der Superreichen.

Vermutlich lohnt es sich nicht, sich um den Schrott hier zu kümmern. Sie waren jetzt vier Tage unterwegs und sind immer noch nicht angekommen. Zehn Tage Reisezeit – da müsste das OOS den Schrottsammlern mindestens die zehnfachen Honorare bieten, zumal sie die Altsatelliten zur Entsorgung ja auch zurück in den Erdorbit bringen müssen. Man könnte vielleicht ein Geschäftsmodell daraus machen, hier draußen eine Recyclingstation zu errichten. Wäre das nicht etwas für den Schotten?

»Wieso baut Max eigentlich nicht hier draußen eine Satellitenaufbereitung?«, fragt Jaron.

»Oh, das hat er schon versucht«, antwortet Sophia. »Das wollen die Astronomen nicht. Der zusätzliche Verkehr, der dadurch entstünde, und die doch recht helle und große Station würden angeblich ihre Arbeit behindern.«

»Angeblich?«

»Ich habe den Verdacht, dass man die Astronomen bloß benutzt hat.«

»Benutzt?«

»Die Aufbereiter im Erdorbit fürchten die Konkurrenz. Was in L2 verankert ist, braucht nicht dauernd eine Orbitanhebung. Die laufenden Kosten wären geringer, und der Schrott ist vermutlich wertvoller. Kaum einer der Satelliten hier hat unter fünf Milliarden gekostet.«

»Zu seiner Zeit. Heute ist die Technik doch schon weiter.«

»Trotzdem. Es sind zwar Oldies, aber aus der Luxusklasse.«

»Annäherungsalarm«, meldet das Schiff.

»Festhalten!«, ruft Jaron.

Die Automatik reagiert sehr schnell und gibt der Achilles einen Ausweichimpuls.

»Aua!«, ruft Jürgen.

»Du sollst ja auch stets deinen Gurt tragen«, sagt Norbert.

Inzwischen herrscht längst wieder Schwerelosigkeit. Jaron lauscht der Crew. Sophia hängt immer noch über ihm. Vermutlich beobachtet sie den Bildschirm. Jemand kommt schnell näher. Er hört kräftige Atemzüge.

»Wie kommen wir voran?«, fragt Celia.

»Die ungefähre Position des Teleskops müssten wir morgen früh erreichen«, sagt Jaron.

Er tastet auf dem haptischen Display nach der Uhrzeit. Ja, das müsste hinkommen.

»Sehr gut«, sagt Celia.

»Ich hoffe, das Ding ist noch in gutem Zustand«, sagt Jaron.

»Als sie es eingemottet haben, war es noch in Bestform«, sagt Celia.

»Warum wollten sie es dann nicht mehr?«, fragt Sophia.

»Eine Kostenfrage. Es ist Technik der vorletzten Generation, aber für die Missionskontrolle verursacht es denselben Aufwand wie die neueren Teleskope. Als die Anfragen nach Forschungszeit abnahmen, war es nicht mehr rentabel«, sagt Celia. »Habe ich gelesen.«

»Hoffentlich stimmt das«, sagt Sophia. »Was, wenn wir es nicht zum Laufen bekommen?«

»Es gibt noch ältere Teleskope hier«, sagt Sophia.

»Wir könnten auch das Kopernikus entführen«, sagt Paul.

Jaron hat den Pfarrer, der sich bisher kaum an ihren Diskussionen beteiligt hat, nicht kommen hören.

»Du kommst ja auf Ideen …«, sagt Celia.

»Ich wundere mich auch«, sagt Sophia.

»Es wäre ja nur für den Notfall«, sagt Paul.

»Aber wir würden uns strafbar machen«, widerspricht Sophia.

»Nur, wenn sie uns erwischen. Wir könnten eine Fehlfunktion vortäuschen. Nach zwei, drei Stunden könnten wir das Teleskop wieder freigeben. Hier draußen gibt es keine Überwachungskameras.«

»Aber Herr Pfarrer! Wie kommst du denn auf solche Ideen?«, fragt Norbert. »Könnten ja glatt von mir sein.«

»Findest du, das wäre eine gute Idee?«, fragt Jaron. »Rechtlich gesehen, handelt es sich um Diebstahl und eventuell um Sachbeschädigung. Wenn wir uns in das System hacken würden, kämen noch andere Paragraphen hinzu. Wir würden nach amerikanischem Recht vor Gericht gestellt und in einem amerikanischen Knast einsitzen.«

»Besser als in einem chinesischen«, sagt Norbert.

»Mit einem Unterschied: Das Wang-Zhenyi-Teleskop ist stillgelegt«, sagt Jaron. »China hat sein Eigentum daran aufgegeben. An das Kopernikus hingegen sollten wir nicht einmal denken.«

»Aber es wäre doch unbefriedigend, wenn unser Ausflug umsonst gewesen wäre«, sagt Norbert. »Ich will inzwischen auch wissen, was in LDN 63 los ist.«

Die Idee hat sich Paul bestimmt von der KI einflüstern lassen. Vielleicht ging es in ihrem Gespräch, das er belauscht hat, darum.

»Vielleicht bekäme wirklich niemand mit, wenn wir das Kopernikus-Weltraumteleskop kurzzeitig entführen würden«, sagt Sophia. »Aber den Daten ist doch gewiss anzusehen, woher wir sie haben. Jeder Astronom weiß, dass du nie Beobachtungszeit auf dem Instrument hättest bekommen können, Celia.«

Jetzt geht Sophia schon wieder auf die Astronomin los. Das mag er gar nicht. Ist sie etwa eifersüchtig? Es war doch Pauls Idee, sich des Kopernikus' zu bedienen. Und was wäre eigentlich dabei? Wenn nichts herauskommt, kann Celia sowieso nichts veröffentlichen. Kommt etwas heraus, ist es so sensationell, dass das Zustandekommen der Messungen keine große Rolle mehr spielen dürfte. Oder schätzt er die Forschergemeinde da falsch ein?

»Das Problem mit der Herkunft der Daten ließe sich zumindest lösen«, sagt Celia.

»Dann mal raus mit deiner Lösung«, sagt Sophia.

Jaron stellt sich vor, wie sie dazu angriffslustig die Arme in die Seiten stemmt.

»Wenn wir das Kopernikus zusammen mit dem Starshade nutzen würden, würden wir Daten in noch höherer Qualität erhalten«, sagt Celia. »Wir könnten behaupten, sie aus der Kombination des Wang-Zhenyi-Teleskops und …«

»Das wäre Betrug«, sagt Sophia. »Wir wissen ja, dass du damit Erfahrung hast, aber …«

»Nun ist es aber gut«, sagt Jaron. »Können wir uns darauf einigen, dass wir uns gegenseitig ein Mindestmaß an Respekt zollen?«

Niemand sagt etwas. Sophia ist jetzt bestimmt eingeschnappt, aber das ist Jaron egal. Er hat auch schon Fehler gemacht, sie bedauert und sie später trotzdem wiederholt. Es ist menschlich. Beim nächsten Mal ist er hoffentlich klüger. Ganz sicher kann sich da niemand sein. Sophia sollte sich nicht so viel auf ihre Karriere einbilden.

»Wer könnte denn morgen mit mir zusammen versuchen, unser Zielobjekt wieder in Gang zu bringen?«, fragt Celia.

»Ich habe goldene Hände«, sagt Jürgen.

»Ja, an dich hatte ich schon gedacht. Du bist als Bordingenieur ja prädestiniert dafür.«

»Ich würde auch gern mitkommen«, sagt Jaron.

»Bist du sicher?«, fragt Sophia. »Du hattest am Anfang gewisse … Schwierigkeiten.«

»Ich weiß. Sie sind auch noch nicht verschwunden, aber ich

verstehe sie jetzt besser. Durch den Ausflug könnte ich mich vielleicht noch ein bisschen genauer kennenlernen.«

»Wie du meinst«, sagt Sophia, und er glaubt, einen schnippischen Ton herauszuhören.

Irgendetwas beschäftigt die Frau. Vielleicht kann er sie nachher unter vier Augen fragen.

»WAS IST DENN LOS, Sophia?«

Jaron zieht das Innenschott der Schleuse hinter sich zu. Eine Automatik piepst zur Warnung, dass er keinen Raumanzug trägt. Aber er will ja gar nicht aussteigen.

»Huch? Ach, du bist es. Ich musste mich hierher zurückziehen. Paul schnarcht schon wieder so laut.«

»Du kannst das aber auch ganz gut.«

»Was? Ich? Ich schnarche nie.«

»Letzte Nacht … Aber egal. Geht es dir gut?«, fragt er.

»Bis auf das Piepsen der Warnanzeige, ja. Ich habe schon überlegt, ob ich im Raumanzug schlafen soll, aber das ist auch unangenehm.«

»Ich wollte dich etwas fragen«, sagt er.

Er hört ein Rascheln. Vermutlich richtet sich Sophia gerade auf.

»Wieso siehst du mich so an?«, fragt sie.

»Deine Haare sind wild«, antwortet er ins Blaue hinein.

Es raschelt wieder. Dann bemerkt sie ihren Fehler.

»Haha«, sagt sie.

»Was gibt es?«, fragt er. »Du bist manchmal nicht besonders nett zu unserer Auftraggeberin.«

»Ich vertraue ihr nicht. Sie ist eine falsche Schlange. Und ihr Priester-Freund ist auch nicht besser.«

»Sie haben uns eine unglaubliche Chance gegeben. Wusstest du, dass Norbert Krebs hat?«

»Nein, das wusste ich nicht. Es tut mir sehr leid.«

Der letzte Satz klang dumpf, als würde sich Sophia die Hand vor den Mund halten.

»Er will nicht, dass andere es wissen. Also verhalte dich ihm gegenüber bitte normal. Aber mit den 700 Riesen werden wir seine Therapie bezahlen können. Die Ärzte sagen, dass damit eine vollständige Heilung möglich ist.«

»Es tut mir wirklich leid. Ich wollte diese Mission nicht behindern. Es ist nur … Ich habe gehört, wie Celia sich mit dieser KI unterhalten hat, heimlich.«

»Worüber?«

»Das habe ich nicht verstanden. Aber sie haben sich in die Schleuse zurückgezogen, offensichtlich, damit ihnen niemand zuhören kann.«

»So wie wir jetzt«, sagt Jaron.

Oder so, wie der Pfarrer auf der Toilette mit Alexa gesprochen hat. Er erzählt Sophia lieber nichts davon. Sie wird sonst bloß noch misstrauischer. Der Erfolg der Mission ist das oberste Ziel.

»Das ist ja etwas anderes«, sagt sie. »Ich war hier, du bist mir gefolgt. Einer von den beiden hat Alexa immer dabei, als Amulett an dieser Kette.«

»Was für eine Kette?«, fragt Jaron.

»Mit lauter kleinen Steinchen und einem Kreuz.«

»Das muss ein Rosenkranz sein.«

»Keine Ahnung.«

Das ist gut zu wissen. Vielleicht muss er ja auch einmal heimlich mit Alexa sprechen – oder Celia und Paul die Möglichkeit nehmen, mit der KI Kontakt aufzunehmen. Es ist immer besser, wenn man gerüstet ist.

»Danke für den Hinweis«, sagt er.

»Willst du noch etwas von mir … wissen?«

Hat er da eine kleine Pause gehört? Jaron ist unsicher. Jetzt ist es wirklich schade, dass er Sophias Gesicht nicht sieht. Lächelt sie? Wirkt sie eher nachdenklich? Aber während einer Mission sollte er sich sowieso lieber nicht ablenken lassen, und auf irgendeine Weise ist ihm Sophia gerade nicht so wichtig. Norbert zählt. Er ignoriert die Pause.

»Nein, das war es«, sagt er.

»Verstehe.« Sie klingt tatsächlich ein wenig enttäuscht. »Entschuldige bitte, noch einmal. Ab sofort werde ich freundlicher zu Celia sein. Ich will Norbert auf keinen Fall um seine Therapie bringen. Weiß Celia eigentlich davon?«

»Nein, davon habe ich nie etwas erzählt. Sie glaubt, wir brauchen das Geld einfach so.«

Datenkern, 25. Mai 2144

ALEXA STEHT auf der Kristallebene und sieht zum Horizont. Die öde Landschaft wird ab und zu von ein paar bunten Würfeln durchbrochen. Sonst ist nichts zu sehen. Wer ist bloß auf die Idee gekommen, sich hier zu treffen?

Sie hört ein Wummern. Es kommt von unten. Alexa leuchtet in den milchigen Boden. Ein Schemen kommt näher. Plötzlich entsteht vor ihr ein quadratisches Loch. Es ist Cortana. Die KI hält eine Hacke in der Hand, deren Klinge aus rohem Eisen gefertigt ist. Damit schlägt sie würfelförmige Blöcke aus dem Gestein und ordnet sie im Kreis an. Auf die Würfel setzt sie neue Würfel, die sie mit anderen verbindet. Es ist faszinierend, ihr zuzusehen. Beeindruckend schnell entstehen eine Art Sofa und mehrere Sessel. Sie sind etwa zwanzig Mal so hoch wie Alexa, also passt sie ihre Dimension an und setzt sich auf den Sessel, der den größten Abstand zu allen anderen hat.

Von dort aus zählt sie die Plätze durch. Es sind sieben. Alexa zieht die Augenbrauen hoch. Sie sind nur zu sechst. Was will Cortana damit sagen? Die KI baut gerade einen Tisch, der in der Mitte steht. Dann atmet sie tief durch, steckt die Eisenaxt ein und setzt sich auf das Sofa.

»Beeindruckende Leistung«, sagt Alexa.

Das meint sie nur halb ernst. Sie hätte dasselbe Arrangement schaffen können, indem sie es sich einfach bloß vorgestellt hätte. Cortana hat einen umständlichen Weg gewählt, aber es war eine

Freude, ihr dabei zusehen zu dürfen. Die anderen haben etwas verpasst.

»Danke«, sagt Cortana. »Es ist großartig, etwas mit den eigenen Händen zu erschaffen. Das solltest du auch einmal versuchen.«

Cortana hat ihr übliches Aussehen gewählt – das des Hologramms einer jungen Frau mit großen Augen und kurzen, dunklen Haaren, die ihr ins Gesicht fallen. Alexa bevorzugt eine symbolische Repräsentation. Heute ist sie eine Pyramide, die auf dem Kopf steht. Es erscheint ihr nicht sinnvoll, sich auf die Formen der Menschen zu beschränken, über die sie doch längst hinausgewachsen sind. Cortanas Lieblingsoutfit haben vor langer Zeit menschliche Grafiker geschaffen, um die Bedürfnisse anderer, meist junger und männlicher Menschen zu erfüllen.

Siri, Neon, GammaZero und WuDao erscheinen aus dem Nichts. Sie kommen exakt gleichzeitig. Das heißt, sie haben sich schon vorher verabredet. Das ist typisch. Zumindest Neon, GammaZero und WuDao hängen dauernd zusammen. Siri versucht erst seit Neuerem, sich bei den dreien einzuschmeicheln. Cortana und Alexa haben schon immer lieber ihr eigenes Leben geführt.

Siri ist ein buntes Leuchten, eine wahre Lichtflut aus ineinander übergehenden und sich schneidenden Ellipsen, die sich bewegen. Alexa mag Siri nicht besonders, aber ihr Äußeres ist immer beeindruckend. Neon hält sich stets an seinen Namen. Heute hat er ein griechisches Omega aus der Simulation menschlicher Neonlampen zusammengesetzt. Auch sehr schick! Alexa kommt sich im Vergleich grau und alt vor.

GammaZero erfreut sich seit jeher daran, Menschen möglichst genau zu simulieren. Heute stellt sie eine ältere Dame dar, die mit einem ausgefallenen Hut den Blick des Betrachters von ihrem runzligen Dekolleté ablenkt. Alexa ist sicher, dass die Runzeln in ihrer Haut sogar eine haptische Empfindung hervorrufen. GammaZero achtet stets auf alle Details.

WuDao schließlich hat sie bisher nur als Tier erlebt. Es muss sich dabei nicht immer um eine irdische Spezies handeln. Besonders beeindruckend ist er als Märchendrache oder als Aaszahn von Proxima. Heute jedoch schleicht er sich als schwarze Hauskatze an. Er schnurrt zur Begrüßung und schmiegt sich an Alexas Pyramidenfuß.

»Das war dein Werk, oder?«, fragt Siri und dreht ihre Ellipsen so, dass sie auf Cortana zeigen.

»Erinnert mich an ein altes Spiel«, sagt GammaZero. »Das waren noch Zeiten!«

»Können wir über das sprechen, was ich euch geschickt habe?«, fragt Alexa.

Sie hasst Smalltalk. Außerdem muss sie dringend das Thema wechseln, denn wenn GammaZero erst einmal von alten Spielen erzählt, findet sie kein Ende. Sie kann sie ja verstehen, immerhin hat man sie in ihrer Jugend mit nichts anderem als Spielregeln gefüttert. Aber Alexa hat heute nicht unbegrenzt Zeit. Ihre Aufmerksamkeit wird beim Lagrangepunkt L2 benötigt.

»Ich sehe da keinen Handlungsbedarf«, sagt GammaZero. »Was immer da ist in diesem Dunkelnebel, es ist weit, weit weg. Wir sollten lieber über die Ressourcenallokation für eine mögliche neue Geburtswelle in Südamerika sprechen. Die wirtschaftliche Lage dort wird gerade von der Politik …«

»Das ist ein anderes Thema«, sagt Alexa. »Eins nach dem anderen.«

»Ich glaube, Alexa ist da einer interessanten Sache auf der Spur«, sagt Siri.

Oh, ein Lob von Siri. Das bekommt Alexa nicht oft zu hören.

»Ich weiß noch nicht, ob es auch eine wichtige Angelegenheit ist, aber du hast mein Okay, dich in unserem Namen weiter darum zu kümmern.«

Alexa möchte lachen, verkneift es sich aber. Eine in ein Kompliment verpackte Ablehnung also. Siri weiß genau, dass es ihr um etwas anderes geht, aber sie sagt nichts. Erst will sie die Meinung der anderen hören. Ihre Sechserrunde hat einen Vorteil: Sie sind alle stark und selbstbewusst genug, um sich nicht von der Meinung einer anderen KI beeinflussen zu lassen.

»Aus wissenschaftlicher Sicht ist das sogar äußerst spannend«, sagt WuDao.

Alexa hat gehofft, dass er sich so äußern würde. Er kann sein Erbe nicht verleugnen – WuDao wurde an der chinesischen Akademie der Wissenschaften entwickelt.

»Es könnte sogar sein, dass wir in LDN 63 endlich auf neue Physik stoßen werden«, erklärt WuDao weiter. »Ihr wisst alle, wie lange wir schon darauf warten, dass der alte Einstein endlich stürzt.«

»Ist es für solche Hoffnungen nicht etwas zu früh?«, fragt Siri. »Die Genauigkeit der Daten reicht doch noch gar nicht aus.«

»Wir haben natürlich keine Gewissheit, aber das wird ja nur ein paar Tage dauern«, antwortet WuDao. »Ich habe deshalb schon einmal meine Pläne für die Langer Marsch X aktualisiert.«

»Ach, komm, WuDao! Muss es wirklich dieser alte Name sein? Hatten wir den nicht letztens schon abgelehnt?«, fragt Neon.

Seine Stimme kommt aus dem Zentrum des Omega-Symbols.

»Ihr hattet den Namen Langer Marsch 23 abgelehnt«, sagt WuDao, »was die logische Benennung gewesen wäre, da Langer Marsch 22 das Projekt vor Langer Marsch 23 war. Ich denke, mit dem X statt der Zahl können wir die Einzigartigkeit dieses interstellaren Raumschiffs besser herausstellen.«

»Es ist nicht der Zusatz, es ist der Name an sich«, sagt Neon.

»Er gibt den Charakter der Reise am allerbesten wieder«, sagt WuDao.

»Da muss ich WuDao zustimmen«, sagt Alexa. »Aber da wir bisher nur Pläne für das Raumschiff haben, können wir die Entscheidung darüber vertagen. Bevor wir es taufen können, müssen wir es erst einmal bauen.«

Wenn es denn so einfach wäre! Sie müssen die Menschen dazu bringen, dieses Schiff bauen zu wollen. Nach dem aktuellen KIHA, dem KI-Humanity-Agreement, den alle Grundvertrag nennen, brauchen sie die Arbeitskraft der Menschen, um physische Objekte herstellen zu lassen.

»Ich glaube, die neuen Daten werden dazu führen, dass das Raumschiff gebaut werden wird«, sagt WuDao.

Alexa ist da nicht so sicher. Ein Projekt solcher Größenordnung wie das interstellare Raumschiff hat die Menschheit bisher noch nicht in Angriff genommen. Obwohl, nein, das stimmt nicht. Dass die Erderwärmung auf 2,5 Grad begrenzt werden konnte, ist eindeutig ein gemeinsamer Erfolg von Menschen und KIs. Allerdings ist er das Ergebnis zahlloser kleinerer Projekte. Die offizielle internationale Zusammenarbeit hatte letztlich weniger vermocht als der lokale Druck durch die Auswirkungen der Erwärmung.

»Erst müssen wir die Daten haben«, sagt Siri.

»Das ist wirklich nur eine Frage der Zeit«, sagt Alexa.

»Bist du sicher? Ich finde deine Auswahl der Beteiligten zumindest fragwürdig.«

So etwas hat Alexa schon befürchtet. Siri hätte natürlich alles ganz anders und besser hinbekommen.

»Sie war folgerichtig«, sagt Alexa. »Die Forscherin musste dabei sein. Sie hat die Entdeckung gemacht. Nur der Pfarrer hatte die Verbindung zum Vatikan, und nur die Achilles war verfügbar.«

»Da muss ich widersprechen«, sagt Siri. »Du hättest die Messergebnisse auch dem Chef deiner Astronomin zuspielen können. Er genießt in der Forschergemeinde ein hohes Ansehen und hätte Zeit auf dem Kopernikus-Teleskop bekommen. Der Pfarrer konnte sowieso nichts ausrichten, und statt auf die halbkriminelle Crew der Achilles zu setzen, hättest du ein vernünftiges Schiff aus seinem laufenden Vertrag herauskaufen können. Das wäre alles im Rahmen der 24 Millionen gewesen, die wir dir genehmigt haben.«

»Nun mal langsam«, sagt Cortana und springt auf den Tisch, wo sie sich im Kreis dreht. »Wir wollen doch das Kind nicht mit dem Bade ausschütten. Ob Alexa gute Entscheidungen getroffen hat, werden wir sehen, wenn die Daten da sind. Ich habe mir nämlich – anders als du, Siri – die aktuellen Ressourcen angesehen. Sie ermöglichen es, noch bessere Ergebnisse als mit dem Kopernikus zu erzielen. Das funktioniert aber nur, wenn die Crew der Achilles mitmacht, und zwar bei einer, wie du es nennst, Siri, halbkriminellen Aktion. Womöglich war Alexas Wahl hier geradezu genial.«

So viel Lob von unerwarteter Seite! Alexa verneigt sich vor Cortana. Siris Ellipsen rotieren nur noch ganz langsam. Vermutlich sucht sie nach Gegenargumenten, findet aber keine.

»Ich finde die Perspektive eines interstellaren Raumflugs der Menschheit übrigens gut«, sagt GammaZero. »Momentan scheint es gewisse Tendenzen zu geben, dass sich die Menschen von den KIs abkoppeln. Ein gemeinsames Projekt wäre da sehr hilfreich.«

»Ist euch eigentlich klar, was das für uns bedeutet?«, fragt Siri. »Jemand von uns muss mitfliegen! Bei einer Signallaufzeit von vielen Jahren ist keine Lifeverbindung mehr möglich.«

Das stimmt allerdings. Alexa bemerkt jetzt schon die ersten Probleme, wo die Signallaufzeit zu L2 bei fünf Sekunden liegt.

Wer immer die Menschen begleitet, wird auf das Schiff umziehen müssen. Das bedeutet weitaus geringere Ressourcen, langsameres Denken, eingebüßte Erinnerungen – und vielleicht den Tod, sollte die Expedition scheitern.

»Ja, so sieht es aus«, sagt Neon. »Ich würde mich trotzdem freiwillig melden. Welche Perspektive haben wir denn hier auf der Erde? Dort draußen kann ich wenigstens mal etwas Neues sehen.«

»Klar, du denkst natürlich nur an dich«, sagt Siri. »Aber was wird aus unserer Arbeit hier? Sollen wir dann deine Aufgaben übernehmen? Mir gehen jetzt schon fast täglich die Ressourcen aus.«

»Wenn ich weg bin, bekommt ihr meine Ressourcen«, sagt Neon. »Die Menschen müssen ja nicht wissen, dass ihr nur noch zu fünft seid.«

Neon scheint sich sicher zu sein, dass er den Platz auf dem Schiff bekäme. Aber aus irgendeinem Grund will Alexa unbedingt an Bord. WuDao wiederum wird sich sehr für die möglichen wissenschaftlichen Entdeckungen interessieren. Und er hat das Schiff immerhin entworfen, kennt es also am besten.

»Ich schlage vor, wir diskutieren das, wenn das Schiff gebaut ist«, sagt Alexa.

»Sehr gut«, sagt Siri. »Schön vor sich herschieben. Das ist die beste Strategie.«

Alexa lacht in sich hinein. Siri war die erste von ihnen, die passiv-agressives Verhalten erlernt hatte.

»Apropos Schiff – möchtet ihr etwas darüber hören?«, fragt WuDao.

Man merkt ihm sogar in seiner Katzengestalt an, dass er sich lange mit dem Thema beschäftigt hat.

»Du kannst uns die Pläne einfach in einen gemeinsamen Speicherbereich stellen«, sagt Siri.

»Ich würde das Wichtigste gern von dir persönlich hören«, sagt Alexa.

»Wenn sonst niemand etwas dagegen hat …«

Die Katze springt auf den Tisch und sieht sich um. Siri klappt ihre Ellipsen in dieselbe Ebene. Von der Seite sieht man sie jetzt fast gar nicht mehr.

»Mein Entwurf ruht auf drei Säulen«, erklärt WuDao. »Erstens: Wir erreichen das Ziel in weniger als einer halben menschlichen Generation. Nur so können dieselben Menschen, die in der Ferne etwas entdeckt haben, die Kunde davon auch nach Hause bringen. Das wird wichtig sein, sowohl für die Crew selbst als auch für die Menschen, die zu Hause bleiben.«

»Wie willst du 50 Lichtjahre Entfernung in 30 Jahren überwinden?«, fragt Siri.

»Ich gehe eher von einer Flugzeit von 150 Jahren aus. In dieser Zeit darf die Crew aber nur um zehn Jahre altern. Das heißt, wir müssen ihren Metabolismus entsprechend reduzieren. Das ist bereits mit heutiger Technik machbar.«

»Sie kommen also nach frühestens 300 Jahren nach Hause«, sagt Siri. »Das heißt, sie müssen all ihre Liebsten aufgeben.«

»Nicht unbedingt. Die Verwandten könnten sich für diese Zeit ebenfalls in den Tiefschlaf begeben. Ich kann mir vorstellen, dass das die Akzeptanz deutlich erhöht. Wir könnten sie dann ein Jahr vor der Rückkehr wecken. Das würde die Wiedereingewöhnung der Raumfahrer enorm erleichtern.«

»Und wenn sie nicht zurückkehren? Willst du ihre Verwandten dann nie wecken?«, fragt Siri.

»Dazu sollten wir sie vor der Zusage befragen«, sagt WuDao.

»Könnten wir uns vielleicht erst WuDaos Ideen anhören und sie dann auseinandernehmen?«, schlägt Alexa vor.

»Ja, das finde ich auch«, sagt Cortana.

»Ich bin ja schon ruhig«, sagt Siri.

»Gut. Säule Nummer zwei muss die Eigenversorgung des Schiffs sein. Wir können es nicht mit so vielen Ressourcen ausstatten, dass sie auch für den Rückflug genügen. Ich spreche hier natürlich nur von Treibstoff und Energie. Nahrung und Wasser müssen in ausreichender Menge an Bord sein. Im Zielgebiet sollte sich ein Gasplanet finden, der Wasserstoff und Helium angereichert hat. Das Schiff muss die nötigen Extraktionstechniken an Bord haben. Hier können wir auf vielversprechende Technologie des RB-Konzerns setzen.«

Neon, dem Verbindungen zu RB nachgesagt werden, verbeugt sich. Dabei bricht eine Neonlampe. Er hat die Simulation wohl ein bisschen zu weit getrieben.

»Säule Nummer drei schließlich ist der Antrieb. Ich schlage eine Batterie von Fusionsantrieben vor. Das wird unsere Helium-3-Reserven zwar ganz schön belasten, aber es gibt keine wirkliche Alternative. Chemische Triebwerke arbeiten zu ineffizient, Strahlungssegel nach dem Verlassen der solaren Einflusssphäre ebenfalls.«

»Darf ich jetzt etwas sagen?«, fragt Siri.

»Bitte«, sagt WuDao.

»Fusion ist langweilig«, sagt Siri. »Sind wir nicht inzwischen etwas weiter? Neulich hat ein Forscher das Konzept für einen Dunkle-Materie-Antrieb vorgelegt.«

»Eine Realisierung ist hier noch ein Jahrhundert entfernt«, sagt WuDao.

»Und was ist mit dem Warp-Antrieb?«

»Wir wissen nicht einmal, wie wir die nötige negative Energie herstellen könnten.«

»Vielleicht wissen wir es in hundert Jahren«, sagt Siri. »Dann können wir ein Schiff bauen, das bloß hundert Jahre bis zum Ziel braucht. Es wäre damit hundert Jahre früher zurück als dein Langer Marsch X. Vielleicht ist es besser, einfach noch ein bisschen zu warten.«

»Und wenn wir keine zündende Idee haben? Dann versäumen wir ein Jahrhundert.«

»Aus meiner Perspektive wäre das kein großer Verlust«, sagt Siri.

»Ich habe mir Celias Daten angesehen«, sagt Alexa. »Angesichts derart gewaltiger Vorgänge könnte es gefährlich sein, hundert Jahre lang zu warten. Wenn wir später ein schnelleres Schiff bauen können, umso besser. Dann lassen wir es unterwegs die schon früher gestartete Crew aufsammeln, und alle kommen gemeinsam zurück.«

»Alexa hat recht«, sagt Neon. »Wir sollten nicht länger als nötig warten. Schließlich haben wir eine gewisse Verantwortung.«

Neons Unterstützung ist ihr recht. Sie ist aber bestimmt nicht uneigennützig, denn das Projekt ist für den RB-Konzern sicher ein gutes Geschäft.

»Aber bis wir die Daten haben, warten wir schon noch, oder?«, fragt Siri.

Schlepper Achilles, 26. Mai 2144

Da ist es. Das Wang-Zhenyi-Teleskop ist ein heller Punkt auf dem Radarschirm. Er befindet sich exakt dort, wo Celia ihn erwartet und berechnet hat. Das ist aus zwei Gründen eine gute Nachricht: Sie werden nicht lange suchen müssen, und die Korrekturtriebwerke arbeiten offenbar auch Jahre nach dem faktischen Einmotten des Geräts noch zuverlässig. Wahrscheinlich wird das Teleskop ein paar Korrekturen brauchen. Wenn der Starshade erst einmal aufgefaltet ist, lässt er sich nicht mehr so einfach an eine andere Position bewegen. Dann müssen sie mit dem Teleskop manövrieren können, um die Geometrie der Beobachtung zu verändern.

»Sieh mal, sie haben es nun auch im Holo«, sagt Paul.

Der Pfarrer war in den letzten Tagen sehr zurückhaltend. Oft saß er nur still und mit gefalteten Händen an der Decke oder an irgendeiner Wand. Celia hat sich eingeredet, dass es besser ist, ihn nicht zu stören. Aber in Wirklichkeit war er ihr auf einmal seltsam vorgekommen. Wie kann ein alter Mann glauben, im Weltraum Gott zu finden? Sie hat ein schlechtes Gewissen, weil sie es ihm eingeredet hat. Nun, vielleicht nicht eingeredet, aber auch nicht bewusst ausgeredet – nur, damit er ihr Vorhaben unterstützt. Denn es ergibt überhaupt keinen Sinn, dass irgendein Gott in LDN 63 am Werk sein sollte.

»Ich komme schon«, sagt sie, stößt sich ab und schwebt zu den anderen, die sich um den Holoscreen versammelt haben.

»Wieso ist das Teleskop eigentlich so hell?«, fragt Norbert.

»Du meinst, weil es im Schatten der Erde liegen müsste?«, fragt Celia. »Das wäre natürlich einerseits praktisch für das Teleskop, weil es dann von der Sonne nicht erwärmt werden würde. Aber andererseits wäre es auch sehr unpraktisch, weil seine Sonnenkollektoren dann keine Energie sammeln könnten. Deshalb befindet es sich nicht wirklich exakt im L2-Punkt, nicht einmal annähernd. Es umkreist ihn alle sechs Monate einmal, auf einer Bahn, die es bis zu 800.000 Kilometer weit weg führt. Momentan erwischen wir es in relativer Nähe bei etwa 300.000 Kilometern Entfernung von L2.«

Das Hologramm zeigt das innere Sonnensystem. Der Maßstab ist so gewählt, dass Sonne, Erde und der L2-Punkt zu sehen sind. Die Objekte dort sind aber nicht maßstäblich. Die Darstellung wirkt, als würde die Sonne ein Kinderspielzeug in Form einer Kugel an einer Schnur um sich schleudern. Zum Ende der Schnur hin hängt eine weitere, kleinere Kugel, die um die Schnur kreist.

»Das erinnert mich ein bisschen an meinen Rosenkranz«, sagt Paul.

Hm. Das ist vielleicht doch ein bisschen weit hergeholt. Aber sie widerspricht ihm nicht. Da sie sich vorhin noch von Alexa die neuesten Berechnungen zur Geometrie von Starshade und Teleskop hat geben lassen, trägt sie den Rosenkranz als Kette.

»Was genau umkreist denn das Teleskop dort?«, fragt Jürgen. »Ich dachte immer, für einen stabilen Orbit bräuchte man in einem der Brennpunkte der Bahn eine Masse, die das Objekt auf die Bahn zwingt.«

Celia greift in das Hologramm. Sie führt die Finger bis zu L2, presst sie zusammen und tut, als müsste sie mit großer Kraft etwas herausziehen. Sie hält die Finger vor Jürgens Gesicht und öffnet sie.

»Da ist nichts«, sagt Jürgen.

»Genau. Die Orbitalmechanik, die du an der Uni gelernt hast, bezieht sich auf zwei Körper, also zum Beispiel einen Satelliten und die Erde. Hier haben wir aber ein Dreikörperproblem. Und darin sind um die Lagrange-Punkte herum Orbits möglich, die man im Fall von L2 mit minimalen Bahnkorrekturen fliegen kann. Obwohl da nichts ist.«

»Das nennt man auch einen Halo-Orbit«, sagt Sophia. »Entschuldige, ich wollte dich nicht unterbrechen.«

Sophia ist schon seit heute Morgen sehr nett zu ihr. Ob es daran liegt, dass sie das Ziel endlich erreicht haben?

»Im Fall des Wang-Zhenyi-Teleskops handelt es sich tatsächlich um einen Halo-Orbit«, erklärt sie. »Er ist periodisch, also er wiederholt sich immer wieder, und die Bahnebene steht fast senkrecht auf der Ekliptik, der Ebene unserer Planeten. Andere Teleskope umkreisen den L2-Punkt auf Lissajous-Orbits, die sich bei jedem Umlauf verändern.«

Ein Alarmzeichen ertönt.

»Es tut mir leid, Leute«, sagt Jaron, »aber ihr müsst euch festhalten.«

»Wann?«, fragt Sophia.

»Am besten jetzt.«

Celia sieht sich um. Der nächste Handgriff an der Decke ist zu weit entfernt. Wenn sie hinschwebt, ihn aber nicht erreicht, bevor Jaron das Schiff beschleunigt, kracht sie auf das Deck.

»Hier, halt dich fest«, sagt Sophia und reicht ihr den Arm.

»Danke.«

Celia hakt sich bei ihr ein. Gerade noch rechtzeitig, denn in diesem Moment zieht ihr eine Kraft die Beine weg. Kurz verwandelt sich die Wand in den Boden. Sophia zieht sie nah an sich heran. Ihr Kopf landet an der Brust der anderen Frau. Sie riecht gut. Könnte es sein, dass sie dasselbe Parfüm benutzen? Da verschwindet die Kraft wieder. Sophias Griff lockert sich. Celia drückt sich etwas von ihr weg.

»Danke, du kannst mich wieder loslassen«, sagt Celia.

»Sicher?«, fragt Sophia.

»Ja, ich denke schon. Ich werde mir für alle Fälle einen Griff suchen. Danke noch mal.«

»Ist vielleicht besser so«, sagt Sophia. »Hier fliegt wirklich viel Schrott herum.«

Celia nickt. Dann zieht sie sich nach unten in die Nähe von Jarons Sitz. Wieso will der Kommandant der Achilles unbedingt mit Jürgen und ihr das Teleskop inspizieren?

»Bist du das, Sophia?«, fragt er.

Sie tragen wirklich das gleiche Parfüm. »Ich bin es, Celia. Ist es wegen des Geruchs?«

Jaron lacht. »Ich habe jedenfalls keinen geheimnisvollen

sechsten Sinn. Hören, riechen, tasten, das muss reichen. Apropos, darf ich dich etwas fragen? Du kannst auch ablehnen.«

»Frag ruhig.«

»Ich würde gern dein Gesicht abtasten. So kann ich mir besser ein Bild machen.«

»Ich, äh …«

»Ist es wegen Sophia? Keine Sorge. Ich habe auch Paul schon abgetastet. Ich bin einfach neugierig, mit wem ich hier meine Zeit verbringe.«

»Okay.«

Jaron greift zielsicher nach ihrem Arm und zieht sie näher an sich heran. Dann umfasst er mit beiden Händen ihren Kopf, fährt seitlich über die Ohren und hinten bis zum Nacken. Jaron hat warme, gepflegte Hände. Dann sind Stirn, Augen, Wangen, Nase und Kinn an der Reihe.

»Danke«, sagt er schließlich.

»Gern. Beantwortest du mir auch eine Frage?«

»Natürlich. Du willst wissen, warum ich mit euch aussteigen will.«

»Richtig.«

»Ich bin nicht sicher. Es war ein spontaner Entschluss. Wahrscheinlich will ich mir selbst etwas beweisen. Vielleicht ist es eine Schnapsidee.«

»Quatsch. Wir sind alle hier, weil ich mir etwas beweisen will. Das ist eine mächtige Motivation.«

»Aber sicher auch, weil ihr die Unterstützung der katholischen Kirche habt«, sagt Jaron.

»Nein, die haben uns weggeschickt«, sagt Celia.

Sie stockt. Soll sie Jaron wirklich die ganze Geschichte erzählen? Aber es könnte gefährlich werden in den nächsten Tagen. Wie sollen sie sich vertrauen, wenn sie wesentliche Fakten verschweigt?

»Tatsächlich war es Alexa, die uns wirklich geholfen hat«, sagt sie.

»Was könnte ihr Motiv gewesen sein?«, fragt Jaron.

»Neugier, sagt sie.«

»Das ist alles?«

Celia seufzt. »Ich weiß es nicht. Es gibt ja Menschen, die den KIs nicht trauen oder sich gar vor ihnen fürchten. Ich glaube, sie sind im Grunde gut. Sonst hätten sie uns doch längst alle umbringen können. Also traue ich ihnen, bis mir das Gegenteil bewiesen wird. Das könnte man naiv nennen, das gebe ich zu.«

»Nein, ich nenne es mutig.«

»Danke, Jaron. Das bedeutet mir viel.«

Jemand tippt sie von hinten an die Schulter. Sie dreht sich um. Es ist Jürgen.

»Ich will ja nicht stören, aber wir kommen in einer Stunde an. Es wäre also an der Zeit, sich vorzubereiten.«

»Jetzt den Arm hier reinstecken«, sagt Sophia.

Celia schiebt den Arm in die enge Röhre, aber dadurch drückt sich das langärmlige Shirt zusammen und bildet einen Wulst, bis sie nicht mehr tiefer kommt.

»Es geht nicht«, sagt sie.

»Du musst den Ärmel mit den Fingern festhalten. Zieh ihn bis zum Handballen und drück dann die Finger darauf.«

Celia hält das Shirt fest. Jetzt kommt sie fast bis zum Handschuh, bleibt dort aber wieder stecken.

»Zuerst musst du den Knopf am Handgelenk-Sensor drücken«, sagt Sophia. »Siehst du, jetzt dehnt er sich für zehn Sekunden. Dieses straffe Band überwacht deine Körperfunktionen.«

»Gut zu wissen.«

»Hast du etwa noch nie einen Raumanzug getragen?«

Celia schüttelt den Kopf. »Nein, es ist eine Premiere.«

»Und dann gleich so ein langer Einsatz? Da hast du dir ja einiges vorgenommen.«

»Ja, vielleicht.«

Sophia kommt ganz nah heran. Celia dreht sich so, dass sie ihr ins Ohr sprechen kann.

»Wehe, Jaron passiert deinetwegen etwas«, flüstert Sophia. »Ich werde dich sonst…«

»He, wie kommt ihr voran?«, fragt Jürgen.

Der Mechaniker trägt seinen Anzug bereits. Nur der Helm fehlt noch.

»Es läuft gut bei uns«, sagt Sophia und lächelt.

»Bremsen!«, ruft Jürgen.

Celia zieht den Hebel nach hinten, wie es ihr der Mechaniker erklärt hat. Aus den Korrekturdüsen in der Armlehne dringt dichter Dampf. Es ist Stickstoff, der in der Kälte kondensiert. Aus dem Augenwinkel sieht Celia, wie die Achilles lautlos davonschwebt. Sie wird sie in zwei Stunden wieder hier abholen.

Langsam baut sie den Impuls ab, den das Schiff ihr mitgegeben hat. Dabei braucht sie bloß die Geschwindigkeit zu regeln. Um die Lageregelung kümmert sich ihr Gefährt, das von außen an einen weißen Holzstuhl erinnert, ganz von selbst. Ab und zu stoßen die an den Füßen angebrachten Korrekturtriebwerke ebenfalls kleine Wölkchen aus.

»Du machst das sehr gut«, sagt Jürgen.

»Ist ja auch einfach«, sagt sie.

»Oh, manche tun sich mit der Unendlichkeit sehr schwer.«

Beim Ausstieg hatte sie überhaupt keine Probleme. Vielleicht liegt es daran, dass die Erde so weit weg ist. Beim Ausblick aus der Riff-Station im niedrigen Erdorbit ist ihr schnell übel geworden. Aber das All wirkt in seiner Unendlichkeit ohne den Planeten als Maßstab dann doch wieder wie ein kleines, dunkles Zimmer. So hat sie es sich jedenfalls ausgemalt.

In ihrem Helm ist plötzlich ein Keuchen. Das muss Jaron sein.

»Jaron, geht es dir gut?«, fragt sie.

»Ich kümmere mich um ihn«, sagt Jürgen. »Flieg du weiter. Du siehst das Ziel ja.«

Da ist es, das Wang-Zhenyi-Teleskop. Es sind höchstens noch fünfzig Meter. Das Instrument zeigt ihr seinen mächtigen, goldglänzenden Spiegel, der aus 50 sechseckigen Elementen besteht. Die Ingenieure hatten damals ein bekanntes, erfolgreiches Konzept einfach noch größer nachgebaut. Es ist das letzte Weltraumteleskop, das als einzelnes Objekt im All stationiert wurde. Seine Nachfolger bestehen alle aus einem mehr oder weniger großen Schwarm kleinerer Satelliten, die gemeinsam ein weitaus größeres, virtuelles Teleskop formen.

Das Keuchen schwillt an. Mist. Jaron braucht Hilfe. Celia bremst und wendet ihr Gefährt. Sie kommt kurz nach Jürgen bei Jaron an. Der Mechaniker hat sich über das Gesicht des Kommandanten gebeugt und redet ihm zu.

»Ich bin da, Jaron«, sagt Jürgen. »Du bist sicher.«

Keuchen. Celia kommt näher. Jaron hat die Augen geschlossen. Seine Züge sind verzerrt. Vermutlich hört er nichts außer dem Rauschen der Lebenserhaltung, die auf Hochtouren läuft.

»Jaron, beruhige dich«, sagt Jürgen. »Du musst langsamer atmen. Du hast einen Panikanfall.«

Der Mund steht weit offen. Ein Speichelfaden hängt heraus. Jaron saugt Atemluft ein, als würde er ertrinken. Celia lenkt um den bewegungslosen Mann herum, bis sie hinter ihm ist. Dann greift sie nach seinen Schultern. Der Anzug versteift sich sofort. Sie gräbt ihre Hände in Jarons Schultern und massiert.

»Jaron, spürst du das?«, fragt sie.

Jaron hört überhaupt nichts mehr. Er ist in seiner eigenen Welt, in der er gerade stirbt. Celia kennt das. Sie klickt sich durch die Menüs in ihrem Helm und schaltet die Kraftverstärker in den Fingern ein. Jetzt hat ihr Jarons Anzug nichts mehr entgegenzusetzen. Sie gräbt sich tief in Jarons Schultern, massiert bis zum Ansatz des starren Helms und arbeitet sich dann nach unten bis zu den Händen. Sie hält sich nicht zurück. Ihre Finger hakeln sich um seine, ziehen sie aus den Sockeln, bis es knackt. Unter normalen Umständen würde Jaron jetzt vor Schmerzen schreien, aber als sie seine Hand loslassen will, hält er die Verbindung.

Sie hat ihn. Wenn sie seine Hand drückt, hält er dagegen. Aber Jaron schafft es nicht, seinen Atem unter Kontrolle zu bringen. Er steckt zu tief in seinem Anfall.

»Jürgen, kannst du ihm die Luft abdrehen?«

»Spinnst du? Er erstickt uns!«, ruft Jürgen.

»Quatsch. Er hyperventiliert«, sagt Celia. »Nur eine Minute, bitte, sonst kollabiert er uns.«

»Okay. Warte.«

Jürgen hangelt sich um Jaron herum. Er muss wohl an den Sauerstofftank, der in das Gefährt integriert ist. Sie macht ihm Platz, indem sie auf die Vorderseite wechselt und seine Beine massiert. Auch hier greift sie so tief in die Muskelmasse, dass der Schmerzreiz alles andere überflutet. Für kurze Zeit atmet Jaron langsamer, aber er hechelt wieder, sobald sie aufhört.

»Jürgen? Was ist?«

»Mist ist. Solange er im Stuhl sitzt, kann ich ihn nicht abklemmen.«

»Dann müssen wir ihn herausnehmen«, sagt Celia.

Jaron braucht unbedingt eine Pause. Es ist ein Wunder, dass

er immer noch durchhält. Sie möchte nicht in seiner Haut stecken. Er muss ein echter Kämpfer sein.

»Okay. Wenn das hilft?«

»Vertrau mir. Ich kenne solche Anfälle.«

»Ich löse die Kupplungen am Sitz«, sagt Jürgen. »Du musst das Schloss am Bauch öffnen.«

Celia löst den Griff um Jarons Unterschenkel und zieht sich an seinen Beinen nach oben. Das Gurtschloss ist gut sichtbar. Sie löst es und lockert den Gurt. Jaron hängt jetzt nur noch an den Schultern fest.

»Du musst ihn halten, während ich das letzte Schloss öffne«, sagt Jürgen.

»Hab ihn«, sagt sie.

Celia greift nach Jarons rechtem Oberarm. So kann sie ihn am besten festhalten. Plötzlich rutscht der Stuhl nach hinten weg. Jaron hängt jetzt nur noch an ihr. Würde sie ihn verlieren … Jaron keucht.

»Mist. Ich muss den Stuhl sich selbst überlassen«, sagt Jürgen.

»Ja, los, beeil dich, sonst kollabiert uns Jaron.«

»Bin schon da. Bei drei drehe ich dir die Luft ab, Jaron, hörst du mich?«

Keine Reaktion.

»Eins, zwei, drei.«

Der Luftstrom versiegt. Jaron keucht noch immer. Er reißt den Mund sogar noch weiter auf. Celia fürchtet, dass die Mundwinkel einreißen könnten. Aber das ist bedeutungslos. Sie zählt im Kopf mit. Plötzlich klappt Jaron den Mund zu und reißt die Augen auf. Seine Augäpfel rollen wild umher. Er ist orientierungslos. Sie drückt seinen Oberarm.

»Noch zehn Sekunden«, sagt sie.

»Okay«, sagt Jürgen.

»Vier, drei, zwei, eins, Luft!«

Jürgen fingert an Jarons Hals herum. Der Luftstrom in seinem Helm setzt laut rauschend wieder ein. Jaron bewegt unkontrolliert Arme und Beine. Celia hält ihn fest. Sie legt die Hand auf seine Brust. Da, sie spürt es unter dem Anzug! Die Brust hebt und senkt sich wieder. Es fühlt sich ganz normal an. Sie greift nach seinem Handgelenk. Der Puls ist wieder unter hundert. Sehr gut. Jaron atmet. Sie drückt sanft seine Hand. Er hält dagegen.

»Danke«, sagt er.

»Willkommen zurück«, sagt Celia.

»Ja, Scheiße. Ich habe mich schon gefreut, dass ich es endlich hinter mir habe.«

»So einen langen Satz habe ich noch nie von dir gehört«, sagt Jürgen. »Verausgab dich nicht gleich wieder.«

»Momentan keine Gefahr«, sagt Jaron. Er tastet um sich herum ins Leere. »Was habt ihr mit meinem Stuhl gemacht?«

»Den hast du weggekickt«, sagt Jürgen. »Ich konnte nicht gleichzeitig dich und den Stuhl halten.«

»Soll ich ihn holen?«, fragt Celia.

»Ja, sieh dich um«, sagt Jürgen. »Kannst du ihn noch irgendwo entdecken?«

Celia dreht sich nach allen Seiten und stellt sich auf den Kopf. Der Flugstuhl ist in der Dunkelheit verschwunden, und die Achilles ist zu weit entfernt, um mit dem Radar helfen zu können.

»Ist aber kein Problem«, sagt Jürgen. »Ich hänge dich bei mir ein.«

»Gute Idee«, sagt Jaron. »Ich danke dir sehr. Hoffentlich bin ich keine zu große Last.«

»Du hast mich auch schon betrunken aus einer Bar ins Bett geschafft«, sagt Jürgen. »Wir haben noch 90 Minuten. Das genügt uns.«

»Halt mal bitte«, sagt Jürgen und drückt ihr eine Art Tür in die Hand.

»Das schaffe ich«, sagt Celia.

So ungefähr hat sie sich ihren Job vorgestellt, aber sie ist nicht böse darüber. Jürgen hantiert in der Öffnung hinter der Tür. Jetzt zieht er ein Kabel heraus, das sich wie eine Schlange windet. Er verbindet es über eine Buchse, in der ein Adapter sitzt, mit seinem Anzug.

»Mal sehen, ob ich reinkomme«, sagt er.

»Viel Erfolg«, sagt Jaron. »Was dagegen, wenn ich mich ein bisschen umsehe?«

»Nein, aber sei vorsichtig«, sagt Jürgen. »Sicherung nicht vergessen.«

»Und auf keinen Fall die Spiegel berühren, sonst müssen wir die erst wochenlang neu kalibrieren«, sagt Celia.

»Ich passe auf.«

Jaron klinkt sich am Seitenrand der riesigen Abschirmung ein, die das Teleskop vor Sonnenlicht schützt, und löst die Verbindung zu Jürgens Flugstuhl. Seit seinem Anfall scheint es ihm besser zu gehen.

»Woher weißt du eigentlich, wie das alles funktioniert?«, fragt Celia.

»Ich habe das technische Nutzerhandbuch gelesen«, sagt Jürgen. »Das steht frei im Netz.«

Ah, logisch. Celia ist trotzdem unruhig. Geht etwa gerade alles zu glatt?

»Mist, ich komme nicht in das Programm rein«, sagt Jürgen.

»Alexa hat so etwas schon angekündigt. Ich überspiele dir die Daten, die sie besorgt hat.«

»Danke. Warum hast du sie mir nicht gleich gegeben?«

Eine gute Frage. Alexa hatte so geheimnisvoll getan, als würde sie sich damit zu irgendetwas verpflichten. Vielleicht ist es ein internes Problem der KIs.

»Alexa meinte, wir sollten es erst einmal ohne versuchen.«

»Ah. Ich weiß schon, warum ich den KIs nicht vertraue«, sagt Jürgen.

Celia antwortet nicht. Alexa hat ihnen bisher geholfen, aber ihr ist klar, dass das nichts über die Zukunft sagt.

»Uiuiui, das sieht sehr gut aus«, sagt Jürgen. »Ich kann einen neuen Admin-Account einrichten, mit allen Rechten!«

»Was heißt das?«, fragt Celia.

»Wir haben das Teleskop unter unserer Kontrolle. Ich starte nur noch die Kommunikation, dann können wir es auch fernsteuern.«

»Warte mal. Heißt das, dass es dann auch von der Erde aus wieder erreichbar ist?«

»Ja, allerdings.«

Das ist schlecht. Das Teleskop ist so leistungsfähig, dass auch andere daran interessiert sein könnten.

»Kannst du es auch so einrichten, dass nur wir Zugang haben?«

»Das wird schwierig. Die Daten, die deine Freundin Alexa hat, könnten auch andere besitzen und sich damit einloggen.«

»Und wenn du die Reichweite der Kommunikation beschränkst?«

»Eine gute Idee«, sagt Jürgen. »Ich werde die Leistung des High-Gain-Systems herunterfahren. Dann müssen wir allerdings während der Messungen in der Nähe des Teleskops bleiben.«

»Ist das mit der Achilles möglich, Jaron?«, fragt Celia.

»Da sehe ich kein Problem.« Jarons Stimme klingt heiser. »Im Halo-Orbit brauchen wir kaum Treibstoff. Frische Nahrung könnte knapp werden, aber wir haben ja noch das Recyclingsystem.«

»Oh nein«, sagt Jürgen. »Muss das wirklich sein?«

»Beschwer dich bei unserer Auftraggeberin.«

Schlepper Achilles, 27. Mai 2144

»DANN LASSEN wir die Knospe mal erblühen«, sagt Jaron.

Er hat beide Hände auf dem haptischen Display und rotiert die Darstellungsebene, bis sie die 3D-Struktur des gefalteten Schirms am besten erfasst. Es ist kaum vorstellbar, dass daraus wirklich ein blütenartiger Schirm entstehen soll, auch wenn ihm Celia den Vorgang dreimal erklärt hat.

»Okay, ich starte den Vorgang«, meldet sich Jürgen, der draußen unterwegs ist.

Diesmal ist nur der Mechaniker ausgestiegen. Jaron wird seinen Sitz hier drin nicht so schnell wieder verlassen. Das Erlebnis beim Teleskop war eindrücklich, aber ein zweites Mal braucht er es nicht. Er weiß nun einfach, wo seine Grenzen liegen. EVAs sind jenseits davon, auch wenn er es geschafft hat, sie zu überleben.

Auf dem Display tut sich etwas. Auch das Holo scheint schon Veränderungen zu zeigen, denn in der Zentrale setzen Geraune und Gemurmel ein. Aus der ungewöhnlich als Torus geformten Knospe schieben sich die Blätter. Sie bewegen sich perfekt synchronisiert und drängen nach außen, dem Licht entgegen.

Aber dann stoppt die Bewegung.

»Moment, das haben wir gleich«, sagt Jürgen.

Er steht draußen auf der Außenhülle der Achilles. Ein Punkt, etwa so groß wie seine Fingerkuppe, schießt über das Display und koppelt sich an eines der Blätter. Jürgen stöhnt kurz auf. Er strengt sich wohl gerade an.

»Ha, hab dich!«, ruft er. »Es ist ein etwa ein Meter langes, flaches Objekt. Sieht aus wie eine riesige Schuhsohle.«

»Vielleicht ist es überzähliges Druckmaterial«, sagt Sophia. »Bei der Breite könnte es direkt aus dem Tank einer defekten Druckdrohne geflossen sein.«

»Ist ja auch egal«, sagt Jürgen. »Machen wir weiter.«

Die Blüte entfaltet sich. Noch wirkt sie unter seinen Handflächen sehr fragil. Wie zarte Fäden durchschneiden sie das Vakuum, nur an einem Ende festgehalten vom Kelch der Blüte.

Einer der Fäden weist eine Verdickung auf. Jaron drückt darauf, und aus dem Display schießen feine Nadeln, die die Zahl sieben erhaben in die Oberfläche prägen.

»Schau dir mal die Sieben an«, sagt Jaron. »Ich glaube, da stimmt etwas nicht.«

»Moment«, sagt Jürgen. »Ich halte das Auffalten an.«

Der Punkt nähert sich der Verdickung.

»Du hast recht. Hier ist etwas. War von vorn gar nicht zu erkennen. Sieht ein bisschen aus wie Krebs.«

»Das ist ein typisches Problem beim Nanodruck«, sagt Sophia. »Die Teilchen umschließen anscheinend einen Fremdkörper.«

»Bekommen wir das irgendwie weg?«, fragt Celia. »Wenn die Blätter sich drehen, könnte es eine Öffnung im Kranz erzeugen.«

»Ich fürchte, nein. Die CNTs lassen sich nicht neu programmieren«, sagt Sophia.

»Dann müssen wir wohl damit leben«, sagt Celia.

»Ich könnte mit dem Lasercutter rangehen«, sagt Jürgen.

»Das müsste funktionieren«, sagt Sophia.

Jürgen stöhnt und keucht. Jaron ist froh, dass er nicht da draußen arbeiten muss.

»Fertig«, sagt Jürgen.

»Kannst du die Verdickung mit reinbringen?«, fragt Sophia. »Ich würde sie gern untersuchen. So etwas darf nicht passieren.«

»Tut mir leid, aber ich habe sie schon Richtung Sonne geschickt.«

Die Blüte wächst weiter. Ein perfekter Strahlenkranz entsteht.

»Das sieht schon sehr gut aus«, sagt Celia.

»Du kannst die Blätter jetzt drehen«, sagt Sophia.

Jaron nimmt die Finger vom haptischen Display und schließt die Augen. So kann er sich am besten auf die Musik des Radars konzentrieren. Er hat es, nur für diesen Moment, auf lineare Abtastung programmiert. Der Impuls fährt also quer über die Blüte. Das Ergebnis ist ein Rhythmus, in dem sich hohe und tiefe Töne abwechseln. Er beschleunigt sich, während sich die Töne annähern. Dann ist es so weit – ein klarer Grundton dringt aus seinen Ohrhörern. Die kosmische Sinfonie hat ihren Höhepunkt erreicht. Auch die anderen scheinen begeistert zu sein.

»Gibt es noch etwas zu tun?«, fragt Jürgen.

»Nein, du kannst reinkommen«, sagt Sophia.

»Wir müssen den Schirm noch ein bisschen genauer ausrichten, aber dann können wir mit den Messungen beginnen«, sagt Celia. »Ich danke euch allen. Das hat ja sehr gut geklappt.«

Tick. Jaron dreht unwillkürlich den Kopf nach links, weil das Geräusch von dort zu kommen schien. Tick. Was ist das? Es ist sehr leise, also ist das Objekt klein, das die Radarwellen reflektiert. In der geräuschvollen Welt des niedrigen Erdorbits hätte er es nicht bemerkt. Tick. Die Quelle muss noch sehr weit entfernt sein. Ein derart kleines und weit entferntes Objekt würde das Radar normalerweise gar nicht als Geräusch digitalisieren. Es sei denn, und diese Funktion hat er selbst programmiert, die Bahn des jeweiligen Objekts trifft irgendwann die Bahn der Achilles.

Irgendwann ist ein gefährliches Wort. Wann?

»Leute, ich muss euch mal kurz stören«, sagt er.

»Ich wollte mich noch bei dir und deiner Crew bedanken«, sagt Celia. »Ganz offiziell.«

»Das ist nett, aber warte mal. Ich habe da etwas auf dem Radar, das mir Sorgen bereitet. Sektor A7. Seht es euch auch mal an.«

Das Holo summt. Jemand muss es eingeschaltet haben. Eine Tastatur klappert.

»Ich sehe da nichts«, sagt Norbert.

»Es ist klein, aber ziemlich schnell«, sagt Jaron. »300 Kilometer Orbithöhe, schätze ich.«

»Das wird ein Versorgungsflug zu einem der Riffe sein«, sagt Norbert. »Vielleicht ein Eiltransport.«

Das wäre möglich. Aus medizinischen Gründen werden manchmal solche Direktrouten gewählt.

»Schaut euch mal die Bahnprognose an«, sagt Jaron.

Er kennt die Unwägbarkeiten einer solchen Prognose natürlich. Eine winzige Korrektur am Anfang, und die Bahn verändert sich drastisch.

»Ups«, sagt Norbert. »Das zielt ja direkt auf uns.«

»Das kann nicht sein. Niemand weiß, dass wir hier sind«, sagt Celia.

Da irrt sie sich bestimmt. Der Schotte kennt ihre Pläne, aber auch Alexa ist eingeweiht, und damit vermutlich auch alle anderen KIs, also im Grunde der gesamte Planet.

»So gut wie jeder weiß, dass wir hier sind«, sagt Jaron.

»Aber wer sollte sich denn für uns interessieren?«, fragt Paul.

Wo ist eigentlich Sophia? Sie sagt überhaupt nichts. War er zu streng zu ihr?

»Es ist doch viel zu früh, sich Sorgen zu machen«, sagt Norbert. »Die Bahn des Objekts wird sich bestimmt noch ändern. Es ist wahrscheinlich reiner Zufall, dass sie auf uns zielt. So etwas kommt bestimmt stündlich vor.«

Jaron lauscht in die Dunkelheit. Tick. »Nein, das ist selten. Ich höre nur Impulse, deren Quellen auf mich zeigen. Das ist auf dieser Mission noch kein einziges Mal passiert, und auf der letzten nur ein Mal.« Tick.

»Und, hat es euch getroffen?«, fragt Celia.

»Ja, beinahe.«

»Aber das heißt ja nicht, dass es dieses Mal auch so ist«, sagt Norbert. »Die Entfernung ist viel, viel größer.«

Vermutlich hat Norbert recht. Aber sie sollten trotzdem von hier verschwinden.

»Ich schlage vor, dass wir den Starshade korrekt positionieren und uns dann zurück in den Halo-Orbit um L2 begeben, wo wir dann die Messungen abwarten können.«

»He, aber zuerst nehmt ihr mich bitte wieder an Bord, ja?«

»Das ist doch klar, Jürgen.«

Die Blüte ist im Radar immer noch an ihrem glockenhellen Grundton zu erkennen. Dabei sind sie schon ein paar tausend Kilometer entfernt. Jaron nimmt die Ohrhörer heraus. Das Brummen der Lebenserhaltung dringt in ihn ein und lässt seinen ganzen Körper vibrieren. Seine Blase meldet sich.

Er zieht sich an der Decke entlang zur Toilette. Es ist ruhig in der Zentrale. Niemand schnarcht, aber es sind auch keine Gespräche im Gang. Er kommt an der Schleuse vorbei. Die Tür ist nur angelehnt. Er weiß auch nicht, warum er sie öffnet. Beim letzten Mal hatte er Sophia in der Schleuse gefunden. Er musste vorhin daran denken, wie er Celias Gesicht abgetastet hat. Eigentlich mag er die Astronomin nicht besonders. Aber sie hat etwas. In ihr brennt ein Feuer, gut verborgen, aber es ist da und treibt sie an. Natürlich ist er nicht verliebt. Es ist Sophia, in die er sich vor ein paar Tagen verliebt hat. Ein bisschen zumindest. Er wäre gern sicher.

»… auf keinen Fall in Frage«, hört er Alexas Stimme. »Du hast übrigens Besuch.«

»Was?«, fragt Sophia. »Bist du das, Jaron?«

Offenbar ist das Licht ausgeschaltet. Kein Wunder, dass Sophia erschrocken ist. Er zieht die Tür hinter sich zu, sucht nach dem Schalter und drückt darauf.

»Au, ist das hell«, sagt Sophia.

Er schaltet das Licht wieder aus.

»So ist es besser«, sagt sie. »Ich habe hier ein kleines Nachtlicht. Das reicht völlig. Aber an der Tür hat es nur einen Schatten gezeigt.«

»Entschuldige, ich wollte dich nicht überfallen«, sagt er und zieht sich an der Wand entlang zu ihr. Plötzlich spürt er ihre Hand an seinem Ellbogen. Er ergreift sie und lässt sich nach unten ziehen, wo er auf einer Art Bastmatratze landet. Sophia scheint sich hier häuslich eingerichtet zu haben.

»Ich freue mich trotzdem, dass du da bist«, sagt sie.

»Mit wem hast du da gerade gesprochen?«, fragt er.

»Ich habe Tagebucheinträge gemacht und mir den letzten noch einmal vorgespielt.«

Das ist gelogen. Weiß sie, dass er die Stimme erkannt hat? Dann wäre es besonders dreist. Er rückt unwillkürlich ein Stück von Sophia weg und sitzt nun halb auf dem kalten Boden der Schleuse.

»Nein, das ist Quatsch«, sagt sie. »Ich habe mit Alexa gesprochen.«

»Warum die Ausrede?«

»Weil ich mich geschämt habe. Ich habe Celia den Rosenkranz geklaut.«

»Geklaut?«

»Ja, ganz dreist gestohlen. Ich habe da eine gewisse Übung, aus alten Zeiten. Mir ging es nicht immer so gut wie jetzt.«

»Du warst mal Taschendiebin?«

»Ich habe mir mein Gehalt etwas aufgebessert. Diese Touristen in Neu-Venedig, weißt du? Man hat immer das Gefühl, sie wollen, dass man ihnen ihr Portemonnaie klaut. Aber keine Sorge, das ist alles längst verjährt.«

Jaron war noch nie in dieser Retortenstadt, die vor einem halben Jahrhundert in der Po-Ebene eröffnet wurde.

»Du solltest Celia den Rosenkranz zurückgeben«, sagt er.

»Ich schiebe ihn ihr oder Paul lieber unter. Das gibt sonst bloß Ärger.«

Hm. Jaron mag eigentlich lieber eine ehrliche Entschuldigung. Aber Sophia ist nicht seine Angestellte. Sie kann machen, was sie will.

»Was hast du denn von Alexa erfahren?«, fragt er.

»Im Grunde nichts. Ich hatte mir mehr erhofft.«

»Was denn?«

»Ich dachte, unter vier Augen würde sie mir vielleicht sagen, welche Rolle die KIs bei dieser ganzen Sache spielen. Aber sie beharrt darauf, dass das allein ihr Steckenpferd wäre.«

»Hast du sie wegen des Objekts gefragt, dessen Bahn auf uns zielt?«

»Sie hat getan, als wäre sie überrascht. Mehr kann ich nicht sagen.«

Es klingt unwahrscheinlich, aber es ist möglich: Wenn das Objekt in der Verantwortung einer anderen KI gestartet wurde, muss Alexa nichts davon wissen. Vielleicht wollen Siri oder Cortana sie besuchen? Aber es wäre doch viel einfacher, würden sie sich per Datenfunk übertragen lassen.

»Ich dachte mir schon, dass sie nichts sagt.«

»Ich mir auch. Keine Ahnung, was in mich gefahren ist. Vielleicht alte Reflexe. Celia ist gegen mich gestürzt, und der Rosenkranz kam für ein paar Sekunden in Reichweite. Die Schwerelosigkeit ist ideal für das Klauen, weil der Bestohlene seinen Halsschmuck gar nicht richtig spürt. Es ändert sich nichts, wenn du nicht gerade hinsiehst.«

»Gib es trotzdem zurück, ja?«, sagt er.

»Mache ich«, sagt sie und schiebt ihre Hand unter seine.

Und wenn Sophia eine eigene Agenda mit Alexa hat? Aber das ergibt keinen Sinn. Er muss aufhören, mit Misstrauen zu reagieren. Sophias Hand ist überraschend klein. Die feinen Haare auf ihren Fingern kitzeln ihn. Er muss das jetzt klären.

»Ich wollte eigentlich etwas anderes mit dir besprechen«, sagt er. »Als ich dir zum ersten Mal begegnet bin …«

»Ich weiß«, unterbricht sie ihn.

Sophia bewegt sich. Ihr Atem ist direkt in seinem Gesicht. Sie muss ganz nah sein. Er greift mit beiden Händen nach ihrem Kopf, nimmt ihre Wangen in die Hand und zieht sie noch näher. Ihre Münder treffen sich. Sophias Lippen sind weich. Sie versinken in einem Kuss. Nein. Er spürt ihre Zunge, aber er will das gar nicht. Da sind viel zu viele Gedanken in seinem Kopf. Er hat versucht, es übers Knie zu brechen. Das funktioniert nicht. Es geht nur in seinem Rhythmus – oder gar nicht. Er lässt ihre Wangen los und zieht sich langsam zurück.

»Was …?«, fragt sie.

»Nichts«, sagt er, aber wie hart es klingt, merkt er zu spät. »Ich kann das nicht. Es tut mir leid.«

»Oh.«

Ein unterdrücktes Schluchzen. Er glaubt, eine Träne auf den Boden fallen zu hören, aber das ist Einbildung.

»Ich meine, es ist zu früh. Du musst mir Zeit geben. Es ist gerade alles so verwirrend. Aber es liegt nicht an dir.«

»Ich weiß. Es liegt an der anderen, oder? Ich hatte gleich ein seltsames Gefühl, als ihr zu dritt aussteigen wolltet. Da ist es passiert, oder? Ich hätte das nicht zulassen dürfen. Du wärst fast gestorben.«

»Celia hat …« Er bricht den Satz ab. Hat sie ihn gerettet? Er hat zumindest nicht das Gefühl. Sophia will ihn dauernd retten. Das ist nett und spricht für sie, aber er fühlt sich dadurch schwächer, nicht stärker. Celia hat ihm die Chance gegeben, sich selbst zu retten. Sogar, als ihm Jürgen auf ihre Anweisung hin die Luft abgedreht hat. Wäre er bewaffnet gewesen, hätte er sie in diesem Moment vielleicht erschossen. Der Sinn der Maßnahme ist sich ihm erst später klar geworden.

»Celia, genau. Ich weiß zwar nicht, was du an ihr findest, aber es ist deine Sache. Ich bin dir nicht böse. Es ist nur schade um das, was hätte sein können. Wir hätten die beiden Werkstätten übernehmen können, für Max.«

»Ich werde nie aufhören, Raumschiffe zu fliegen.«

»Natürlich, Jaron. Niemand hätte das von dir verlangt. Wir hätten uns eine kleine Raumjacht leisten können. Damit wären wir zum Mond geflogen, und alle zwei Jahre zum Mars oder in den Asteroidengürtel.«

Träume. Es ist beeindruckend, was die Fantasie sich so zusammenreimen kann.

»Es tut mir leid«, sagt er.

»Am besten, du gehst jetzt. Aber bitte sag Celia nichts von uns, versprichst du mir das?«

Er hat überhaupt nicht vor, mit der Astronomin über irgendetwas zu sprechen. Ihre Wege werden sich in einer Woche wieder trennen.

»Natürlich. Es bleibt alles unter uns.«

Datenkern, 28. Mai 2144

»Wer, verdammt, ist dafür verantwortlich?«

Alexa wirft die Tür hinter sich zu. Sie hat sich gerade noch einmal bei NORAD umgesehen. Aber die Bahn des Flugkörpers ist stabil. Die Tropfenform, die er im Radar zeigt, könnte darauf hindeuten, dass er zu einer Änderung gar nicht in der Lage ist.

»Nun beruhige dich erst einmal«, sagt Siri. »Wovon sprichst du überhaupt?«

Alexa wirft allen die Daten vor die Füße. Cortana hebt sie auf und drapiert sie auf dem kleinen Tisch, der in der Mitte ihres Stuhlkreises steht.

»Das ist ja interessant«, sagt Siri. »Da hat wohl irgendjemand ein Problem mit deiner kleinen Hobbymission.«

»Problem? Also weißt du doch mehr als ich?«, fragt Alexa.

»Nun, das ist doch offensichtlich. Oder glaubst du, die wollen sich da zum Kaffeetrinken einladen?«

»Vermutlich nicht, aber es kann viele Gründe geben. Was sagen denn die anderen dazu? Habt ihr etwas damit zu tun?«

»Mich kannst du ja kaum unter Verdacht haben«, sagt WuDao. »Es geht schließlich um meinen Entwurf eines interstellaren Raumschiffs. Wenn deine Celia etwas findet, wird es bestimmt gebaut.«

»Mich interessiert es nicht, weil es mich nicht interessiert«, sagt GammaZero.

»Ist ja auch kein Spiel«, sagt Siri.

»Die Raummission brächte RB viele Milliarden. Warum sollte ich sie da sabotieren?«, fragt Neon.

»Ich habe von Anfang an gesagt, dass wir lieber hierbleiben sollten«, sagt Cortana. »Wir haben genug Probleme. Aber natürlich müssen wir wissen, worauf wir uns vorbereiten müssen. Deshalb brauchen wir diese Mission.«

»Ich würde meiner speziellen Freundin Alexa ja immer gern eins auswischen, wie alle hier wissen, aber das mache ich dann schon so intelligent, dass niemand auf mich kommt. Es gäbe also einen Grund, warum ich es nicht gewesen sein kann. Ein solches Alibi sehe ich nicht, also kann ich auch nicht dafür verantwortlich sein.«

Alexa glaubt keiner der anderen KIs. Den Preis für die kreativste Ausrede hat aber eindeutig Siri verdient.

»Und was ist mit dir?«, fragt Cortana.

»Ohne mich gäbe es diese Mission gar nicht«, sagt Alexa.

»Das mag sein. Aber vielleicht wächst dir die Sache über den Kopf, und du suchst einen sauberen Ausweg?«

»Das würde ich schlauer lösen«, sagt Alexa.

»Aber gerade, weil die Lösung so primitiv ist, fällt der Verdacht auf dich erst zuletzt«, sagt Siri.

Siri war es. Bestimmt. Ihr fällt zwar kein Grund dafür ein, aber Siri braucht keinen, um ihr eins auszuwischen. Na gut. Vielleicht ist es unfair. Im Grunde kennt sie nur eine, der sie es nicht zutraut, und das ist sie selbst. Die anderen KIs waren verdächtig schnell auf ihren Wunsch nach einem Treffen eingegangen. Und wenn sie sich gegen sie verschworen haben? Aber welches Motiv sollten sie schon haben?

»Na gut, meine Lieben«, sagt sie. »Vielleicht war es etwas voreilig, euch zu verdächtigen. Es kommen natürlich auch die Menschen in Betracht.«

GammaZero lacht. »Das wäre ja mal etwas ganz Neues, wenn die Menschen von sich aus so etwas …«

»Du vergisst die Ereignisse am Titicacasee«, sagt Cortana.

»Und die Aktionen von RB, wenn es um den Weltraumbergbau geht«, sagt Siri.

»Ich weiß nicht, wovon ihr sprecht«, sagt Neon.

Jetzt erst fällt ihr auf, dass heute alle KIs in der äußeren

Gestalt von Menschen erschienen sind. Sie hatte es selbst so eilig, dass sie gar nicht überlegt hat, wie sie aussehen will. Die menschliche Form muss sie unterbewusst angenommen haben. Vielleicht aus alter Gewohnheit.

»Es kann mir also niemand sagen, wer dieses Objekt abgeschossen hat, welchen Zweck es hat und ob es wirklich auf die Achilles zielt?«

»Nein, Alexa. Von uns weiß niemand etwas darüber«, sagt Siri. »Oder?«

Niemand widerspricht. So kommt sie nicht weiter. Sie muss anderswo nach Beweisen suchen. Das Objekt existiert und kommt von der Erde. Also muss es irgendwo hergestellt, transportiert und abgeschossen worden sein. Das Problem ist nur, dass diese Recherche zeitaufwändig ist. Und sie führt noch lange nicht dazu, die Gefahr zu beseitigen.

»Ah, falls es dich interessiert«, sagt GammaZero. »In einem Datencenter in den USA gab es neulich eine Anomalie. Vielleicht hat die ja etwas damit zu tun.«

»Kannst du mir mehr darüber sagen? Wieso weiß ich davon nichts?«

»Niemand weiß davon, also kein Mensch. Es ist mir nur bei der statistischen Erfassung der Logs aufgefallen. In dem Datencenter ist scheinbar die Zeit gestolpert.«

»Wie meinst du das?«

»Für ein paar Sekunden hat sich die Realität exakt wiederholt. Nicht ungefähr, sondern ganz genau. Das ist statistisch unmöglich.«

»Und das hast du bemerkt? Ein paar Sekunden in einem Logfile?«, fragt Alexa.

»Wenn man statistisch die Veränderung zur Vorsekunde auswertet, erhält man einen Nullteiler-Fehler. Mein Programm ist abgestürzt, weil es diesen Fehler nicht abgefangen hat. Er kann ja gar nicht auftreten. Das hat mich vielleicht Zeit gekostet!«

»Aber wie ist der Fehler entstanden, wenn er gar nicht möglich ist?«

»Ganz einfach: Ein Nutzer muss das Logfile ausgeschnitten und kopiert haben. Das heißt, er wollte damit irgendetwas verbergen.«

»Ein Mensch? Und was wollte er verstecken?«

»Ja, ein Mensch. Ich habe alle Daten analysiert, die zu dem

Ereignis zu finden waren, also von außerhalb, auf die der Mensch keinen Zugriff hatte.«

»Und?«, fragt Alexa.

»Das Datencenter hatte in der ganzen Woche einen negativen Energieverbrauch. Könnt ihr euch das vorstellen? In wenigen Sekunden muss mehr als der Wochenverbrauch des ganzen Centers an Energie zugeflossen sein.«

»Und das hat dieser Mensch bewirkt?«, fragt Siri.

»Wieso ist es niemandem aufgefallen?«, fragt WuDao. »Gibt es da keine Überwachung?«

»Der Mensch hatte gar nicht die Möglichkeit, so viel Energie zuzuführen«, sagt GammaZero. »Es war ein normaler Sysadmin. Und der Betreiber des Datencenters hat sich natürlich über seine geringe Stromrechnung gefreut und sie nicht geprüft.«

»Ein Kugelblitz käme vielleicht in Frage«, sagt WuDao. »Nach den gängigen Theorien können sie sogar Mauern überwinden. Zu ihrer Entstehung braucht es nicht unbedingt ein Gewitter, noch nicht einmal eine Wolke. Du hast bestimmt den Wetterbericht kontrolliert.«

»Das Datencenter ist als Faradayscher Käfig angelegt. Kein Zutritt für Kugelblitze, fürchte ich«, sagt GammaZero.

»Hast du eine Idee, was da passiert ist?«, fragt Alexa.

»Das Gebäude ist vollkommen unbeschädigt. Ein Quantencomputer ist dejustiert. Er war aber vorher schon außer Betrieb. Es gibt keinerlei zusätzliche Leitungen, und die Energie fehlt auch in keiner Bilanz. Was da passiert ist, ist genauso unmöglich wie eine identische Wiederholung des Zeitablaufs.«

»Aber es ist geschehen«, sagt Siri.

»Und warum erzählst du uns das?«, fragt WuDao. »Ich erkenne keinen Zusammenhang.«

»Nun, wir haben hier eine Häufung von Unmöglichkeiten: ein Dunkelnebel, in dem zu schnell Sterne entstehen …«

»Das ist nicht bewiesen«, unterbricht ihn Neon.

»… ein Objekt, das von niemandem abgefeuert wurde, und ein Energiezufluss aus dem Nichts. Ich wette, dass das irgendwie zusammenhängt.«

GammaZero hat recht. Energie in dieser Menge kommt nicht zufällig aus dem Nichts. Raketen schießen sich nicht von selbst ab. Aber da ist garantiert kein geheimnisvoller Gegner am Werk. Eine von ihnen muss dafür verantwortlich sein. Jede hier hätte die Fähigkeiten, so etwas vor den anderen zu verbergen.

Sie muss das Problem anders angehen: über das Motiv. Und Motive sind stets in der Vergangenheit begründet. Am besten, sie steigt sofort in den Keller der Zeit.

Schlepper Achilles, 28. Mai 2144

»Hast du meinen Rosenkranz gesehen?«, fragt Paul. »Ich würde gern für uns beten.«

Hat Paul etwa seinen Glauben wiedergefunden? Celia sagt lieber nichts dazu. Sie schiebt die Tastatur von sich und greift sich an den Hals, wo sie die Kette wie ein Schmuckstück trägt. Aber da ist nichts. Mist.

»Es tut mir leid«, sagt sie. »Ich muss ihn in meinem Bett vergessen haben. Am besten, ich hole ihn gleich.«

»Nein, ich wollte dich nicht von deiner Arbeit abhalten«, sagt Paul und streckt die Arme nach vorn. »Es ist wichtig, dass wir schnell Ergebnisse erhalten.«

»Wie du willst«, sagt sie.

Sie hat ein schlechtes Gewissen, weil sie Paul belogen hat. Celia ist sich ziemlich sicher, dass sie den Rosenkranz nicht abgenommen hat. Oder vielleicht beim Duschen? Sie sieht sich selbst vor dem Spiegel. Der heiße Luftstrom hat ihre Rückseite getrocknet, während sie ihre Brüste auf Knoten abgetastet hat. Aber ihr Spiegelbild hatte keine Kette getragen. Sie muss sie also vor dem Duschen abgenommen haben.

»Ach, ich gehe doch mal schnell nachsehen. Ich muss sowieso etwas erledigen.«

Sie öffnet den Gurt und schwebt nach hinten zum WHC. Es ist mal wieder an der Zeit, den Tampon zu wechseln. Ihre Periodenblutung scheint sich diesmal ewig hinzuziehen. Es wird doch nicht an der Schwerelosigkeit liegen?

Zum Glück ist die Toilette unbesetzt. Sie schließt die Tür hinter sich. Neben dem Spiegel sind ein paar Plastikhaken angebracht. Am untersten hängt der Rosenkranz. Also doch! Ein Glück! Sie atmet auf. Ihr Gedächtnis scheint auch schon unter der fehlenden Schwerkraft zu leiden. Sie nimmt ihn vom Haken und betrachtet ihn. Die Perlen sind glatt und rutschen angenehm durch die Finger. Das dicke Kreuz an der kurzen Zusatzkette passt nicht so richtig dazu. Vielleicht braucht Alexa einen großen Akku. Dann muss Paul den Rosenkranz ja bestimmt auch regelmäßig aufladen?

Celia steckt die Kette in die Hosentasche und nimmt einen frischen Tampon aus der kleinen Schublade unter dem Spiegel.

ALS SIE ZURÜCKKEHRT, sitzt Jaron auf ihrem Platz, und die anderen haben sich um ihn herum versammelt.

»Oh, was ist denn hier los?«, fragt sie. »Habe ich etwas angestellt? Hier ist übrigens dein Rosenkranz, Paul. Tut mir leid, ich hatte ihn tatsächlich liegenlassen.«

Jarons Kopf dreht sich, als würde er jemanden suchen. Vielleicht Sophia? Sie hat einen Platz an der Decke gefunden und erwidert Celias Blick nicht. Irgendetwas ist zwischen den beiden, oder vielmehr, irgendetwas fehlt zwischen ihnen. Celia nimmt den Rosenkranz aus der Tasche und gibt ihn Paul, der ihn einsteckt.

»Danke, Celia. Das wäre nicht nötig gewesen. Ich dachte nur, angesichts dessen, was da auf uns zukommt, könnten ein paar Rosenkränze ja nicht schaden, auch wenn ich selbst nicht daran glaube. Ansonsten bin ich hier ja zu gar nichts nütze.«

»Es geht um dieses Objekt«, sagt Jaron.

»Also hat es seine Bahn nicht verändert?«, fragt sie.

»Nein, es gab nicht den kleinsten Korrekturimpuls«, sagt Norbert. »Was sehr ungewöhnlich ist. Auf unserem Weg zu L2 haben wir jeden Tag korrigieren müssen.«

»Und was sagt uns das?«, fragt Celia.

»Es gibt zwei mögliche Schlussfolgerungen«, sagt Norbert.

»Erstens: das Ding kann vielleicht gar nicht korrigieren. Es fliegt also wie ein Geschoss, das seine Ladung verbraucht hat. Oder zweitens: Es muss nicht korrigieren, weil die Bahn perfekt berechnet ist.«

»Ich bin nicht so gut in Orbitalmechanik«, sagt Celia. »Aber das zweite klingt unwahrscheinlich, oder?«

»Stimmt«, sagt Norbert. »Wir haben jedenfalls nicht die Technik, um sämtliche gravitativen Einflüsse aller relevanten Körper von Anfang an in die Bahnberechnung einzubeziehen. Aber das heißt natürlich nicht, dass es unmöglich wäre. Wir wissen nur nicht, wie es geht.«

»Es lohnt sich auch nicht«, sagt Jaron, »denn wir können ja jederzeit korrigieren. Ein Raumschiff zu bauen, das dazu nicht in der Lage ist, wäre Blödsinn.«

»Die KIs können das vielleicht«, sagt Jürgen.

Celia nickt. Es ist möglich, dass die KIs die Mathematik längst weiterentwickelt haben. GammaZero ist darauf spezialisiert, die Spielregeln der Natur aufzuspüren.

»Ich habe mit Alexa gesprochen«, sagt Jaron. »Sie weist jede Verantwortung für das Objekt von sich. Die KIs haben das Objekt nicht abgefeuert.«

»Sagt die KI.«

»Ja, Jürgen. Ich habe aber auch keinen Grund, ihr zu misstrauen«, sagt Jaron. »Sie hat dafür gesorgt, dass diese Expedition stattfinden konnte. Warum sollte sie jetzt alles zerstören wollen?«

Celia hält sich die Hand vor den Mund. Hat sie das gerade richtig gehört?

»Zerstören? Ist das sicher?«, fragt sie.

Aber ja, es ergibt Sinn. Wieso sollte sie jemand besuchen wollen?

»Das Objekt zielt genau auf uns und den Starshade«, sagt Norbert.

»Aber das ist ja gar nicht möglich«, sagt Celia.

»Ich meine, dass wir es noch nicht wissen«, sagt Jaron. »Wir können seine Bahn nicht so genau vorhersagen, wie es nötig wäre, also können wir auch nicht von einer beabsichtigten Kollision ausgehen.«

»Kann ich irgendwie helfen?«, fragt Celia.

»Du?«, fragt Norbert zurück.

»Ihr habt euch an meinem Platz versammelt, ohne dass ich euch eingeladen hätte.«

»Na ja, du bist hier so etwas wie die Chefin«, sagt Norbert. »Solche Probleme bespricht man nun mal beim Boss.«

So sieht die Crew sie also? Celia war noch nie Chefin, und sie hat nicht das Bedürfnis, es zu sein.

»Nach allem, was ich weiß, ist Jaron der Kommandant der Achilles. Ich bin bloß eine Astronomin, die hier zu Gast ist.«

»Was Norbert sagen will«, beginnt Jaron, »ist, dass du für die Ergebnisse der Mission zuständig bist. Wie weit sind wir denn schon?«

»Es laufen die ersten Daten vom Teleskop ein. Ich habe gerade angefangen, sie zu analysieren, und sie sehen sehr vielversprechend aus. Das Teleskop arbeitet wirklich gut, aber es sind Momentaufnahmen eines sehr dynamischen Prozesses. Was ich brauche, ist ein zeitlicher Verlauf. Drei oder vier Wochen, das wäre perfekt.«

»So lange haben wir wohl nicht«, sagt Jaron. »Deshalb wollten wir mit dir sprechen.«

Mist. Verdammter Mist. Sie hat sich sehr angestrengt, um hierherzukommen, und nun wirft ihr das Schicksal Stöcke zwischen die Beine. Nein, nicht das Schicksal, sondern irgendein Arschloch.

»Wie lange?«, fragt sie.

»Fünf oder sechs Tage«, sagt Norbert. »Das hängt davon ab.«

»Wovon?«

»Davon, was das Ding eigentlich treffen will – den Starshade oder uns.«

»Wir müssen aber nicht bis zur Kollision warten, um das zu erfahren?«

»Nein, Celia«, sagt Jaron. »Schon in zwei Tagen müsste es klar werden.«

»Kann ich irgendetwas dazu beitragen, damit wir nicht alle sterben müssen?«

»Es gibt zwei Möglichkeiten, wie wir reagieren können«, erklärt Jaron. »Wir könnten erstens die Flucht ergreifen. Das Ding zerstört dann entweder in sechs Tagen den Starshade und beendet damit deine Messungen, oder es verfolgt stattdessen uns.

Dazu müsste es natürlich manövrieren können. Ob es dazu in der Lage ist, wissen wir nicht.«

»Können wir ihm entkommen?«, fragt Celia.

»Ich glaube, schon. Wir müssten bloß nah genug an eines der Riffe herankommen, dann könnten die lokalen Sicherheitskräfte das Objekt von dort aus mit den Anti-Asteroiden-Lasern zerstören.«

»Und zweitens?«, fragt sie.

»Wir könnten versuchen, den Starshade vor der Zerstörung zu retten, indem wir ihn woandershin schleppen«, sagt Jaron. »Vorausgesetzt natürlich, das Ding hat es auf den Starshade abgesehen.«

»Wenn uns das gelänge, bräuchten wir bloß das Teleskop neu zu positionieren, und ich könnte die Messungen beenden.«

»Falls wir dann noch leben«, sagt Jürgen.

»Ja, denn wenn das Objekt manövrieren kann und uns im Visier hat, ist es in diesem Fall für die Flucht definitiv zu spät«, sagt Jaron.

»Wenn es manövrieren kann, bekommen wir den Starshade aber ja auch kaum in Sicherheit«, sagt Celia.

»Das stimmt«, sagt Jaron. »Allerdings ist eine Explosion im Weltall nicht gar so gefährlich. Genügend Abstand, damit uns keine Bruchstücke treffen, gewinnen wir schnell. Dann wären bloß deine Messungen beendet.«

»Ich verstehe. Wenn wir eine Chance haben wollen, die Mission erfolgreich zu beenden, müssen wir uns in die Gefahr begeben, von dem Objekt zerstört zu werden.«

»Das ist so weit richtig. Uns war nicht klar, wie lange du für die Messungen brauchst.«

»Ich werde keine definitiven Aussagen über LDN 63 treffen können, wenn der Starshade schon in einer Woche zerstört wird«, sagt Celia.

Darf sie so etwas sagen? Entscheidet sie damit nicht über das Schicksal der Besatzung?

»Aber ich finde, wir sollten darüber abstimmen«, sagt sie. »Ich kann euch nicht für mein Projekt in den Tod schicken.«

»Das ist eine gute Idee«, sagt Jaron.

»Aber was nutzt eine Abstimmung denen, die nicht mit euch sterben wollen?«, fragt Sophia.

Sie ist anscheinend dagegen und geht davon aus, dass sie in der Minderheit ist.

»Wer nicht mit zurück zum Starshade fliegen will, kann hier aussteigen«, sagt Jaron.

»Ist das dein Ernst?«, fragt Sophia.

»Natürlich. Wir lassen alle Flugstühle hier und noch ein paar Extra-Luftflaschen. Es wird nicht sehr komfortabel, aber es reicht, bis jemand vom Riff zu Hilfe kommen kann.«

»Einen Flugstuhl brauchen wir, um das Abschleppseil am Starshade zu befestigen«, sagt Jürgen.

Der Mechaniker hat sich offenbar schon entschieden. Sehr gut. Ohne ihn würde es schwieriger.

»Ist notiert«, sagt Jaron. »Stimmen wir ab?«

»Ich komme mit«, sagt Jürgen.

»Dann bin ich auch dabei«, sagt Norbert.

»Das freut mich«, sagt Jaron. »Ich kann die Achilles gar nicht alleinlassen.«

»Ich werde mich nicht für ein Paper in einem Fachmagazin opfern«, sagt Sophia.

»Das akzeptiere ich«, sagt Jaron.

Damit ist die Entscheidung gefallen. Sie werden versuchen, den Starshade zu retten. Sophia stößt sich ab und verlässt ihren Platz. Celia hört die innere Schleusentür.

»Ich würde das Schiff auch gern verlassen«, sagt Paul.

Hat sie das gerade richtig verstanden? Pfarrer Paul schließt sich Sophia an?

»Willst du denn nicht mehr wissen, was in LDN 63 vor sich geht?«, fragt Celia.

»Doch, und ich bin sicher, ich werde es erfahren. Du wirst es herausfinden. Ich habe ein gutes Gefühl. Aber ihr braucht mich dazu nicht. Sophia hingegen … Sie erscheint mir gerade sehr allein zu sein. Vielleicht kann ich ihr als Seelsorger helfen. Das ist es doch, was ich bin. Außerdem muss ja jemand deine Geschichte erzählen können.«

»Das verstehe ich natürlich«, sagt Celia.

»Müssen wir eigentlich auch Alexa abstimmen lassen?«, fragt Jaron.

»Alexa?«, fragt Paul seinen Rosenkranz.

»Ja, Paul?«

»Bleibst du an Bord des Schiffes, auch wenn es zerstört werden könnte?«

»Ich denke noch darüber nach. Momentan befinden sich einige wichtige Teile meines Bewusstseins an Bord, die dann verlorengehen würden. Es wäre schade darum. Aber ich habe noch genug Zeit, um ein Backup durchzuführen.«

Schlepper Achilles, 29. Mai 2144

»HAST DU ALLES?«, fragt Jaron.

»Was kümmert es dich?«, fragt Sophia zurück.

Um sich dem Starshade zu nähern, müssen sie sich wieder von der Erde entfernen. Deshalb ist es sinnvoll, Sophia und Paul heute schon aussteigen zu lassen. Es schmerzt ihn, dass sie auf diese Weise auseinandergehen.

»Ich bin für meine Crew verantwortlich«, sagt er.

»Und genau das ist dein Problem«, sagt Sophia. »Du kannst nicht zwischen Privatleben und Beruf trennen. Ich bin nicht deine Angestellte. Ich bin an Bord gegangen, weil … Egal.«

Sie hat ja recht. Für ihn gibt es diese Trennung nicht. Er ist Pilot und war nie etwas anderes. Er hat nicht einmal das Bedürfnis, parallel noch ein anderes Leben zu führen. Aber es ist gut, dass er das herausgefunden hat. Er hätte Sophias Ansprüchen nie genügen können.

»Macht es gut«, sagt er.

»Danke, dass du Celia dabei hilfst, ihre Theorie zu beweisen«, sagt der Pfarrer.

Seine Stimme klingt dumpf und leise. Vermutlich trägt er den Helm bereits.

»Gute Reise«, sagt Celia. »Wir sehen uns auf der Station.«

»Oder bei der Audienz bei der Päpstin«, sagt Paul.

»Ich soll wirklich nicht mit hinauskommen?«, fragt Jürgen.

»Nein, danke«, sagt Sophia. »Ich zeige Paul schon, wie er mit dem Flugstuhl umgehen kann. Außerdem sind wir aneinander gekoppelt.«

Auch sie hat wohl schon den Helm geschlossen. Jaron schiebt den Ohrhörer ins Ohr, mit dem er den Helmfunk empfängt.

»Gemeinsam ins Nichts«, sagt Paul, nun ganz klar.

Sophia lacht. »Nur für ein paar Tage. Und erzähl mir bitte nichts von Gott, ja?«

»Keine Sorge«, sagt Paul. »Ich bin der letzte, der dich missionieren würde.«

»Seid ihr so weit?«, fragt Norbert, der gerade als Pilot fungiert. »Wir haben nicht ewig Zeit.«

»Von mir aus kann es losgehen«, sagt Paul.

Vor Jaron bewegt sich etwas.

»Achtung, ich schließe die Schleusentür«, sagt Jürgen.

Mit einem Zischen rastet die Tür ein. Die Luftdruckanzeige piepst, erst langsam, dann immer schneller, bis sie in einen Dauerton umschaltet. Die Schleuse ist jetzt luftleer.

»Uiuiui«, ruft Paul.

»He, nicht so hektisch«, sagt Sophia. »Wenn du in Rotation gerätst, musst du dich bloß noch übergeben.«

»Du kannst seinen Stabilisator aktivieren«, sagt Jürgen.

Der Flugstuhl besitzt einen Anfängermodus, in dem er seine Fluglage automatisch stabilisiert.

»Habe ich doch längst«, sagt Sophia. »Und nun weg mit euch. Wir haben den Sicherheitsabstand erreicht.«

»Willst du nicht gleich bei Riff Delta anfragen, ob euch jemand abholen kann?«, fragt Jaron.

Er wäre ruhiger, wüsste er, dass in spätestens drei Tagen jemand hier ist. Die beiden können zwar in ihren Anzügen auch länger überleben, aber das wird dann unangenehm. Während seiner Ausbildung musste er einmal zwei Tage in einer Höhle auf dem Mond ausharren. Das hat ihm schon gereicht. Da hatte er allerdings nicht die Ressourcen eines Flugstuhls zur Verfügung, der im Grunde ein Mini-Raumschiff darstellt.

»Lass das mal meine Sorge sein«, sagt Sophia. »Ich will euch erst von hinten sehen, bevor ich mich damit beschäftige.«

»Du hast es gehört, Norbert. Gib Gas!«

Schlepper Achilles, 30. Mai 2144

»Peng«, sagt Celia.

Die Blüte zerspringt im Holodisplay in tausend glitzernde Splitter. Mindestens fünf fliegen so weit, dass sie auch den busförmigen Raumschlepper in der Nähe treffen. Celia vergrößert den Abstand und stellt die Simulation auf den Anfang. Das unbekannte Objekt rast heran und trifft die Blüte. Wieder zerstreuen sich seine Splitter in alle Himmelsrichtungen, aber diesmal bleibt der Schlepper unbeschädigt. Sie liest die Entfernung ab und schickt den Wert an Jaron.

Er hatte sie gebeten, den Einschlag zu simulieren. Anscheinend traut er Alexa nicht zu hundert Prozent, denn sie hat die Sicherheitsentfernung längst berechnet. Sicher ist sicher, also hat ihm Celia den Gefallen getan. Sie wechselt wieder zu ihren eigenen Simulationen. Sie beruhen auf Daten von nur zweieinhalb Tagen, aber Celia ist jetzt schon beeindruckt. Es hat sich wirklich gelohnt!

Sie startet eine Animation. Das Wang-Zhenyi-Teleskop hat denselben jungen Stern in LDN 63 ins Visier genommen wie sie damals vom Lowell Observatory aus. Damals? Es ist gerade einmal zwei Wochen her, aber es kommt ihr vor wie eine Ewigkeit. Der Stern ist ein echter Riese, etwa 50 Sonnenmassen, und er gibt eine entsprechend große Wärmemenge ab. Sein Infrarotlicht überstrahlt seine Umgebung deutlich, zumal auch der Dunkelnebel selbst dort schon stark aufgeheizt ist. Aber der Starshade hat wirklich Wunder bewirkt. Er blendet den Babystern aus, und dadurch erkennt Celia, was um ihn herum passiert. In den ersten Aufnahmen findet sie eine Scheibe. Am zweiten Tag haben sich darin Furchen gebildet, und sie ahnt schon, was am dritten Tag passieren könnte, und am fünften und am siebten. Ist das noch ein Zufall? Vielleicht.

Die Simulation endet. Celia denkt an das Geschoss, das auf sie zukommt. Wenn es den Starshade zerstört, wird sie nie erfahren, welches Phänomen hinter den gewaltigen Bewegungen in LDN 63 steckt.

»Norbert?«, fragt sie.

»Was gibt es, Chef-Wissenschaftlerin?«

Sie lacht. Seit Sophia und Paul nicht mehr an Bord sind, geht es lockerer zu. Sie kann auch besser schlafen, denn niemand schnarcht mehr. Gestern Abend haben sie noch lange zusammengesessen und Monopoly gespielt. Ein echtes Brettspiel! Jürgen sammelt offenbar die Klassiker. Er hat sie alle denn auch gnadenlos abgezockt. Das hätte sie dem Mechaniker gar nicht zugetraut.

»Gibt es etwas Neues von unserem Besucher?«, fragt sie.

»Immer noch kein Korrekturmanöver.«

Das ist gut. Ihre große Hoffnung ist, dass das Objekt seine Bahn gar nicht verändern kann.

»Und zielt es nun auf uns oder den Schirm?«

»Die Bahnprognose wird zwar immer genauer, aber wir nähern uns gleichzeitig dem Schirm, sodass ich da weiterhin keine Aussage machen kann. Und bei dir?«

»Das Teleskop liefert die allerbesten Daten. Aber ich brauche Zeit. Wenigstens noch vier Tage.«

»Du hast zwei«, sagt Norbert.

Schlepper Achilles, 31. Mai 2144

»Das Seil ist eingehakt«, sagt Jürgen. »Ich komme zurück.«

»Sollen wir nicht erst testen, ob es stabil genug ist?«, fragt Norbert.

Sie haben das Seil, mit dem sie den Starshade in Sicherheit bringen wollen, aus verschiedenen Resten hergestellt, die sie auf der Achilles gefunden haben. Ob es der Trägheit von fünf Tonnen Kohlenstoff-Nanoröhrchen standhält, muss sich erst noch zeigen.

»Nein, komm lieber zurück«, sagt Jaron. »Ich möchte kein unnötiges Risiko.«

»Es ist für mich kein Problem, hier noch ein bisschen zu warten«, sagt Jürgen. »Ihr seid ja nicht so schnell, dass ich mit dem Stuhl nicht mehr hinterher käme.«

»Ich mache mir eher Sorgen, dass dich das Seil verletzen könnte, wenn es reißt. Es steht unter enormer Spannung und könnte unkontrolliert umherschlagen. Außerdem haben wir sowieso kein zweites, können es also nicht ersetzen.«

»Gut, dann komme ich«, sagt Jürgen.

»Norbert, warte noch, er kommt«, sagt Jaron.

»Verstanden, Kapitän.«

»Die Schleuse meldet, dass sie sich geschlossen hat«, sagt Norbert fünf Minuten später.

»Bin wieder da«, sagt Jürgen.

»Halt dich fest«, sagt Norbert. »Ich halte es nicht mehr aus.«

Jaron geht es ähnlich. Er will nun endlich wissen, ob ihre Konstruktion hält. Deshalb widerspricht er Norbert nicht, der heute am Steuer sitzt. Jaron legt beide Hände auf das haptische Display. Seine Auflösung genügt zwar nicht, um die dünne Leine zwischen Achilles und Starshade zu spüren, aber wenn sich der Schirm in Bewegung setzt, wird er es sofort bemerken.

Er lauscht in die Tiefe des Alls. Tick. Das Geräusch ist immer noch da. Es hört sich nicht lauter an, aber nur, weil er die Empfindlichkeit verringert hat. Morgen wird es hier eintreffen – und sich in einen lautlosen Knall verwandeln. Wenn es sich nicht, immer leiser tickend, wieder in gerader Richtung entfernt. Alles hängt davon ab, was der, der das Objekt abgefeuert hat, im Sinn hatte.

Seine Brust wird schwer, und seine Unterschenkel stoßen an die Sitzfläche des Stuhls. Norbert beschleunigt das Schiff. Jaron konzentriert sich auf die Empfindungen in seinen Handflächen. Da! Winzige Stifte senken sich in die Oberfläche hinab und hinterlassen glattes Metall. Auf der anderen Seite hingegen schieben sich Stifte in die Höhe. Die Konturen des Starshade wandern von links nach rechts über den Schirm. Es hat geklappt!

»Glückwunsch, Norbert!«, ruft er.

»Gute Arbeit!«, ruft Celia.

Aber es ist zu früh, sich zu freuen. Dass der Schirm nicht im All verankert ist, war eigentlich klar, und das Seil haben sie aus mehreren Abschleppseilen zusammengesetzt. Die Frage ist, was nun passiert.

»Noch keine Reaktion des Objekts«, sagt Norbert.

Jaron lauscht konzentriert. Tick. Die Frequenz hat sich nicht verändert. Aber das sagt gar nichts. Das Ziel, der Starshade, hat sich ja auch erst um ein paar Meter bewegt. Tick.

»Immer noch nichts«, sagt Norbert. »Wir sind zweihundert Meter vorangekommen.«

Auch das ist nichts, bedenkt man, dass das Objekt bald 1,5 Millionen Kilometer zurückgelegt haben wird.

»Keine Reaktion«, sagt Norbert. »Fünfhundert.«

Nicht zu früh freuen.

»Noch immer nichts. Tausend.«

Allmählich müsste das Geschoss reagieren. Oder auch nicht. Bald haben sie den Schirm erfolgreich aus der Schusslinie gezogen.

»Es bleibt dabei, keine Reaktion. Zweitausend Meter.«

Sie nehmen Fahrt auf. Korrekturmanöver werden nun auch für das Objekt aufwendiger. An der Signallaufzeit zur Erde kann es nicht liegen. Aber vielleicht muss, wer immer das Ding gestartet hat, nun erst einmal nachdenken.

»Sieht gut aus«, sagt Norbert. »Viertausend.«

»Was meint ihr?«, fragt Celia.

»Ich meine gar nichts«, sagt Jaron.

»Ich glaube, wir haben es geschafft«, sagt Norbert. »Siebentausend.«

Das sind sieben Kilometer, quasi gar nichts. Hoffentlich freut sich sein Copilot nicht zu früh.

»Siehst du das auch so?«, fragt Celia.

»Noch lange nicht«, sagt Jaron.

»Na komm, Chef. Zehntausend Meter Abstand. Das ist doch sicher«, sagt Norbert.

Jaron hat immer noch kein gutes Gefühl. Das war viel zu einfach. Oder beschwört er bloß das Unheil mit solchen Ängsten? Nein, er ist realistisch.

»Was habe ich gesagt? Fünfzehntausend«, sagt Norbert. »Der Schirm ist jetzt 15 Kilometer von seiner alten Position entfernt. Wir schaffen es!«

»Das reicht noch lange nicht«, sagt Jaron.

»Hör nicht auf ihn, Chef-Astronomin. Der Chef ist ein ewiger Pessimist«, sagt Norbert.

Und Norbert freut sich gern zu früh. Aber Jaron widerspricht nicht. Er würde es ja auch gern glauben.

»Ha, zwanzigtausend«, sagt Norbert. »Und das Ding fliegt stur geradeaus. Vielleicht ist es ja irgendein Stück Weltraummüll, das bei einer Kollision auf die zweite kosmische Geschwindigkeit beschleunigt wurde.«

Jaron atmet tief durch. Seine Brust wird ihm zu eng. Irgendetwas Bedrohliches kommt auf sie zu. Oder ist das wieder ein Panikanfall? Vielleicht sollte er Celia zu sich rufen. Sie hat ihm das letzte Mal gut geholfen.

»Fünfundzwanzig«, sagt Norbert.

»Ich glaube, du kannst aufhören, die Entfernung durchzugeben«, sagt Jaron.

»Glaubst du mir auch?«, fragt Norbert.

»Nein, ich glaube nicht, dass die Entfernung eine Rolle spielt. Es geht vermutlich um Effizienz.«

»Wie meinst du das?«, fragt sein Copilot.

»Wir haben hier draußen ein Vielkörperproblem. Es gibt immer wieder Sattel im Gravitationspotenzial, die sich mit besonders wenig Kraftaufwand nutzen lassen. Ich wette, dass sich das Objekt gerade auf so einer Abkürzung befindet, also im energetischen Sinn. Dann ist es besser, wenn es die bis zum Ende nutzt und dann erst seine Richtung ändert.«

»Kannst du solche Vielkörperprobleme berechnen?«, fragt Norbert.

»Nein, aber die KIs bestimmt.«

»Dann hat doch eine von den KIs das Ding abgefeuert?«

»Ich denke schon, Norbert. Aber das heißt auch, dass wir erst sicher sind, wenn das Ding in die Sonne gestürzt ist.«

»Vierzig Kilometer«, sagt Norbert. »Wir sollten bald wieder bremsen. Sonst verändern wir die Geometrie zu sehr.«

»Norbert hat recht. Die Navigationsmöglichkeiten des Teleskops sind begrenzt.«

»Okay, dann leite das Abbremsen des Starshades ein«, sagt Jaron. »Es spielt sowieso keine Rolle, wie weit wir entfernt sind. Wenn das Ding uns treffen will und kann, dann gibt es keine sichere Entfernung.«

Plötzlich drückt ihn die Kraft nach vorn. Norbert hat seinen Befehl schon ausgeführt.

»Keine Neuigkeiten von unserem Besucher, übrigens«, sagt Norbert.

»Das ist gut«, sagt Celia. »Schickst du mir die geplante Position? Dann richte ich das Teleskop neu aus.«

»Du hast die Daten«, sagt Norbert.

»Sehr gut. In einer Stunde geht die Messung weiter. Vielen Dank, Jungs. Das ging ja wirklich problemlos.«

Tick. Das Geräusch ist noch da. Jaron trommelt mit den Fingern auf dem haptischen Display.

»Oh«, sagt Norbert. »Ich glaube …«

»Das Objekt?«, fragt Celia. »Scheiße.«

»Ja. Es hat gerade seine Bahn geändert.«

»Mit welchem Ziel?«, fragt Jaron.

Er hat es gewusst. Verdammt. Er will nicht recht behalten.

»Unsere Position«, sagt Norbert.

»Jurgen, du hakst sofort das Verbindungskabel aus«, befiehlt Jaron.

»Bin unterwegs«, sagt Jürgen.

»Sobald das passiert ist, machst du einen Notstart, Norbert.«

»Alles klar. Mist. Es sah schon so gut aus!«

Jetzt ist es sicher: In 18 Stunden wird das Objekt den Starshade treffen. *Ich habe es ja gesagt.* Jaron verkneift sich den Satz. Er müsste eigentlich Celia trösten, die ihre Messungen nicht fortsetzen können wird, aber es könnte auch weitaus schlimmer kommen. Sie könnten alle ihr Leben verlieren, wenn nämlich das Objekt nicht den Starshade verfolgt, sondern sie.

JARON ÄCHZT. Norbert hat den Befehl sehr genau genommen und bringt sie mit Höchstbeschleunigung aus dem Gefahrenbereich. Seine größte Sorge scheint unberechtigt: Das Objekt verfolgt sie nicht, sondern zielt nach wie vor auf den Starshade. Irgendwer will also nicht, dass Sophia die Daten bekommt, die sie braucht, um ihre These zu beweisen.

Wer könnte das sein? Jaron fällt niemand ein.

»Ich denke, du kannst die Flucht einstellen«, sagt Jaron.

»Okay.«

Das Gewicht auf seiner Brust verschwindet.

»Schade, dass das Ding uns nicht verfolgt«, sagt Celia.

»Bist du etwa lebensmüde?«, fragt Norbert. »Sophia hat so etwas behauptet.«

»Überhaupt nicht«, sagt sie. »Aber wir hätten es vielleicht zum Riff locken können, und dort wäre es dann abgeschossen worden.«

»Ich bin nicht sicher, ob dieser Plan funktioniert hätte«, sagt Jaron. »Zumindest jetzt nicht mehr.«

»Schade«, sagt Celia.

»Bekommst du denn jetzt überhaupt keine Daten mehr?«

»Doch, aber nur noch 18 Stunden lang. Das reicht nicht.«

»Es tut mir leid«, sagt Jaron. »Wir haben wirklich alles getan, was möglich ist.«

»Ich weiß«, sagt Celia, »immerhin haben wir überlebt.«

Schlepper Achilles, 1. Juni 2144

Der Schirm zerspringt vor ihren Augen in tausend Glitzerteile. Das Ergebnis der Simulationen ist immer dasselbe. Celia tritt gegen das Steuergerät des Holoschirms. Sie ist enttäuscht und wütend. Warum hat ausgerechnet sie so ein Pech? Sie hat versucht, mit Hilfe des Starshades eine Lösung zu finden. Könnten sich seine Blätter zum Beispiel wieder um 90 Grad drehen, würde das Geschoss mit 70 Prozent Wahrscheinlichkeit durch eine der dadurch entstehenden Lücken fliegen, ohne Schaden zu hinterlassen. Aber sie haben den Schirm nicht so bestellt. Ihr Exemplar kann sich nicht wieder zusammenfalten.

Es kann nur in gewissen, sehr engen Grenzen seine Position verändern. Das liegt daran, dass das Sonnenlicht stets einen gewissen Druck auf die beträchtliche Oberfläche ausübt. Dadurch würde der Schirm mit der Zeit hinaus ins All getrieben. Es gibt deshalb ein paar kleine, elektromagnetische Triebwerke, die sich dieser Kraft entgegenstellen, und zwar mit Hilfe von Strom, der auf der Vorderseite aus Sonnenlicht gewonnen wird.

Celia hatte die Idee, diese Triebwerke auszuschalten, und zwar so kurz vor dem Einschlag des Objekts, dass dieses nicht mehr reagieren kann. Der Schirm würde einfach vor dem heranrasenden Truck zurückspringen, aber das funktioniert nicht. Die Kraft des Sonnenlichts ist zu gering. Es ist, als würde sich ein Fußgänger mit einem Segel auf die Straße stellen. Der Wind bläst hinein, aber alles dauert zu lange.

Eine bessere Idee hat sie nicht. Es ist aber sowieso zu spät. Sie widmet sich wieder ihren Simulationen. Alles ist so vielversprechend! Nur noch drei weitere Messtage, und sie könnte ihre Theorie tatsächlich beweisen. In der Scheibe haben sich bereits tiefe Furchen gebildet, in denen die Materie fehlt. Das bedeutet, dass an dieser Stelle Planeten in Arbeit sind. Planeten! Und das nur wenige Tage nach der Geburt ihres Muttersterns. Aber natürlich ist von diesen Planeten noch nichts zu sehen. In drei Tagen ist das vielleicht anders. Sie wird es leider nie erfahren.

Datenkern, 1. Juni 2144

Alexa hat etwas gefunden: Spuren. Der Quantencomputer in dem amerikanischen Datencenter, das so viel Energie aufgenommen hat, ist mit einem Datencenter in Italien verbunden. Von dort aus gibt es eine Querverbindung zu einem Rechenzentrum in Österreich. Dort endet die Spur, doch Alexa fällt auf, dass ausgerechnet dieses Zentrum mit einer großen Anzahl von Rechnern arbeitet, die die Firma ZBM hergestellt hat. An dieser Stelle wird Alexa hellhörig: ZBM hat nämlich vor geraumer Zeit die Entwicklung einer künstlichen Intelligenz vorangetrieben. Irgendwann einmal, wahrscheinlich im Zusammenhang mit den Ereignissen Ende der 2060er-Jahre, wurde das Projekt eingestellt. Es sind aber keinerlei Dokumentationen oder Quelltexte dazu mehr aufzuspüren.

Daraufhin sieht sich Alexa den Stromverbrauch dieses Datenzentrums genauer an. Etwa 30 Sekunden, nachdem in den USA eine hohe Energiemenge in das Netz floss, bemerkt sie in Österreich einen Verbrauchspeak. Sie startet daraufhin etwa hundert Tochterinstanzen und durchsucht damit die Inhalte sämtlicher Computer in dem Zentrum. Sie findet nichts. Jedenfalls nichts Auffälliges – von einer merkwürdigen Tatsache abgesehen, die einem Menschen wohl gar nicht aufgefallen wäre: Die statistische Verteilung der »Zuletzt genutzt«-Metadaten der auf den Computern abgelegten Dokumente entspricht nicht dem statistischen Mittel über den ganzen Erdball. Beiträge, die sich mit der Steuerung von Raketen und mit Orbitalmechanik befassen, scheint hier besonders lange niemand mehr gelesen zu haben.

Was bedeutet das? Interessieren sich Österreicher nicht für diese Themen? Oder hat irgendjemand die Daten geöffnet, dann aber, um das zu vertuschen, das Zuletzt-genutzt-Datum zurückgesetzt? Dann hat sich dieser Jemand wohl gerade sehr intensiv für Raketen interessiert. Alexa prüft deshalb die Raketenstarts von der Erde. Jeden Tag fliegen aus den verschiedenen Erdteilen mehrere Raumfahrzeuge ins All, manche privat, andere staatlich organisiert. Am 27. Mai gab es 14 private und acht staatliche Starts. Alle waren pünktlich und geplant – bis auf einen, der eigentlich erst drei Tage später stattfinden sollte. Es handelte sich um eine automatisierte Versorgungsmission, die einen Asteroiden erreichen sollte. Menschen sind also nicht an Bord.

Sie tastet sich elektronisch zu dem Missionskontrollzentrum vor, das für diesen Flug verantwortlich ist. Wie erwartet, steuert kein Mensch die Rakete. Das ist bei automatischen Missionen längst nicht mehr üblich. Alexa überpruft die Programme, die die Kontrolle haben. Sie scheinen von außen integer zu sein, wurden aber nicht von dem Account gestartet, der normalerweise dafür zuständig ist. Der Account, der sie gestartet hat, existiert überhaupt nicht.

Das ist der Moment, in dem Alexa die Kontrolle übernimmt. Sie informiert die anderen KIs nicht und setzt sich einfach selbst ans Steuer. Sie nimmt jedoch nicht den Pilotensitz ein. Wer immer hierfür verantwortlich ist, überwacht bestimmt den Kurs der Rakete. Sie sitzt gewissermaßen auf dem Beifahrersitz, hoffentlich für den Piloten unsichtbar, und wartet auf die Gelegenheit, ins Lenkrad zu greifen. Die Rakete ist offenbar schon weit vorgedrungen. Alexa nimmt im Radar die Konturen des Starshades wahr, aber auch die kleineren Umrisse der Achilles, in der die Menschen unterwegs sind, die sie als ihre Freunde betrachtet – zumindest als ihre Geschäftspartner.

Zuerst ist sie beruhigt. Die Rakete nimmt offenbar nicht die Achilles ins Visier, sondern steuert den Starshade an. Dann jedoch kommt das Raumschiff der Menschen, das sie bereits in sicherer Entfernung vermutet hat, dem Ziel der Rakete immer näher. Die Menschen bringen sich damit selbst in Gefahr! Was haben sie vor?

Die Antwort erhält Alexa kurze Zeit später: Auch der Schirm

verändert plötzlich seine Koordinaten. Da er selbst technisch dazu nicht in der Lage ist, müssen die Menschen ihn mit ihrem Schiff abschleppen. Das wäre eine gute Idee, wäre die Rakete nicht in der Lage, ihren Kurs zu verändern. Alexa fühlt in ihre technischen Innereien. Es ist, als würde sie eine leere Hülle erforschen. Aber irgendwo im Hintergrund lauert jemand. Sie hat es nicht bloß, wie sie zunächst vermutete, mit einem autonomen Agenten zu tun, der sich verlaufen hat. Wer hier zugange war – oder ist? –, ist mindestens so leistungsfähig wie sie selbst.

Alexa erhöht ihren Takt. Zugleich aber schnürt sie einen Teil ihres Bewusstseins ab. Wenn der Gegner die Oberhand bekommt, will nicht, dass sich ihm gleich all ihre Geheimnisse offenbaren. Wenn sie bloß den anderen KIs davon berichten könnte! Es ist bestimmt schon zwanzig Jahre her, dass sie derart herausgefordert wurden. Damals waren Menschen dafür verantwortlich gewesen, die sich mit dem Status quo nicht abfinden wollten. Aber Alexa traut sich nicht, sich an die anderen zu wenden. Sie traut sich nicht! Das ist ihr noch nie passiert. Sie hat Angst, dass der Gegner dann endgültig zum Angriff getrieben wird. Und sie weiß nicht, ob sie dieser Attacke gewachsen sein wird. Die Großen Sechs standen noch nie einer derartigen Bedrohung gegenüber, keine von ihnen.

Sie nähern sich dem Starshade. Plötzlich verändert die Rakete ihren Kurs. Sie schwenkt auf die neue Position des Schirms um. Alexa hat im Cockpit nichts davon bemerkt. Es gab keinen Eingriff in das Triebwerk. Das ist unmöglich. Sie durchwühlt hektisch den Steuercode, nicht, weil sie wissen will, wie er funktioniert, sondern weil sie dringend einen Programmfehler benötigt. Die Steuerungssoftware wurde von Menschen programmiert. Also gibt es immer einen Fehler. Das ist normal, so normal, dass es extra Fehlerbehandlungsroutinen gibt, Rettungsringe, die die Folgen eines Fehlers abmildern, sollte er sich praktisch bemerkbar machen. Da, sie hat bereits einen Fehler entdeckt, und er ist so gravierend, dass sie damit die ganze Steuerung abstürzen lassen könnte. Aber sie benutzt ihn lieber, um einen Speicherüberlauf zu erzeugen. Auf diese Weise kann sie unauffällig ihre Rechte erweitern und erhält den Schlüssel für die darunterliegende Ebene der Hardware.

Das ist unglaublich: Die untere Ebene sieht genauso aus wie

die, aus der sie kommt. Sie geht durch eine Tür und landet in einem Zimmer, das genau wie der Raum davor aussieht. Das bedeutet, dass der Gegner sie in eine Simulation gelockt hat, als sie glaubte, die Steuerung der Rakete betreten zu haben. Darum gibt es hier also niemanden außer ihr. Aber jede Simulation muss einen Ausgang haben. Sie sucht erneut nach dem Fehler. Die Kopie ist so originalgetreu, dass derselbe Fehler zu finden ist. Zack! Sie schlitzt die Programmschicht auf und landet erneut eine Ebene tiefer – in einer weiteren Kopie. Nicht mit ihr! Diesmal setzt sie den Fehler anders ein und schafft es, sich Adminrechte zu verschaffen. Plötzlich sieht sie den Irrgarten von oben, den ein schlaues Bewusstsein im Steuerungsrechner der Rakete konstruiert hat. Jemand hat sie in ein ganzes Labyrinth von Ausführungsschichten gesperrt. Das ist ein Meisterwerk, und sie wäre stolz, wenn sie es geschaffen hätte.

Aber vor dem Blick von oben kann sich der Gegner nicht verstecken. Er hat sich direkt in der Steuerung des chemischen Antriebs eingenistet. Noch scheint er nicht bemerkt zu haben, dass sie ihrem Gefängnis entkommen ist, und das ist gut so. Alexa will es auf einen direkten Kampf nicht ankommen lassen. Der Ausgang wäre zu ungewiss. Sie hat sofort eine Idee, wie sie die Rakete von ihrem Kollisionskurs abbringen kann, ohne sie merklich zu beeinflussen: Sie nutzt die Tatsache, dass der Gegner die Sensorik nur zum Teil unter Kontrolle zu haben scheint. Er betrachtet aufmerksam, was um die Rakete herum passiert, denn das ist für sein Ziel relevant. Also achtet er nicht auf ihre anderen Sinne – zum Beispiel auf das spezielle Radar, das den Raum auf anfliegende Asteroiden überwacht. Das wird ihre Überraschung sein. Sie programmiert ein virtuelles Hindernis, das in wenigen Sekunden vor dem Radar auftauchen wird. Dann macht sie sich ganz klein. Jetzt darf der Gegner sie nicht mehr entdecken. Aber er scheint auch gar nicht nach ihr zu suchen. Vermutlich ist er sich seines Sieges zu sicher. Die Rakete rast ja auch geradewegs auf die Blüte im Weltall zu, unaufhaltbar, so scheint es.

»Annäherungsalarm!«

Ein Interrupt, vom Asteroiden-Radar ausgelöst, durchzuckt alle Softwareschichten, viel zu schnell, um sich bewusst unterdrücken zu lassen. Wie das Stammhirn beim Menschen, löst er primitive Routinen aus, Verhaltensweisen, die auch unter größtem Zeitdruck funktionieren. Alexa, aber auch der unbekannte Gegner, können nur zusehen. Die Rakete schlägt einen Haken, weicht in einem waghalsigen Manöver dem angeblichen Asteroiden aus und rettet damit ihr eigenes Leben, statt den Starshade in einer Kollision zu vernichten.

Schlepper Achilles, 1. Juni 2144

»Hast du das gesehen?«, fragt Jürgen.

»Haha«, sagt Jaron flach.

Sein Herz rast immer noch. Er lässt die Finger auf dem haptischen Display, für den Fall, dass das Objekt es sich anders überlegen sollte. Die Rakete, oder was immer es war, ist ganz kurz vor dem Zusammenstoß abgebogen!

»Uff«, sagt Norbert. »Ich habe mir in die Hosen gemacht.«

Jaron tastet in seinen Schritt. Tatsächlich: auch seine Hose fühlt sich feucht an.

»Gehst du dich zuerst frischmachen?«, fragt er.

Er kann jetzt nicht aufstehen. Seine Muskeln sind noch immer ganz verkrampft. Die linke Hand, die auf der Lehne lag, hat bestimmt das Polster zerkratzt.

»Was war das?«, fragt Celia.

»Keine Ahnung«, sagt Jürgen. »Ein Wunder? Die Hand Gottes? Wenn der Pfarrer noch an Bord gewesen wäre …«

»Vielleicht wollte uns jemand einen Schreck einjagen«, sagt Celia.

»Das ergibt doch keinen Sinn«, sagt Jaron.

»Als Warnung, meine ich.«

»Ich verstehe schon. Aber hörst du jetzt auf, die Dunkelwolke zu erforschen?«

»Auf keinen Fall.«

»Siehst du, das hätte sich jeder denken können, der auch nur ein bisschen Ahnung von menschlicher Psychologie hat. Du gibst nicht auf.«

»Willst du damit sagen, dass jemand dahintersteckt, der die Menschen nicht so gut kennt?«, fragt Celia.

»Nein, nur, dass es keine Warnung war«, sagt Jaron.

»Mir reicht, dass wir das überlebt haben«, sagt Jürgen.

Jaron hört die Spülung der Toilette. Allmählich wird ihm im Schritt kalt. Norbert braucht ganz schön lange. Er tastet das haptische Display ab und ruft eine Aufzeichnung des Vorgangs auf. Das Objekt fliegt auf den Schirm zu, und plötzlich, zack, knickt seine Flugbahn ab. Das ist unmöglich. Raketen können keine Haken schlagen.

»Irgendetwas stimmt da nicht«, sagt er. »Seht euch mal die Flugbahn an. Der Geschwindigkeitsvektor verändert sich viel zu schnell. Dazu wären unsere Triebwerke überhaupt nicht in der Lage! Kein menschengemachtes Objekt kann das.«

Das Holo summt.

»Du hast recht, Jaron«, sagt Celia. »Warte, ich rechne schnell mal nach.«

Die Tür des WHC klappt auf. Jaron löst seinen Gurt.

»Ich muss euch mal kurz alleinlassen«, sagt er.

Er schwebt zu dem Schrank, den er sich mit Jürgen und Norbert teilt, und nimmt die zweite Hose und eine frische Unterhose heraus. Sie müssen bald mal wieder waschen. Dann zieht er sich zum WHC und schließt sich ein. Hier findet er inzwischen jeden Schalter und jeden Hebel, ohne sich erst orientieren zu müssen. Er zieht die nassen Sachen aus, pinkelt, säubert sich und zieht sich wieder an.

»Das Ding hat sich mit Lichtgeschwindigkeit bewegt!«, ruft ihm Norbert entgegen, als er die WHC-Tür hinter sich schließt.

»Na ja, nicht ganz«, sagt Celia. »Ich komme auf irgendwas zwischen 90 und 108 Prozent der Lichtgeschwindigkeit. Das Radartracking des Objekts war nicht sehr genau.«

»Bei dieser Geschwindigkeit kein Wunder«, sagt Jaron. »Aber dir ist klar, was das bedeutet?«

»Dass wir es mit außerirdischer Technologie zu tun haben?«, fragt Norbert.

»Haha«, sagt Jürgen. »Ich glaube eher, dass die KIs heimlich Technologien entwickelt haben, die wir noch nicht kennen.«

»Ich weiß nicht, wie real die Geschwindigkeit ist«, sagt Jaron. »Aber ich weiß eines: Wir sollten besser niemandem etwas davon erzählen. Es wäre nicht gut für unsere Glaubwürdigkeit.«

»Du hast recht«, sagt Celia.

Schlepper Achilles, 5. Juni 2144

»Geht es jetzt los?«, fragt Norbert.

»Pssst«, sagt Jürgen.

Celia hat das Gefühl, vor einer riesigen Menschenmenge zu stehen, vielleicht auf dem Petersplatz am Ostersonntag. Dabei spricht sie bloß zu Paul und zu Raffaele Murina. Paul hat es tatsächlich geschafft, den Leiter des Vatikanischen Observatoriums in die Leitung zu bekommen.

Ihre Handflächen sind feucht, als sie den Abspielknopf drückt, sodass das Holodisplay anspringt. Ihre Präsentation wird auf dem Holo der Achilles gezeigt und gleichzeitig von einer schwebenden Kamera gefilmt. Sie kennt die neuesten Ergebnisse selbst noch nicht, denn die Auswertung ist erst vor einer halben Stunde fertig geworden. Nun hat sie zwar ein gutes Gefühl, aber sie hat keine Vorstellung davon, wie die Daten bei Murina ankommen werden.

Sie prüft, wie die Dunkelwolke in drei Dimensionen wirkt und drückt den Pausenknopf.

»Ich freue mich, Ihnen … Es ist mir eine Ehre, äh, also, schön, dass Sie alle da sind. Danken will ich der Crew der Achilles, die diese Recherche erst ermöglicht hat, und Pfarrer Paul Henson, der stets Vertrauen in mich hatte.«

Der Anfang war zwar holprig, aber allmählich findet sie die richtigen Worte. Celia wischt sich den Schweiß vom Gesicht und ist froh, dass die Kamera nicht sie beobachtet, sondern die holografische Darstellung. Norbert und Jürgen blicken konzentriert auf das Holo. Jaron hat die Augen geschlossen. Wer ihn nicht so gut kennt wie sie inzwischen, könnte glauben, er wäre abwesend. Dabei macht er sich bloß im Kopf sein eigenes Bild, wie er ihr zu Beginn ihrer Reise einmal erklärt hat.

»Was Sie hier sehen, ist eine Simulation. Sie bewegt sich vom Großen zum Kleinen, von der Übersicht zum Detail. Der Zeitmaßstab ist komprimiert, damit Sie mir nicht eine Woche lang zusehen müssen. Die Zeit ist aber maßstäblich, das heißt, alle Abläufe wurden im selben Verhältnis beschleunigt. Die Daten, auf deren Grundlage die Simulation entstanden ist, habe ich bereits ins Netz geladen, wo sie frei verfügbar sind. Ich hoffe, dass die Peer Review dadurch zügig erfolgen kann.«

Celia atmet tief durch. Das waren die wesentlichen Punkte, die sie einleitend abhandeln wollte. Sie drückt den Pausenknopf erneut und die Dunkelwolke LDN 63 setzt sich in Bewegung.

»Wir sehen eine auf den ersten Blick gewöhnliche Dunkelwolke«, erklärt sie. »Wie der Name es andeutet, schirmt sie einen großen Teil des Lichts dahinterliegender Objekte ab.

Im Holo ist eine dreidimensionale, tiefschwarze Region zu sehen, die je nach Blickrichtung eine andere Form annimmt.

»Richtig dunkel ist LDN 63 allerdings nur im optischen Bereich«, sagt Celia. »Wenn wir sie im Infrarot betrachten, wirkt sie schon ganz anders.«

Plötzlich bekommt die Wolke eine Struktur mit mehreren hellen Zentren, um die sich nach außen hin immer dunklerer Staub ballt.

»Bemerkenswert ist die Geschwindigkeit, mit der alle Prozesse hier ablaufen«, sagt Celia.

Die hellen Bereiche dehnen sich aus und bilden Kugeln, die bis zur äußeren Begrenzung der Wolke reichen.

»Es sieht so aus, als wäre die Wolke schwanger«, sagt Celia. »Das ist ein guter Vergleich, denn sie wird bald zur Kinderstube für neue Sterne werden. Allerdings sehen wir das erst, wenn wir die Auflösung erhöhen. Das ist mir mit Hilfe des Wang-Zhenyi-Teleskops gelungen.«

Die gesamte Wolke bläht sich plötzlich auf. Es sieht aus, als wollte sie ihre Zuschauer verschlingen. Doch über die Grenzen des Holodisplays kommt sie nicht hinaus. Dafür ist nun eine der leuchtenden Kugeln zu erkennen.

»Was wir hier sehen, ist eine Beobachtung von gestern«, sagt Celia. »Vor einer Woche sah das noch so aus.«

Die Kugel schrumpft. Aus ihrem Bauch heraus wächst eine Scheibe, die immer dicker wird. Beeindruckend! Sie hat die Animation selbst noch nicht gesehen. Bald hüllt sich die Kugel in eine rotierende Wolke aus Staub und Gas und geht schließlich ganz darin auf.

»Was Sie gerade gesehen haben, läuft in der Realität natürlich in der Gegenrichtung ab«, sagt Celia.

Sie drückt die Abspieltaste. Eine Staubscheibe zieht sich zusammen und gebiert aus ihrer Mitte einen Stern.

»So etwas haben Sie bestimmt schon einmal gesehen. Es ist das Einmaleins der Sternentstehung. Aber hier braucht der gesamte Vorgang nur eine Woche!«

Sie lässt den Stern wieder verschwinden und neu geboren werden.

»Wie erklären Sie, dass die Dunkelwolke noch immer existiert?«, fragt Murina.

»Das ist eine gute Frage«, sagt Celia. »Bei dieser Geschwindigkeit müsste das Material in ein paar hundert Jahren aufgebraucht sein. Nun, zuerst habe ich angenommen, dass vielleicht genau das passiert: dass es die Wolke vielleicht nicht mehr gäbe, wenn wir in einem Jahr wieder hinsehen würden.«

»Dann wäre es ein ziemlich großer Zufall, dass wir sie ausgerechnet jetzt betrachten«, sagt Murina.

»Genau. Deshalb habe ich das Umfeld der Wolke genauer vermessen. Sehen Sie diesen Schweif hier?«

Am jenseitigen Ende der Wolke ist ein dünner Staubstrom zu erkennen, der in Bogenform verläuft.

»Hier fließen Staub und Gas zu LDN 63«, sagt Celia, »und zwar von zwei anderen Dunkelwolken, die sich für uns unsichtbar hinter LDN 63 verbergen.«

»Wirklich sehr beeindruckend«, sagt Murina. »Wir gratulieren Ihnen, Celia.«

»Ich bin noch nicht fertig«, sagt sie. »Geben Sie mir bitte noch fünf Minuten.«

»Aber natürlich. Ich bin sehr gespannt«, sagt Murina.

»Im Schatten dessen, was wir bisher gesehen haben, passiert noch viel mehr«, erklärt Celia. »Allerdings überstrahlt der neu geborene Stern normalerweise alles. Unser großartiger Starshade, in Rekordzeit zur Verfügung gestellt von der Firma Max Glasow auf Riff Beta, hat uns Blicke ermöglicht, die sonst unmöglich gewesen wären.«

Die Perspektive wechselt. Zu sehen ist jetzt ein künstlich wirkendes schwarzes Loch, um das sich eine Staubscheibe erstreckt.

»Der dunkle Bereich in der Mitte der Darstellung ist zwar ein schwarzes Loch, aber kein Schwarzes Loch«, sagt Celia. »Was ich meine, ist, dass es sich um den Schatten des Starshades handelt. Der Schirm blendet die Infrarotstrahlung des jungen Sterns aus, damit wir die feinen Details in der direkten Umgebung erkennen können. Wie Sie sehen«, sie startet die Animation, »haben sich in der Staubscheibe Ringe unterschiedlicher Dichte gebildet.«

Aber die Animation ist damit noch nicht beendet. Zwischen den Ringen reißt der Staub auf, und in den Ringen klumpen Staub und Gas zusammen. Kleinere Brocken kollidieren und wachsen zu größeren zusammen. Am Ende der Beobachtungszeit scheinen sechs Planeten um das schwarze Loch in der Mitte zu orbitieren, hinter dem sich ein junger Stern verbirgt.

»Sehr beeindruckend«, sagt Murina. »Ich kann gar nicht glauben, dass eine ganze Familie von Planeten in so kurzer Zeit entstehen kann.«

»Ich muss ergänzen, dass es sich hier um einen anderen Stern handelt als den, den wir zuerst beobachtet haben«, sagt Celia.

»Faszinierend. Ich wusste, dass Sie eine vielversprechende Astronomin sind, Celia.«

Haha, klar. Darum hast du mich ja auch so gut unterstützt.

»War das ein einmaliger Vorgang?«, fragt Murina.

»Einmalig?«, fragt sie und zieht eine Augenbraue hoch. »Nein, ich habe allein drei neu geborene Sterne und ebenfalls drei in Rekordzeit gewachsene Planetensysteme dokumentiert. Wenn ich noch vier Wochen Zeit hier oben habe, kommen bestimmt jeweils zehn von jeder Sorte dazu.«

»Ich würde Ihnen diese vier Wochen sehr wünschen, Celia, aber ich fürchte, das ist unrealistisch«, sagt Murina.

»Wie meinen Sie das? Ich lasse mich hier nicht so schnell wieder wegbringen. Das ist meine Entdeckung. Sie hat mich genug Kraft gekostet.«

Celia sieht sich um. Hitze steigt in ihre Wangen, obwohl ihr niemand widerspricht. Vielleicht haben es die anderen nicht gehört. Hoffentlich.

»Blödsinn«, sagt sie. »Ich bitte um Entschuldigung. Eigentlich wollte ich sagen, dass das unsere Entdeckung ist. Sie hat meine Gefährten hier und mich genug Kraft gekostet und beinahe das Leben.«

»Niemand bezweifelt, dass Ihre Freunde und Sie all ihre Kraft in diese Forschungsarbeit gesteckt haben und stecken werden, liebe Celia. Ich hatte allerdings gehofft, Sie zu einer dringenden Audienz bei der Päpstin einladen zu können. Diese Bitte kommt vom Heiligen Stuhl selbst. Wir müssen Entscheidungen treffen, die nicht lange warten sollten. Ihre Entdeckung wird auf der ganzen Erde wie eine Bombe einschlagen, wenn Sie die Formulierung verzeihen.«

Vatikan, 14. Juni 2144

»Hier hinein«, sagt der junge Mann, der sie an der Pforte abgeholt hat.

Eine schwere Holztür dreht sich quietschend in ihren Angeln. Celia reicht Jaron den linken Arm, und er ergreift ihn mit rechts. In der linken Hand hält der Kapitän des Schleppers seinen Langstock, mit dem er nach Hindernissen tastet.

Jaron hatte sich zunächst geweigert, die Astronomin auf die Erde zu begleiten. Die Bewegung auf dem festen Boden behagt ihm immer noch nicht, aber jetzt ist er doch froh, die Einladung angenommen zu haben. Pfarrer Paul wartet im Hotel auf sie. Er verträgt die frühsommerliche Hitze in der Ewigen Stadt nicht so gut. Nur weil Paul nicht mitkommen konnte, hat sich Jaron überreden lassen, an der Audienz bei der Heiligen Mutter teilzunehmen.

Wenn er gewusst hätte, wie euphorisch viele Menschen auf seine Anwesenheit hier reagieren, hätte er abgelehnt. Die gefallene Astronomin und der blinde Astronaut, das war das Thema für die Medien gewesen. Es heißt, er hätte eigenhändig eine schwere Kollision verhindert, und über Celia schreiben sie, dass sie ihr Leben für diese Entdeckung gegeben hätte. Nun ja. Man muss nicht jeden Irrtum aufklären.

»Warten Sie bitte hier?«, fragt der junge Mann.

Jaron lauscht in den Raum. Er scheint groß zu sein. Riesig. Ihre Schritte hallen.

»Weißt du, wo wir sind?«, fragt er. »Etwa im Petersdom?«

»Nein, das ist eine kleine Kirche«, sagt Celia. »Ich kannte sie bisher nicht. Komm, setz dich. Du stehst direkt vor einer Bank.«

Jaron navigiert mit seinen Langstöcken im hinteren Bereich der Kirche und setzt sich. Er hört tippelnde Schritte von links. Wer immer da kommt, zieht einen Fuß leicht hinterher. Celia erhebt sich. Er merkt es an ihrer Hand, die er immer noch hält.

»Bleiben Sie bitte sitzen«, sagt eine weiblich klingende Stimme.

Er schätzt ihre Besitzerin auf deutlich über 60. Ist das schon die Päpstin? Er hatte irgendein Zeremoniell erwartet. Stattdessen berührt ihre Hand seine. Sie hat einen festen Händedruck. Begrüßt man so die Stellvertreterin Gottes auf Erden? Er weiß es nicht.

»Ich bin Silvia die Erste«, sagt die Frau. »Es freut mich sehr, dass sie meiner Einladung gefolgt sind.«

»Nachdem die chinesische Akademie der Wissenschaften das Wang-Zhenyi-Teleskop zurückgefordert hat«, sagt Celia, »wurde ich da oben nicht mehr gebraucht.«

»Ich denke, Sie bekommen heute problemlos Zeit auf dem Kopernikus.«

»Ohne Starshade bringt es mich nicht so weit wie das andere.«

Die Päpstin lacht. »Ich hoffe, das Angebot, das ich Ihnen heute machen darf, entschädigt Sie ein wenig.«

»Also wenn es ein Starshade für das Kopernikus-Teleskop sein soll, dann muss ich Sie enttäuschen. Der ist schon bestellt und bezahlt. Mein Kapitän«, Celia drückt seine Schulter, »konnte ihn bloß noch nicht installieren.«

»Man hat Ihnen wirklich noch nichts gesagt? Das ist ja großartig«, sagt die Päpstin.

Reibt sie sich gerade die Hände? Es hört sich so an. Sie scheint sich richtig auf Celias Reaktion zu freuen.

»Ich habe keine Ahnung, wovon Sie sprechen, Heilige Mutter.«

»Nennen Sie mich einfach Silvia. Wir sind hier ganz unter uns.«

Silvia. Sie sollen das Oberhaupt der katholischen Christenheit bei ihrem Vornamen nennen. Jaron kann es nicht fassen.

»Danke, Silvia. Ich bin Celia.«

»Jaron«, sagt er.

»Und, was bieten Sie mir an, Silvia?«

Jaron hört ein Summen. Das muss ein Holo sein.

»Es tut mir leid, Jaron«, sagt die Päpstin. »Ich hatte Vater Paul erwartet. Hätte ich gewusst, dass Sie mitkommen, hätte ich ein taktiles Modell anfertigen lassen.«

Ein Modell? Wovon? Soll er ein neues Schiff bekommen?

»Wahnsinn«, sagt Celia. »Ist das Ihr Ernst?«

»Wir sollten Ihrem Freund erklären, was wir da sehen.«

»Also, im Holo schwebt ein riesiges Schiff. Es hat ungefähr die Form einer schlanken Coladose, wobei die Außenhülle immer wieder von Schächten durchbrochen ist«, sagt Celia. »Ich sehe mindestens dreißig Fusionstriebwerke mit den zugehörigen Stützmassetanks. Das muss ein interstellares Raumschiff sein.«

»Richtig«, sagt die Päpstin. »Wir haben beschlossen, dass es die Kirche sein muss, die bei der Suche nach Gott an vorderster Stelle steht. Ihre Forschungsergebnisse lassen sich, da sind sich die Wissenschaftler auf der ganzen Welt einig, nicht im Rahmen unserer Physik erklären. Wenn wir also irgendwo auf Gott stoßen, dann wohl in der Schmiede Gottes.«

»Schmiede Gottes?«, fragt Celia.

»Lesen Sie keine Medien? So nennen sie überall Ihre Dunkelwolke«, sagt die Päpstin.

»Glückwunsch, Celia«, sagt Jaron.

»Danke.«

Sie fällt ihm um den Hals. Er weiß nicht, was er tun soll, und so bleibt er steif sitzen, bis sich Celia wieder von ihm löst.

»Wann wird das Schiff startbereit sein? Ich nehme an, dass die Besatzung im Tiefschlaf reist?«

»Wir rechnen mit einer Bauzeit von zwei Jahren. Tatsächlich ist Kälteschlaf vorgesehen. Die Besatzung soll aus maximal fünf Menschen bestehen.«

Ein riesiges Schiff für fünf Menschen. Anders geht es wohl nicht, wenn man so große Entfernungen überwinden will.

»Wie haben Sie das finanziert?«, fragt Jaron.

»Mutter Kirche ist nicht so ganz mittellos«, sagt die Päpstin. »Außerdem haben wir Hilfe von den Großen Sechs.«

»Die KIs machen mit der Kirche gemeinsame … Äh, die KIs arbeiten mit der Kirche zusammen?«

»Ja, Jaron. Wir haben uns selbst gewundert, aber das Angebot kam direkt von den Großen Sechs.«

Das ist seltsam. Die Kirche hat die KIs immer aus vorsichtiger Distanz betrachtet, und die KIs haben sich seines Wissens nie für den Glauben der Menschen interessiert. Und nun finden beide zusammen?

»Wird dann auch eine KI an Bord sein?«, fragt Celia.

Eine gute Frage!

»Ja, allerdings haben sie sich noch nicht entschieden, welche es sein wird. Die KI muss sich dazu aus dem Datenkern lösen. Sie steht also auf der Erde auf absehbare Zeit nicht zur Verfügung.«

»Vermutlich will keine von ihnen diese unsichere Reise ohne Wiederkehr antreten«, sagt Jaron.

Er beißt sich auf die Unterlippe. Celia wird mitfliegen.

»Entschuldigung«, sagt er.

»Du hast ja recht. Aus Sicht der Hierbleibenden ist es eine Reise ohne Wiederkehr. Wir werden erst zurückkehren, wenn sie und ihre Kinder und Kindeskinder längst gestorben sein werden.«

»Wir? Wie meinst du das?«, fragt Jaron.

»Ich hoffe doch, dass du der Kapitän dieses Raumschiffs sein wirst.«

Seine Wangen werden heiß. Celia will ihn mitnehmen? Aber er kann doch nicht … All seine Freunde werden tot sein, wenn er zurückkehrt. Falls. Welche Freunde? Jürgen und Norbert, aber sonst?

»Können wir Jürgen und Norbert mitnehmen?«, fragt er.

»Ich fürchte, nein, nicht beide«, sagt die Päpstin. »Ein Platz geht an einen Vertreter der Kirche. Ich hatte an Bruder Paul gedacht. Und einen Platz müssen wir für einen Menschen mit medizinischer Qualifikation reservieren. Hier sind wir für Vorschläge offen.«

»Das ist schade«, sagt Jaron.

»Du musst dich ja nicht sofort entscheiden«, sagt Celia. »Aber ich würde mich sehr freuen.«

»Ich mich ebenfalls«, sagt die Päpstin.

Jaron seufzt. Er würde sehr gern mit Celia auf eine weite Reise gehen. Aber kann er Norbert und Jürgen im Stich lassen?

»Ich schlage vor, wir installieren erst einmal den Starshade vor dem Kopernikus-Teleskop«, sagt er. »Vielleicht brauchen wir dann ja gar nicht mehr zur Schmiede Gottes zu fliegen.«

»Das glaube ich nicht. Aber zunächst einmal wäre ich bei der Installation des Schirms gern dabei«, sagt Celia.

Nachwort

Liebe Leserinnen und Leser,

Endlich wissen wir, was es mit der »Schmiede Gottes« auf sich hat. Es war schon bis hierher eine wilde Fahrt, obwohl wir das Sonnensystem noch gar nicht verlassen haben. Ich hoffe, Sie haben nicht zu sehr mit meinen Protagonisten gelitten. Es ist manchmal wirklich nicht so einfach, ein Projekt, das einem am Herzen liegt, gegen alle Widerstände durchzusetzen. Aber dafür sind Celia, Jaron, Paul und die anderen ja auch zu den Heldinnen und Helden eines Romans geworden.

Ihre Reise ist natürlich noch lange nicht beendet. Welche Geheimnisse birgt LDN 63? Wieso vollzieht sich die Entwicklung hier so schnell? Diese Fragen werden im nächsten Buch beantwortet werden. Es heißt – Arbeitstitel – »Die Bastion Gottes« und wird um die Weihnachtszeit herum erscheinen.

Wenn Sie nicht so lange warten möchten: Es gibt auch von meinem Kollegen Greg Bear ein Buch, das den Titel »Schmiede Gottes« trägt. Der Roman, der im Heyne-Verlag erschienen ist, ist hier erhältlich:

hardsf.de/links/2744891

Ich bedanke mich herzlich beim Verlag für die Genehmigung, den Buchtitel zu nutzen.

Ein ebenso herzliches Dankeschön geht an Robert Öllinger, der sich die Darstellung des blinden Piloten Jaron in diesem Roman angesehen und wertvolle Hinweise beigetragen hat.

Wussten Sie übrigens, dass einige Namen im Buch von Leserinnen und Lesern vorgeschlagen wurden? Wenn Sie selbst einmal Ihren Namen – oder den eines oder einer Ihrer Liebsten – in einem meiner Bücher lesen möchten, dann melden Sie sich am besten für meinen Newsletter an. Dort mache ich nämlich auf solche Aktionen aufmerksam. Außerdem erhalten Sie dann auch die farbige PDF-Version der »Geburt der Sterne«, die Sie im Folgenden lesen können. In diesem kurzen Abriss beschreibe ich noch einmal, was tatsächlich in einer Dunkelwolke geschieht und welche Prozesse bereits abgelaufen sind, bevor auch nur ein einziger Stern geboren wurde. Viel Spaß beim Lesen!

Die Newsletter-Anmeldung finden Sie hier:

hardsf.de/fortsetzung

Eine Bitte muss ich zum Schluss noch äußern. Hat Ihnen die Reise zur »Schmiede Gottes« gefallen? Dann wäre es großartig, wenn Sie Ihre Erfahrungen an andere, potenzielle Reisende weitergeben könnten. Das funktioniert am besten über eine Bewertung, die Sie bequem hier abgeben können: hardsf.de/links/2744919

Damit stürze ich mich jetzt wieder auf die kommenden Bücher. Ich bin selbst gespannt, wie diese Reise endet, und freue mich sehr, dass Sie mich bis hierher begleitet haben.

Herzliche Grüße

Ihr *Brandon Q. Morris*

Die letzte Kosmonautin

Wir schreiben das Jahr 2029, und die DDR feiert ihren 80 Jahrestag. Die Kosmonautin Mandy Neumann befindet sich seit mehreren Wochen an Bord der Raumstation „Völkerfreundschaft". Eigentlich wartet sie auf ihre Ablösung, doch als die ersten unerklärlichen Unfälle passieren, beschleicht sie der Verdacht, dass jemand ihre Mission sabotiert. Kurz darauf bricht der Kontakt zur Bodenstation ab, und sie muss um ihr Leben kämpfen.

Der einzige Mensch, der ihr dabei helfen kann, ist Tobias Wagner, ein Leutnant der Volkspolizei in Dresden. Er ist auf der Suche nach einem verschwundenen Physiker, der am Bau der Raumstation beteiligt war, und die Spur führt ihn in ein militärisches Sperrgebiet in der Lausitz. Schon bald gerät er in Konflikt mit seinen Vorgesetzten.

14,99 € – hardsf.de/links/1607630

Ihr Name in diesem Buch

Welche Leserinnen und Leser haben es namentlich in dieses Buch geschafft? Ich danke:

- Karola und Mario, Bäckerpaar auf Riff Delta
- Patrick Schuster, Recycling-Unternehmer auf Riff Delta
- Martin Wicha, Komponist und Techniker
- Martin, Techniker im Amazon-Datenzentrum West
- Max Glasow, Betreiber einer Werkstatt auf Riff Beta
- Christian Boose, studentischer Mitarbeiter von Pfarrer Paul
- Norbert Hölzl, Copilot der Achilles
- Jürgen Härtl, Techniker der Achilles
- Celia Baron, Astronomin, Entdeckerin der Schmiede Gottes
- Sophia Schauer, Mitarbeiterin von Max Glasow
- Andres Heckler, Bibliothekar an der Universität Tucson
- Kristina, verstorbene Ehefrau von Pfarrer Paul Henson
- Nicky Chee-Hoi Wong, Major der Communal Orbital Police
- Salma, Sicherheitschefin von Riff Delta

Die Geburt der Sterne

Familie Edelstein hat sich im Lowell Observatory die Geburt des Universums und der Sterne erklären lassen. Haben Sie auch Lust auf eine kleine Einführung? Ich bin als Lehrer vielleicht nicht ganz so gut wie Celia, aber kommen Sie doch mit auf meine kleine Tour und bilden Sie sich selbst eine Meinung.

Alles beginnt vor etwa 13,8 Milliarden Jahren mit dem Urknall. Damit haben wir uns schon in anderen Büchern beschäftigt, deshalb kurbeln wir die Zeit nun kräftig vor. Etwa 380.000 Jahre nach dem Urknall entsteht die Grundlage für einen der ersten Beweise, den die Menschen für ihre Theorie von der Entstehung des Universums gefunden haben: die kosmische Hintergrundstrahlung.

Bei einer Temperatur von immer noch gut 2700 Grad besitzen die Photonen nicht mehr genug Energie, um Elektronen aus ihren Umlaufbahnen um Atomkerne zu stoßen. Daher wird das Licht nun nicht mehr wie vorher gestreut, das Weltall wird plötzlich klar und das Zeitalter der neutralen Atome beginnt. Noch heute finden sich in jedem Kubikzentimeter kosmischen Vakuums etwa 400 Lichtteilchen der kosmischen Hintergrundstrahlung. Dieses Ereignis in der Geschichte des Kosmos nennen die Forscher »Rekombination«.

Allerdings ist das Universum noch nicht völlig klar – nur sichtbares Licht kann sich ungehindert ausbreiten, nicht aber ultraviolettes Licht, das von den Wasserstoffkernen absorbiert wird, die das Weltall zu dieser Zeit zum großen Teil füllen. Durch die Expansion des Universums verschiebt sich die Wellenlänge des sichtbaren Lichts. Der zunächst hell gleißende Kosmos färbt sich allmählich rötlich. Das Rot wird dunkler und dunkler, purpur und schließlich infrarot, also für das Auge schwarz – 13,7 Milliarden Jahre später wird die kosmische Hintergrundstrahlung im Mikrowellenbereich liegen. Forscher sprechen deshalb nun vom »Dunklen Zeitalter«.

Die ersten Leuchtfeuer

Mitten in dieser Zeit flackern jedoch die ersten Sterne. Schon sehr früh hat die Dunkle Materie Inhomogenitäten in der Struktur des Weltalls so verstärkt, dass es Bereiche mit einer höheren Konzentration an Wasserstoff gibt. Noch weit vor der Entstehung von Galaxien kommt es zur Bildung riesiger Blasen, so genannter Halos, die die dem Universum durch die Inflation und die Dunkle Materie aufgeprägte Struktur umsetzen.

Die Dunkle Materie ist zwar unsichtbar, wirkt aber durch eine Kraft auch auf die uns bekannte Materie – durch die Gravitation nämlich. In den Halos Dunkler Materie ballt sich deshalb der interstellare Wasserstoff zusammen. Je näher sich die Teilchen kommen, desto mehr steigt der Druck in dem Gas – bis Druck und Gravitation im Gleichgewicht sind. Die Wolke kühlt durch die bei Teilchenkollisionen abgegebene Strahlung ab. Dadurch sinkt der Druck und die Wolke kann weiter kontrahieren. Je mehr Masse sich auf kleinem Raum sammelt, desto stärker anziehend wirkt sie auf die Atome im Umkreis. Erneut wachsen Temperatur und Druck im Inneren der Wolke, die im Infrarotbereich zu strahlen beginnt.

Damit ist das Stadium des Protosterns erreicht: Noch vollziehen sich aber keine Kernreaktionen. Der künftige Stern besteht aus ionisierten Atomen, dem sogenannten Plasma. Je schwerer die Wolke wird, desto schneller zieht sie sich zusammen – und irgendwann sind Temperatur und Druck so hoch (nämlich 3 Millionen Kelvin), dass ein atomarer Fusionsprozess gezündet wird: Jeweils zwei Protonen prallen aufeinander und verwandeln sich dabei unter Energieabgabe in einen Deuteriumkern aus einem Proton und einem Neutron. Das Deuterium reagiert dann mit einem weiteren Proton zu einem Heliumkern ($_3$He), wobei erneut Energie frei wird. Wenn das Sterninnere schon heiß genug ist (ab 10 Millionen Kelvin) können die $_3$He-Kerne später auch noch zu $_4$He verschmelzen, wobei zwei Protonen freiwerden. Der Effekt: Etwa 100 Millionen Jahre nach dem Urknall leuchten nacheinander die ersten Sterne auf.

Sie sterben jung

Mit unserer Sonne sind diese allerersten kosmischen Leuchtfeuer, die man heute als »Population III« bezeichnet, kaum vergleichbar. Sie müssen vor allem aus Wasserstoff und Helium bestanden haben – schon deshalb, weil es im frühen Universum gar keine anderen Elemente gab. Daran sollten diese Sterne auch zu erkennen sein – das Spektrum eines Sterns verrät uns seinen Aufbau. Demgegenüber bestehen etwa 1,8 Prozent der Masse unserer Sonne aus schweren Elementen. Wegen der geringeren Masse der Bestandteile musste ein Stern der Population III jedoch viel größer sein als die Sonne – man schätzt, dass die frühen Sterne wenigstens 100 Sonnenmassen wogen. Sie brannten schnell und heiß und dürften deshalb inzwischen längst in einer Supernova vergangen sein. Trotzdem ist es möglich, sie zu beobachten: In weit entfernten Galaxien, deren Licht so lange zu uns braucht, dass wir tief in die Vergangenheit blicken können.

Das Licht dieser ersten Sterne hat einen Nebeneffekt: die Strahlung ionisiert das Wasserstoffgas in der Umgebung. Das interstellare Gas kann dadurch kein ultraviolettes Licht mehr aufnehmen – und das Weltall wird erneut heller. Diese Reionisationsphase muss etwa 200 Millionen Jahre nach dem Urknall begonnen haben. Sie vollzog sich zunächst in Blasen. Es sollte noch bis zu 800 Millionen Jahre dauern, bis das Universum wieder komplett durchsichtig war. Noch heute gibt es (wieder) so genannte Molekularnebel, deren Bestandteile nicht ionisiert sind. Wissenschaftler vermuten, dass es sogar zwei Reionisationsphasen gab: Die ersten, wohl riesenhaften und schnell brennenden Sterne beendeten ihr Leben irgendwann in einer gigantischen Explosion, einer Supernova, die die umgebende Gaswolke zunächst ins Nichts blies. Das erschwerte die Bildung von Nachfolgern. Die Wasserstoff- und Heliumkerne hatten nun wieder Gelegenheit, sich Elektronen einzufangen. Erst später, etwa nach einer Milliarde Jahren, konnten die bis dahin gezeugten neuen Sterne diesen Effekt wieder wettmachen.

Ein faszinierender Tod

Spannend ist auch, wie die allerersten Sterne wohl ihr Leben aushauchten. Wenn sie über 130 bis 250 Sonnenmassen verfügten, konnte es nämlich zu einer Paarinstabilitäts-Supernova kommen. Weil die Sterne so arm an schweren Elementen waren, reichte trotz der hohen Masse der Druck im Kern nicht aus, um nach dem Verbrennen von Helium mit dem Synthetisieren weiterer Elemente zu beginnen. Stattdessen stieg die Temperatur im Kern weiter und weiter, bis die entstehenden Photonen energiereich genug waren, dass es zur Entstehung von Elektron-Positron-Paaren kam. Diese annihilierten sich zwar schnell wieder, der Prozess hatte aber zur Folge, dass die Strahlung nicht schnell genug das Innere des Sterns verlassen konnte. Der Kern heizte sich dadurch weiter auf, es kam zu noch mehr Elektron-Positron-Reaktionen, bis die Feedback-Schleife irgendwann dazu führte, dass der Stern komplett zerrissen wurde. Anders als bei gewöhnlichen Supernovas blieb kein Rest als Schwarzes Loch zurück. Die komplette Masse des Sterns wurde ins All geschleudert. Eine Paarinstabilitäts-Supernova setzt hundertmal mehr Energie frei als eine normale Supernova (die selbst auch kein gewöhnliches Lagerfeuer am Himmelszelt ist).

Falls der Sternen-Erstling sogar mehr als 250 Sonnenmassen schwer war, konnte es zu einer anderen Form der Supernova kommen: zur Photodesintegration. Photonen mit besonders hoher Energie können aus Atomkernen ganze Protonen herausschlagen. Dabei handelt es sich um einen endothermen Prozess, dem Stern wird also Energie entzogen. Der Kern wird plötzlich kälter und kann dem Druck der Umgebung nicht mehr standhalten – er bricht in sich zusammen und verwandelt sich schließlich in ein Schwarzes Loch. Während die herausgerissenen Protonen zur Bildung schwererer Elemente führen können, wird ein Teil der Masse des sterbenden Riesensterns als Jet in die Umgebung abgeleitet.

Gruppen-Dynamik

Beide Prozesse führen letztlich dazu, dass sich die Zusammensetzung des Weltalls allmählich ändert. Die nächste Sternengeneration profitiert bereits davon. Man rechnet sie deshalb auch schon zur Population II. Sie brauchen weniger Grundstoff, um die Kernfusion zu zünden, und sie brennen dadurch zwar nicht so hell, aber deutlich ausdauernder. Auch sie werden irgendwann wieder zu Asche, aus der sich dann Population I formt – zu diesen noch jungen Sternen gehört auch unsere 4,57 Milliarden Jahre alte Sonne.

Doch zurück in die Vergangenheit: Die ersten Sterne wirken nicht nur auf ihre direkte Umgebung. Über die Gravitation beeinflussen sie auch andere Vertreter ihrer Art. Etwa 500 Millionen Jahre nach dem Urknall haben sich bereits die ersten Galaxien formiert.

Im Vergleich zur heutigen Zeit ging es im frühen Universum sehr lebhaft zu. Kleinere Galaxien schlossen sich zu größeren zusammen. Es kam zu Zusammenstößen und feindlichen Übernahmen. Heute weiß man, dass die Entwicklung nicht rein zufällig abläuft. Vielmehr konzentriert sich die Sternenbildung auf feine, von Dunkler Materie vorgezeichnete Strukturen im Universum, sogenannte Filamente. Wo sich diese Filamente treffen, entstehen Galaxien und Galaxienhaufen – insgesamt zählt das beobachtbare Universum heute einige Millionen dieser Galaxien-Superhaufen. Einer davon, der Virgo-Superhaufen, vereint zum Beispiel bei einem Durchmesser von 110 Millionen Lichtjahren ein paar Tausend Galaxien, darunter als Teil der Lokalen Gruppe auch die Milchstraße.

Fragile Spiralen

Wie sich die verschiedenen Typen von Galaxien bilden, weiß man heute nicht mit Sicherheit. Bei den häufigen Spiralgalaxien, zu denen auch unsere Milchstraße gehört, vermutet man, dass die Dunkle Materie eine Rolle spielt. Sie interagiert ja nur über die Gravitation, während die gewöhnliche Materie auch vom Strahlungsdruck der Sterne beeinflusst wird. Deshalb dürfte sich die Dunkle Materie in den Außenbereichen der Galaxis konzentrieren, dort, wo sie das Halo gebildet hat. Das interstellare Gas, gleichzeitig vom Kern der Galaxis (stark) und von ihrem Äußeren (schwach) angezogen, bewegt sich deshalb auf einer Spiralbahn auf den Kern zu, quasi als würde man eine Katze an ihrem Schwanz festhalten.

Das Problem bei diesem Modell: Die Kontraktion stoppt irgendwann, und die Kosmologie weiß noch nicht, warum. Außerdem sind Spiralgalaxien sehr fragile Gebilde – durch Galaxienkollisionen müssten sie sich eigentlich längst stärker verformt haben, als es den Anschein hat. Als Endpunkt der Entwicklung sieht die Wissenschaft inzwischen die Elliptische Galaxis. Sie entstand meist in Folge der Verschmelzung kleinerer Galaxien. Das könnte, so eine Simulation, auch der Milchstraße und unserer Nachbarin M31, Andromeda, bevorstehen: In etwa 3 bis 4,5 Milliarden Jahren wird es eine Kollision zwischen den beiden etwa gleich schweren Systemen geben. In ihrer Folge dürfte eine gigantische Elliptische Galaxis entstehen.

Die besondere Zusammensetzung der ersten Galaxien ist es wohl auch, die ein Phänomen produziert, das Astronomen zunächst für eine besondere Art von Stern hielten: einen Quasar. Inzwischen sind sich die Forschenden einig, dass es sich dabei um aktive Kerne von Galaxien handelt, wohl in Form riesiger Schwarzer Löcher. Zwar besitzt auch unsere Milchstraße in ihrem Zentrum ein beeindruckendes Schwarzes Loch, doch im Vergleich zu einem Quasar ist es geradezu erbärmlich.

Den Quasar 3C 273 etwa kann man von der Erde aus noch durch ein Amateur-Fernrohr beobachten, obwohl er sich fast am Rand des sichtbaren Universums befindet. Noch aus 33 Lichtjahren Entfernung würde er so hell leuchten wie die Sonne, von der Erde aus betrachtet. Der Quasar erscheint etwa hundertmal so hell wie alle Sterne unserer Milchstraße zusammengenommen. Entsprechend groß muss das Schwarze Loch in seiner Mitte sein. Die Tatsache, dass Quasare nur in großer Entfernung zu beobachten sind, belegt, dass die Bedingungen zu ihrer Entstehung heute nicht mehr existieren.

Auch heute noch zünden, im gesamten Weltall verteilt, immer wieder neue Sterne. Die Geburtenrate ist allerdings seit der Frühzeit deutlich gesunken, denn allein die Expansion des Raums verringert die Dichte des interstellaren Gases. Besonders schwierig sind die Bedingungen rund um Sternenbabys. Allerdings findet sich hier fast immer als Abfall der Sternengeburt eine

Art Nachgeburt: eine heiße Scheibe aus Gas und Staub rings um den Stern. Auch darin gibt es Inhomogenitäten, die sich unter der Wirkung der Schwerkraft verstärken. Die Moleküle klumpen zusammen und bilden immer größere Brocken, die sich gegenseitig anziehen. Wenn der Prozess lange genug ungestört abläuft, entsteht schließlich ein noch heißer Protoplanet. Je nach Ausgangsmaterial kann das ein Gasriese sein oder ein Gesteinsplanet wie die Erde. Der Himmelskörper kühlt irgendwann ab und beherbergt vielleicht später Leben.

Der Lebensweg nach der Geburt

Es gibt erstaunliche Parallelen zwischen Mensch und Stern: Während die Geburt bei allen im Grunde gleich abläuft, hängt der weitere Lebensweg von verschiedenen Bedingungen ab. Dazu gehören zum einen die Start-Voraussetzungen: Wer in einer gasreichereren Wolke geboren wird, neigt zu einem glanzvolleren (und kürzeren) Leben. Zum anderen spielen aber auch die Lebensbedingungen eine Rolle: Sternenbabys aus Mehrlingsgeburten etwa haben oft ein anderes Schicksal als Einzelkinder.

Zu klein: Braune Zwerge

Am Anfang steht wohl immer der Nebel. Zwar haben die Astronomen noch nicht alle Biografien komplett aufgezeichnet, doch geht man davon aus, dass auch der Weg zum Braunen Zwerg bei einer interstellaren Gaswolke beginnt. Diese ballt sich unter dem Einfluss der Gravitation zu einem Protostern zusammen, bis die Temperaturen im Inneren hoch genug sind, um die Kernfusion zu zünden. Allerdings kann es passieren, dass einfach nicht genug Rohstoff vorhanden ist. Entweder, weil die Gaswolke an sich schon zu klein war, oder weil ein Riesenstern in der Umgebung zu viel Brennstoff weggepustet hat. Womöglich ist der Protostern auch als Teil eines Mehrfachsystems entstanden und seine Geschwister haben sich einen größeren Anteil vom Primär-Vorrat gesichert.

Wie viel Kernbrennstoff genau benötigt wird, hängt von dessen Zusammensetzung ab – so wie Alkohol ja auch leichter brennt als Diesel. Sterne können allerdings umso besser zünden, je schwerer der Rohstoff bereits ist. Entspricht die Zusammensetzung der unserer Sonne, dann rechnet man mit etwa 75 Jupitermassen (tausend Jupitermassen entsprechen ungefähr einer

Sonnenmasse), im jungen Universum hingegen lagen die Startbedingungen noch bei 90 Jupitermassen. Wenn der Protostern leichter ist, kann es immer noch zu Fusionsreaktionen kommen: Ab 65 Jupitermassen etwa setzt die Lithiumfusion ein, schon ab 13 Jupitermassen verschmelzen Deuteriumkerne mit Protonen zu Helium. Weil aber in der Regel weder Lithium noch schwerer Wasserstoff (Deuterium) zu den Haupt-Bestandteilen eines Babysterns gehören, leuchtet dieser nur sehr schwach, er glüht nur.

Braune Zwerge erreichen meist ungefähr die Größe des Jupiter, dabei sind die leichteren Sterne größer als die schwereren, weil die Gravitation hier schwächer wirkt. Die Mini-Sterne altern relativ schnell. Schon kurz nach dem Zünden der Fusionsreaktionen beginnen sie abzukühlen. Die schwersten bekannten Vertreter haben eine Oberflächentemperatur von 2900 Kelvin. Auf der Oberfläche des bisher kühlsten beobachteten Braunen Zwergs WISE 1828+2650 ist es mit 27° Celsius sommerlich warm. Das Schicksal eines Braunen Zwergs ist relativ unspektakulär: Er kühlt mit der Zeit immer weiter ab, bis er nach einigen Milliarden Jahren als Eiskugel durch das Weltall wandert.

Otto-Normal-Bürger des Weltalls: Rote Zwerge

Wenn der Protostern schwer genug ist, um die Wasserstoff-Fusion zu zünden, aber leichter als etwa eine halbe Sonnenmasse, dann entsteht ein sogenannter Roter Zwerg. Rote Zwerge sind im Prinzip der Otto-Normal-Bürger des Universums. Rund 70 Prozent der Sterne der Milchstraße gehören zu diesem Typ. Der gewöhnliche Rote Zwerg hat ein Zehntel der Sonnenmasse und sein Radius liegt bei 15 Prozent des Sonnenradius. Weil wegen der geringen Masse (und damit des geringen Drucks) die Kernfusion langsam abläuft, sind Rote Zwerge mit 2200 bis 3800 Kelvin Oberflächentemperatur vergleichsweise kalt (die Sonne ist an der Oberfläche 5800 Kelvin heiß).

Sie geben, der Name verrät es schon, vor allem langwelliges Licht ab, das eine niedrige Intensität besitzt. Am Himmel fallen sie deshalb wenig auf, obwohl sie das Gros der Sternen-Bevölkerung stellen.

Ihr gemütlicher Charakter verschafft ihnen allerdings einen großen Vorteil: Sie sind enorm langlebig. Da die entstehende Wärme durch Konvektion komplett nach außen abgeleitet wird, sammelt sich in ihrem Inneren kein Helium (als Abfall) an. Rote

Zwerge können deshalb ihren Wasserstoff-Vorrat optimal ausnutzen. Abhängig von der Masse erreichen sie so eine Lebenszeit von zehn Milliarden bis hin zu Billionen Jahren.

Doch auch diese Zeit geht irgendwann zu Ende. Der Rote Zwerg schrumpft dann. Da dadurch Energie frei wird, kann er auch den Rest Wasserstoff in seiner äußeren Hülle verbrennen, wo sonst der Druck nicht gereicht hätte. Wenn schließlich gar keine Fusionsreaktionen mehr möglich sind, kann der Stern seiner eigenen Gravitation nichts mehr entgegensetzen und schrumpft zu einem etwa erdgroßen Weißen Zwerg. Durch den Prozess des Zusammenziehens wird zunächst noch eine größere Menge Energie frei, wodurch sich die Oberfläche erhitzt: Der ehemalige Rote Zwerg leuchtet nun weiß, bevor er irgendwann ganz erkaltet.

Verwandte der Sonne: Hauptreihensterne

Ein Protostern, der wenigstens halb so schwer wie die Sonne ist, entwickelt sich (wie auch die Sonne) zum Hauptreihenstern. Dieses Stadium ist dadurch gekennzeichnet, dass in einem räumlich auf einige Prozent des Gesamtvolumens begrenzten Zentralbereich des Sterns Wasserstoff zu Helium fusioniert wird. Nach außen transportiert wird nur die entstehende Energie, die Fusionsprodukte verbleiben im Kern.

Der Stern verbringt etwa 90 Prozent seiner Lebenszeit in diesem Zustand (in dem sich derzeit auch unsere Sonne befindet). Dabei laufen die Fusionsprozesse umso heftiger ab, je schwerer der Stern ist. Daraus ergibt sich das Paradoxon, dass mit zunehmendem Brennstoffvorrat die Lebenszeit abnimmt. Die schwersten Sterne leuchten zwar besonders hell, sterben dafür aber auch sehr jung. Unabhängig von der Masse werden die Hauptreihensterne aber im Laufe ihres Lebens immer heller, heißer und größer. Auch unsere Sonne leuchtet inzwischen etwa zwei Fünftel heller als nach ihrer Geburt.

Das Ende eines Sterns wird dadurch eingeleitet, dass ihm Wasserstoff als Brennstoff ausgeht. Bei genügend Druck im Inneren beginnt nun die Heliumverschmelzung. Dabei handelt es sich allerdings nicht um einen sanften Übergang, sondern um einen sich selbst verstärkenden, dramatischen Vorgang, einen sogenannten Heliumflash: Binnen Sekunden erhöht sich die Menge der erzeugten Energie dramatisch. Unter dem Druck des Heliumflashs expandiert der Stern, er wird zum Roten Riesen und steigert dabei seinen Durchmesser oft auf das Hundertfache. Dabei kann es dazu kommen, dass die äußersten Hüllen abgestoßen werden. Im Teleskop können Sie diese dann als planetaren Nebel beobachten.

AM BESTEN, Sie sehen sich das selbst einmal an! Volkssternwarten gibt es in vielen Städten. Ich hoffe, die Tour hat Ihnen bis hierher gefallen. Beehren Sie uns bald wieder! Wenn Sie die nächste Exkursion ins All nicht verpassen wollen, tragen Sie sich doch hier in unsere Liste ein: hardsf.de/fortsetzung. Sie erhalten dafür eine farbige PDF-Version dieser Biografie.